Le Vœu du barbare

Également par Keira Andrews en Français

Romance contemporaine

Lune de miel en solitaire
Par-delà l'océan
Rumspringa interdit (Romance Amish Gay t. 1)
Un nouveau depart (Romance Amish Gay t. 2)
Trouver son chez-soi (Romance Amish Gay t. 3)
Le voeu de Noël

Romance de Noël et les fêtes

Un pur joyeux Noël
Un daddy pour Noël
Un faux petit ami pour Noël
Huit nuits en Décembre
Quand l'amour brille de mille feux…
Au pied du sapin
Si ce n'est qu'un rêve

Action et aventure

Vaillant en movement (Vaillant t. 1)
À cœur vaillant (Vaillant t. 2)
Passion en arctique

Fantasy

Marié au barbare
Le Vœu du barbare

Historique

Kidnappé par un pirate

Paranormal

Vaincre les ténèbres (Vaincre les ténèbres t. 1)
Combattre la marée (Vaincre les ténèbres t. 2)
Défier l'avenir (Vaincre les ténèbres t. 3)

Sport

Rivalité sur glace
Transfert à Ottawa

Le Vœu du barbare

Tome 2 de la duologie Barbare

KEIRA ANDREWS

Le vœu du barbare : Tome 2 de la duologie Barbare
Écrit et publié par Keira Andrews
Traduit par Alexia Vaz
Couverture par Dar Albert
Mise en page par BB eBooks
© 2021-2025 Keira Andrews
Print Édition

ISBN : 978-1-998237-63-0

Ceci est une œuvre de fiction. Les noms, personnages, lieux, commerces, événements et incidents sont les fruits de l'imagination de l'autrice ou ont été utilisés de manière fictive. Aucune personne, vivante ou décédée, n'a été blessée lors de l'écriture de ce livre. Toute ressemblance à des personnes existantes, vivantes ou décédées, ou à des événements réels n'est que pure coïncidence.

Chapitre 1

IL EXISTAIT BEL et bien un sort plus funeste que de traverser cette maudite mer : le faire sous une chaleur pestilentielle.

L'estomac misérablement vide de Cador se souleva alors que le navire tanguait sur les vagues écumeuses. La sueur lui picotant les yeux, il s'agrippa au bastingage de ses paumes moites.

Après des semaines à ne voir que l'eau et le ciel, il cligna des yeux en observant la silhouette ramassée du continent d'Onan, qui grossissait d'heure en heure. La température, elle, montait presque de minute en minute. Au moins, ce satané soleil était désormais derrière eux et s'abattait impitoyablement sur sa nuque rougie qui commençait à le brûler.

Bien qu'il n'ait gardé que sa veste et son pantalon, son visage était en feu et sa gorge était toujours aussi sèche. Il avait taillé sa barbe et rasé son crâne, mais ses cheveux rebelles avaient repoussé trop vite, pour former une épaisse couche. Il hésita une nouvelle fois à retirer ses bottes, mais il était si rarement pieds nus qu'il s'était senti étrangement vulnérable et exposé lorsqu'il s'y était risqué.

L'embrun marin brûlait ses lèvres gercées, bien qu'au moins, il soit frais. Sa peau pâle prenait aisément des coups de soleil, mais il ne supportait pas de couvrir ses bras. Il portait cette fichue veste afin de ne pas laisser son dos rôtir. De plus, il ne pouvait boire que de petites gorgées, autrement, son estomac se rebellait.

Le pire, dans cette histoire, était qu'il endurerait volontiers chacun de ces supplices si seulement Jem daignait *poser les yeux* sur lui.

Le prince ne lui devait rien… surtout pas son pardon. Cador se le répétait chaque jour. Même chaque heure. Il ne pouvait en vouloir qu'à lui-même. Il avait accepté le plan de son Tas : épouser Jem et comploter son enlèvement, qui arriverait tôt ou tard.

Il était presque inimaginable pour lui, aujourd'hui, d'avoir eu si peu de considération pour le sort de Jem. À l'époque, ce dernier n'avait été qu'un fardeau. Un moyen d'arriver à ses fins. Il n'était *rien*. À présent, il était tout. Et il haïssait Cador. Peut-être était-ce là le châtiment qu'il méritait.

Un hurlement atroce fendit l'air.

Cador sursauta, aussitôt honteux d'avoir pesté contre la chaleur et de s'être apitoyé sur son sort. Il se précipita vers la poupe, passant devant Jem et Jory, qui avaient momentanément abandonné leur partie de dés. Il avait beau tenter de l'ignorer, marcher aussi près de Jem en ayant l'impression qu'ils étaient deux inconnus lui faisait le même effet qu'un poignard plongeant dans ses entrailles.

Tous les regards étaient braqués sur Hedrok. Ou du moins, sur ce qu'ils pouvaient apercevoir, alors que l'enfant était allongé sur une paillasse, à l'ombre d'une peau de sanglier tendue. Delen, la sœur de Cador, observait depuis sa place habituelle, près du gouvernail, non loin de Creeda et de Hedrok, sans toutefois s'approcher d'eux.

Creeda était agenouillée et penchée au-dessus de son fils, murmurant des prières et des mots rassurants. Elle serrait dans sa main un fagot noué de brindilles d'anciens arbres à sevels. Ses cheveux bruns étaient attachés dans le même chignon serré que d'ordinaire, tandis que sa peau cuivrée était restée inviolée par le soleil, comme elle quittait rarement son fils. Ses pommettes saillaient plus que jamais et son corps tonique était à la fois crispé et bien trop maigre.

Cador avait beau exécrer être en mer, il était vrai que certaines choses étaient infiniment pires. La maladie mortelle et débilitante qui ne frappait que les enfants d'Ergh, dont son propre neveu, avait déjà fait trop de victimes.

— Puis-je aider ? demanda-t-il, alors que ses doigts le démangeaient.

Creeda ne daigna même pas lever les yeux vers lui, son regard rivé sur le visage livide d'Hedrok, déformé par l'agonie.

— Plus d'eau.

Il s'empressa d'aller remplir le petit seau. Meraud le rejoignit près du tonneau rempli d'eau, quittant ainsi son poste à la barre. Le petit équipage fiable les accompagnait dans ce périple inattendu, tout comme quelques chasseurs qui ignoraient tout du complot visant à kidnapper Jem. Et du plan secret de Bryok pour l'assassiner.

— Les réserves diminuent, murmura Meraud.

Ses boucles grisonnantes tombaient sous ses épaules et étaient attachées derrière sa nuque.

Cador dut effectivement se pencher et le seau heurta le fond du tonneau dans un bruit sourd, alors qu'il le remplissait.

— Il y en a assez ?

Meraud plissa les yeux en direction d'Onan.

— Tout juste. Je m'attendais à plus de pluie.

— Devrais-je dire à Creeda d'économiser ?

— Non. Qu'il boive autant qu'il en a besoin.

Un autre cri d'Hedrok fut porté par le vent. Cador hocha la tête.

— Je renoncerai à ma part.

Meraud ricana, les rides se creusant autour de ses yeux.

— Tu as déjà du mal à la garder au fond de ton estomac, de toute façon, dit-elle en lui donnant un coup d'épaule affectueux. Toi et ce pauvre cheval, vous serez soulagés d'apprendre que nous devrions débarquer avant demain matin.

Ils n'avaient pris qu'une seule monture, comme le voyage était assez rude pour les hommes, mais qu'il l'était encore plus pour les animaux, qui avaient besoin de vagabonder. La malheureuse bête grise, Lusow, se tenait dans un enclos de fortune, qu'ils avaient monté à la hâte à la poupe, bien que Jory le promène sur le pont plusieurs heures par jour.

Au début du voyage, le cheval avait piétiné, soufflé et donné une ruade chaque fois que Hedrok criait ou geignait. Mais même l'animal s'était habitué aux cris du garçon. Jory alla quand même vers lui, le nourrissant d'une carotte et lui caressant le dos d'une main apaisante.

Jory avait choisi Lusow pour sa vitesse et il le chevaucherait vers la Place Sacrée afin de quérir d'autres chevaux et des provisions. Il redescendrait ensuite vers Neuvella pour informer le chef de clan de la mort de Bryok et de l'imminence de l'arrivée de leur convoi. Cador avait eu envie d'emmener Massen, son fidèle étalon, mais il ne lui infligerait pas inutilement ce périple.

Sur sa paillasse, Hedrok se débattait, ses jambes immobiles sous une fine couverture. Cador revint avec de l'eau. Il resta ensuite planté là, inutilement, tandis que Creeda encourageait son fils à boire. Il frissonnait et la sueur trempait ses cheveux. Il repoussa la couverture qui enveloppait sa taille.

— Il fait trop chaud pour être couvert, dit Cador.

Creeda le fusilla du regard et plissa ses yeux marron.

— Vas-y, alors. Enlève la couverture.

Le défi avait été lancé. Cador s'accroupit, feignant que ça ne le dérangeait nullement. Ça *n'aurait pas dû* le déranger de voir les symptômes de la maladie. Il refusa de broncher en découvrant les jambes frêles et nues de Hedrok.

À ses pieds, les os séchés et la peau morte se révélaient en une tache sombre qui s'éclaircissait à mesure qu'elle remontait vers la longue tunique de Hedrok, relevée autour de ses hanches. L'éruption cutanée, cloquée et terrible, qui s'étendait jusqu'en haut de ses cuisses était rouge sang. Cador s'obligea à river son regard sur le corps secoué de spasmes de son neveu, et il détesta voir que ses jambes ne bougeaient pas.

Creeda humidifia un linge et épongea le front de son fils.

— Es-tu certaine qu'il était sage de l'emmener ? demanda inutilement Cador avant de pouvoir s'en empêcher.

Elle lui lança un regard cinglant.

— Comme je te l'ai dit, Hedrok souffre qu'il soit ici ou à la maison. Il souffre chaque heure de chaque jour. Ton prince nous promet que les guérisseurs neuvellans tenteront de l'aider. Là-bas, il y a une abondance de sevels. Si l'absence de ces fruits est vraiment la cause du mal, je lui en ferais manger jusqu'à son dernier souffle. Nous n'avons plus rien à perdre.

Cador acquiesça. Ils avaient envisagé d'emmener tous les enfants atteints, mais si la guerre éclatait avec Ebrenn, dans l'ouest, les petits seraient encore plus en danger. Il n'existait pas de bonne décision. Qui pouvait savoir ce qu'il fallait faire ?

— Et ici, nous sommes plus proches des Dieux, ajouta Creeda. Les religieux nous aideront. Je prie encore et encore… Peut-être que les Dieux finiront par entendre mes supplications.

— Hmmm.

Il ne trouva rien de favorable à répondre sur les Dieux ou les religieux. Ces derniers étaient-ils vraiment pieux et bons, ou bien désiraient-ils le pouvoir, comme tout le monde ? Son Tas était certain que les gens d'Église prendraient le contrôle d'Ergh s'ils en avaient l'occasion.

Alors que Hedrok gémissait, Cador tenta de le calmer sans se mettre en travers du chemin de Creeda. Ses mots résonnaient encore. *Mon prince.* Si seulement c'était vrai.

— C'est nouveau ? demanda-t-il. A-t-il déjà eu de la fièvre ?

Il devrait connaître la réponse. Il aurait dû rendre des visites quotidiennes à son neveu. Il aurait dû être présent pour Bryok, Creeda et leurs enfants restés sur Ergh, ceux qui ne montraient aucun symptôme de maladie pour le moment. *Pour le moment.*

— C'est déjà arrivé, murmura Creeda, les yeux rivés sur son fils. Mais pas aussi longtemps. Bryok disait…

Elle caressa doucement les cheveux de son fils avant de soupirer.

— Quoi ? demanda Cador qui, subitement, avait désespérément envie de le savoir.

Son frère était noyé dans les profondeurs de la mer d'Askorn, où était sa place. Pourtant, Cador était avide d'entendre cette pensée inachevée. La mort de Bryok avait rendu Creeda veuve. Il se demanda si elle le pleurait ou si elle n'avait simplement plus l'envie de le faire.

— Il pensait que la chaleur brûlerait la maladie. Que, peut-être, le climat du continent aiderait.

— Pas de feu… énonça Hedrok d'une voix rauque en gigotant.

Il avait atteint ses dix ans, mais paraissait si frêle et si jeune.

— Pas de feu, confirma Creeda.

Quand son fils se figea, elle glissa à Cador, à voix basse :

— Ton taré de frère a failli réduire la maison en cendres en voulant libérer le mal par le feu.

Elle fit la moue.

— Il aurait causé notre fin à tous.

Non, Creeda ne pleurait manifestement pas son mari. Cador ne pouvait pas lui en vouloir. Il ignorait s'il portait lui-même le deuil de Bryok. Il sentit que Delen se rapprochait et perçut l'inquiétude de sa sœur. Lorsqu'il se tourna pour lui adresser un signe rassurant de la tête, il croisa aussi les yeux de miel de Jem braqués sur lui.

Ce dernier se détourna brusquement sur son tabouret, faisant face au soleil qui déclinait à l'ouest. Il ferma les yeux, se délectant du soleil, comme il l'avait tant fait ces derniers jours alors qu'ils s'approchaient du continent. Voudrait-il repartir un jour ?

Il y avait tant de deuils à porter, mais ce que Cador pleurait le plus, c'était la perte de son époux. Il aurait navigué mille jours et même transpiré sous ce soleil impitoyable, si seulement Jem acceptait de le pardonner. Il devait se montrer patient.

Merde, il détestait la patience. Il avait toujours préféré l'action.

Il s'installa près de Hedrok, soulagé que Creeda l'y autorise. La chaleur poisseuse régnait encore à l'ombre, mais il échappait au moins à l'éblouissement. Par chance, Hedrok s'endormit, bercé par la voix de sa mère qui serrait fermement le fagot de branches d'arbres à sevels. Cador l'avait toujours connue sérieuse, même sévère, et il était encore surpris que sa voix soit aussi légère et douce quand elle chantait.

Au milieu du pont, Jem était seul. Il lançait les dés encore et encore, dans un geste étrangement compulsif. Il s'interrompait parfois pour se gratter la tête. Cador se réjouissait qu'il ne se soit pas retranché dans la cale du navire, misérablement recroquevillé, comme lors de leur traversée vers Ergh après leur mariage. Pourtant, chaque mot, rare et précieux, que Jem adressait à quelqu'un d'autre transformait son silence complet envers Cador en véritable torture.

Creeda avait un jour été prête à voir sa tête tranchée et envoyée à sa mère, la reine, pour déclencher une guerre. Pourtant, Jem ne lui en tenait visiblement pas rigueur. Il offrait sans réserve l'aide de Neuvella pour aider à combattre le mal qui rongeait Hedrok. Évidemment, parce que c'était quelqu'un de *bien*.

Si seulement il offrait à Cador un soupçon d'attention ou un signe prouvant qu'il se souciait de lui. Que Cador n'avait pas anéanti jusqu'au dernier fragment de l'affection, de l'amour et du désir qui avaient grandi comme un feu entre eux…

Si Jem l'avait effectivement aimé, ce n'était plus le cas. Cette étincelle précieuse et inattendue était aussi morte que les arbres fruitiers qui ne poussaient plus sur Ergh. Cador avait tout gâché. Il avait dupé son époux dès l'instant où Jem avait été obligé de se tenir devant l'autel à ses côtés pour que leurs paumes soient marquées au fer rouge. Il retourna sa main gauche et baissa les yeux vers les ailes courbes de l'oiseau gravées à jamais dans sa chair.

Parfois, il s'attendait presque à ce que la marque se soit estompée. À ce qu'il se réveille seul sous ses fourrures, dans son modeste cottage. À ce qu'il monte Massen dans la forêt et rejoigne Bryok pour la chasse, en s'efforçant de rendre son frère fier. À ce qu'il transperce un sanglier de sa lance, dévore un festin, s'envoie en l'air, puis recommence le lendemain. Et le jour suivant. Sa vie avait été simple. Il ne la reconnaissait plus.

Il serra la petite main moite de Hedrok. Il ne chasserait plus jamais aux côtés de Bryok. Son frère avait sombré dans la folie –

oui, à cause du chagrin pour son fils mourant, mais surtout du pouvoir qu'il souhaitait détenir plus que tout. Cador n'oublierait jamais la vision du corps de Bryok disparaissant dans l'obscurité depuis le sommet des falaises de Glaw. Pourtant, c'était la vision du bond de Jem qui le hantait véritablement.

Dans ses cauchemars, il voyait encore Bryok se ruer sur Jem, l'épée brandie et prête à lui couper la tête. Il avait vu son époux disparaître au bord de la falaise. Il avait entendu son propre hurlement déchirant et perçu ses bottes curieusement figées dans des sables mouvants qui l'avaient empêché de faire quoi que ce soit d'autre que de regarder, encore et encore et encore.

Cador ne dormait pas, actuellement, mais il voyait toute la scène défiler dans son esprit. Il avait ignoré l'existence d'un tel chagrin jusqu'au moment où Jem était mort sous ses yeux. Lors de cet instant de perte insupportable, il avait su sans l'ombre d'un doute qu'il était réellement tombé amoureux.

Il se rappela que Jem avait survécu. Qu'il avait atterri dans le nid de drèdes et avait grimpé le long de la falaise. Qu'il était en sécurité, non loin de lui. Il n'était pas un fantôme, bien qu'il soit tout aussi intouchable.

Cador jura dans sa barbe, ce qui lui valut un regard noir de Creeda. Il avait une migraine et la gorge sèche. Il allait finir par se rendre fou. Jem n'était pas un fantôme. Il était en vie, et peut-être qu'un jour, il accepterait à nouveau le contact de Cador. Ce dernier donnerait tout pour sentir ne serait-ce que le souffle de sa respiration.

Le navire s'éleva et roula sur une vague. Son estomac se tordit et la nausée qu'il avait réussi à ignorer face à la souffrance de Hedrok revint en force. Il reposa doucement la main de son neveu avant d'appuyer ses doigts contre son poignet droit, comme Jem lui avait appris lors de leur premier voyage, une éternité auparavant, quand Cador avait été impatient et désintéressé par son époux. Quel imbécile il avait été de gaspiller le moindre instant !

Hedrok dormait désormais profondément, Creeda priait encore, ses lèvres bougeant alors qu'elle touchait les branches d'arbres à sevels. Cador se retira en silence, les laissant avec le peu de tranquillité qu'il leur restait. Il regagna la proue du navire, les embruns salés rafraîchissant son visage.

— Mon frère.

Il n'avait pas remarqué l'approche de Delen. Il se retourna, et son cœur bondit lorsqu'il se rendit compte que Jem se tenait derrière elle. Mâchoire crispée, ce dernier regardait fixement le bois grinçant sous leurs pas. Il était pieds nus et vêtu de ses anciens vêtements du sud : un pantalon fauve moulant ses jambes fines ainsi qu'une chemise de soie verte retroussée jusqu'aux coudes. Ses boucles sombres retombaient sur son front, et Cador eut envie de les écarter.

— J'ai dit qu'il fallait mettre les choses à plat, déclara Delen en lançant un regard assassin à Cador.

Ses cheveux noirs étaient rasés de près, comme ceux de son frère, la marque des chasseurs. Sa peau brune était plus sombre que celle de Jem, et ses yeux étaient d'une teinte plus intense que le regard de miel du Neuvellan.

— Oh, s'étonna Cador, qui tentait de se ressaisir. Oui.

Le bateau s'éleva sur une vague et retomba de l'autre côté. Il ne put retenir un gémissement, ou plutôt un couinement pitoyable. Son estomac vide se souleva et la salive envahit sa bouche. Jem tendit la main vers lui avant de la retirer et de retrousser ses lèvres.

— Appuie sur ton poignet, comme je te l'ai montré, murmura-t-il.

— Je vais bien, répliqua Cador en se redressant, dos au bastingage, et en relevant le menton pour parler à Delen. Tu disais ?

Elle leva les yeux au ciel.

— Je disais que vous devez arrêter de vous ignorer, tous les deux. Il y a beaucoup à dire.

Il avait envie de lui demander d'attendre qu'ils descendent de ce satané bateau pour qu'il ne se sente plus aussi pathétiquement vulnérable. Avec la terre ferme sous ses bottes, il aurait sans doute l'esprit plus clair. Mais il se mordit la langue. Il était un chasseur puissant d'Ergh. Il ne pouvait se laisser aller à pareille faiblesse.

— Tout d'abord, nous devons nous mettre d'accord sur ce que nous dirons à notre Tas et à la reine. Et *quand*. Nous devons être sur la même longueur d'onde, dit Delen en levant un parchemin fermement roulé. J'ai écrit un message qui sera envoyé avant notre arrivée. Il annonce seulement que nous sommes revenus, que nous devons discuter de sujets importants et que nous nous dirigeons vers Neuvella à toute hâte. Il est bien trop risqué d'écrire plus de détails.

Cador hocha la tête. Il détestait ce qu'il s'apprêtait à dire, mais il posa tout de même la question.

— Et notre frère ?

Ils n'en avaient pas parlé, par un accord tacite, un silence partagé. Bryok avait été tué par la lance de Delen. Autrement, il aurait tué Jem… et sans doute Cador. Elle n'avait pas eu le choix. Leur Tas le comprendrait assurément, non ? Il était sage et juste. N'est-ce pas ?

Cador l'avait toujours cru. Il s'était délecté de l'affection et de l'approbation du chef de clan depuis son enfance. Jamais il ne l'avait remis en question, pas même lorsque son père avait arrangé son mariage avec Jem et lorsqu'il avait prévu de se servir de ce dernier si cruellement. Il comprenait la peur de son Tas, la crainte que les religieux plantent leurs griffes à Ergh et bouleversent tout. Cette peur de révéler une faiblesse au continent et de perdre leur mode de vie.

Mais était-il juste de comploter et de tromper ? Était-il légitime d'aider leurs enfants malades à tout prix ?

Cador se reconcentra sur Delen. S'il ne la connaissait pas si bien, il aurait pu croire qu'elle n'était nullement troublée, mais il entendit cette note de stress dans sa voix lorsqu'elle répondit à sa question.

— Nous ne pouvons pas exactement dire à notre Tas, dans une lettre, que son fils est mort, sans lui donner davantage de détails. Ce serait horrible, conclut-elle avant de grimacer. Enfin, ça ne sera pas bien mieux en face-à-face.

— Non, confirma Cador.

Il le redoutait plus qu'il ne saurait le dire.

Jem resta silencieux et continua de regarder ses pieds.

— C'est fait et il doit l'affronter, comme nous l'avons fait, déclara vivement Delen. Bryok est mort et le Tas a un nouvel héritier.

Bêtement, Cador faillit demander de qui il s'agissait. Il cligna des yeux en la regardant. Cette idée ne l'avait pas même effleuré.

Delen fronça les sourcils.

— Tu es le deuxième plus âgé. C'est toi qui deviendras chef, désormais.

— Mais je ne veux pas être chef ! s'emporta-t-il comme un enfant capricieux.

Il imaginait presque la voix de Bryok, en train de le réprimander, tout d'abord parce qu'il s'était apitoyé pour Jem et maintenant pour ça. Il devait se ressaisir. Retrouver sa dignité. Il était un chasseur puissant d'Ergh, et s'il devenait chef, il devait l'accepter.

Il découvrit que Jem l'observait, à présent. Était-ce de la compassion ? Son cœur bondit alors que le Neuvellan contractait sa mâchoire, se redressait, puis croisait ses mains derrière son dos.

— Nous sommes d'accord sur le contenu du message, déclara Jem à Delen.

Elle lui tendit le parchemin roulé.

— Veux-tu le lire avant qu'il ne soit scellé ?

Jem le prit, lut rapidement la brève missive, hocha la tête et la lui rendit.

— Si tout se passe bien, nous ne camperons qu'une nuit avant que les provisions de la Place Sacrée n'arrivent, expliqua Delen. Jory est notre meilleur cavalier, il sera rapide. Nous voyagerons léger, mis à part…

Son regard glissa vers la proue du navire, où Creeda était penchée au-dessus de Hedrok.

— Bon, la charrette avancera plus lentement, mais nous pourrons prendre de l'avance pour parler à nos parents. Quant à ce que nous devons leur dire précisément…

— La vérité, trancha Jem d'un ton acéré.

Elle hocha la tête.

— Bien sûr. Mais nous permettras-tu de parler à notre Tas avant de donner les… détails à ta mère ?

Le visage de Jem était si figé qu'il aurait pu être taillé dans la pierre.

— Par « détails », tu veux parler du projet initial de Kenver, qui consistait à m'enlever et à me trancher la main, pour qu'elle soit envoyée à ma mère, afin de provoquer une guerre contre Ebrenn ?

Delen grimaça.

— Oui, bien que nous le regrettions sincèrement. Je suis certaine que notre Tas le regrette aussi.

— Tu ne peux pas parler au nom de Kenver, répondit Jem en contractant sa mâchoire. C'est lui qui a imaginé ce plan, dès le début.

Elle acquiesça.

— Tu as raison. J'espère que tu as…

— Tais-toi, exigea Jem en levant une main. C'est fait et on ne peut revenir en arrière. Les regrets sont inutiles.

Dans le silence tendu qui s'ensuivit, Cador comprit combien ces mots étaient vrais. Jamais il n'avait connu un tel regret, et cela ne changerait rien. Il porta une main au-dessus de ses yeux pour se protéger du soleil qui, au moins, déclinait.

— Fait-il toujours aussi chaud, en été ? lança-t-il comme il avait besoin de dire *quelque chose*.

Un instant, il crut que Jem refuserait de répondre.

— Non, à vrai dire, déclara-t-il enfin. On m'a toujours dit que le climat était plus tempéré, si loin au nord. Mais c'est toujours mieux que cette grisaille d'Ergh.

— C'est une question d'opinion, maugréa Cador.

— Restons concentrés, reprit rapidement Delen. Prince Jowan, pourrons-nous parler à notre Tas avant que tu confesses la vérité à la reine ? Je suggère que Cador et moi le rencontrions d'abord, en privé, pour évoquer le destin de Bryok. Ensuite, nous vous rejoindrons tous les trois pour tout révéler à tes parents. Nous devons être unis pour notre cause. Les enfants comptent plus que tout. Quels que soient nos différends – quels que soient nos péchés –, nous devons rester ensemble.

Jem sembla peser ses mots.

— Et nous leur dirons toute la vérité ?

— Je le jure, promit solennellement Delen.

Jem hocha la tête.

— Nous serons bientôt sur la terre ferme à nouveau, dit-elle. Tu dois être impatient de rentrer chez toi, prince Jowan.

— C'est l'euphémisme du siècle. Oui, j'ai vraiment hâte de retourner à Neuvella de façon permanente.

Il tourna les talons et les abandonna à la proue.

Cador n'avait guère plus envie de parler de la pluie et du beau temps. Delen se mura dans le silence à ses côtés. Jem rejoignit Jory et ramassa les dés.

Ce dernier lança un regard inquiet à Cador, ses cheveux roux, atteignant à présent ses épaules, plus indomptables que jamais avec le vent marin. Cador hocha la tête et tenta de sourire. Jory était un ami loyal, totalement innocent dans toute cette machination. Au moins, Jem acceptait de jouer avec lui. Même si cela rendait Cador terriblement jaloux.

Par chance, le soleil déclinait enfin, peignant le ciel d'une teinte rosée inquiétante. Cador tourna alors son regard vers Creeda, à la proue, qui priait près de son fils. L'enfant semblait dormir, c'était déjà ça. Delen observait également la scène, ses traits pincés fondant en une tendre inquiétude.

Creeda lui avait pardonné d'avoir tué Bryok, comprenant apparemment que sa soif de pouvoir avait rendu impossible toute rédemption. Elle savait que Delen n'avait brandi sa lance que par nécessité.

— Parfois, je me dis que tu l'aimes, lança Cador avant de pouvoir ravaler ses paroles.

Delen sursauta et lui lança un regard perçant.

— Quoi ?

Autant aller au fond de sa pensée.

— Parfois, je me dis que tu l'aimes depuis longtemps.

— Et alors ?

Ses poings étaient serrés, comme si elle se préparait à se battre en un clin d'œil.

— Et rien.

Il fronça les sourcils, étonné par sa colère.

— Tu crois que je l'ai tué dans mon propre intérêt ? rétorqua-t-elle après avoir jeté un coup d'œil autour d'elle.

Cette fois, ce fut à Cador de se raidir, abasourdi.

— Non ! s'exclama-t-il en lui attrapant le bras. *Jamais.*

Delen soupira bruyamment et la confrontation potentielle s'éloigna. Elle hocha la tête, reportant son regard sur Creeda.

— Je ne devrais pas, murmura-t-elle.

— Pourquoi ?

Il devait bien avouer qu'il ne comprenait pas ce que Creeda avait de séduisant. Mais cette dernière et Delen étaient amies depuis l'enfance. Peut-être avait-elle une autre facette, aussi douce que son chant.

Sa sœur se dégagea brusquement.

— Tu sais pourquoi.

— Mais…

— Devrions-nous plutôt parler de ton amour ? Combien de temps comptes-tu fuir et laisser la colère de Jem s'envenimer ?

— Il mérite le droit d'être en colère.

— Possible, mais plus cette séparation dure, plus le gouffre s'élargira entre vous. Et cette idée qu'il ne quitte plus jamais Neuvella…

— Comment peux-tu lui en vouloir, après ce que nous avons fait ?

Delen soupira.

— Je ne lui en veux pas le moins du monde. Mais comme je l'ai dit, nous devons être unis pour notre cause. Toi et lui, vous devez être plus unis que quiconque, autrement nous n'avons aucune chance.

— Nous le serons.

— Fais en sorte que ce soit vrai.

Elle lui adressa un bref signe de tête avant de s'éloigner et de disparaître dans la cale.

Le regard de Cador se reposa sur Jem, comme il le faisait toujours. Ses petites mains creusées, le Neuvellan lança les dés. Il ne cachait aucun secret. Dès les premiers instants sur la Place Sacrée, lorsque leur mariage imminent avait été annoncé, Jem lui avait tout dévoilé.

Il avait eu beau tenter de dissimuler ses émotions à maintes reprises, elles s'étaient toujours lues ouvertement sur son visage. Désormais, il n'y avait plus que de la douleur et de la colère. Cador brûlait d'envie de revoir ces petits sourires timides et ravis.

Résolu, il se tourna vers la mer infinie. Il regardait les vagues se former, surmontées d'écume blanche sous l'effet du vent qui se levait. Il inspira l'air salé, encore bien trop chaud pour être rafraîchissant. Il aurait aimé voir son souffle se condenser dans l'air frigorifié d'Ergh. Il tenta de penser à tout sauf à Jem.

Oh, comme il aimerait entendre ses cris de passion et embrasser ses douces lèvres. S'enfoncer en lui et les faire trembler tous les deux d'extase. Retrouver le cottage et ces jours grisants d'exploration et d'abandon sexuel. Il aimerait même simplement pétrir le pain avec lui, s'occuper des chèvres… Peut-être même élèverait-il un autre oisillon comme Derwa ?

Il n'aurait jamais cru qu'un oiseau lui manquerait.

Au petit matin, il quitta sa paillasse pour soulager sa vessie à la poupe. Le second de Meraud lui adressa un bref signe de tête depuis la barre. Hormis le ronflement et le clapotis de l'eau contre la coque, le silence régnait. Les vagues s'étaient heureusement calmées. Une brise fraîche provoqua la chair de poule sur ses bras nus tandis qu'il errait jusqu'à la proue.

Une demi-lune brillait haut dans le ciel, jetant des reflets argentés sur la surface de l'eau. Son cœur bondit dans sa gorge lorsqu'il réalisa que Jem était au niveau du bastingage. Cador conserva quelques mètres entre eux, mais il était incapable de laisser son époux tranquille.

Ils restèrent ainsi de longues minutes, aussi près qu'éloignés, à regarder l'horizon noir. Cador attendit manifestement une éternité que Jem prenne la parole. Qu'il crie, qu'il hurle, qu'il lui assène des coups de poing. Il préférerait tout plutôt que ce silence insupportable.

Quand il fut incapable de le supporter davantage, il le supplia dans un chuchotement rauque.

— Si seulement tu pouvais comprendre…

— Je comprends.

Cador retint son souffle et attendit une fois de plus, avec une lueur d'espoir…

— Mais je te hais pour ça.

Ses doigts griffèrent le bastingage abîmé, comme s'il avait envie d'arracher le bois et de le fracasser. Jem se tut à nouveau, ce qui était un soulagement après ses paroles acerbes. Il demeura silencieux si longtemps que si Cador ne l'avait pas suivi du coin de l'œil, il aurait pu se croire seul. Comme il le méritait.

— C'est étrange, je ne vois plus les étoiles, murmura Jem.

Cador regarda autour de lui, pathétiquement heureux quand il confirma que, oui, Jem s'adressait à lui. Il plissa les yeux en observant Onan. La silhouette du continent se confondait en effet avec le ciel où, plus tôt, les étoiles avaient tapissé la voûte céleste.

— Peut-être qu'un orage approche ? Ou seulement des nuages. Nous voyons rarement les étoiles, à Ergh.

— Mais…

Jem se hissa sur la pointe des pieds. Cador distinguait seulement son nez, qu'il plissait sous la lumière blafarde de la lune.

— Est-ce que…

— Quoi ?

Une bouffée âcre arriva aux narines de Cador au même instant.

Jem recula si brusquement qu'il manqua de tomber sur les fesses. Cador tendit une main vers lui, mais il se déroba. Pourtant, le regard du Neuvellan croisa le sien lorsqu'il articula d'une voix tremblante et tendue.

— De la fumée.

Chapitre 2

LORSQUE JEM AVAIT pensé au continent et à son foyer – toutes ces fois où il avait souffert de ce manque –, il n'avait jamais imaginé les retrouver changés.

Il avait infiniment rêvassé, songeant à Neuvella, à sa famille et à leur magnifique château entouré de forêts luxuriantes. Tout comme il avait trouvé refuge dans sa volière, au bord du lac cristallin, durant son enfance, il y avait fui dans son esprit. La seule inconnue sur laquelle il s'était interrogé était le donjon sous le château.

Jamais il ne s'était aventuré dans ce donjon creusé dans la colline sur laquelle le château s'élevait. Pourquoi l'aurait-il fait ? Pourtant, il avait passé des heures, même *des jours*, de cet interminable voyage, à imaginer ce lieu sombre et humide.

Car une fois qu'il aurait révélé à sa mère le complot visant à le kidnapper, Cador et sa famille perfide seraient enfermés comme ils le méritaient, et Jem se sentirait enfin en sécurité.

Cela devait être fait. Il devait être fort.

Hormis ce donjon, qu'il ne pouvait qu'imaginer, Jem s'était réconforté avec des souvenirs paisibles. Durant ces longs mois d'exil à Ergh, sa seule angoisse avait été de ne jamais rentrer chez lui. Il n'avait jamais cru que quelque chose puisse arriver à Onan en son absence. Après tout, le continent était resté immuablement le même toute sa vie. Il se moqua alors de lui-même. Vingt ans ? Ce n'était rien.

Jamais il n'avait envisagé un feu.

Un incendie provoquait évidemment cette fumée, qui obscurcissait les étoiles lointaines et lui picotait les yeux. À l'extrême ouest de l'horizon, une lueur orangée menaçante perçait là où, quelques instants plus tôt, Jem aurait juré qu'il n'y avait que des ombres. Il ignorait ce qui était pire : l'obscurité menaçante des volutes de fumée cachant les étoiles ou cet éclat lointain.

Lorsqu'ils jetèrent l'ancre près de la rive nord, la nuit était encore trop opaque pour distinguer quoi que ce soit du continent, mis à part l'absence marquée d'étoiles. La lune, elle, s'effaçait à l'horizon, retournant vers l'immensité de la mer d'Askorn.

Ils allumèrent les chandelles dans des lanternes qui se balançaient au gré des craquements du navire et tanguaient délicatement avec le courant. Hors de son box, Lusow renâclait et hennissait, ses sabots tambourinant sur le pont. Dans un silence tendu, ils regardèrent Jory passer le harnais de cuir autour des flancs du cheval, le préparant à débarquer sur une petite barge.

Jem plissa les yeux en direction de la rive et ne vit rien d'inhabituel. Pourtant, n'était-ce pas trop calme et trop silencieux ? Assurément pas. Ils ne s'étaient attendus à aucun comité d'accueil. Personne n'était au courant de leur arrivée. Ils n'avaient vu aucun navire marchand, ce qui n'avait rien d'anormal en soi, puisque le commerce entre le continent et Ergh était rare et n'avait été rétabli que depuis deux ans à peine. Ici, à la limite d'Onan, au nord de la Place Sacrée, la côte était déserte. C'était prévisible.

— Tu es sûr de ne jamais avoir entendu parler de feux de forêt dans cette région ? demanda Delen d'une voix étouffée.

— Il t'a déjà dit non, lança sèchement Cador.

Jem lui jeta un regard noir.

— Je peux me défendre tout seul.

Il paraissait fruste et puéril, ce qui le fit grimacer. Il se racla la gorge.

— Non, comme je l'ai dit, il n'y a eu aucun incendie dans cette région d'Onan. Du moins, pas à ma connaissance. Il y a parfois eu des incendies en été, mais généralement à Gwels, dans l'est, jamais près d'ici, expliqua-t-il avant de plisser les yeux vers l'ouest. Jadis, il y eut un grand feu de forêt du côté d'Ebrenn.

— Tan manifeste son mécontentement.

Ils se retournèrent tel un seul homme vers Creeda, agenouillée auprès de la paillasse de Hedrok, au pied du mât. Ils avaient rapproché le malheureux garçon en prévision du débarquement. Après des sanglots qui avaient manifestement duré des heures – ou peut-être sans doute quelques minutes seulement –, il avait plongé dans un sommeil agité.

Les paupières closes, Creeda serrait dans ses mains le fagot de brindilles d'arbres à sevels. Sa voix rauque semblait à vif.

— Tan punit le continent pour son avidité. Les religieux nous ont prévenus.

Les gens d'Église prédisaient toujours un grand nombre de catastrophes, d'aussi loin que Jem s'en souvienne. Il se balança nerveusement sur ses pieds nus. Le pont était encore chaud, tout comme l'air, même dans la nuit profonde.

Les volutes de fumée semblaient réchauffer les bourrasques. Il se demanda à quelle distance se trouvait cet incendie. Ils étaient encore à plusieurs jours de Neuvella, son foyer devait donc être hors de danger. La peur empoigna tout de même son cœur.

Personne ne répondit à Creeda. Que pouvaient-ils dire ? Elle se tut, ses lèvres murmurant une prière inaudible, tandis que ses doigts caressaient les rameaux en un geste répétitif. Cette scène provoqua des picotements sur la peau de Jem. Il avait envie d'arracher le fagot de ses mains et de le jeter à la mer.

Sur les falaises de Glaw, Creeda et ses semblables avaient dressé un cercle de branches tordues d'arbres à sevels, un autel pour leurs offrandes aux Dieux. Il porta une main à sa gorge, se rappelant le projet funeste de Creeda et de son mari : le sacrifier en lui coupant la tête. Il espérait sincèrement que les Dieux de Creeda réclameraient à présent des offrandes moins sanglantes.

Il se balança d'un pied sur l'autre en se grattant le crâne. Il grimaça en sentant une croûte se détacher. Durant la traversée, il avait pris cette habitude nerveuse. Au début, il se touchait simplement la tête et passait les doigts dans ses cheveux chaque fois qu'il avait du mal à s'endormir – toutes les nuits, désormais – en se moquant de lui-même.

Oui, ta tête est toujours là.

Ce geste était rassurant, au début. Il lui rappelait les journées insouciantes au bord du lac dans son enfance, quand Santo lui faisait plaisir en jouant avec ses cheveux. Cependant, un matin, il s'était réveillé avec des croûtes ensanglantées sous les ongles et s'était donc rendu compte qu'il s'était gratté trop vigoureusement.

Ses cheveux étaient trop épais et personne ne voyait donc ce qu'il avait fait. Il avait juré d'arrêter. Mais mettre fin à cette habitude s'avérait étrangement difficile.

Pendant ses cauchemars, des mains cruelles s'emparaient de lui. Il suffoquait dans l'obscurité, un sac rugueux sur sa tête, tandis qu'il se débattait. Il se réveillait souvent en donnant des coups de pied, soulagé au moins de ne pas crier. Il ne pouvait paraître faible aux yeux des Erghiens.

Il ne se sentirait en sécurité que si les conspirateurs étaient enfermés. Il ne pouvait céder à la tentation de pardonner à Cador. Il ne céderait pas à sa faiblesse. Ils le trouvaient mou, gâté, *insignifiant*. Ils avaient tort.

Il balaya le pont du regard. Delen lui avait assuré que ceux qui les accompagnaient vers le continent n'avaient pas pris part au complot contre lui, à l'exception de Creeda. Mais peut-être devrait-il les faire tous emprisonner. Comment pouvait-il croire un seul mot de Delen ou de Cador ?

Il pouvait laisser sa mère décider. Cette idée était indéniablement réconfortante. Une fois qu'il serait rentré, sa mère reprendrait les rênes. Il n'aurait plus à s'inquiéter. Il n'aurait plus besoin d'avoir peur.

Plongeant les mains dans ses poches après s'être surpris à se gratter la tête, Jem étira ses orteils, feignant de sentir sous ses pieds le sable des plages au sud du continent. Il tiendrait bon.

Lusow hennit et fit un écart, malgré la présence de Jory qui le caressait et lui murmurait à l'oreille. Jem ne lui enviait pas cette tâche. À vrai dire, il n'enviait pas non plus Cador et les autres chasseurs qui l'aidaient à actionner les poulies pour descendre le cheval jusqu'à la barge. Parmi eux, il y avait Kensa, qui s'était parfois jointe à leur partie de dés.

Il savait qu'elle et Cador avaient partagé le même lit à plusieurs reprises, par le passé. Ça n'avait plus d'importance, désormais. Cador pouvait folâtrer avec elle jour et nuit, peu lui importait. Les cheveux sombres de cette chasseuse étaient rasés, comme ceux de tous les autres, et les muscles de son cou saillaient alors qu'elle fournissait le même effort qu'eux. Sa peau bronzée luisait de sueur. À la fumée s'ajoutaient à présent des cendres suspendues qui couvraient la veste de Kensa de poussière.

Lusow agita vainement les jambes une fois dans les airs. Jory ne cessait de le rassurer, même s'il criait quasiment, à présent. Avec son pantalon de cuir et sa veste, les muscles de Cador paraissaient plus sculptés que d'ordinaire, et ils se contractaient pendant qu'il tirait sur les cordes.

Mes Dieux, il était toujours le plus bel homme que Jem ait jamais vu.

Et il le haïssait.

Cador l'avait épousé en sachant qu'il serait enlevé et mutilé. Il s'en était moqué. Il avait eu beau s'agenouiller au sommet des falaises de Glaw pour jurer qu'il regrettait d'avoir comploté contre lui, peu importait. Tout comme le fait qu'il avait affirmé que Jem était son amour.

À Ergh, Jem avait entendu à maintes reprises que les habitants du continent étaient stupides et faibles. Il ne leur donnerait pas raison. Comment pouvait-il se respecter s'il pardonnait une telle trahison ? Ne valait-il pas mieux que cela ?

Lorsqu'il s'était rendu à Ergh, il avait eu peur de tout. Puis il s'était cru courageux, quand il avait offert son cœur et son corps librement… joyeusement. Mais ce n'était pas l'une des aventures romantiques dans les pages de ses livres fantastiques. Il aurait dû s'en douter. Il aurait dû savoir que Cador ne faisait que se servir de lui. Il avait été un tel imbécile.

Même si le plan initial consistait seulement – *seulement* ! – à lui trancher la main et non la tête, Cador et Delen l'avaient accepté. Cador avait juré devant les religieux, les Dieux et la mère de Jem que celui-ci aurait sa protection. Il lui avait pris sa virginité. Il l'avait embrassé, enlacé, et avait inopinément fait preuve de douceur et de tendresse étonnantes pour un barbare. À présent, tous ces souvenirs n'étaient plus que cendres dérivant au vent.

Cador l'avait-il véritablement désiré, un jour ? Comment Jem pouvait-il croire qu'il l'avait véritablement voulu ? Après tant d'amants attirants aux corps musclés, pourquoi Cador aurait-il voulu cet être chétif ? Cela avait semblé si réel. Désormais, il remettait tout en question.

Une chose était pourtant certaine : Cador n'avait pas feint de déverser sa semence en lui. Jem l'avait senti. Goûté. Un frisson le traversa alors qu'il se souvenait de leurs ébats frénétiques, mais il s'efforça de reprendre son calme. Il ne pouvait laisser le désir troubler son jugement. Même s'il croyait aux remords sincères de Cador, comment lui refaire confiance ?

Impossible.

Quand Jem avait accepté que Delen et Cador rencontrent Kenver en premier, il avait évidemment menti. Avait-il eu le choix ? Il avait été sincère en disant à Cador qu'il comprenait. Oui, il comprenait pourquoi celui-ci avait accepté le plan de son père – la souffrance des enfants était insoutenable.

Mais à la place d'Ergh, Jem se serait simplement rapproché du continent en racontant la vérité et en leur demandant de l'aide. Cela faisait sans doute de lui un homme naïf, mais il ne l'était cependant pas plus que sa propre mère qui avait cru aux promesses vides de sens des Erghiens.

Personne n'était à l'abri face à de tels individus. Ainsi, bien qu'il haïsse Cador pour sa trahison, il lui était malgré tout reconnaissant pour la leçon amère qu'il en avait tirée. Il avait appris.

Mais après tout, Cador et sa sœur n'étaient-ils pas non plus naïfs ? Ils semblaient convaincus qu'ils ne seraient pas punis pour leur traîtrise. Ils croyaient en la parole de Jem, et pourtant, il ne pouvait se permettre d'éprouver la moindre culpabilité face à son propre mensonge. Il n'en éprouverait *aucune*. Il se forçait à mentir et à agir contre ses instincts.

C'était son unique façon de survivre.

Hedrok gémit et s'agita soudain. Jem pensa à Austol et se demanda comment sa jeune sœur Eseld se portait. La maladie la rongeait elle aussi, et Jem ne pouvait qu'imaginer la souffrance du palefrenier, qui prenait soin d'elle bien qu'il soit impuissant. Il comprenait même pourquoi Austol avait été prêt à tout pour la sauver, même si cela coûtait la tête de Jem.

Mais il ne pouvait pas pardonner.

Il avait cru qu'Austol était un véritable ami. Dans la vie, Jem n'en avait eu que bien peu, à part Santo, le membre préféré de sa fratrie. En grandissant, il s'était toujours satisfait de sa propre compagnie, en soignant les oiseaux blessés dans sa volière et en se perdant dans ses livres. Il pensa à son héroïne favorite, Morvoren, avec un pincement affectueux. Elle avait été une amie loyale, qui ne le trahissait jamais et ne le décevait jamais.

Parce qu'elle n'est pas réelle, espèce de petit garçon pathétique.

Austol, lui, était bien réel. Bien trop faillible. Jem ne se pensait nullement parfait, mais y avait-il eu quoi que ce soit de sincère ? Austol lui avait prodigué des conseils et lui avait appris à monter à cheval. Jem n'aurait pas imaginé une seule seconde que son ami puisse le livrer à Bryok et à ceux qui voulaient le voir décapité pour leur cause.

Comment pouvait-il faire confiance, à l'un d'eux ? Il mangeait et jouait aux dés avec Jory. Il restait silencieux et se montrait poli avec tout le monde à bord, même avec Creeda, sachant pertinemment qu'il était en infériorité numérique.

Mais une fois chez lui, la roue tournerait en sa faveur. Ils verraient alors à quoi ressemblait la véritable justice.

Son regard trouva Cador, comme toujours. Ses jambes musclées ancrées, sa mâchoire crispée, il dirigeait l'équipe qui descendait Lusow vers la barge. Jem voyait bien que les cordes allaient lui écorcher les paumes et eut donc envie de lui dire de prendre garde – il devait bien exister un tissu à passer autour pour faire tampon.

Il s'obligea à détourner les yeux, fixant à nouveau l'obscurité au sud. Mes Dieux, il voulait seulement rentrer *chez lui.* Il était résolu à aider les enfants innocents d'Ergh. Il n'avait certainement pas envie d'une guerre. Il était un prince de Neuvella, marié au futur chef d'Ergh, qu'il le veuille ou non. Il remplirait son devoir. Il ferait ce qui était juste. Il réclamerait justice. Si cela signifiait qu'il devait enfermer son époux, qu'il en soit ainsi.

Et que Cador se brûle aussi les mains sur la corde ! Jem devrait s'en moquer. Pourtant, son cœur souffrait, comme si une flèche s'y enfonçait inexorablement. Il frotta son sternum avec son poing.

Que ne donnerait-il pas pour être de retour dans sa volière, au bord du lac, près du château ? *Son* lac, où la brise parfumée de chèvrefeuille froissait les feuilles. Il aurait un gâteau sucré et collant dans sa poche. Des oisillons avaient-ils actuellement besoin de lui ? Une éternité auparavant, ceci était sa plus grande inquiétude dans la vie.

Son esprit vagabonda vers la forêt autour du cottage de Cador, avec ses conifères et son tapis d'aiguilles de pin. Les minuscules bourgeons de fleurs blanches devaient avoir éclos, à présent. Derwa voletait-elle de branche en branche avec les autres askels ?

Elle a sans doute été dévorée par un faucon.

Des larmes brûlantes lui montèrent aux yeux, mais au moins, il pouvait accuser la fumée.

Bientôt, les chasseurs déposèrent Jory et Lusow sur la rive

avant de revenir. Hedrok était devenu hystérique lorsque Creeda avait essayé de lui ajuster un harnais plus petit. Cador l'avait alors pris dans ses bras, assurant à la mère du petit qu'il ne le lâcherait pas.

Le garçon gémit, ses lèvres pincées alors qu'il tentait courageusement d'arrêter de pleurer. Un bras puissant cramponné à l'échelle de corde, Cador entama sa descente, son neveu agrippé à son cou. L'eau frappait la coque. Les seuls autres bruits provenaient des grognements d'effort de Cador dans le silence oppressant.

Jem se précipita vers le bastingage en entendant le cri paniqué de Hedrok. Il se pencha vers l'obscurité alors que tout le monde semblait se mettre à crier en même temps. Cador et son neveu étaient éclairés par une lanterne que tenait une femme sur la barge en contrebas. Elle leur faisait signe avec ses bras, projetant une lueur orange morbide.

Cador s'agrippa à la corde de sa main gauche, ses bottes toujours solidement ancrées sur l'échelle qui se balançait. Les jambes dans le vide, Hedrok hurlait et s'accrochait au cou de son oncle alors que celui-ci le serrait de sa main libre. L'un des chasseurs grimpa l'échelle de corde depuis le rivage, alors qu'elle se balançait.

Cador laissait échapper des bruits mouillés tandis qu'il haletait pour respirer. Hedrok l'étranglait, son poids pendant lourdement autour de sa gorge. Ses cris de terreur perçants hérissèrent les cheveux sur la nuque de Jem. Tout le monde criait des instructions et des suggestions dans une cacophonie de bruits.

Les yeux de Cador sortirent de leurs orbites, et il souleva Hedrok de sa main libre en la passant sous ses fesses. L'autre chasseur se jeta en avant et saisit le garçon. Un instant plus tard,

Cador disparut dans une grande éclaboussure d'eau noire.

Était-il conscient ? Savait-il même nager ? Et si l'impact…

Les questions tourbillonnaient encore dans l'esprit de Jem alors qu'il s'élançait par-dessus la rambarde et plongeait. L'eau était d'une froideur saisissante compte tenu de la chaleur qui régnait, mais peu importait. Il tendit les bras pour effectuer un crawl affolé, cherchant du bout des doigts un muscle solide qui coulerait comme une pierre. Il donna un coup de pied et ses orteils heurtèrent douloureusement la barge.

Il refit surface dans l'espace entre le navire et la barge où Cador avait disparu. Prenant une grande bouffée d'air, il s'apprêta à replonger quand il réalisa qu'il regardait Cador, flottant à quelques mètres de là. Ce dernier le toisa en clignant des yeux et en se renfrognant.

— Tu sais nager ? s'enquit Jem.

Hedrok geignait toujours, mais il était en sécurité à bord de la barge.

— Évidemment, nous avons des piscines naturelles en été. Elles sont glacées, mais suffisamment chaudes pour nous.

La peau de Jem, qui était mortifié, fourmillait tandis que de nombreuses paires d'yeux étaient rivées sur lui.

— Je voulais aider, au cas où Hedrok tomberait dans l'eau, marmonna-t-il.

— Il est en sécurité, maintenant, annonça Delen. Merci, Prince Jowan. Vous êtes indemne ?

— Oui, oui.

Le visage rougi, il fit quelques brasses pour rejoindre la barge avant de se rendre compte qu'il n'y avait pas d'échelle. S'il se propulsait suffisamment, il pourrait s'élever pour attraper le bord, mais serait-il capable de se hisser à l'intérieur ? L'humiliation d'un échec serait insupportable.

Avant qu'il puisse décider s'il allait essayer ou non, de grandes mains s'emparèrent de sa taille et le hissèrent. L'un des chasseurs tendit la main vers le poignet de Jem. La paume de Cador était désormais complètement déployée sur ses fesses et Jem fut poussé, puis attiré aisément dans la barge.

Naturellement, Cador fut capable de se hisser sans aucune assistance, alors même que ses bottes étaient détrempées. Les pieds de Jem étaient encore nus, ses soieries et son pantalon estivaux collant à sa peau. Creeda descendit l'échelle et le poussa pour atteindre Hedrok, qui ne faisait plus que geindre, désormais. Elle écarta les cheveux de son front et lui murmura des mots réconfortants.

Avec un pincement au cœur, Jem sentit comme sa mère lui manquait. Le reste de sa famille et la reine étaient-ils en sécurité et en bonne santé ? Et cette fumée, que signifiait-elle ? Il s'efforça une fois de plus d'arrêter de se tracasser. Un incendie de forêt, en plein été. Pas de quoi s'alarmer. Bientôt, il serait de retour chez lui, et ensemble, ils pourraient arranger… tout ce qui n'allait pas. Sa mère saurait quoi faire.

La barge fut guidée jusqu'au rivage. Cador souleva prudemment Hedrok pour le déposer sur la plage rocailleuse. Il garda ensuite le garçon sur ses genoux tandis que Creeda l'apaisait. Se sentant inutile, Jem s'approcha de Jory et de Lusow. Le cheval était toujours fébrile.

— Tu vas bien, après ton plongeon inattendu ? demanda Jory.

Jem passa une main sur ses boucles mouillées et prit soin de ne pas toucher son crâne sensible.

— Je vais bien. Hedrok est en sécurité, c'est tout ce qui compte.

— Hmm. Cador est en sécurité, également.

Jem haussa nonchalamment les épaules. Ses vêtements mouillés collaient à sa peau, mais il faisait suffisamment chaud pour que cela ne le dérange pas. S'approchant de Lusow, il tendit une main hésitante et fut satisfait quand l'animal tourna les naseaux vers sa main. Jem caressa ensuite sa tête tachetée de blanc.

Il avait passé trop d'années à craindre les chevaux après avoir été piétiné par l'un d'eux. À présent, il savait qu'il s'agissait de créatures fidèles et bienveillantes, malgré leur taille imposante qui pouvait s'avérer intimidante.

Jory glissait régulièrement une main sur les flancs de Lusow.

— Maintenant que nous sommes de retour sur le continent, tu dois avoir hâte de revoir ta famille.

— Très.

Tout serait plus facile, chez lui. Tout irait bien et il ne serait plus seul. Dans l'ensemble, il pensait que Jory était un homme bien, sincère dans ses paroles, mais il restait avant tout un Erghien.

Cador arriva à leur hauteur.

— Ne devrais-tu pas attendre l'aube, pour chevaucher ? demanda-t-il à Jory.

Attendre ? Ils ne pouvaient pas attendre !

— Tu dois y aller maintenant !

La famille de Jem était potentiellement en danger. À cause de Kenver, de l'incendie, d'autres problèmes connus uniquement des Dieux.

— Et risquer que Lusow ne se brise le boulet dans une ornière par cette obscurité ? s'enquit Cador.

Jem ravala sa frustration.

— Bien sûr que non. Je ne voudrais pas que Lusow soit blessé.

Jory lui sourit.

— Tout va bien. Le soleil se lève bientôt. Nous pouvons commencer lentement, pour remettre Lusow dans le rythme. À l'aube, nous galoperons, dit-il en toisant sérieusement Jem. J'en découvrirai autant que possible sur le feu et je vous renverrai un mot avec les provisions et les chevaux.

Il acquiesça. La lueur orange à l'ouest ne semblait nullement se rapprocher, au moins.

— Merci. Dis…

Jem souhaitait dire tant de choses et en taire tout autant.

— Dis à ma mère qu'elle me manque et que je la verrai bientôt, elle et les autres.

Jory acquiesça solennellement. Cador et lui se serrèrent mutuellement les bras. Jory marmonna à voix basse, mais Jem ne put distinguer ses mots. Il partit ensuite, marchant devant Lusow jusqu'à ce qu'ils quittent la plage rocailleuse. Il monta ensuite sur son dos. Jem avait envisagé à maintes reprises de supplier Jory de l'emmener, mais son poids supplémentaire serait un fardeau pour Lusow et les ralentirait.

Jem pivota et trouva le regard de Cador rivé sur lui, enivrant malgré tout et caché par ses paupières lourdes. Jem se crispa et alla demander à Creeda si Hedrok ou elle-même avait besoin d'aide. Dans peu de temps, il ne serait plus obligé de se montrer sympathique avec la femme qui avait comploté sa mort, mais son fils était innocent dans cette histoire et il ne devrait pas souffrir si Jem pouvait l'aider d'une quelconque façon.

Bientôt, Meraud et son petit équipage leur adressaient un signe de la main, attendant de nouvelles instructions depuis le bateau. Jem enfila ses bottes fines et plaça sur son épaule un sac rempli de nourriture. Son coffre resta à bord. Ils enverraient quelqu'un le récupérer, ainsi que tout ce qui était trop lourd.

Ils n'avaient apporté que deux charrettes pouvant être tirées à la main. L'une accueillait Hedrok sur un lit de fourrures et l'autre, une collection impressionnante de lances ainsi que davantage de nourriture. Tout le monde portait aussi un sac. Ils espéraient que les provisions envoyées depuis la Place Sainte leur parviendraient dans un jour ou deux, mais il n'y avait aucune garantie. Surtout maintenant.

Cador avait son épée dans le dos et tenait son poignard alors que leur petit groupe marchait vers le sud. Ses bottes devaient être trempées et pourtant, il marchait d'un pas lourd. Une fois qu'ils eurent quitté les rochers et rejoint le chemin de terre sinueux, le ciel à l'est grisonnant et s'éclaircissant, Jem fut obligé de prendre la parole.

— Ne serait-il pas plus malin de marcher pieds nus et de faire sécher tes bottes ?

Pas de réponse. Kensa marchait entre Jem et Cador. Delen tirait la charrette soutenant Hedrok avec Creeda à ses côtés. Quelques autres chasseurs tractaient la seconde. Kensa donna un coup de coude à Cador.

— Il te parle.

— Je ne voulais pas faire de suppositions, marmonna Cador.

Jem s'emporta, agacé.

— Tu es le seul à porter des bottes mouillées.

— J'ai déjà marché avec des bottes mouillées, par le passé.

— D'accord.

— J'ai découvert qu'une bonne fessée aidait, quand il boudait, déclara joyeusement Kensa.

Jem ne put que bafouiller et ordonner à son esprit de penser à autre chose, n'importe quoi.

— Conneries ! aboya Cador.

Kensa sourit.

Un brouillard flottait à l'horizon, et à mesure que le soleil éclatant se levait, il devint évident qu'il ne s'agissait pas d'une simple rosée matinale sur le point de se dissiper. Jem réalisa tardivement que le vent avait dû tourner, car la fumée ne lui piquait plus les narines. Il choisit d'y voir un bon présage.

Le voyage du jour fut long et accablant. La terre était desséchée, et le ciel lointain conservait une teinte anormalement orangée. Lorsqu'ils atteignirent enfin les champs bordés par la forêt où ils avaient campé des mois plus tôt, en partant vers le nord, Jem était exténué, et ses pieds palpitaient.

Il s'assit, ravi, et arracha ses bottes. Le soleil brillerait encore des heures, mais ils pouvaient au moins se reposer un moment avant de repartir.

— Il y avait des byghanes dans ces bois, la dernière fois, annonça Delen. Nous allons chasser et nous installer.

Nous installer ? Jem regarda autour de lui. Cador et Kensa choisissaient leur lance, tandis que les autres déposaient délicatement Hedrok, entourés de ses fourrures, sur l'herbe courte.

— Mais nous devons continuer d'avancer, dit Jem. Ce n'est pas comme à Ergh… Il fera encore jour pendant des heures. Nous rencontrerons peut-être des voyageurs qui nous donneront des nouvelles.

Delen le regarda en fronçant les sourcils.

— Nous attendons les chevaux ici. Il y a une crique, pour l'eau. Nous avons suffisamment avancé.

— Mais on ne peut pas rester assis là ! dit Jem en se levant. Il faut que je rentre à la maison. Je dois découvrir ce qu'il se passe. Et si cette… s'interrompit-il en désignant la fumée orangée dans le ciel. Et si elle ne vient pas d'un incendie ? Et si la guerre avait éclaté ? Et s'il s'agissait de la fumée provenant d'une bataille ?

— Alors il vaut mieux que tu restes ici, avec nous, déclara fermement Delen avant de se tourner vers Cador. Tu n'es pas d'accord ?

Cador grogna son approbation.

Ce *cran* qu'ils avaient, tous les deux !

— Il n'a pas son mot à dire !

Serrant le poing, Jem plongea ses orteils dans l'herbe et la terre sèche.

Son cri attira certainement l'attention de tous les Erghiens et les chasseurs se renfrognèrent. Jem se rappela qu'ils ne connaissaient pas la vérité, à propos des manigances et du kidnapping. Ils ne le voyaient que comme le prince Jowan, l'homme qui avait été obligé d'épouser Cador et qui devait lui être asservi, comme il n'était qu'un faible habitant du continent.

Ses joues s'embrasèrent alors que son esprit bien mal avisé lui transmettait le souvenir de toutes ces fois où il s'était impatiemment offert à Cador, prenant son sexe et le suppliant d'être dominé. C'était différent. Cela n'avait rien à voir avec la situation présente.

À sa grande surprise, Cador ne soupira pas et ne tapa nullement du pied dans sa botte trempée.

— Il n'y avait rien entre nous et la Place Sacrée, si je me souviens bien, déclara-t-il d'une petite voix. Il est logique de camper ici et de se reposer. Jory ne nous laissera pas tomber. Il chevauchera comme le vent et nous enverra bientôt des chevaux.

Évidemment, il chante les louanges de Jory.

Jem grimaça après cette pensée mesquine. Jory avait uniquement fait preuve de gentillesse à son égard. Enfin, s'il avait un choix à faire, il se rallierait sans l'ombre d'un doute à Cador. Jem s'était montré discourtois et jaloux de lui dès le début, car

Jory et Cador avaient précédemment été amants. Son époux avait probablement couché avec la moitié d'Ergh. Et il pouvait recommencer !

Sauf qu'il pourrirait bientôt dans le donjon du château. Ainsi, il ne coucherait peut-être plus jamais avec personne. Bien fait pour ce salopard de traître.

— Je ne peux pas rester assis là et ne rien faire, avoua Jem.

— L'attente n'est pas facile à supporter, dit Creeda, qui était agenouillée et ne quittait pas des yeux la silhouette endormie de Hedrok. À ton avis, pourquoi sommes-nous ici ?

L'horreur picota la peau de Jem. Creeda avait montré jusqu'où elle était prête à aller, bien au-delà de l'attente, pour aider son fils. Tout comme Austol pour sa sœur. Soudain, Jem ressentit leurs années d'agonie. Creeda avait sûrement été torturée par l'attente, tandis que son enfant souffrait.

Mais tout de même, comment pouvait-elle le *regarder* après avoir prévu de le décapiter ? Et pire encore, comment osait-elle lui prodiguer des conseils sur la difficulté de l'attente ? Il ne trouva aucune réponse adéquate, hormis un rugissement de rancœur et de fureur qu'il ravala. Il demeura silencieux.

— Nous pouvons prier, dit Creeda en reprenant la parole.

Elle lui tendit le fagot de brindilles biscornues.

Il réprima son instinct, qui était de nier l'existence des Dieux et lui dire qu'il ne croyait pas en eux. Cette femme avait voulu le voir décapité pour satisfaire l'idée vicieuse qu'elle se faisait de ces supposés dieux, et maintenant, elle suggérait qu'il leur adresse une prière ? Elle lui offrait son talisman sacré ?

Malgré sa révulsion, il ne put se résoudre à le refuser, face à la silhouette dégradée de Hedrok. Une anxiété étrange le saisit. Il ne pensait pas que les Dieux existent réellement, mais s'il se trompait ? Et si prier maintenant pouvait soulager les souffrances de cet enfant ? Et de tous les enfants ?

Il obligea ses pieds à bouger et s'agenouilla suffisamment près d'elle afin de prendre le talisman. Les branches noueuses étaient étrangement lisses au toucher, sûrement usées par ses mouvements fervents. Ce n'était que du bois mort. Il n'y avait pas de magie, là-dedans. Aucune malveillance.

Tenant les brindilles, il baissa scrupuleusement la tête alors que Creeda récitait une prière à Tan, Glaw, Hwytha et Dor, les Dieux du feu, de l'eau, du vent et de la terre. Son ton grave et révérencieux aurait dû le réconforter, mais il rendait Jem malade. Il lui rappelait le sac au-dessus de sa tête et la ficelle qui s'enfonçait dans son cou. L'idée de rester ici toute la nuit, une journée entière et probablement une autre nuit près de Creeda et de son fils pitoyable lui était insupportable.

Les yeux fermés, il se révéla impuissant contre les assauts des souvenirs : le visage pincé d'Austol, le sac étouffant, les ecchymoses et la douleur, la fureur enfiévrée de Bryok à la lumière d'une torche, la chute sur le nid de drèdes dans l'obscurité, la paroi rocheuse qu'il avait griffée pour remonter…

Il commença à se gratter la tête avant de se rendre compte de ce qu'il faisait. À l'instant où la prière de Creeda prit fin, Jem lui jeta le talisman et s'échappa au milieu des arbres, comme s'il devait se soulager. Son cœur tambourinant douloureusement, il s'appuya contre un chêne et tenta de reprendre sa respiration.

Un pépiement familier lui parvint aux oreilles. Il ouvrit les yeux et repéra un dillywigue femelle battre des ailes en passant d'une branche à une autre. Ses plumes étaient brunes et mouchetées. Elle était magnifique. Des larmes lui montèrent aux yeux et il les essuya de son poing, se moquant de lui-même.

Il était revenu à Onan en un seul morceau et désormais, il devait seulement retourner à Neuvella. Il essuya la trace de sang sous ses ongles et recoiffa ses cheveux en bataille. Il devait avancer. Ils iraient plus vite, si Hedrok ne les ralentissait pas. Non pas que ce soit la faute de ce pauvre garçon, mais ses cris écorchaient les nerfs déjà à vif de Jem.

Creeda avait ses prières, mais Jem devait savoir ce qu'il se passait sur sa terre natale, car la peur montait à chaque instant et il craignait le pire. Il ne savait même pas ce qui pourrait être le pire. Sa vie à Neuvella avait été choyée et protégée. Il craignait que rien, personne et plus aucun endroit ne soit en sécurité, à présent.

Il pouvait y avoir d'autres voyageurs ou une ferme qu'ils n'avaient pas remarquée lors de leur trajet vers le nord. Il devait y avoir quelque chose ! Autrement, ils croiseraient des domestiques de la Place Sacrée et ce serait déjà ça de pris pour son voyage vers le sud. Il était capable de chevaucher seul, à présent. Austol le lui avait appris, bien avant que…

Renfermant les idées noires qui l'assaillaient, Jem regagna le campement et s'assura que son sac contienne sa part de nourriture ainsi qu'une gourde d'eau.

Lorsque l'obscurité s'abattit enfin, le ciel distant conserva une teinte orangée anormale, bien après le coucher du soleil. Il mangea de la viande filandreuse de byghane et observa Cador de l'autre côté du petit feu de camp.

Puis, quand celui-ci lui tendit une fourrure afin qu'il se prépare un lit, leurs doigts se touchèrent et l'envie révoltante de sentir davantage sa peau fut plus forte que jamais. Il la détestait autant qu'il détestait Cador.

Se rappelant que ce barbare lui était aussi étranger que le jour où Jem avait été obligé de l'épouser, il disposa sa fourrure avant de l'enrouler autour de lui. Il observa silencieusement et attendit que tout le monde se soit couché, ou soit distrait –

même maintenant, avec les cris d'agonie occasionnels de Hedrok, les barbares ne se privaient pas de débauche.

Ils étaient toujours sans gêne et s'accouplaient – voire plus – en plein air. Pourtant, lors de ce voyage, Jem n'était plus un vierge innocent. Désormais, il imaginait bien plus clairement les actes accompagnant les bruits de succion et de claquement. Les souvenirs l'envahirent et il enfonça les doigts dans ses oreilles avant que sa verge n'enfle entièrement.

Une fois que le campement fut silencieux et qu'il put distinguer la silhouette de Cador, près du feu de camp, dont le torse se soulevait et retombait grâce à de longues respirations endormies, il se libéra de sa fourrure. L'anxiété forma une boule dans sa poitrine, mais il prit une grande inspiration fortifiante et crispa sa mâchoire pour conforter sa détermination.

Alors qu'une chouette hululait dans la forêt, Jem passa à l'action.

Chapitre 3

— Il est toujours réticent à pisser devant tout le monde, suggéra Delen en agitant la main d'un geste dédaigneux. Il va revenir.

Cador fit les cent pas, les yeux rivés sur la lisière de la forêt alors que l'herbe cassante lui piquait la plante des pieds. Il détestait ne pas porter ses bottes, mais elles étaient encore si mouillées qu'elles en devenaient incommodantes. La fourrure qu'il avait donnée à Jem après le dîner était désormais abandonnée, et son inquiétude montait chaque instant.

Son cœur bondit lorsqu'il aperçut un mouvement distant dans la forêt, puis s'enfonça dans sa poitrine quand Kensa apparut. Il traversa alors la clairière. Il en avait assez d'attendre.

— Jem est là-bas ? s'enquit-il.

Kensa haussa les sourcils.

— Bonjour à toi aussi.

— Il est là-bas ?

Elle fronça les sourcils.

— Je ne l'ai pas vu. Mais tu sais comme il est délicat. Ces continentaux…

Cador l'esquiva.

— Jem ! cria-t-il sous les longues ombres des arbres.

Rien. Une faible brise faisait bruisser les feuilles et les oiseaux pépiaient joyeusement. S'agissait-il de ces dillywigues que Jem aimait tant ?

— Jem ! Tu es là ?

Quelque chose détala dans les taillis secs et Cador fit volte-face. Rien.

— Jem !

Son cœur tambourina.

— Réponds-moi !

S'il te plaît.

— Bon sang, réponds !

Il n'est pas là.

Par instinct, il l'appela encore et encore. Parti. Jem était parti. Cador rejoignit le campement.

— Il n'est pas là ! aboya-t-il. S'il a été enlevé…

— Enlevé ?

Delen se leva alors qu'elle discutait précédemment avec Creeda, aux côtés de Hedrok qui dormait encore.

— Par qui ? Margh n'a rien vu lors de son tour de garde.

— Ce qui est un putain de problème ! Peu importe ce qu'il s'est passé, Margh aurait dû le voir !

Delen leva les mains.

— Je suis d'accord. Mais il fait chaud et nous sommes tous fatigués. Il n'y avait aucune menace ici, la dernière fois.

— Ça ne signifie pas pour autant qu'il n'existe pas de nouvelles menaces ! Onan n'était pas en feu, la dernière fois, non plus !

Ses doigts le démangeaient tant ils voulaient saisir sa lance.

— Et nous nous pensons préparés pour une guerre ? Nous n'arrivons même pas à surveiller un minuscule habitant du continent !

Cador aurait dû rester éveillé. Il aurait dû obliger Jem à demeurer à ses côtés, qu'il le veuille ou non. Il avait insisté pour que le Neuvellan ait une fourrure, alors pourquoi ne l'avait-il pas empêché de dormir à l'écart, tout seul ?

— Je suis sûr qu'il va bien, lui assura Delen. S'il s'est enfui, nous ne pouvons pas franchement lui en vouloir. Il devait avoir envie de mettre un peu de distance avec nous. Quand nous atteindrons la Place Sacrée, il nous attendra. Il ne peut aller nulle part ailleurs, par ici. Bon, bois du thé…

— Du *thé* ? Tu crois que je vais rester assis là, à boire du putain de thé ? Je vais le chercher.

Delen commença à ouvrir la bouche.

— Pas de discussion, rétorqua-t-il. Si je deviens chef, vous allez devoir vous habituer à suivre mes ordres.

Après un instant de sidération, elle lui lança un infime sourire.

— Très bien, mon frère. File. Mais je garde notre carte du continent.

— Très bien.

Il enfila ses bottes et fut agacé de constater qu'elles étaient encore vaguement humides. Comment était-ce possible qu'il fasse déjà si chaud quand le soleil était à peine levé ? Il jura et attacha son épée, conscient que Delen se tenait toujours aux côtés de Creeda, qui veillait sur Hedrok.

— Il y a un incendie et il est parti tout seul, grommela-t-il.

— Je sais, dit-elle en fronçant les sourcils et en observant l'horizon. Le feu semble éloigné. La fumée s'est tarie. Je suis sûre qu'il n'y a pas de quoi s'inquiéter.

— Que savons-nous des incendies et des moments où il faut s'inquiéter ? s'enquit-il alors que sa colère revenait en un clin d'œil.

— Tu n'as pas tort. Maintenant, vas-y, et arrête d'agir comme un tel crétin. Tu ne conquerras pas son cœur de cette façon.

— Que sais-tu de la conquête des cœurs ?

Son regard dériva vers Creeda, qui écoutait en silence et les observait avec son habituelle expression impassible.

La mâchoire de Delen se crispa.

— Va-t'en, lui intima-t-elle.

Elle tourna les talons et s'en alla.

La culpabilité submergea Cador. Il eut envie de s'excuser, mais cela pouvait attendre.

Contrairement à Jem.

IL FAISAIT SI chaud que le monde entier aurait dû s'embraser. Des volutes de fumée continuaient d'ailleurs de s'élever à l'horizon, désormais plus à l'est. Il s'agissait peut-être d'un autre incendie ?

Clignant des yeux sous le soleil, Cador marqua une pause pour boire une gorgée dans la défense de sanglier qui lui servait de gourde et qui était lisse dans sa main. À court de bière, il l'avait remplie dans un cours d'eau qui était d'ordinaire plutôt une rivière, à en juger par les rivages asséchés. Ses jambes étaient plus longues que celles de Jem et il devrait bientôt le rattraper. À vrai dire…

Cador brandit son épée en entendant un bruit. Il avait détesté l'idée d'abandonner ses lances, mais l'épée pouvait être attachée dans son dos, ce qui était plus pratique pour marcher et s'avérait probablement plus menaçant pour les habitants du continent, bien qu'il ne soit pas particulièrement habitué à l'utilisation d'une lame.

La garde lui paraissait étrange, dans sa poigne moite, et il manqua de faire tomber cette satanée épée alors que le tambourinement de sabots devenait plus fort. Écartant les jambes, il afficha une expression des plus féroces et espéra avoir l'air plus effrayant que pressé par un besoin naturel.

Trois cavaliers apparurent au détour du sentier, dépassant un bosquet réchauffé par le soleil. Un cri s'éleva. Ils tirèrent sur les rênes de leurs montures et Cador vit alors un convoi de chevaux sans cavalier ainsi qu'un chariot derrière eux. Le charretier ralentit. Il baissa très légèrement son épée et attendit qu'ils prennent la parole.

Une femme âgée, vêtue en civil avec un pantalon de cavalière et des nattes brunes, s'adressa à lui.

— Nous sommes domestiques sur la Place Sacrée. On nous a prévenus qu'un groupe d'Ergh avait débarqué et avait besoin d'aide.

— Et qui vous a dit ça ? s'enquit Cador, même s'ils ne semblaient pas être une menace.

— Un homme du nom de Jory. Il a continué vers le sud, en direction de Neuvella, après s'être reposé. Vous êtes Cador, n'est-ce pas ? Le fils du chef de clan ?

Il abaissa son épée.

— Oui. Merci d'être venus, ajouta-t-il tardivement. Mon neveu… est tombé malade.

— Oui, nous avons entendu parler de lui. Nous devrions le mener à l'ancien, aux sources guérisseuses à l'est de Gwels. Nous pouvons le traiter, là-bas, et ce sera plus sûr pour vous tous de contourner la Place Sacrée afin de rejoindre Neuvella. Nous craignons que les vents tournent et que les incendies bloquent votre chemin, si vous empruntez la route traditionnelle.

Il y songea. Un feu de forêt pouvait-il s'étendre si rapidement ? Au cours de sa vie sur Ergh, il n'avait jamais vu une terre s'embraser. Et il n'avait jamais entendu parler de ces eaux guérisseuses, mais si elles fonctionnaient, il s'en moquait.

— Cet ancien est un guérisseur ?

— Oui, le plus instruit à Onan en dehors du guérisseur royal, Tregereth de Neuvella.

— C'est notre destination. Le château.

La femme acquiesça.

— Passer par Gwels rallonge votre voyage vers Neuvella, mais c'est plus sûr. Si votre peuple progresse lentement, avec l'enfant malade, il est plus sage de rester aussi loin que possible des incendies. Et vous devriez amener rapidement l'enfant à un guérisseur.

— Je suis d'accord. Où est Jem ? Ne lui avez-vous pas donné l'un de ces chevaux ?

La femme fronça les sourcils et échangea un coup d'œil avec ses compagnons.

— Qui ?

Le cœur de Cador loupa un battement. Ah, cette femme ne connaissait peut-être pas Jem et n'était donc pas au courant que c'était son surnom.

— Le prince Jowan.

La femme ne fit que se renfrogner davantage.

— Le prince Jowan de Neuvellan ? Votre époux ?

— Vous en connaissez un autre ? s'enquit-il. Lui avez-vous donné un cheval ?

Alors que son épée pointait en direction du sol poussiéreux, ses doigts se crispèrent autour de la poignée. Si quelque chose était arrivé à Jem, si quelqu'un lui avait fait du mal, si…

— Mon… euh, seigneur, nous n'avons pas vu le prince Jowan depuis qu'il est parti pour Ergh, il y a des mois.

Merde. Merde ! Il respira, malgré l'éclat de peur qui le brûla avant de s'installer dans son ventre comme un poing glacé.

— Il a pris de l'avance sur moi. Quelques heures… Je ne sais pas vraiment combien. Pas plus de sept. Vous auriez dû le croiser. Y a-t-il un autre chemin ?

La femme fronçait toujours les sourcils.

— Pas pour aller vers le sud. Il n'y a que la route par laquelle nous sommes venus et celle que nous emprunterons vers l'est.

— Il s'est peut-être caché en vous voyant.

Il devait être nerveux, après ce qu'il s'était passé.

Les cavaliers semblaient perplexes.

— Je ne vois pas pourquoi, dit la femme.

— Peu importe. Donnez-moi un cheval.

Il s'avança vers les montures supplémentaires et observa un grand étalon à la robe fauve.

— Il est rapide ?

— Euh, oui. La selle est…

Cador avait déjà saisi les rênes et détaché la corde qui retenait la bride du cheval. Il s'élança sur son dos et lui tapota l'encolure alors que l'animal agitait sa crinière et faisait un pas de côté.

— Inutile.

— Mais vous devriez venir avec nous et rester avec votre peuple.

La femme acquiesça en direction de l'un de ses compagnons.

— Steren trouvera le prince Jowan. Il connaît bien cette zone.

Oui, c'était le choix logique, mais l'idée d'abandonner et de retourner vers Delen et les autres, sans savoir si Jem était en sécurité, lui donna envie de hurler comme s'il avait été encorné par des défenses de sanglier.

— Je vais le trouver. Amenez mon peuple en toute sécurité auprès de cet ancien guérisseur, puis accompagnez-les à

Neuvella. S'il vous plaît, ajouta-t-il tardivement.

Elle ouvrit la bouche avant de soupirer.

— Très bien. Continuez sur cette route et vous atteindrez la Place Sacrée. Si le prince Jowan n'y est pas arrivé, il restera encore assez de domestiques pour vous aider à le chercher.

— Merci. Et qu'est-ce qui provoque les incendies ? Jem… Le prince Jowan a dit que ce n'était pas courant ?

La femme secoua la tête d'un air maussade.

— Les pluies printanières ne sont pas venues comme nous le pensions. Je n'ai jamais connu un temps aussi chaud. Le ciel de l'ouest est illuminé depuis des semaines. Bien sûr, nous prions pour que la pluie arrive et que tout s'arrange.

— Aucune rumeur ne parle de batailles qui auraient pu provoquer ces feux ?

Elle semblait sincèrement stupéfaite.

— Non ! Pourquoi ?

Cador n'avait ni le temps ni l'envie d'expliquer.

— Le nom ?

Il tint lâchement les rênes de cuir chaud et tapota l'encolure de sa monture.

— Je suis…

— Du *cheval*.

Elle rougit.

— Nous l'avons appelé Melwyn, comme sa robe ressemblait à du miel frais, à sa naissance. Elle est plus foncée, maintenant, comme vous le voyez, et elle mange tant que nous avons commencé à l'appeler Dybri à cause du foin spécial qu'elle adore dévorer. Et…

Il avait déjà retourné Melwyn – disons plutôt Dybri – et l'avait incité à s'élancer. Alors que les vents chauds s'élevaient et que la fumée distante se rapprochait, Cador garda la tête basse, à la recherche de Jem. Il cria son nom jusqu'à ce que sa voix devienne rauque.

EN S'APPROCHANT DES écuries, en périphérie de la Place Sacrée, Cador aurait dû être prêt à boire une chope de bière et à manger un bon repas, autre que du byghane et du sanglier séché qu'ils avaient apporté pour le voyage. Pourtant, l'inquiétude le rendait malade et le nœud immense dans son estomac ne faisait que grandir.

Jem était-il blessé ? Perdu ? Et si Connor avait eu raison, après tout, et qu'il avait été enlevé ? Il aurait pu s'agir d'espions de l'ouest et de ce maudit roi Perran, qui comploterait contre eux. Ce salopard contrôlait les sevels avec une poigne de fer, et détestait la mer de Jem. Le Tas avait prévu de se servir de cela au bénéfice d'Ergh, mais l'ouest l'avait peut-être devancé dans ce projet.

Cador se rappela que personne n'était au courant de leur arrivée sur le continent. Ils n'avaient vu aucun autre navire, mais rien ne lui garantissait qu'ils n'avaient pas été repérés, n'est-ce pas ? Il était possible que…

— Ferme-la, marmonna-t-il dans sa barbe en descendant de cheval dans un grognement.

Seuls quelques chevaux paissaient dans le champ non loin. L'herbe était courte et sèche, mais pas brûlée. La fumée, à l'horizon teinté d'orange, s'attardait, mais restait lointaine et en direction de l'est, désormais. Les pluies arriveraient peut-être bientôt et mettraient fin à tout ça, comme les religieux l'avaient dit. Un bruit de grattement régulier se faisait entendre depuis l'écurie, mettant ses nerfs à vif. Guidant Dybri, il dégaina son épée.

Dans la grange, une jeune femme d'une quinzaine d'années balayait un box. Le foin laissait échapper un bruit crissant quand il griffait la pierre.

— Vous, là ! l'appela Cador.

Elle fit volte-face et son balai claqua contre le sol en pierre. Ses yeux pâles étaient écarquillés et ses cheveux roux tirés en arrière, dévoilant un visage rond parsemé de taches de rousseur. Son pantalon et sa tunique étaient couverts de poussière, mais dans un bon état.

— Moi ?

Son couinement lui fit penser à Jem, lors de leur nuit de noces. Il s'était dérobé à l'idée de s'envoyer en l'air. Ce souvenir le fit souffrir.

— Jem est ici ?

Il devait le protéger et le mettre en sécurité.

— Le prince Jowan, je veux dire.

Son cœur s'enfonça dans sa poitrine quand la fille fronça les sourcils.

— Non, monsieur. Je n'ai pas vu le prince Jowan.

Merde. *Merde, merde, merde.* L'envie de hurler persistait, mais il s'obligea à respirer. Déchaîner sa fureur impuissante sur cette palefrenière ne résoudrait rien. Les bonnes manières. Les habitants du continent aimaient les bonnes manières.

— Navré de vous avoir surprise. Je suis Cador d'Ergh.

Elle hocha sérieusement la tête.

— Oh, oui. Je me souviens.

— Comment vous appelez-vous ? demanda-t-il dans le silence qui s'ensuivit.

— Tamsyn.

Son regard vacilla entre le visage de Cador et autre chose.

Cador se rendit compte qu'il tenait toujours son épée et il la rangea donc dans son fourreau. Il caressa Dybri et sourit à la jeune femme.

— Avez-vous vu mon ami Jory ? Ses cheveux sont comme les vôtres. En plus clairs et plus décoiffés, cependant.

Elle lui lança en retour un sourire hésitant.

— Oui. Il s'est reposé, son cheval également. Il a ensuite poursuivi sa route. Il a dit qu'il se rendrait au château de Neuvella. C'est là que vivent la reine et sa famille.

Au moins, une chose se déroulait selon leur plan.

— Oui, il prévient tout le monde de notre arrivée inattendue. En parlant de ça, pouvez-vous informer les gens d'Église de ma présence ?

— Eh bien, le truc c'est que… ils sont partis. La plupart, du moins.

— Partis ? Mais où sont-ils allés, bordel ?

La femme inconnue sur le sentier ne l'avait pas mentionné.

Haussant les sourcils, Tamsyn s'exclama légèrement.

— Je… Je ne sais pas.

Cador jura cette fois-ci en silence.

— Voyagent-ils souvent ?

— Non, monsieur. Notre glorieuse cheffe, Ysella, voyage parfois aux quatre coins d'Onan pour rencontrer les familles royales. Elle est partie subitement, il y a quelques jours. Vous devez vous souvenir d'elle. Elle a officié lors de votre cérémonie de mariage.

Oui, il se souvenait très bien de la femme ridée et courbée qui ne la fermait jamais. Il traça les contours irréguliers de la marque sur sa paume avec son majeur.

— Et elle a emmené les autres religieux avec elle ?

Tamsyn acquiesça.

— Seuls quelques-uns sont restés. Et…

— Prenez soin de Dybri.

Il tourna les talons et sortit de l'écurie. Dans l'embrasure de la porte, il se souvint d'ajouter ses remerciements avant de poursuivre en direction du bâtiment principal. Il était déserté et Cador n'aimait pas ça. Les religieux ne lui manquaient peut-être pas, mais cet endroit avait tant fourmillé, au printemps. Il supposait que les nombreux visiteurs avaient été attirés par le sommet de la paix, mais ce vide le rendait nerveux.

Lorsqu'il pénétra dans une cour agréablement ombragée, il découvrit un homme d'Église en robe grise assis au bord d'une fontaine bouillonnante, avec les pieds dans l'eau. La fontaine semblait un gâchis, avec cette sécheresse, même si Cador devait bien admettre qu'il était tenté d'y plonger la tête.

Les yeux du religieux étaient fermés et il n'avait manifestement pas remarqué son arrivée. Il était mince, avec des cheveux et une peau couleur fauve. Les douces ondulations de ses cheveux courts effleuraient l'extrémité de ses oreilles. Il était d'une beauté fade, typique de ce charme ordinaire du continent. Priait-il ? Il donnait plutôt l'impression de faire la sieste. Cador s'éclaircit impatiemment la gorge.

L'homme n'ouvrit pas les yeux.

— Oui ?

— Où sont allés tous les autres religieux ?

Sursautant, il ouvrit ses yeux marron et bondit immédiatement. Il se trouvait désormais dans la fontaine et dévisageait Cador. Il sauta rapidement hors du bassin et enfila ces sandales de cuir que les gens d'Église semblaient favoriser. L'ourlet de sa robe dégoulinait. Il continua d'observer Cador, bouche bée, et fronça les sourcils.

— Je... *vous*. Vous êtes ici ?

Cador écarta les mains le long de ses flancs.

— Effectivement ! Je suis là.

Il imagina Jem grimacer devant son impolitesse et ravala sa fureur. Ils perdaient du temps. Il devait trouver Jem.

— Cador, fils du chef de clan.

Le nouvel héritier, que ça me plaise ou non.

— Oui, je me souviens, dit le religieux en jetant un coup d'œil derrière lui. Où est votre époux ?

— Je n'en sais rien. Il…

— Que lui avez-vous fait ?

Cette accusation résonna dans la cour et plusieurs oiseaux s'envolèrent depuis le toit en battant rapidement des ailes.

Mais pour qui se prenait ce religieux qui rêvassait ? La colère de Cador monta, rapidement consumée par la culpabilité. Son visage se réchauffa.

L'ecclésiastique plissa les yeux.

— Dites-moi ce qu'il est advenu de lui.

— Je l'ignore. C'est ça, le problème. Nous avons été séparés sur le chemin entre ici et la côte.

— Comment ? demanda l'homme en le toisant toujours d'un air suspicieux.

— Ça n'a aucune putain d'importance ! Vous devez connaître la zone. Organisez un groupe de recherche.

Le religieux semblait perdu.

— Euh, oui, dit-il avant de secouer la tête. Pardonnez-moi. J'étais perdu dans mes prières et je ne m'attendais pas à voir quiconque. Encore moins un chasseur d'Ergh.

— Où sont le reste de vos ecclésiastiques ? La fille ne le savait pas, expliqua-t-il en hochant la tête vaguement en direction de l'écurie.

Néanmoins, compte tenu des longs bâtiments identiques et des sentiers tortueux, il aurait pu s'emmêler les pinceaux.

— Certains sont allés à Neuvella. Les autres voyagent dans tout Onan pour aider à calmer les habitants. Le malaise gronde. Cette sécheresse et les feux de forêt… La peur monte à l'idée que nous ayons mis les Dieux en colère.

— Les Dieux sont des salopards capricieux, marmonna Cador.

Le religieux avait probablement entendu pire, vu son âge.

— Pour l'instant, nous devons trouver J… Le prince Jowan. L'homme acquiesça solennellement.

— Effectivement. Le prince Jowan ne doit pas être blessé.

Ne perdant pas une seconde, Cador remplit sa gourde et enfonça fermement le bouchon de fer avant de retourner vers l'écurie. Au moins, il était d'accord sur un point avec un homme d'Église.

Chapitre 4

L E PARFUM DE lavande emplit les narines de Jem. Des oisillons pépiaient dans la volière et l'eau léchait délicatement le rivage, balayée par la brise de cet après-midi. Le soleil étant à son zénith dans le ciel estival, le monde brillait sous cette parfaite lumière dorée, alors même que ses yeux étaient fermés. Tandis qu'il s'assoupissait, l'herbe luxuriante amortissait son dos et chatouillait la plante de ses pieds nus. Ses cheveux, qui étaient mouillés après ses longueurs dans le lac, séchaient sous cette chaleur.

Chez moi.

Hmm. Il se demanda ce que les merveilleux chefs du château cuisinaient pour le dîner. Probablement une quelconque viande rôtie succulente avec des légumes parfaitement cuits et encore croquants – oh, et du pain frais avec du beurre crémeux. Le dessert promettait d'offrir une variété de gâteaux et certainement des tartes aux fruits rouges, encore chaudes et tout juste sorties du four. Sa mère s'assurait toujours que la cuisine prépare les gourmandises préférées de Jem.

Oh, oh… et l'hydromel serait sucré et rafraîchi dans les réserves du château en sous-sol. Il percevait presque déjà le goût, rafraîchissant et entêtant, ce qui engendrait chez lui un picotement agréable…

Jem se réveilla, en sueur, sur la terre durcie. Sa hanche et son épaule étaient endolories, comme il avait été recroquevillé dans la même position trop longtemps. Couvert de cendres et de poussière, il s'assit en grognant. Il agita ses orteils nus, craignant d'enfiler à nouveau ses bottes à la fine semelle.

Ce maudit soleil qui lui avait tant manqué était enfin plus bas, dans le ciel. L'arbre ne lui avait offert qu'une légère zone ombragée, mais c'était déjà mieux que rien. Il jeta un coup d'œil autour de lui, devant le paysage désertique uniquement ponctué par des amas d'arbres et des herbes sèches. Le brouillard orange était toujours suspendu à l'horizon. Était-ce l'est ou l'ouest ?

Perdu. Il était revenu à Onan – sa terre natale ! – uniquement pour finir désespérément *perdu*. Il avait été clairement imprudent de fausser compagnie à Cador et aux autres, dans la nuit. Motivé par son objectif et sa confiance, il s'était dit qu'il avait bien plus à craindre de la part de ses compagnons de voyage plutôt que de cette expédition en solitaire.

Cador était-il en train de le chercher ? Il était peut-être même inquiet. Une fois, Jem avait imaginé entendre Cador l'appeler dans un cri précipité et rauque. Quelle connerie ! Il avait bu davantage d'eau, de peur que la chaleur ne lui monte à la tête.

— Peu importe, grommela-t-il d'une voix rauque.

Il avait rempli sa gourde plus tôt et se permit donc de boire une gorgée entière. Ce que Cador pensait ou ressentait n'était plus son problème. Et, avec un peu de chance, Jem arriverait à la Place Sacrée avant que le contingent d'Ergh et Cador ne sache qu'il s'était perdu.

L'humiliation picota sa peau moite. Avec une unique route – et ce qualificatif était généreux, comme il s'agissait plus d'un chemin ou d'un sentier –, il aurait dû être facile de trouver la Place Sacrée. Partir vers le sud. Fin de l'histoire. Lors de leur traversée de la Mer d'Askorn, il avait jeté un coup d'œil à la carte du continent de Delen et avait cru la connaître suffisamment.

Le vent avait commencé à souffler aux alentours de midi. Des bourrasques chaudes et douloureusement sèches l'avaient rendu anxieux et étrangement mélancolique. Pire que tout, le brouillard s'était épaissi dans toutes les directions. Il devenait comme cette brume qui recouvrait Neuvella lors d'une averse particulièrement ardue, mais celle-ci lui brûlait les yeux, le nez et la gorge. Curieusement, le soleil filtrait encore pour s'abattre sur lui alors qu'il avançait.

Il avait cru partir dans la bonne direction, néanmoins, le doute s'était insinué en lui. Rapidement, Jem avait totalement oublié où se trouvaient le nord et le sud, et il avait quitté le chemin, d'une manière ou d'une autre. Il s'était réfugié sous un chêne pour se reposer, plutôt que de se perdre encore davantage.

Désormais, le brouillard s'était estompé, même si l'air semblait encore chargé de fumée. Bien que Gwels abrite quelques brousses, il n'avait jamais imaginé que la zone en périphérie de la Place Sacrée soit aussi sèche. Mais qu'en savait-il réellement ? Il avait à peine quitté Neuvella, pendant toute sa vie. Il avait à peine quitté les alentours du château, satisfait de profiter de son temps comme il lui chantait. Le sommet printanier lui avait permis d'effectuer son premier trajet jusqu'à la Place Sacrée depuis qu'il était petit garçon, quand il avait participé à un voyage avec ses parents.

Au moins, il était certain que le soleil se couchait du côté d'Ebrenn. Battant des paupières, il se protégea les yeux. Une fois que l'après-midi se serait suffisamment écoulée, il saurait où se trouvait l'ouest. Ce n'était pas rien. Il pouvait y arriver. Il *allait* y arriver ! Il trouverait son chemin.

Que ferait Morvoren ?

Sa gorge se serra. Oh, comme cela avait semblé simple quand Morvoren avait été kidnappée et s'était engagée dans des combats. Si elle était dans de beaux draps, son amant triton se pointait systématiquement pour lui sauver la vie, et vice-versa. Ils s'étaient mutuellement sauvés à d'innombrables reprises et le célébraient avec des ébats passionnés dans des positions exaltantes.

Serrant ses genoux contre sa poitrine, Jem s'autorisa à penser à Cador.

S'il avait besoin de lui, Cador viendrait. Malgré tout, il savait que c'était vrai. Cette idée aurait dû être merveilleusement réconfortante et pourtant, elle le laissait désespérément triste. Et s'il se trompait à nouveau ? Et si Cador l'abandonnait volontiers et le laissait mourir de faim dans la nature ? Jem se rappela que ce qu'il pensait savoir vrai ne l'était vraisemblablement pas. Il toussa et but quelques gorgées supplémentaires.

Que ferait Morvoren ?

Jem éclata de rire.

— Elle n'aurait jamais à gérer ça, car son amant ne la trahirait pour rien au monde. Parce qu'une perfection loyale est possible, uniquement quand on vit dans des livres.

Sa voix était terriblement rauque et il s'autorisa à boire une autre gorgée.

L'une des premières trahisons de Cador avait été de retirer ces livres mêmes dans le coffre de Jem avant qu'ils partent vers le nord, jusqu'à Ergh. Jem ressentait toujours un picotement de chagrin pour ces livres bien-aimés, abandonnés et perdus dans la terre. Mais voilà qu'il s'était bêtement perdu et que personne ne pouvait l'aider. Ce n'était pas grave. Il n'avait pas besoin de qui que ce soit. Une fois qu'il réussirait à s'orienter à nouveau, il trouverait son chemin jusqu'à la Place Sacrée.

Il rendrait Morvoren fière. Il se rendrait fier.

— PRINCE JOWAN !

Le cœur de Jem bondit alors que la voix de la jeune fille résonnait au crépuscule. Il avait réussi. Enfin, il avait été trouvé, comme il ne voyait toujours pas la Place Sacrée. Mais quelqu'un le *connaissait*, ce qui l'emplit d'un élan de soulagement réconfortant. Rien ne s'était passé normalement ou comme prévu depuis qu'ils avaient atteint le continent, mais au moins, quelqu'un semblait ravi de le voir.

Il cligna des yeux sous le soleil couchant et tenta de distinguer la silhouette sur le cheval. Ses cheveux couleur flamme se balançaient en une queue de cheval et elle exécuta une révérence solennelle avant de lui lancer un sourire étincelant.

— Pouvez-vous sauter, Monseigneur ?

Jem en avait envie – sincèrement –, mais le cheval semblait encore plus grand que d'ordinaire et les jambes de Jem étaient faites de plomb.

— De l'eau ? demanda-t-il en gagnant un peu de temps.

— Bien sûr !

Elle bondit gracieusement à terre et tendit à Jem sa flasque de bronze.

— Vous devez être épuisé. Laissez-moi vous donner un coup de main pour monter.

— Merci. Je crains de m'être quelque peu égaré.

D'un signe de la tête, elle désigna le sentier derrière elle.

— Vous veniez de la bonne direction, mais d'un peu plus loin que d'ordinaire. Vous vous en seriez sorti seul.

Jem fut pathétiquement reconnaissant envers cette fille pour ses mots. À un tel point qu'il ravala une vague d'émotions.

— Merci, euh…

— Tamsyn, Monseigneur. C'est un honneur.

Elle exécuta une seconde révérence.

Il acquiesça. Il était inutile de tenter de se comporter comme un membre de la royauté, étant donné qu'un instant plus tard, il grognait alors que Tamsyn l'aidait à le hisser sur le dos du cheval. Après être elle-même montée aisément, elle émit un sifflement strident et opéra un demi-tour avec leur monture.

— Votre mari sera particulièrement soulagé. Il était mort d'inquiétude.

Malgré ses efforts, Jem ne put atténuer une sensation de satisfaction palpitante.

— Il s'inquiétait ? demanda-t-il avec une nonchalance perfectionnée.

Attendez… Cador était arrivé sur la Place Sacrée ? Cela signifiait probablement qu'il avait cherché Jem en se rendant compte de sa disparition. Cette fois-ci, le Neuvellan écrasa la satisfaction avant qu'elle puisse se muer en bonheur.

Selon toute probabilité, Cador avait simplement souhaité l'empêcher d'atteindre Neuvella avant le reste du convoi, pour qu'il ne retourne pas irrévocablement sa mère contre eux.

— Oh, oui, Monseigneur. Il était paniqué. Dans le sens où… il grognait beaucoup. Il me fait penser aux ours qui vivent dans les montagnes d'Ebrenn. Enfin, je n'en ai jamais vu de mes propres yeux, mais il existe des dessins et des histoires, bien sûr.

Il faillit sourire après cette comparaison.

— J'en ai vu, un jour, lors d'une visite à Ebrenn.

Il était alors jeune. Il se souvenait de la rancœur nerveuse du roi Perran envers la reine de Neuvella, ainsi que le chagrin pour sa fille morte jeune. L'ours avait été mis en cage et Jem avait trouvé que ce n'était pas juste pour cette bête.

Il sirota encore plus d'eau et bientôt, ils atteignirent les écuries en entendant le vacarme engendré par d'autres sabots en approche. Dans l'obscurité, une silhouette familière bondit du cheval et courut dans sa direction. Jem résista à l'envie de se jeter dans les bras de Cador – bien que, finalement, il n'ait pas le choix en la matière.

Et pour un unique battement de son cœur blessé, Jem s'autorisa le confort d'être tenu en l'air, dans une étreinte puissante. Ses bras étaient autour du cou de Cador et son visage contre cette gorge trempée de sueur. En plus du parfum musqué, il jurait pouvoir sentir l'odeur de la mousse sur de la pierre.

Il donna ensuite un coup de pied contre le mollet de Cador et poussa contre ses larges épaules.

— Pose-moi par terre !

Cador resserra un instant ses bras autour de Jem, puis s'exécuta. Le prince souffrit et ses genoux manquèrent de céder alors que ses bottes touchaient le sol. Néanmoins, il était déterminé à rester sur pieds.

— Pourquoi t'es-tu enfui, bon sang ? s'enquit Cador.

Jem était particulièrement conscient de leur public et il releva donc le menton.

— Nous en discuterons plus tard.

— Prince Jowan, s'il vous plaît, venez par ici.

Une domestique tenant une lanterne le conduisit vers le vaste domaine, la nuit tombant complètement autour d'eux, désormais. Jem remercia les autres membres de l'équipe de recherche, bien qu'il ne puisse les voir au-delà du cercle de lumière jaune.

Il fut surpris d'apprendre que la plupart des religieux n'étaient pas présents ici et que Delen, ainsi que les autres, voyageait désormais vers le sud en passant par Gwels. Il fut cependant soulagé que Hedrok consulte très bientôt un guérisseur.

— Vous devez être affamé, suggéra la domestique. Tous les deux. Votre mari ne s'est pas reposé avant de vous trouver.

Cela n'aurait pas dû réjouir Jem. Il écrasa ces volutes de joie qui se déployaient, sans jeter un seul coup d'œil à Cador, qui ne faisait pas un bruit. La servante évoqua le fromage que les ecclésiastiques fabriquaient eux-mêmes et le pain tout juste cuit par anticipation de son retour.

— Merci, dit Jem. Ça me semble délicieux et ce repas sera le bienvenu.

Il posa des questions sur Neuvella et la menace des incendies, mais bien sûr, les domestiques ne savaient pas grand-chose.

Il constata qu'il était véritablement affamé et annonça à la servante qu'il mangerait avant de prendre un bain. Cador le suivait en silence. Jem n'avait pas envie de faire une scène. Ils s'assirent dans la cour, autour d'une petite table sous le ciel sombre et brumeux. Seule une légère brise les soulageait sous cette chaleur. Une fontaine gargouillait, une lampe brûlait. Au moins, le soleil s'était couché.

Le pain et le fromage étaient vraiment délicieux. Jem les fit passer avec de l'hydromel, tout en grignotant également des fruits frais sur un plateau. Un homme s'approcha, sortant des ombres, et Jem crut un instant qu'il était religieux, compte tenu de son attirail.

Cet homme le gratifia d'un large sourire.

— Jem, je suis vraiment ravi que vous soyez en sécurité.

Le Neuvellan ne le reconnut pas avant un moment. Le contexte ne convenait pas – la tenue unie, l'absence de couronne d'émeraudes. Il avait du mal à comprendre, mais… oui. C'était lui.

— Prince Treeve ?

— C'est si bon de vous revoir, déclara l'intéressée en souriant à nouveau, dans un éclat de dents étincelantes, alors que ses lèvres pulpeuses se retroussaient.

Jem lui rendit son sourire.

— Oh ! En effet.

Treeve lui était presque inconnu et la reine de Neuvella avait toujours été en désaccord avec le père de ce dernier, mais il était tout de même un élément quelque peu familier de l'ancienne vie de Jem. C'était étrangement rassurant de le voir. Il tendit la main pour serrer le bras de Treeve.

Dans l'instant, ce dernier fut complètement soulevé au-dessus du sol de pierre.

— Putain de menteur, lança Cador, dont une main enserrait la gorge de Treeve et l'autre empoignait sa robe.

Haletant, Treeve griffa les mains de l'Erghien.

— Attendez. Je…

S'étouffant, il respira bruyamment.

— Je peux vous expliquer.

— Qu'est-ce que tu *fais* ? Arrête ! bafouilla Jem en tirant sur le bras musclé de Cador.

— Tu savais qui j'étais. Tu as eu largement le temps de me dire qui tu étais.

Ses narines se dilatant, Cador grinça des dents et n'eut aucune pitié pour Treeve.

Jem avait déjà vu cette expression, par le passé, cet élan de fureur particulier qui embrumait les yeux de Cador. Il tira sur les poignets de l'Erghien.

— Laisse-le s'expliquer ! Si tu le tues, votre problème avec Ebrenn ne fera que s'empirer. Il est l'enfant unique du roi Perran. J'imagine que son père l'aime beaucoup.

La mâchoire crispée si fermement qu'elle pourrait se briser et les articulations blêmes, Cador posa Treeve sur le sol. Il ne desserra que très légèrement sa poigne autour de la gorge du prince.

— C'est quoi ton délire ? lança-t-il à Jem d'une voix stridente. Tu m'as dit que ta mère détestait son père. Qu'ils sont à l'aube d'une guerre depuis des années. Pourtant, tu agis comme si vous étiez de vieux amis.

— Nous agissons *poliment*.

Il souleva les doigts de Cador pour les libérer. Ce dernier le laissa faire et fit retomber ses poings le long de son corps.

— Je ne m'attendais pas à ce que *tu* comprennes, cracha Jem.

— Je pensais que tu les détestais, marmonna Cador.

— Quand ai-je dit que je détestais Ebrenn ou son peuple ? J'ai laissé la politique à ma mère, dit-il avant de sourire à Treeve. Je vous en prie, acceptez mes excuses.

Treeve jeta un coup d'œil gêné à Cador, qui grommela dans sa barbe.

— Évidemment, dit le prince d'une voix sifflante. C'est oublié.

Jem fronça les sourcils. Une part de lui n'avait rien envie de savoir, mais il se devait de poser la question.

— Que faites-vous ici ?

Il eut la sensation désespérante que le trajet jusqu'à Neuvella s'apprêtait à devenir encore plus stressant.

Chapitre 5

L E PRINCE DE l'Ouest ? Qui faisait mine d'être religieux ? Du moins, il n'avait pas affirmé le contraire. Cador ne lui avait pas adressé un mot, lors du sommet. Il l'avait à peine remarqué à l'autre bout des pièces bondées. Il ne lui avait pas prêté attention, et clairement, il l'aurait dû.

Surtout en tenant compte de la façon dont ce putain d'habitant du continent souriait à Jem.

Et la manière dont celui-ci lui souriait en retour. Cador eut l'impression de se prendre une dague dans le cœur, bien qu'il le mérite. Penser que le Neuvellan ne lui adresserait plus jamais un tel sourire alors qu'il le lançait si librement à cet étranger comme si ça n'était rien… il ne le supportait pas.

Et si Treeve était aussi traître que son père était supposé l'être ? Son Tas avait été catégoriquement contre l'idée de demander des sevels et de l'aide au roi Perran.

Et regardez où son plan m'a mené. La fierté arrogante et l'esprit suspicieux de mon père nous condamnaient peut-être tous. Je n'aurais jamais dû accepter. Épouser un innocent et permettre qu'il soit blessé d'une manière ou d'une autre est la pire des perfidies.

— Devrions-nous nous asseoir ? demanda Jem en montrant la table dans la cour.

Cador le suivit et s'assura d'attraper la chaise la plus proche du Neuvellan. Il n'avait aucune raison de croire un mot de la part de ce Treeve. Il protégerait Jem, que celui-ci le veuille ou non. Il le protégerait des barbares et des princes aux jolis minois et aux beaux discours.

Cador pouvait au moins faire ça. Il ne pourrait peut-être jamais convaincre Jem de lui refaire confiance. Il ne gagnerait sûrement plus jamais cette confiance. Néanmoins, il protégerait son bien-aimé de toute autre blessure jusqu'à son dernier souffle.

— Je ne me souviens pas que tu aies un jour été intéressé par l'idée de rejoindre les ordres religieux.

Treeve lui lança un sourire empli de regrets, sa voix toujours rauque.

— Non. Je suis arrivé hier soir et j'ai enfilé la robe le temps qu'ils lavent mes vêtements sales. J'ai découvert qu'elle était assez confortable, dit-il en montrant leurs vêtements poussiéreux. Je suis sûr que vous le constaterez vous-même, bientôt.

Il commença à tousser.

Jem remplit rapidement sa coupe d'hydromel et la donna à Treeve, qui but avec reconnaissance.

— Avez-vous besoin d'eau ? demanda Jem.

Cador grinça des dents face aux bons soins de son époux. L'élégant prince Treeve allait bien ! Cador ne l'avait que légèrement étranglé. Enfin, peut-être un peu plus que ça, mais très peu !

Treeve posa la coupe, sa lèvre fâcheusement pulpeuse luisant alors qu'il prenait la parole.

— Mon but n'a jamais été de duper, mais quand votre mari est arrivé sans vous, je craignais que vous ayez été blessé, voire pire.

— Je n'aurais jamais…

Cador ravala son mensonge juste à temps. Car dire qu'il

n'aurait jamais fait de mal à Jem serait effectivement un mensonge. Mais il ne le ferait plus jamais, pas sciemment, en tout cas. Mais comment en convaincrait-il Jem ? Le silence de plomb de ce dernier en disait long.

— Pourquoi les domestiques que j'ai rencontrés sur la route n'ont-ils pas mentionné votre présence ?

Fronçant ses sourcils fins, Treeve leva les mains.

— Je n'en sais rien. Je n'ai pas divulgué le but de mon voyage aux serviteurs. Ils pensaient peut-être que ce n'était pas pertinent. Jem, je…

— Il est le prince Jowan, pour toi, cracha Cador.

— Treeve, racontez-nous ce qu'il s'est passé, demanda Jem en ignorant son époux. Pourquoi êtes-vous là ? Où est votre père ?

Treeve avala une nouvelle gorgée d'hydromel dans la coupe de Jem et prit un raisin dans le plateau de fruits posé sur la table. Ses ongles étaient anormalement propres.

— Il devrait encore avoir quatre ou cinq jours de retard sur moi, à supposer que les incendies soient toujours sous contrôle. Il s'arrête dans chaque village pour éteindre les flammes du mécontentement, expliqua-t-il avant de grimacer. Pardon pour la métaphore.

Cador avait envie de le secouer jusqu'à lui soutirer toutes ses réponses, mais il résista.

— Pourquoi êtes-vous venu ici sans lui ? demanda Jem.

— J'ai pris congé et j'ai chevauché avant lui pour prévenir les religieux. Mais quand je suis arrivé, j'ai découvert qu'ils étaient tous partis, sauf quelques anciens. J'imagine que les espions d'Ysella avaient une longueur d'avance sur moi et qu'elle est déjà passée à l'action. J'ai parlé en privé avec les vieux ecclésiastiques toujours présents, pour évoquer la menace que représente mon père, et ils sont d'accord pour dire que mettre ces feux sur le dos d'Ergh n'est pas dans le meilleur intérêt d'Onan.

— Les mettre sur *notre* dos ? Mais quelle folie est-ce donc ? demanda Cador en serrant les poings.

Où était son épée ? Jem l'avait distrait. L'avait-il laissé dans l'étable ? Idiot !

— Nous n'avons aucun rapport avec ces incendies.

— J'en suis certain, répondit Treeve. Ces derniers mois, depuis le sommet et votre mariage, mon père est devenu encore plus hargneux et suspicieux. Il est convaincu qu'Ergh souhaite lui déclarer la guerre.

— Quoi ? s'étonna Jem en secouant la tête. Conneries.

Sans dire un mot, Cador fut impressionné par la fluidité du mensonge de Jem et il lui en fut également reconnaissant, bien qu'il déteste l'idée de l'avoir mis dans cette position.

— Puis les incendies ont débuté. Et plus particulièrement, un brasier dans la Vallée des Dieux.

Jem se figea.

— La Vallée des Dieux ?

— Qu'est-ce que c'est ? s'enquit Cador.

— Une partie de la frontière entre Neuvella et Ebrenn, lui expliqua son époux. Elle est contestée depuis des années, à cause de l'endroit précis où se situerait la séparation dans la vallée. Ma mère et le roi Perran se disputent constamment à ce sujet depuis un ou deux ans, en particulier.

— Comment a débuté l'incendie ? demanda Cador à Treeve (quel nom minaudant).

Celui-ci haussa les épaules.

— Il n'a pas franchement plu depuis la fonte des neiges cet hiver, et le printemps a été caniculaire. Mais des rumeurs disent que Neuvella l'a allumé pour punir Ebrenn.

Les poils de Jem commencèrent à se hérisser.

— Ma mère ne ferait jamais une telle chose ! Elle ne détruirait pas la Vallée des Dieux par dépit !

— J'en suis convaincu. J'espère bien qu'elle ne le ferait pas. Nous avons essayé de contenir les dégâts à la forêt et aux vergers d'arbres à sevels, mais…

— Les vergers d'arbres à sevels ? répétèrent Jem et Cador à l'unisson.

Treeve cligna des yeux.

— Oui. Mon père croit que la reine essaie de détruire les cultures. Ces fruits sont l'une de nos exportations principales.

Jem se racla la gorge et reprit une voix calme.

— C'est vrai, j'imagine que c'est le cas. Mais ma mère ne ferait pas ça. Je sais que nos parents ne partagent pas le même point de vue, mais…

— C'est pire que ça. Mon père a désormais fait un lien entre cette étrange sécheresse et Ergh. Il affirme que les Dieux nous punissent, car nous avons permis le retour d'Ergh. Et autorisé votre mariage. Il dit qu'Ergh ne s'est pas repenti, après avoir été banni, et que le continent souffre, à présent. Au début, je n'y ai pas vraiment fait attention. Mon père a toujours eu des doutes et un esprit instable. Quand ma sœur est morte et, plus tard, ma mère, il a cru en une succession de conspirations. La différence, maintenant, c'est que le peuple d'Ebrenn commence à croire en celles-ci.

— Merde alors, grommela Cador.

Bien que leur Tas ait prévu de déclarer la guerre pour prendre le contrôle d'Ebrenn et des sevels, l'idée était de tirer parti de l'effet de surprise pour les obliger à se rendre rapidement. Si Perran se préparait déjà à la bataille, tout pouvait dégénérer.

— Pourquoi ne m'as-tu pas dit tout cela quand je t'ai rencontré ? demanda Cador en réussissant à garder une voix calme.

— Vous étiez la dernière personne que je m'attendais à voir et j'ignorais si je pouvais vous faire confiance. Je craignais que vous ayez fait quelque chose à ce pauvre Jem. Pour ce que j'en savais, vous auriez pu me tuer à la seconde où vous auriez découvert mon identité.

Treeve jeta un coup d'œil derrière lui, mais ils étaient encore seuls.

— Comme je l'ai dit, je suis venu avertir les ecclésiastiques afin qu'ils convainquent le roi d'abandonner cette folie. Il est venu les inciter à déclencher une guerre sainte contre Ergh. Une guerre qu'il utilisera certainement comme prétexte pour attaquer Neuvella, également. Mon père a une centaine de soldats dans son régiment royal et leur devoir est d'obéir. Sans parler du fait qu'il empoisonne leurs esprits en dénigrant Ergh et qu'il exploite leur foi en nos Dieux.

— Si nous essayons de le raisonner… commença Jem.

— Il n'écoutera rien venant de vous deux. Il était furieux, pour le mariage. Ergh l'a devancé.

— Que voulez-vous dire ? s'enquit Jem en fronçant les sourcils.

— Quand il a appris que vous assistiez au sommet printanier pour la première fois, il a imaginé un stratagème dans lequel je vous séduisais et vous épousais. Évidemment, vous n'auriez été qu'un outil pour manipuler votre mère.

Cador tenta de dissimuler sa grimace, alors que la honte et le regret s'amassaient encore davantage.

— Ce récit m'est familier, répondit Jem avec un sourire maussade.

Alors qu'il observait tour à tour Jem et Cador en haussant

un sourcil, Treeve reprit la parole.

— J'ai refusé, bien sûr. Je dois dire qu'une fois que je vous ai vu, l'idée du mariage est devenue bien plus attrayante, annonça-t-il en offrant aisément à Jem un sourire charmant.

Alors que Cador envisageait d'arracher la colonne vertébrale de Treeve, Jem ricana.

— Vous plaisantez.

— Pas du tout. Hélas, le gain de Cador a été ma perte, dit Treeve en continuant de sourire, avant de hausser une nouvelle fois les sourcils. J'avais cru, compte tenu de l'inquiétude de Cador, que vous formiez un duo gagnant. Me suis-je trompé ?

— Non ! s'emporta l'Erghien.

Bien que ses actes les aient fait perdre tous les deux, en fin de compte, il n'avait pas envie d'en discuter davantage avec cet homme. Jem se contenta de hausser les épaules et son époux fut heureux qu'il ne révèle rien de plus.

Quelques-uns des ecclésiastiques, qui avaient apparemment été laissés ici parce qu'ils étaient trop fragiles pour voyager, vinrent prier avec eux. Une vieille femme voûtée observait Cador d'un air suspicieux et il la fusilla du regard en retour.

Ils ne devraient certainement pas perdre leur temps à prier de faux Dieux, mais Jem se leva, sourit et inclina la tête en même temps que Treeve. Cador se redressa en silence, ce qui devrait suffire.

Néanmoins, les prières se poursuivirent indéfiniment et Jem vacilla. Les religieux se moquaient-ils de savoir qu'il était clairement épuisé ? Le Neuvellan et Cador étaient tous les deux crasseux et las après leur voyage.

— Ça suffit, déclara ce dernier.

Il pouvait se montrer malpoli pour le compte de Jem.

— Nous devons nous laver et nous reposer. Un long trajet

vers le sud nous attend, demain.

Il fit signe à son mari d'avancer en direction du bâtiment principal. Jem ne chercha même pas à discuter, preuve qu'il était véritablement épuisé. Treeve leur souhaita une bonne nuit et ajouta quelque chose que Cador ne prit pas la peine d'écouter.

— J'ai cru qu'ils n'arrêteraient jamais, murmura Jem.

Cador grogna son approbation alors qu'ils s'échappaient par un couloir faiblement éclairé. Il se rendit rapidement compte qu'il ignorait où ils étaient censés dormir. La palefrenière apparut et sursauta en les apercevant. Elle cacha brusquement une main derrière son dos.

Cador se crispa.

— Que tiens-tu ? T…

Bon sang, comment s'appelait-elle, déjà ? Il avait rencontré un tas de nouvelles personnes en cette journée.

Elle déglutit péniblement.

— Tamsyn. Ce n'est rien, je le jure !

Elle cligna des yeux en les observant, sans pour autant révéler ce qu'elle cachait.

Cador prit une grande inspiration avant d'exiger la vérité. Néanmoins, Jem prit la parole avant qu'il le puisse.

— Tout va bien, lui assura-t-il d'une voix douce. Nous ne te dénoncerons pas.

Le regard de Tamsyn se posa tour à tour sur Cador et son époux. Elle lança un sourire hésitant à ce dernier avant de tendre une brioche sucrée à moitié mangée.

— Oh, ça m'a l'air délicieux, commenta gentiment Jem.

— Vous en voulez ? demanda-t-elle expressément.

— Oui, merci. Et savez-vous où se trouvent nos chambres ? Je suppose que les ailes habituellement réservées aux invités pour les rassemblements n'ont pas été préparées.

Cador était prêt à dormir dans l'écurie avec Dybri – et l'accueil y serait sûrement plus chaleureux, étant donné que Jem avait parlé de chambres au pluriel. Cador ne lui en voulait pourtant pas pour cela.

Tamsyn se mordit la lèvre.

— Je suis navrée, je n'en suis pas sûre. La plupart des responsables ont accompagné les religieux. Donc, ceux qui restent mettent la main à la pâte un peu partout. Je crois que le prince Treeve dort… oh ! Je sais où vous emmener. Suivez-moi !

Lorsqu'ils atteignirent leur destination, après de multiples virages dans les couloirs, Cador eut besoin d'un moment pour réaliser où elle les avait emmenés. Elle alluma les lampes avec panache.

Jem regarda fixement le grand lit, sous un haut vitrail, celui où ils avaient passé leur nuit de noces. Il rougit délicatement et refusa de jeter un seul coup d'œil à Cador. L'Erghien avait été le seul à passer la nuit dans ce lit et il se souvenait qu'il avait été bien trop mou.

Il se rappelait également Jem, recroquevillé sur le tapis coloré. Il avait alors été innocent et légitimement effrayé. Pour la millième fois, Cador aurait aimé pouvoir revenir en arrière et tout changer.

— Il se peut que ce soit un peu poussiéreux, mais les draps sont propres, dit Tamsyn, qui semblait vouloir entendre leur approbation. La plupart des couples n'ont jamais la chance de dormir une seconde fois dans la suite nuptiale, après la première nuit. Mais ce sera notre secret.

Le regard rivé sur Tamsyn, Jem lui lança un sourire crispé.

— Merci. Vous avez été des plus gentilles.

— Avec plaisir, prince Jowan. Laissez-moi vous rapporter des brioches – oh, du savon et de l'eau, aussi. Il n'y a pas de baignoire, mais je peux trouver une bassine. De quoi d'autre avez-vous besoin ?

— Ce sera largement suffisant, merci.

Jem lui sourit à nouveau avant qu'elle détale.

— Ne dis rien, lança-t-il sèchement à Cador, alors que la jeune femme était à peine partie. Ne jubile pas, ne te moque pas, ne… ne…

— Je ne fais rien de tout ça !

Bon sang, il parlait comme un enfant qu'on venait de réprimander. Il se racla la gorge.

— Je ne le ferai pas. Prends le lit. Il était trop mou, de toute façon.

Tamsyn revint vers eux, comme promis, et leur apporta des robes d'ecclésiastiques ainsi que des sandales de cuir. Elle proposa d'emporter leurs vêtements sales s'ils les laissaient devant la porte. Ni l'un ni l'autre ne mangea les brioches. Après s'être déshabillé, Cador se retourna ostensiblement pendant que Jem se nettoyait du mieux possible avec le gant et la bassine d'eau.

Cador se tourna vers le coin, les bras croisés, tandis qu'il examinait le mur de pierre et essayait de ne pas imaginer le beau corps de Jem, nu et mouillé. Les petites éclaboussures et le bruit de l'éponge ne l'aidaient pas le moins du monde.

Le Neuvellan laissa échapper un bruit de dégoût.

— Tu veux bien te couvrir ? Tu es sans gêne !

Perplexe, Cador jeta un coup d'œil par-dessus son épaule. Jem retroussa les manches d'une robe grise d'ecclésiastique, bien trop ample, dont l'ourlet balayait le tapis autour de lui.

— Il est illogique d'enfiler ce vêtement avant que je sois propre.

Jem refusait toujours de le regarder.

— Comme si tu n'aimais pas parader devant moi, en essayant de…

Cador ravala une vague d'agacement et se tourna une nouvelle fois vers le mur.

— Je ne *parade* pas. Je suis planté là et j'attends mon tour.

— Très bien, marmonna Jem.

— Ce n'est pas comme si tu n'avais pas déjà vu mon corps.

— Ce n'est pas le problème ! Mais oui, en effet, c'est ici même que tu t'es retrouvé nu et sans la moindre gêne face à moi pour la première fois.

Après tout ce qui s'était passé, c'était la raison de la fureur de Jem ? Cador était parfaitement confus.

— Alors je suis désolé pour ça aussi.

— Arrête ! Contente-toi de te taire.

Jem ferma l'arrivée d'huile de la lampe posée près du lit et se glissa sous les draps.

— Et dépêche-toi. Habille-toi.

Au moins, il était encore clairement affecté par le corps de Cador. Cette victoire était dérisoire et vide de sens, pourtant il ne pouvait s'empêcher de s'en délecter. Si une part de Jem le désirait encore – même s'il ne s'agissait que d'un instinct primaire, animal, et d'une connexion qui s'était développée entre eux lorsqu'ils étaient amants –, Cador l'accepterait. Il la chérirait. Il l'aiderait peut-être même à grandir ?

Il se lava rapidement et enfila consciencieusement la robe. Bon sang, Treeve avait raison – elle était étonnamment confortable. Il jeta un coup d'œil à Jem avant d'éteindre la dernière lampe et de s'étendre sur le tapis.

Lorsqu'il fut clair que Jem ne parlerait pas dans l'obscurité, Cador s'en chargea.

— Je sais que tu ne dors pas.

Aucune réponse. Pas un bruit, mais Jem était réveillé. Il le savait.

— Il faut qu'on discute.

Aucune réponse.

— Même si tu ne me pardonnes jamais…

— *Si* ? Il n'y a aucun « si » là-dedans…

Les mots eurent le même effet que des lances dans le cœur de Cador. Spontanément, il se souvint de Jem, qui l'avait sauvé et avait tué le sanglier, puis de l'accouplement frénétique qui avait suivi, dans la boue et le sang.

— Tout de même, nous devons présenter un front uni, déclara-t-il d'une voix rauque. Autrement, les gens vont s'immiscer entre nous et notre mission qui se focalise sur les enfants. Ce *Treeve* se faufilera entre nous.

Jem ricana.

— Treeve ne peut plus m'épouser, maintenant, de toute façon, même s'il en avait envie.

— Non, mais…

Il déglutit avec peine, les yeux rivés sur le plafond obscur, à peine éclairé par la faible lueur provenant des hautes fenêtres.

— Quand nous nous sommes mariés, nous avions compris que nous passerions la majeure partie de notre temps loin l'un de l'autre. Je retournerai à Ergh dès que possible. Si tu… Si tu restes, tu seras presque aussi libre que tu l'étais avant notre rencontre.

Jem demeura silencieux si longtemps que Cador crut qu'il s'était peut-être endormi, après tout.

— Presque, chuchota enfin le Neuvellan.

Cador s'agenouilla. Il aurait aimé pouvoir saisir la main de Jem dans l'obscurité.

— Même si… Bien que tu ne me pardonnes jamais, je ferai

tout ce qui est en mon pouvoir pour te protéger. Plus que ça. Pour te rendre heureux. Je veux te voir heureux à nouveau, même si c'est la dernière chose que j'accomplis. Je le jure.

Cette fois-ci, le silence de Jem se prolongea si longtemps que Cador abandonna. Il céda et étira son dos contre le tapis avant de fermer résolument les yeux. Il pouvait au moins dormir et recouvrer ses forces pour la bataille qui n'avait pas encore eu lieu. Il ne pourrait pas protéger Jem, autrement.

Chapitre 6

J EM AVAIT BEAU essayer, il n'arrivait pas à dormir. Cela défiait toute logique, tant il était épuisé, et pourtant, la nuit était encore naissante lorsqu'il s'éclipsa de la chambre nuptiale – cette chambre-*là* ! – et erra à travers le domaine.

Il aurait dû rester au lit et espérer que le sommeil viendrait finalement le saisir, mais se retrouver dans cette pièce, avec ce Cador tentant, exaspérant et déchirant si près de lui, était insupportable. Il s'était terré sous les couvertures, mais avait eu instantanément trop chaud. Il avait donc éloigné ses duvets d'un coup de pied. Pourtant, dormir à découvert le rendait bien trop vulnérable.

La paume marquée de Jem le démangea, suivie par son crâne. Comment pouvait-il pardonner à Cador ? Comment pouvait-il redevenir *heureux* ? Même si Cador retournait à Ergh, de l'autre côté de la mer, l'idée de trouver un autre homme et d'être *heureux* lui était impénétrable.

Il retroussa l'ourlet de sa robe et déambula jusqu'à trouver la cour. Quelques étoiles filtrant au travers des nuages – ou de la fumée distante ? – suffisaient à éclairer le chemin jusqu'à la fontaine. Il s'assit au bord et trempa ses doigts dans l'eau gargouillante.

— Monseigneur !

Tamsyn apparut, manifestement décoiffée par le sommeil et vêtue à la hâte.

— Votre époux gronde dans tout le domaine à votre recherche.

— Oh, bon sang ! Je vais bien.

Cador apparut et soupira bruyamment alors qu'il repérait Jem.

— Je me suis réveillé et tu avais disparu. J'ai cru…

— Quoi ? s'enquit Jem. Que Treeve m'avait kidnappé sous ton nez ?

— Peut-être ! s'emporta Cador.

Il se frotta le visage, sa légère barbe griffant distinctement sa paume.

— Je suis désolé de vous avoir réveillés, toi et les autres, Tamsyn.

Le sourire qu'elle lui lança fut indéniablement indulgent.

— Inutile de vous excuser. Vous vous inquiétiez pour votre mari.

Mes Dieux, cette fille contemplait Cador comme s'il était l'incarnation du triton héroïque de Morvoren.

— Oui, bon, nous ne vous dérangerons plus, insista Jem.

Elle ouvrit la bouche avant de la refermer.

— Souhaiteriez-vous vous baigner dans les eaux guérisseuses ? chuchota Tamsyn d'un air de conspiratrice après avoir regardé autour d'elle. On m'a dit qu'il y faisait frais, en été. Elles sont réservées aux religieux, mais ceux qui restent doivent dormir à poings fermés. Ils n'en sauront jamais rien. En plus, vous êtes un prince ! S'il existait une exception, ce serait bien celle-ci.

Une eau réellement fraîche ? Jem manqua de gémir à cette idée. Il aurait dû refuser et la remercier, mais il prononça finalement d'autres mots.

— Oui, s'il vous plaît !

Compte tenu de l'aridité des terres, il fut surpris d'apprendre que la source était apparemment épargnée.

— On dit que Glaw en personne a béni cette source ! ajouta Tamsyn avec un sourire étincelant.

— Mon neveu est actuellement conduit à un ancien, qui vit à la source des eaux guérisseuses. Ce sont les mêmes ? demanda Cador.

— Oui ! La source se trouve à Gwels et les eaux coulent en souterrain, comme un secret. Je suis certaine que les Dieux béniront votre neveu.

Cador laissa échapper un bruit évasif. Jem aurait aimé que ce soit vrai.

— Ne devrait-on pas utiliser ces eaux pour minimiser la sécheresse ? demanda-t-il.

Il ignorait totalement comment celles-ci seraient transportées.

Tamsyn sembla confuse.

— Mais ce sont des eaux saintes et guérisseuses. Glaw enverra de la pluie en temps voulu.

Cador eut manifestement envie de ricaner.

— Allons nous baigner, alors, dit-il plutôt, avant de s'adresser à Tamsyn. Je suis sûr que tu souhaites te reposer.

Jem aurait bien voulu rétorquer qu'il n'avait pas invité Cador, mais mieux valait ne pas attirer inutilement l'attention sur leur mésentente. Une dispute ne ferait que retarder davantage le repos de Tamsyn.

Ils la suivirent dans un tunnel en pente. Cador grommela que les sandales qu'on lui avait prêtées lui pinçaient les orteils. La palefrenière alluma des lampes encastrées dans les murs pentus, tout en parlant de Glaw, des bénédictions, ainsi que du fait que les prières et les offrandes aux Dieux pendant leur baignade dans ces bassins pouvaient accomplir des miracles, selon les religieux. Jem était trop fatigué et il se contenta donc de hocher la tête. Cador ne dit rien.

Bien que la grotte abritant les bassins soit humide, la pierre avait été polie si délicatement sous les pieds nus de Jem qu'elle semblait opulente, alors qu'il laissait proprement ses sandales contre le mur.

La source semblait être muée par un léger courant. Les bassins s'étiraient dans une longue grotte. Les murs lisses étaient incurvés au-dessus de leur tête, reflétant l'eau paisible. Tamsyn laissa une petite flasque d'eau en verre ainsi que deux coupes sur une petite table, avant de repartir.

Jem avait les nerfs en pelote. Il était excessivement fatigué. Se retrouver seul avec Cador était à la fois familier et troublant. Une part de lui avait envie de croire au serment de l'Erghien, selon lequel il le protégerait et s'assurerait de son bonheur. Cette portion douce et romantique de son âme, qui avait dévoré les récits de Morvoren dans son enfance, aurait aimé se retrouver dans un livre où il savait que tout irait bien, à la fin.

Néanmoins, sa colère occulta cette douceur, tout comme la lune avait éclipsé le soleil, un matin d'été quand il était enfant. L'obscurité était trop prégnante, désormais. Cador pouvait le regarder toute la journée, avec des yeux bleus teintés de tristesse et de regrets, Jem ne céderait pas pour autant. Car s'il le faisait…

S'il accordait une seconde chance à Cador – s'il offrait sa confiance à son mari une nouvelle fois et qu'il était trahi –, son âme se briserait. Il ne resterait plus que cette fureur violente et sombre.

Cependant, il réalisa avec un soupçon de surprise que Cador ne le regardait pas du tout. Il contemplait plutôt les bassins avec émerveillement. Jem trouva cela plutôt logique, étant donné qu'il se lavait debout dans une bassine, à Ergh.

Cador retira ses sandales et avança au bord du bassin pour y plonger le pied.

— L'eau est effectivement agréable.

— Tu peux éviter de laisser tes sandales juste ici, où je pourrais trébucher ? lui demanda Jem.

Cador semblait sur le point de protester, mais il disposa proprement les sandales près du mur. Le Neuvellan fut étrangement déçu que son époux ne le contredise pas, ce qui était mesquin et idiot. Mes dieux, il avait vraiment besoin de dormir. Il espérait qu'un bain le détendrait, même si son époux était présent.

Même si Cador était nu, comme il venait de jeter sa robe qui avait atterri près des sandales.

Les doigts de Jem tremblèrent autour du simple bouchon d'argent de la flasque. Le verre vert était familier, sous ses mains, alors qu'il se servait une petite coupe, comme il était similaire à celui de la flasque qu'il emportait dans sa volière à la maison. Il avala l'eau fraîche et prit soin de ne pas en gâcher une seule goutte.

Le problème n'était pas seulement son désir persistant et agaçant pour le corps de Cador. Se retrouver une nouvelle fois seul avec lui rappelait à Jem comme il était vulnérable. L'Erghien pouvait lui briser le cou à mains nues si cela lui chantait.

Jem voulait au moins croire qu'il ne le ferait pas, mais ses souvenirs l'envahirent – les aiguilles de pin lui piquant les joues alors qu'il se cachait et écoutait Cador et Delen discuter de son kidnapping ; sa chevauchée avec Austol quand il pensait être en sécurité ; l'horrible sac sur sa tête ; les cris de rage de Bryok quand il brandissait son épée ; son saut dans l'obscurité...

Il se frotta le visage et s'autorisa à se gratter la tête quelques secondes. Ce picotement fut le bienvenu alors qu'il fermait son esprit à tout ce qui s'était passé. Lorsqu'il ouvrit les yeux, Cador était toujours nu, dans toute sa gloire, avec de l'eau jusqu'aux genoux. Il observait Jem en fronçant les sourcils.

— Qu'est-ce qui ne va pas ?

— Tu veux une liste détaillée ? Au nom des Dieux, plonge dans l'eau.

— Je suis dans l'eau.

— *Sous* l'eau !

Pour une fois, Cador obéit. Il prit une inspiration et s'immergea complètement sous la surface, s'allongeant sur le dos en se pinçant le nez. Il se releva ensuite, des ruisselets coulant sur ses muscles tendus. L'eau n'atteignait que ses hanches, même au centre du bassin.

Les poils de son torse étaient plus sombres, comme ils étaient mouillés, et des gouttelettes collaient à ses tétons basanés. Sa verge était à la surface, rougeâtre contre la tignasse de poils mouillés. Jem le dévisageait, mais il n'arriva pas à détourner le regard jusqu'à ce que Cador prenne la parole d'une voix douce.

— Tu me désires encore.

Ce n'était pas une question.

— Ferme-la, marmonna Jem.

Ses oreilles le brûlaient alors qu'il lui arrachait son regard et jouait avec le tissu rêche de sa ceinture autour de sa robe bien trop ample.

— Il n'y a aucune honte à ça. Il fallait s'y attendre.

Ce ton délicat, qui avait pour but de l'apaiser, excédait Jem. Il n'avait pas besoin d'être calmé, encore moins par Cador.

— Je t'ai dit de la fermer !

La voix de Cador se durcit.

— J'essaie seulement de…

— Arrête. Je vais bien.

Tout allait bien. Ce n'était pas *grave*. Jem retira sa robe. Il ne serait ni honteux ni *pudique*. Il n'était plus un vierge innocent et le bassin était certainement assez grand pour eux deux.

L'eau était vraiment appréciable – pas trop froide, pas trop chaude. Il s'immergea entièrement avant de s'installer en face de Cador, à l'autre extrémité du bassin, où la pierre, polie par le temps, formait un siège naturel. L'Erghien restait hors de portée.

Ils restèrent un instant assis dans un étrange silence. Il n'était pas vraiment confortable, mais ce silence marquait peut-être une trêve temporaire. Jem ferma les yeux et posa la tête en arrière, sur la pierre usée. Le léger mouvement de l'eau produisait un bruissement apaisant, tandis que le tintement occasionnel des gouttes tombant dans la grotte n'était pas désagréable.

Il arrivait presque à croire qu'il était chez lui, dans sa baignoire. Il ne manquait plus qu'une serviette douce, pliée derrière son cou, et les huiles parfumées. Hmm, laquelle ? Jasmin-chèvrefeuille, peut-être.

Jem songea à ce que sa mère avait dit sur la nécessité de l'huile provenant des montagnes d'Ebrenn. Il se passait tant de choses dans ce monde auxquelles il n'avait jamais prêté attention. Pas une seule fois. Il s'était contenté d'apprécier les parfums sucrés, de grignoter des sevels et de penser qu'en cueillant des fleurs sauvages pour les vieilles femmes du village, il remplissait suffisamment son devoir.

Cador laissa échapper de légers grondements. Jem ouvrit un œil et découvrit qu'il était en train de s'étirer en levant les bras. Un côté, puis l'autre, avant de faire rouler son cou et ses épaules.

Une goutte d'eau restait suspendue à l'un de ses tétons, prête à tomber.

— Tu aimes ce que tu vois ?

Dans un sursaut, Jem s'assit en éclaboussant les alentours, et croisa le regard de Cador.

— Non.

Les lèvres de ce dernier s'étirèrent dans un sourire. Il ne se moquait pas, mais était indéniablement triste.

— Il n'y a rien de mal à désirer, ajouta-t-il d'une voix délicate.

— Le mal, c'est te désirer, ne serait-ce que pour un instant fugace.

Cador tressaillit.

— Mais tu ne peux pas nier…

— Je le peux. Je le ferai. Tu devras te satisfaire de ta propre main.

— Comme tu veux.

Jem ferma à nouveau résolument les yeux. Voilà. C'était réglé. Il ne donnerait pas à Cador la satisfaction de jeter un simple coup d'œil à son corps nu…

Le gémissement qui résonna alors fut si doux que Jem crut un instant qu'il l'avait imaginé. Il fut ensuite obligé de regarder. Mes Dieux, il avait raison ! Cador se masturbait. L'extrémité rougie de son membre dépassait de la surface de l'eau.

— Arrête ! siffla Jem en regardant en direction de l'entrée voûtée qui demeurait déserte. Tu ne peux pas faire ça !

— Pourquoi ? Ça fait une éternité. J'ai besoin de me soulager après ce voyage.

— Ce sont… ce sont… des eaux saintes !

Ses oreilles rougirent.

Cador s'esclaffa.

— Allez, tu ne crois pas plus à ces conneries que moi.

Comment pouvait-il agir de façon si nonchalante en faisant *cela* ?

— Non, mais c'est… *malpoli.*

— Eh bien, je suis un barbare d'Ergh. À quoi t'attends-tu ? D'accord, je m'assurerai de ne pas jouir dans l'eau magique.

Plutôt que de s'arrêter, il se leva et alla s'asseoir au bord du bassin, ses cuisses musclées largement écartées alors qu'il se procurait du plaisir. Les Erghiens étaient vraiment sans gêne !

Jem serra les poings le long de son corps et crispa sa mâchoire. Mais cela faisait effectivement si longtemps que son corps réagit.

— Est-il plus difficile de nier tes envies, maintenant ? murmura Cador, qui entrouvrait les lèvres.

Il glissa les doigts sur sa longueur rigide et tourna autour du gland pour jouer avec son prépuce.

— Maintenant que tu as eu ma queue. Que tu l'as eu dans ton cul serré. Dans ta bouche. Ton fantasme sera-t-il aussi satisfait qu'auparavant ?

— Tu es une bête, marmonna Jem.

Les cuisses de Cador se contractèrent alors qu'il baissait son autre main afin de caresser ses testicules. Son regard était rivé sur Jem.

— Je ne crois pas que ce sera pareil. Pas maintenant que tu as été besogné. Maintenant que tu as supplié pour que je te donne ma queue et que j'ai pénétré ton doux orifice serré avant de le remplir de ma semence. Je crois que tu as encore besoin de moi. Pour ça, si ce n'est pour autre chose. Je ne crois pas que ta bougie et tes fantasmes suffiront.

— J'imagine que je vais devoir trouver un amant, comme tu l'as dit. Treeve devrait convenir.

Le regard de Cador s'embrasa. Il ouvrit la bouche avant de la refermer sèchement.

Jem s'efforça de hausser les épaules d'un air nonchalant.

— Après tout, c'est ce dont nous avions convenu en nous mariant.

Ils se dévisagèrent un long moment. Puis Cador baissa la tête et relâcha son membre. Toute moquerie et défiance arrogante s'estompa.

En nous mariant.

Voilà où ils en étaient, après tout. Le temple dédié aux Dieux était à quelques mètres. C'était là qu'ils s'étaient tenus et avaient juré leur fidélité et c'était là aussi que la vieille femme d'Église avait marqué leurs paumes. Jem resserra les doigts autour de la flasque.

— Jem, je… dit Cador d'une voix à peine murmurée alors que son visage était marqué par le chagrin.

Un premier bruit sourd passa presque inaperçu aux oreilles de Jem. Il ne pouvait détacher son regard de celui de Cador. Mais le grondement suivant, puis un autre, et encore un autre résonnèrent, tels des échos lointains, comme…

Bondissant, Cador regarda vers le haut et gronda.

— C'est qui ça ?

Les bruits qui retentissaient au-dessus d'eux étaient indéniablement des pas. De nombreux pas, car la vibration parvenait jusqu'aux bassins. Jem sortit précipitamment de l'eau et enfila une robe bien trop ample.

— Les religieux sont peut-être revenus ?

Au milieu de la nuit ?

En dehors des faibles battements au-dessus d'eux, un seul jeu de pas faisait écho dans le tunnel, et Jem se prépara à affronter le nouveau problème qui approchait au pas de course.

Chapitre 7

T REEVE S'ARRÊTA NET dans l'embrasure de la porte, essoufflé et le visage rougi. Sa robe grise était de guingois.

— Dépêchez-vous ! Vous devez…

Il observa Cador, bouche bée.

L'Erghien baissa les yeux vers son propre corps nu, confus.

— Mais qu'est-ce qui se passe, maintenant ?

Fichu Treeve. Cador avait agi comme un salopard, mais il avait été désespéré et s'était accroché à sa seule connexion possible avec Jem.

— Je… Excusez mon interruption. Mon père et ses gardes royaux sont arrivés en avance ! Je crains qu'il vous emprisonne, voire pire. Nous ne devons pas attirer son attention sur votre présence. J'ai donné des instructions aux domestiques et ils demanderont aux anciens de ne rien dire, à leur réveil.

— Pourquoi les serviteurs et les gens d'Église obéiraient-ils à vos ordres ? demanda Jem.

Treeve grimaça.

— Les serviteurs sont rarement de fervents admirateurs de mon père, et ils se souviennent douloureusement de lui ainsi que de ses exigences lors du sommet de printemps.

Il jeta un coup d'œil derrière lui, par le chemin qu'ils avaient emprunté.

— Vous devez vous dépêcher ! Mon père souhaitera se baigner dans ces bassins.

— Je croyais qu'ils n'étaient censés être réservés qu'aux gens d'Église, commenta Cador en enfilant sa robe.

Treeve éclata de rire.

— Mon père fait ce qui lui chante.

Jem attrapa la flasque d'eau et ils suivirent Treeve dans le tunnel. La pierre était poussiéreuse, sous les pieds mouillés de Cador. Il réalisa bien trop tard qu'ils avaient oublié leurs sandales. Les siennes avaient été bêtement minuscules, mais elles étaient tout de même mieux que rien.

Les lampes encastrées dans les murs projetaient une lueur menaçante dans les longs couloirs noirs. Plutôt que de retourner dans le bâtiment principal, Treeve leur désigna un plus petit tunnel.

— On m'a dit que ce chemin rejoignait un tunnel, entre le temple et les champs, chuchota-t-il. Vous vous en souvenez, c'est celui que vous avez emprunté le jour de votre mariage ?

Jem acquiesça.

— Oui. Lui, il était probablement bien trop ivre.

Cador aurait voulu protester, mais Jem avait raison. Il se souvenait vaguement d'un tunnel et… de vomi. La honte se répandit en lui. Comme il était scandaleux d'avoir salué son futur mari dans cet état.

Un brouhaha de voix et de mouvements s'engouffra dans le tunnel principal et sembla se rapprocher subitement.

— Allez-y, maintenant ! lança Treeve en plissant les yeux en direction du plus petit tunnel. Merde alors, je n'ai aucune lanterne ni pierre à feu pour allumer les lampes.

— Prenez soin de ne pas trébucher ! déclara Tamsyn d'une voix bien trop forte.

Bien trop proche.

Jem attrapa la main de Cador et l'attira dans l'obscurité. Ils s'élancèrent en avant. Sa main droite tendue et ses doigts glissant sur le mur humide, Cador tituba. Le tunnel les entraînait une nouvelle fois dans une descente. Jem s'agrippa à ses doigts. Ce chemin était également parsemé de pierres poussiéreuses, encore plus sales sous les pieds nus de Cador, comme il n'était apparemment pas emprunté aussi régulièrement.

La voix de Treeve fit écho derrière eux.

— Père ! Je venais tout juste d'arriver aux eaux guérisseuses. Laissez-moi vous accompagner. Je suis sûr que nous devons discuter d'un bon nombre de sujets.

La lumière était faible derrière eux, et à mesure que le tunnel s'enfonçait dans les entrailles noires de la terre, sa lueur s'évanouit complètement. Cador s'immobilisa brusquement, sans le vouloir. Il tâtonna sur le mur pour rester orienté.

S'agrippant à la main de Jem, il continua à avancer d'un pas hésitant et le cœur serré. Il agita son bras droit dans le tunnel avant de retrouver le mur à côté de lui.

Lorsque les voix se furent complètement éteintes, et qu'il n'y eut plus que le son de leur respiration laborieuse et de l'écoulement étrange de l'eau dans l'immobilité humide, Cador chuchota.

— Tu vas bien ?

— Oui ! répondit Jem d'une voix particulièrement fluette avant de libérer sa main.

La frustration et la peur enflèrent. Cador réussit à parler d'une voie basse, mais il se contenait à peine.

— Que fais-tu ? Ne sois pas stupide !

Gardant sa main droite collée contre le mur, il tenta de saisir celle de Jem à gauche, mais ne trouva que le col lâche de sa robe.

— Je n'ai pas peur !

— Moi, si ! Si nous nous perdons, nous mourrons ici, dans

l'obscurité.

Il attira Jem contre lui. Il le jetterait sur son épaule pour le protéger, s'il le devait.

— Reste avec moi. S'il te plaît. Plus tôt nous nous sortons d'ici, plus tôt tu te débarrasseras de moi.

La respiration de Jem était trop précipitée, mais il semblait plus confiant que Cador.

— Très bien. C'est bon. Tout ira bien pour nous. Nous garderons chacun une main sur le mur, de notre côté.

Les doigts de Jem trouvèrent la main de Cador, sur son épaule. Quand leurs mains furent une nouvelle fois jointes, Cador tendit le pied et traça un sillon sur la pierre avec son gros orteil.

Il leur faudrait toute la nuit, s'ils étaient aussi prudents. Il recommença donc à marcher et suivit le tunnel avec sa main droite posée sur le mur humide. Il espérait qu'il n'y aurait pas de marches ni de descentes soudaines. Il ne voyait pas pourquoi il y en aurait dans un tunnel, mais son cœur tambourina alors qu'ils avançaient dans l'obscurité complète.

Ce n'est qu'un tunnel. Le même que s'il était éclairé.

Un bruit sourd le fit sursauter si violemment qu'il fut certain que ses pieds avaient quitté le sol froid. Dans une seconde de panique, il ne put comprendre ce qui s'était brisé.

Il en prit conscience au moment où Jem chuchota vivement :

— Je l'ai laissée tomber !

Il voulait parler de la flasque d'eau qui, au lieu d'avoir été créée à partir d'une défense ou d'une peau d'animal, était en verre, car les habitants du continent étaient ridicules. Étaient-ils allés assez loin dans le tunnel, ou le bruit les trahirait-il ? Ils le découvriraient bien assez vite.

Jem s'exclama lorsqu'ils firent un pas de plus.

— Du verre, marmonna-t-il, manifestement au travers de ses dents serrées. Il est profond.

Tandis qu'il se tordait en essayant de bouger le moins possible, Cador se pencha et prit Jem dans ses bras. Ce dernier était tendu, son souffle court et haché effleurant le visage de Cador. Autrement, le silence régnait. Ses doigts s'agrippaient douloureusement à la nuque de son époux.

Tendant une nouvelle fois le pied et repoussant un gros éclat de verre, l'Erghien espérait partir dans la bonne direction.

— Peux-tu toucher le mur avec tes orteils ? chuchota-t-il.

Les pieds pendants de Jem auraient dû être proches de la paroi droite du tunnel.

— Oui.

Ce chuchotement caressa la joue de Cador.

Ce dernier fit un pas de plus. Puis un autre. Il réalisa que le corps souple de Jem lui était devenu familier. Comme il était confortable de l'avoir en sécurité, dans ses bras ! Il avait eu de nombreux amants et pourtant, il ne s'était agi que d'ébats et de divertissement avec eux.

Il avait rarement passé la nuit – ou le matin ou l'après-midi – avec eux. Il ne les avait pas serrés dans ses bras pendant leur sommeil et n'avait pas ressenti une telle tendresse insoutenable envers eux. Parfois, il était difficile de croire à quel point il avait laissé Jem s'ancrer sous sa peau.

Pourtant, ce dernier gigotait, tant il était crispé. Cador entendait la griffure de ses ongles, comme s'il attaquait sa propre peau.

— Tout va bien, murmura Cador. Je crois qu'ils n'ont rien entendu.

Après quelques pas prudents, pendant lesquels il poussa

tous les débris de verre éparpillés dans le tunnel avec son orteil, Cador accéléra. Mais sans pouvoir tendre la main dans l'obscurité, il trébucha et hésita.

— Repose-moi. Nous avons dû dépasser le verre brisé, maintenant. Je vais retirer cet éclat.

À contrecœur, Cador se pencha et reposa Jem. C'était la chose la plus commode à faire, même s'il était ravi de le porter pendant des kilomètres pour inhaler son doux parfum musqué. Jem inspira laborieusement.

— Il est coincé dans mon pied.

— Attends.

Cador s'agenouilla et glissa les mains le long des fines hanches et cuisses de Jem, là où la robe s'amassait.

— Lequel ?

— Le gauche.

Cador glissa prudemment les mains sur les genoux de Jem. Ce dernier sautilla, tentant de trouver son équilibre sur son autre pied.

— Accroche-toi à moi, chuchota Cador.

Un frisson parcourut sa colonne vertébrale alors que la main de Jem effleurait son crâne avant de se poser sur son épaule.

Sur les collines de Glaw, il s'était agenouillé de cette manière pour déclarer sa dévotion et Jem lui avait caressé les cheveux avant de s'éloigner de lui.

L'obscurité était figée et silencieuse, sans compter leur respiration. Ils avaient étrangement l'impression de flotter – comme si rien d'autre n'existait. Il écarta les mains autour des mollets de Jem, comme il avait aussi besoin de s'ancrer, de ressentir la chair et l'os pour savoir qu'il n'était pas seul. Cador avait envie de se pencher contre Jem et de frotter son visage contre le ventre de ce dernier. D'enrouler les bras autour de sa taille…

Ce n'est pas un rêve. Tu dois continuer d'avancer. Sortir de ce putain de tunnel.

Se concentrant, il leva le pied blessé de Jem et effleura la courbe du bout de ses doigts. Jem s'exclama, gigota et s'agrippa aux épaules de Cador.

— Ça chatouille, grommela-t-il. L'éclat est près de mon talon.

Ah, oui, le voilà. Un petit morceau de verre, bien trop épais au goût de Cador, logé dans la chair. S'affairant aveuglément, il tenta de s'agripper à l'éclat, sachant qu'il faisait encore plus mal à Jem alors qu'il poussait et tirait aussi délicatement que possible le débris avec ses grandes mains. Mais il devait le retirer.

Finalement, un soupir de soulagement échappa à Jem et Cador retira le morceau de verre. Il arrivait à peine à s'y agripper avec le bout de ses doigts. Il le rejeta et l'éclat atterrit dans un léger bruit.

— Essaie de faire un pas.

Jem détendit sa poigne autour des épaules de Cador et s'exécuta, sifflant de douleur.

— Il est retiré. Allons-y.

— Je devrais bander ton pied.

Il tâta sur l'ourlet de sa robe. Il pouvait le déchirer, même s'il lui fallait fournir quelques efforts.

— Plus tard. Il faut qu'on sorte d'ici. Il fait trop sombre.

Jem encouragea Cador à se relever et saisit sa main gauche.

— Allons-y !

L'obscurité semblait les écraser tant elle était suffocante. Cador se rappela que, s'ils avaient une lampe, ce ne serait qu'un simple tunnel. Pas de quoi avoir peur. Enfin, mis à part le roi Perran et son armée. Et les feux de forêt qui, apparemment, continueraient de brûler jusqu'à la prochaine pluie. Si les sevels étaient perdus…

Tendant un bras et suivant le mur, la pierre du tunnel lui parut plus mouillée alors que le chemin descendait à nouveau. Il s'ordonna cependant de se concentrer sur un problème à la fois. S'il devait combattre la garde du roi, il le ferait avec la tête haute et son épée brandie. Sauf qu'il n'avait pas son épée, car il était un combattant minable.

Oh, ses lances. Quand les retrouverait-il ? Il était un chasseur, pas un guerrier. Son Tas et Bryok avaient semblé penser que c'était la même chose, mais Cador n'en était nullement convaincu. Après tout, il était en train de fuir comme un rat devant l'ennemi.

— J'aurais peut-être dû confronter le roi, dit-il avant de pouvoir s'en empêcher.

Les doigts de Jem le démangeaient et il semblait confus.

— Quoi ? murmura-t-il.

Il tirait légèrement et rythmiquement sur la main de Cador alors qu'ils avançaient, prouvant qu'il boitait.

— Tu veux dire *maintenant* ?

— Oui. Ce salopard est ici. Il essaie apparemment de retourner le continent contre Ergh. Je ne devrais pas fuir.

Jem ricana.

— Ne sois pas ridicule. Tu aurais peut-être pu le faire si le roi était seul, mais tu as entendu Treeve. Son père a perdu la tête et rejette la faute sur Ergh. Il veut faire couler le sang. Tu crois que tu vas te battre seul contre tous ses soldats ? Tu te ferais tuer, voilà tout. Moi aussi, probablement. Ou alors, nous serions prisonniers. Impossible de le savoir. Treeve pensait clairement que nous étions en danger.

Cador grommela. *Treeve.*

— Tu n'as jamais mentionné que tu le connaissais.

— N'avons-nous pas déjà évoqué ce sujet ? Je ne le connais pas. Pas vraiment. Nous nous sommes rencontrés quand nous étions petits, mais nous ne nous sommes pas revus avant le sommet. Nous n'avons même pas discuté. J'étais trop occupé avec un mariage forcé avec toi.

Cador ignora cette pique. Que pouvait-il dire ?

— Il avait l'air de bien te connaître.

— Je ne crois pas. Mais nous avons toujours eu un comportement amical l'un envers l'autre, j'imagine. Nous lui sommes redevables, à présent. J'espère qu'il réussira à garder son père sur le droit chemin.

Il prit une brusque inspiration.

— Et si les champs d'arbres à sevels brûlent…

— Nous ne pouvons le permettre.

Comme s'ils pouvaient contrôler un incendie à l'autre bout d'Onan depuis leur tunnel sombre.

— Y aura-t-il des réserves à Ebrenn ?

— Je crois, mais je ne peux pas en être certain. Je n'y ai jamais pensé, dit-il avant de geindre d'une voix plaintive. Mes Dieux, c'est encore loin ?

— L'ouverture doit être proche. À moins que…

Jem serra sa main.

— Quoi ?

— J'ai suivi le mur à notre droite. Et s'il y avait un embranchement avec un autre tunnel sur la gauche, pendant que je te portais ?

Ils s'arrêtèrent et la respiration de Jem devint à nouveau plus forte.

— Je ne sais absolument pas dans quelle direction aller. Nous sommes toujours dans le bon sens, n'est-ce pas ?

La sueur froide picotait la nuque de Cador. Allaient-ils dans la bonne direction ? Oui, ils devaient avancer dans le bon sens. Il avait été prudent, quand il avait porté Jem. Après avoir retiré le verre, quand il s'était levé… S'était-il repéré sur le même mur ?

— Il faut qu'on sorte d'ici, dit Jem en prenant de petites inspirations.

Sa paume devint moite dans la main de Cador.

— Il fait trop noir. Je n'arrive pas à respirer.

Refoulant sa propre panique, Cador s'obligea à prendre une profonde inspiration et à souffler.

— Je crois que nous allons toujours dans le bon sens. Si ce n'est pas le cas, nous finirons où nous avons commencé et ferons simplement demi-tour. Ils ne nous verront pas dans ce tunnel sombre et nous repérerons les lampes. Tout va bien.

Jem soupira bruyamment.

— Oui. Treeve nous l'aurait dit s'il y avait un autre tunnel à mi-chemin.

À moins qu'il mente. À moins que ce soit un piège. À moins qu'il n'en sache rien, pensa Cador à contrecœur. Serrant la main de Jem, il avança et espéra qu'ils entendraient tout danger au loin. Ni l'un ni l'autre ne parla jusqu'à ce que Cador cligne des yeux et plisse les paupières en regardant devant lui.

— Est-ce que… ? murmura-t-il.

— On dirait une teinte plus claire, je crois ?

Ils avançaient lentement, désormais, Cador retenant presque sa respiration. Étaient-ils repartis dans le mauvais sens ? Il avait pris le rythme en touchant le mur incurvé sur la droite, puis en agitant son bras tendu devant eux de droite à gauche, avant de faire glisser une fois de plus ses doigts sur le mur. L'obscurité sembla légèrement moins noire et…

Il s'arrêta brusquement alors que ses doigts tendus heurtaient une pierre. Son cœur tambourina. Une impasse ? Merde, ils étaient coincés. Merde, merde…

— Par ici, murmura Jem en poussant Cador vers la droite. C'est un peu plus clair.

Submergé par le soulagement, il réalisa qu'ils étaient entrés dans un tunnel qui partait de la gauche vers la droite.

— Ça doit être le tunnel du temple.

Comme ils ignoraient quel sens menait aux champs de fleurs dont Cador se souvenait à peine, avancer vers la lumière grise qui s'éclaircissait peu à peu était manifestement leur meilleure option.

Peu de temps après, ils arrivèrent à l'entrée du tunnel et observèrent le temple carré, baigné d'une lumière lunaire spectrale au-delà de l'arche en marbre blanc. Les chaises de pierre, aux quatre coins, étaient abandonnées. Le temple était déserté et seule la faible musique produite par les insectes lointains brisait le silence. Toute menace représentée par le roi Perran et ses soldats semblait à des années-lumière.

Jem prit une profonde inspiration, les yeux rivés sur le ciel obscur. Il était clairement soulagé de ne plus être dans le noir.

— J'imagine que nous avons choisi la mauvaise direction, conclut-il enfin.

Cador regardait fixement l'autel devant lequel ils s'étaient mariés. Ce n'était qu'une pierre polie – pas plus importante qu'une autre, malgré les affirmations des religieux. Et pourtant…

Il tenait encore la main droite de Jem et leurs paumes moites marquées étaient collées l'une contre l'autre. Il fut frappé par la folle idée de renouveler leurs vœux – cette fois-ci, chacun de ses mots serait sincère. S'il se souvenait des mots prononcés, compte tenu de la quantité d'alcool qu'il avait bu ce jour-là.

Argh. Il s'était vraiment comporté comme un animal. Jem avait mérité bien mieux et désormais…

— Bon, il n'y a rien pour nous, ici, marmonna Cador.

Jem libéra sa main.

— Clairement. Viens.

Il fit un pas et grimaça.

— Laisse-moi bander ton pied. Tu ne feras que nous ralentir, ajouta-t-il avant que Jem ne puisse le contredire.

À contrecœur, Jem boitilla jusqu'à la chaise la plus proche. Cador s'agenouilla une fois de plus devant lui et pencha la tête pour examiner la blessure, en prenant le pied de Jem sur ses genoux. Le sang qui suintait de la plaie était sombre, sous la lumière pâle de la nuit. Elle ne coulait pas à flots, au moins. Il aurait aimé avoir de l'eau pour nettoyer la terre, mais cela devrait attendre.

— Ça doit faire mal, murmura-t-il.

Jem haussa faiblement les épaules.

— C'est ma faute, c'est moi qui ai apporté la flasque.

— C'était bien de penser à apporter de l'eau.

Les quelques poils sur le mollet de Jem chatouillèrent la paume de Cador alors qu'il le caressait pour le rassurer.

— Ce n'est pas ta faute.

— Mais… commença Jem avant de se détendre quelque peu. Il faut qu'on y aille.

Cador saisit l'ourlet de sa robe pour en déchirer un pan, mais Jem l'arrêta et tendit la main pour lui attraper le poignet.

— Ma robe est trop longue, de toute façon.

Ah. Il avait raison, bien sûr. Cador s'agrippa au tissu et tira. Encore et encore. Grognant, il maudit les religieux d'avoir fabriqué des robes dans un tissu si résistant.

— Les innombrables coutures sont inutiles, marmonna-t-il

quand ses muscles se crispèrent alors qu'il réessayait.

Un gloussement échappa à Jem et il claqua une main sur sa bouche. Entendre un rire, aussi nerveux soit-il, de sa part était un soulagement glorieux et Cador se surprit à sourire.

Il gonfla le torse.

— Je suis un puissant chasseur erghien. Je ne serai pas vaincu par cette robe.

Il tira, ses muscles se contractant, et le tissu céda dans un *craaac*. Il déchira une large bande et l'enroula fermement autour du talon, du pied et de la cheville de Jem. Il coinça l'extrémité à l'intérieur et espéra que cela tiendrait pour le moment. Il jeta un coup d'œil au Neuvellan, son cœur loupant un battement quand il vit que celui-ci l'observait de près.

— Merci, murmura Jem.

Ses boucles mouillées pendaient devant ses yeux. Cador tendit la main pour les écarter et…

Sursautant, Jem se releva et manqua de tomber sur les fesses. L'Erghien laissa retomber sa main et enfonça ses ongles émoussés dans sa paume. Jem avait-il réellement peur de lui ? Il ne pouvait lui en vouloir, compte tenu de sa trahison et du meurtre de Jem qui avait failli avoir lieu.

Il aurait follement souhaité revenir en arrière pour dire à son Tas qu'il ne participerait pas au complot destiné à blesser si cruellement – si nonchalamment – Jem. S'il pensait que les Dieux existaient et écoutaient, il prierait pour cela jour et nuit.

Jem se crispa et se tourna vers le tunnel.

— Tu entends ça ?

L'attirant vers le côté de l'arche, Cador ancra fermement ses pieds dans le sol.

— Cache-toi derrière moi.

— Oui, évidemment que je vais me cacher derrière toi !

Ils attendirent alors que les petits bruits de pas s'approchent. Ils étaient plongés dans l'incertitude. Une lueur dorée émergea ensuite de l'extrémité du tunnel. Elle s'approchait de plus en plus…

Une jeune femme s'exclama et bondit en arrière, ses cheveux roux voletant. Elle manqua de faire tomber sa lanterne. La posture de Cador se détendit.

— Tamsyn.

— Le prince Treeve m'a envoyé vous chercher. J'ai cru entendre des voix, alors je suis venue, au cas où vous vous seriez perdus. Ce n'est pas le bon chemin.

Cador grogna avant d'ajouter tardivement :

— Merci. Guide-nous.

Ils n'avaient fait que quelques pas quand il entendit Jem siffler de douleur. Cador se retourna et prit son mari dans ses bras sans un mot. Il n'avait aucune raison de ne pas le porter.

Jem ouvrit la bouche pour parler, mais il se rendit apparemment compte qu'il était inutile de le contredire. Son corps crispé se détendit juste assez pour montrer clairement qu'il ne se battrait pas. Cador se réjouit de cette petite reddition alors qu'il se tournait vers Tamsyn, qui les observait avec un sourire étincelant.

Il fronça les sourcils.

— Quoi ?

— Rien !

Elle fonça dans le tunnel et il la suivit.

Ils n'empruntèrent le souterrain que peu de temps alors qu'elle les menait vers le champ où Dybri attendait, paissant l'herbe sèche à la base de la colline accueillant le temple. Un petit sac les attendait également. Il était trop petit.

— Mes bottes ? demanda Cador.

Il voulait également son épée, mais elle pouvait être remplacée. Ses bottes d'été étaient parfaitement assouplies et il détestait courir dans tous les sens avec les pieds nus.

— Il n'y a que de la nourriture et de l'eau, j'en ai peur, dit-elle. Vous connaissez le chemin jusqu'à Neuvella et à votre château ? demanda-t-elle à Jem qui incitait Cador à le reposer.

Désormais sur pieds – ou plus précisément, sur un pied, comme il était en équilibre sur le droit –, il répondit.

— Oui, bien sûr.

Cador se renfrogna.

— Ne t'es-tu pas perdu en venant ici ?

Jem le fusilla du regard.

— La fumée m'a embrouillé.

— Je ne voulais pas… commença-t-il avant de lever les mains. Oublie.

Tamsyn les observa nerveusement, tour à tour.

— Euh, il devrait y avoir des panneaux sur la route lorsque vous descendrez vers le sud.

— Merci, répondit Jem. Nous n'oublierons pas l'aide que vous nous avez apportée.

Cador acquiesça pour montrer son approbation et se pencha pour saisir Jem au niveau de la taille, afin de le hisser sur le large dos de Dybri.

Le Neuvellan le repoussa.

— Arrête ! Je peux le faire tout seul.

Il sembla embarrassé quand il jeta un coup d'œil à Tamsyn.

Ah, oui, toutes les leçons avec ce putain de menteur qu'était Austol. Bien qu'il ne soit pas vraiment en position de juger, compte tenu de ses propres mensonges, le palefrenier avait tout de même profité de la nature confiante de Jem et…

Et d'accord, je ne devrais pas juger, bordel.

Cador recula sans un mot. Dybri n'était pas aussi grande que Massen, mais elle n'était certainement pas un poney. Il ne pensait pas que Jem serait capable de la monter, pas sans élan au moins. Surtout avec un pied blessé, mais pourquoi pas ? Qu'il perde du temps à essayer. Ce n'était pas comme s'ils fuyaient un roi fou et ses soldats, ou un autre danger aussi conséquent.

Jem plia les genoux et s'élança, mais il interrompit subitement sa course et trébucha, manquant de s'étaler face contre terre.

— Monseigneur !

Tamsyn jeta un coup d'œil inquiet et confus à Cador.

— Je vais bien ! répondit Jem en riant, gêné. Je peux le faire.

La colère de Cador disparut. Il voulait que Jem y arrive. Il détestait la tension anxieuse dans le corps de son époux, ainsi que ses poings serrés et son embarras évident, bien qu'il n'ait aucune raison d'être gêné. Il était petit ! Il n'y avait aucune honte à cela.

C'était pourtant Cador en personne qui s'était moqué de lui, lorsqu'ils s'étaient rencontrés, car le Neuvellan ne savait pas monter à cheval. C'était lui qui avait poussé Jem du dos de sa monture et l'avait effrayé encore davantage. La honte poisseuse fit remonter la bile acide dans sa gorge. Il regarda Jem plier les genoux et tenter une nouvelle fois le coup.

Allez ! Tu peux le faire !

Il y arriva presque – il était à un cheveu de basculer suffisamment son poids pour garder l'équilibre. Plutôt que de le laisser s'écraser sur les fesses, Cador se précipita vers lui pour le stabiliser et le soulever.

S'agrippant à la crinière de Dybri, il monta derrière Jem et saisit les rênes. Son pantalon lui manquant plus que jamais, il coinça l'excédent de tissu de sa robe sous ses jambes et ses fesses, comme il n'avait pas de sous-vêtements.

— Presque, murmura-t-il à Jem en lui tapotant le bras.

— Ne m'infantilise pas, lui intima son époux au travers de ses dents serrées tout en tendant la main vers le sac de denrées que Tamsyn lui passait.

— Ce n'est pas ce que je fais ! Je…

Il lui fallut un moment pour comprendre ce qu'était ce bruit sourd. Des sabots. En approche. Un bruit tambourinant qui n'était qu'à quelques secondes. Ceux qui arrivaient, qui qu'ils soient, n'essayaient pas d'être discrets.

— Retourne dans les tunnels ! intima Cador à Tamsyn.

Elle disparut alors. Il guida Dybri à temps pour voir un religieux les rejoindre à toute hâte dans le champ. Non… Prince *Treeve.*

— Mais qu'est-ce qu'il fout ?

Treeve agita le bras, leur faisant signe de s'éloigner de la Place Sacrée, au moment même où Cador réalisait que le sol vibrait bien trop pour qu'un unique cheval soit en train de galoper.

— Allez-y ! hurla Treeve en se penchant au-dessus de sa monture.

Il ne portait plus la robe grise qu'il avait empruntée, mais un pantalon moulant et ce type de chemise élégante préférée par les habitants du continent.

Une douzaine de cavaliers au moins apparut à l'autre extrémité du champ et Cador n'eut pas besoin qu'on le lui dise deux fois.

Chapitre 8

S E COURBANT SUR l'encolure de la jument, Jem s'accrocha à sa crinière et plissa les yeux contre le vent chargé de poussière. Ses poumons semblaient refuser de fonctionner, et il se rappela qu'il pouvait respirer, qu'il voyait, qu'il n'avait pas de sac rugueux sur la tête et qu'il n'était pas jeté sans défense sur un étalon grondant qui l'emportait vers les Falaises de Glaw.

Il avouait être ravi d'avoir le bras de Cador fermement bloqué autour de son ventre, tandis qu'ils s'éloignaient de la Place Sacrée à toute allure. Bien qu'il ne craigne plus les chevaux comme il l'avait fait par le passé, il avait tout de même l'impression que son cœur allait jaillir de sa poitrine. Ce galop était bien loin du trot hésitant sur le dos de la douce et adorable Nessa, à Ergh.

Les souvenirs des rebonds douloureux sur le dos d'un cheval et de cet horrible sac qui l'étouffait persistaient. Le sol semblait bien loin de ses pieds, comme une gueule noire qui lui rappelait le plongeon depuis les Falaises de Glaw.

Ce n'est pas la mer d'Askorn. Si je tombe, il n'y aura que de l'herbe et de la terre. Ce n'est pas si loin.

Il ravala tout de même un gémissement et pria les Dieux capricieux de ne pas le laisser tomber. Il priait pour que le bras puissant de Cador autour de sa taille ne vacille pas. Il s'autorisa à se délecter de la présence de son époux.

Il ignorait s'ils partaient dans la bonne direction, mais

échapper aux soldats de la garde personnelle du roi Perran était certainement sa priorité. Même s'il aurait ardemment préféré qu'ils ralentissent. L'air était abrasif sur sa langue et le soupçon de fumée distante enflammait sa gorge.

Lorsque Cador les guida vers les bois, Jem fut presque incapable de regarder, tant il était convaincu qu'ils étaient sur le point de foncer la tête la première dans l'un des grands érables. Pourtant, Cador guidait leur monture d'une main experte. La jument zigzaguait agilement au travers de la forêt. Jem n'arrivait pas à voir si Treeve avait pu les suivre, derrière la carrure imposante de Cador, mais il l'espérait.

Mes Dieux, quel accueil sur sa terre natale ! Ils avaient encore au moins deux jours de voyage jusqu'au château. Peut-être même trois ou plus. Il ignorait totalement à quoi s'attendre, au point où ils en étaient.

Il ignorait depuis combien de temps ils galopaient quand il se rendit compte que le tambourinement qui résonnait à ses oreilles était celui de son propre cœur, et non le bruit des chevaux de leurs poursuivants. Cador se détendit et un « *tout doux* » profond résonna depuis son torse. Il gardait fermement son bras gauche autour de Jem alors qu'il arrêtait complètement leur monture et se tournait sur le chemin par lequel ils étaient venus.

Un instant, dans l'obscurité, alors que les arbres bloquaient presque entièrement la lumière de la lune, ils ne distinguèrent que le hululement d'une chouette et le chœur des cigales. Ils perçurent ensuite le tambourinement des sabots, mais il n'y avait qu'un seul cavalier s'ils se fiaient au bruit. Jem soupira brusquement alors que la silhouette noire se révéla être Treeve, qui tirait sur les rênes de son cheval.

— C'était une bonne idée de venir ici, dit Treeve. Nous les

avons semés.

— Mais que s'est-il passé ? s'enquit Cador.

— Il s'avère que l'une des religieuses pense effectivement que cet été caniculaire est la traduction de la punition des Dieux, et que la faute incombe à Ergh. Cette vieille pétasse a informé mon père de votre présence et du fait que j'avais pris les devants pour les prévenir de ses hallucinations. Papa n'était pas franchement ravi.

Jem cligna des yeux, choqué par son langage. Cette femme était tout de même une ecclésiastique. Son dégoût avait dû se lire en partie sur son visage, car Treeve grimaça.

— Pardonnez-moi. Je suis sûr que cette femme y croit sincèrement.

— Oublie-la, lança Cador. Et ton père ? Et pourquoi devrions-nous te faire confiance ?

Jem saisit le poignet de son époux.

— S'il te plaît. Si Treeve était aux ordres de son père, pourquoi nous aurait-il aidés à nous échapper ?

Cador grommela des paroles indéchiffrables qui étaient sans doute des obscénités.

— Je comprends vos suspicions, répondit Treeve. Si vous souhaitez vous rendre à l'est pour retrouver votre peuple et prendre le chemin le plus long vers le sud, je peux accompagner Jem au château.

— Non, grogna quasiment Cador en resserrant un bras autour de son mari. Ma sœur protégera mon peuple. J'ai foi en elle. Elle les escortera à Neuvella en toute sécurité.

Treeve grimaça avant de soupirer lourdement.

— Je n'ai jamais vu mon père aussi furieux. Il est souvent de mauvaise humeur, mais je crains qu'il pense vraiment que les Dieux nous punissent, car nous avons accueilli Ergh dans notre église. Si ce sentiment grandit…

Si cette impression se propageait, les incendies qu'ils devraient éteindre seraient d'une tout autre nature. Les Erghiens étaient en sécurité, pour un moment, mais si le roi décidait de mener sa bataille sur les côtes de leur pays ? Et ils avaient besoin des sevels. Ils avaient besoin d'Onan.

Treeve jeta un coup d'œil autour de lui.

— Je dois me mettre en route. Je ne pense pas que la garde de mon père s'aventurera plus loin – il se retrouverait alors sans protection. J'attendrai demain matin, le temps que sa colère retombe, avant d'y retourner pour le raisonner.

— Le raisonner ? Il a envoyé ses gardes à tes trousses.

Treeve rit faiblement.

— Oh, mon père m'a jeté dans le donjon plus d'une fois, dans un éclat de colère. J'ai l'habitude. Tant que je suis son unique héritier, je serai en parfaite sécurité, je vous l'assure. Et vous, Jem, je vous souhaite un voyage sûr jusqu'à Neuvella, conclut-il avant de hocher la tête en direction du sac que Jem serrait contre lui. Il devrait y avoir suffisamment de nourriture et d'eau pour un jour ou deux.

Jem regarda à l'intérieur et fut ravi de trouver du pain, du fromage et des fruits. Il y avait même quelques sevels, qui semblaient plus précieuses que jamais. Ils étaient accompagnés de deux grandes outres en cuir, certainement plus pratiques que celles en verre.

Jem rougit, toujours furieux contre lui-même après la chute de la flasque. Son talon palpita.

— Euh, oui, répondit-il en essayant de se concentrer. Faites attention à vous. Encore merci. Oh, euh, savez-vous où se trouve le sud ?

Treeve le désigna d'un doigt.

— S'il vous plaît, dites à votre mère que nous devons nous unir pour le bien d'Onan.

Hochant une dernière fois la tête, il éperonna son cheval et disparut.

Soupirant lourdement, Cador fit claquer sa langue et tourner leur jument, afin d'avancer dans la direction que Treeve avait désignée. Jem se redressa, ne voulant pas s'appuyer contre l'Erghien. Il ne refusa tout de même pas le bras de Cador autour de lui. Son esprit ressassait les mots ridicules et énigmatiques de Treeve, la veille.

Un duo gagnant.

Jem n'avait certainement pas l'impression d'être victorieux.

Cador sembla disposé à laisser leur monture marcher au pas un moment, bien que rien d'autre ne semble le satisfaire. Il était tel un mur de stress et son bras comme une barre de fer autour de la taille de Jem. Ce dernier devait bien admettre qu'il était soulagé que Cador soit avec lui. S'il avait dû naviguer dans cette forêt seul… Sans parler du tunnel plongé dans le noir…

Jem devrait être ravi que le silence règne, mais alors que celui-ci se prolongeait, son angoisse croissait inlassablement. Il n'avait aucune raison d'y mettre fin. Qu'avait-il à dire à Cador ? Rien. Ils étaient coincés ensemble, pour le moment, mais ils n'avaient pas besoin de parler. Dans deux jours, ils atteindraient enfin le château et Cador serait enfermé dans le donjon avec Kenver. Delen les rejoindrait plus tard.

Cette pensée l'avait amèrement rassuré pendant le voyage sur la mer d'Askorn. Jem n'aurait jamais cru qu'une idée aussi aigrie et rancunière le réconforterait. Il détestait que ce soit le cas. Toutefois, alors qu'il saisissait ce poids bienvenu, il découvrit plutôt que des larmes lui picotaient les yeux. Il se maudit. Ce n'était pas le moment d'être triste. Il devait rester en colère.

— Tu lui fais confiance ?

Ah, voilà. Jem s'empara avec gratitude de la question de Cador.

— Bien sûr.

Il exagérait, mais il ne pouvait résister.

Cador grogna évidemment.

— Pourquoi ? Tu as dit toi-même que tu le connaissais à peine.

— J'en sais suffisamment. Il nous a aidés à échapper à son père.

— Je sais qu'il a menti sur son identité quand je l'ai rencontré. Pourquoi devrions-nous croire un menteur, bon sang ?

— Tu dis ça comme si tu n'étais *pas* un menteur toi-même, rétorqua Jem.

Aucune réponse. Jem ressentit seulement un souffle chaud sur sa nuque.

— Quoi ? Tu ne réponds pas ? Tu ne plaides pas l'innocence ? Allez.

— À quoi bon ? demanda Cador d'une voix douce et calme. Je ne suis pas innocent. Nous gaspillerions simplement notre souffle. Je ne veux pas que tu croies en mon innocence.

Jem ouvrit la bouche, mais découvrit qu'il n'avait aucune réponse à lui fournir. Cador éperonna le cheval pour qu'il trotte, puis galope, et le Neuvellan s'agrippa à lui. Il regrettait de ne pas avoir la moindre idée de ce qu'il devait croire.

UNE HEURE APRÈS le lever du soleil, Jem dut admettre que la chaleur était déjà écrasante. Ils avaient trouvé un sentier dans la forêt. Ils ne s'arrêtèrent que pour reposer leur monture que

Cador appelait Dybri. Jem prit soin de ne boire que de l'eau dans l'une des outres.

Se penchant au-dessus de Jem, Cador caressa l'encolure de la jument et lui murmura à l'oreille comme il le faisait très souvent.

— Tout va bien, ma fille. Nous nous arrêterons bientôt.

Son souffle chatouilla l'oreille du Neuvellan.

Ce dernier faillit lui rétorquer qu'ils devaient continuer d'avancer, mais il se serait alors montré irritable et ridicule. Aussi agréable que cela serait de rentrer enfin chez lui – oh, plonger dans son lac ! –, il était censé se reposer dans la journée, quand la chaleur les accablait.

Au moins, il ne voyait pas de ciel anormalement orange au travers des arbres. Aucune cendre ni fumée ne voletait avec la légère brise qui soulevait les feuilles aux pointes marron.

— Quels villages se trouvent dans cette direction ?

Jem eut besoin d'un moment pour se rendre compte que Cador ne s'adressait pas au cheval, cette fois-ci.

— Je n'en sais rien.

— Qui rencontrerons-nous sur ce sentier ?

— Je n'en ai aucune idée.

— N'aurions-nous pas déjà dû croiser quelqu'un ?

Jem grinça des dents.

— Je t'ai dit que je n'en savais rien.

— Ne peux-tu pas le deviner ?

Jem fit mine d'observer la forêt autour de lui.

— Eh bien, j'imagine qu'un bûcheron pillard avec sa hache puissante pourrait passer par là.

— Je ne parlais pas de tes fantasmes puérils.

Jem couina et se redressa en se crispant.

— Moi non plus !

Dybri s'ébroua et piétina, et Jem se sentit réprimandé. Par la jument. Il serra les dents alors qu'elle déviait obstinément du chemin malgré les tentatives de Cador pour l'arrêter. Jem s'assura de garder un œil attentif pour savoir dans quelle direction ils se dirigeaient.

La destination de Dybri était un étang, à la base d'un affleurement rocheux apparemment assez protégé du soleil pour abriter une eau boueuse malgré la canicule. Jem chassa les mouches.

— Devrait-elle boire cette eau ?

— Je n'ai vu aucune autre option.

Cador sauta du dos de la jument et tendit la main en direction de son époux.

— Je peux descendre tout seul !

Il chassa les mains de Cador, abandonnant les mouches. Il n'avait pas protesté, dans la nuit, quand Cador l'avait aidé à descendre, mais il voyait désormais clairement le sol.

L'Erghien leva les mains en guise de reddition.

Le visage rougi, Jem lui tendit le sac. Il se tortilla sur le côté pour se retrouver sur le ventre et sauta. La douleur transperça son talon avant qu'il tombe sur les fesses dans les feuilles sèches et la terre. Quelques secondes plus tard, Cador était accroupi à ses côtés, une grande main posée sur le dos de Jem et l'autre sur son pied.

Une part du Neuvellan avait envie de lui donner un coup de pied, mais il le laissa examiner le bandage de fortune, taché de sang. Le bord effiloché et déchiré de la robe de Jem chatouillait ses mollets.

— Ça va, marmonna-t-il.

— Je vais au moins changer le bandage, dit Cador en chassant une mouche bourdonnante. Éloignons-nous de l'eau. Dybri peut se désaltérer. Puis-je te soulever ?

Jem acquiesça, mais se raidit tout de même quand Cador récupéra le sac, puis le prit dans ses bras. Alors que ce dernier ajustait sa prise, la joue de Jem faillit effleurer la sienne. Il n'avait qu'à se pencher très légèrement pour pouvoir se frotter contre la barbe rêche de Cador…

Il n'en fit rien, bien sûr. Il resta rigide alors que l'Erghien le menait à l'ombre d'un arbre dense. Au moins, ils se rapprochaient du château, maintenant que ces arbres plus épais faisaient leur apparition. Les longues feuilles vertes, qui pendaient bassement, auraient dû être bien plus luxuriantes qu'elles ne l'étaient, et Jem se demanda si les arbres fleuriraient en temps voulu.

Des feuilles mortes et cassantes se désintégraient sous ses pieds, crissant alors qu'il essayait de se mettre à l'aise. Une mouche bourdonnant se rapprochait d'eux, plongeant vers les yeux et la bouche de Jem alors qu'un étang dégoûtant n'était pas si loin. Cador déroula le bandage sale et observa sérieusement le talon de son mari, qu'il releva sur sa cuisse musclée.

Il avait retroussé les manches de sa robe jusqu'à ses coudes. Le Neuvellan contempla la contraction de ses avant-bras. Des poils dorés étaient éparpillés sur sa peau et Jem se demanda si Cador aurait eu des taches de rousseur, en vivant sur le continent plutôt que sur Ergh, pays nuageux et glacé.

Tentant de ne pas grimacer, Jem se pinça fermement les lèvres alors que Cador touchait à la blessure. Avec le pied de son époux sur les genoux, l'Erghien déchira une nouvelle bande sur l'ourlet abîmé de la robe de religieux.

— Tu peux en enlever encore plus ? Il fait trop chaud et ce truc est bien trop grand pour moi.

Acquiesçant, il déchira une bande plus large. Puis une autre.

Ses mains effleurèrent les genoux et les mollets de Jem alors qu'il s'affairait. Le Neuvellan eut alors particulièrement conscience qu'il était nu sous sa robe. Ils l'étaient tous les deux. Et bien qu'ils soient également crasseux, épuisés et assaillis par les mouches au beau milieu d'une forêt, la chaleur palpita entre ses jambes.

C'était de la folie ! L'effleurement des mains de Cador et sa proximité ne devraient pas l'affecter. Mes Dieux, il avait passé toutes ces années sans coucher avec quiconque, se satisfaisant de ses fantasmes et de son propre contact. Il avait désiré des hommes, par le passé, mais pas de cette façon.

Pas avec ce feu bouillonnant dans son sang, qui s'échauffait sans prévenir. C'était comme s'il avait été parfaitement satisfait par l'hydromel pendant une éternité, mais qu'après avoir bu une gorgée du vin pétillant de Gwels, il en avait une soif insatiable et l'hydromel ne le satisfaisait plus.

Sauf que tu bois à la fois de l'hydromel et du vin pétillant et que tu peux vivre sans.

Il se frotta le visage, ne sachant plus ce qu'il pensait, au point où il en était. Clairement, il avait soif. Il tendit donc la main vers le sac et retira le bouchon de l'une des outres. Il sirota cette eau, bien qu'il ait envie de prendre de grandes gorgées. Sans un mot, il la tendit à Cador.

Hochant la tête, ce dernier but avidement. La sueur luisait dans le creux de sa gorge.

— Quoi ?

Jem lui arracha son regard et plaça fermement ses mains sur ses genoux.

— Rien.

Alors que ses doigts effleuraient les cuisses de son époux, Cador tira sur l'ourlet de sa robe.

— C'est comment ?

Les morceaux effilochés le chatouillaient sous les genoux.

— C'est bien mieux. Merci.

— De rien.

Pour quelle raison remerciait-il Cador à tout va ? Jem gigota, une vague de tension nerveuse le saisissant. Il récupéra l'un des rubans de tissu déchiré et tenta d'envelopper son pied.

— Il faut que ce soit plus serré. Laisse-moi faire.

— C'est bon.

Cador ne discuta pas davantage, mais épousseta alors son bras avant de bondir et de sautiller comme s'il effectuait une petite danse fébrile.

— Mais c'était quoi ce truc ?

Jem se contenta de le dévisager.

— Quoi ?

Il regarda autour de lui, mais ne trouva que des feuilles séchées, de la terre et des racines d'arbres au milieu de la pathétique herbe marron.

— Il me grimpait dessus ! C'était long et fin, et ça avait des dizaines de pattes !

— Oh, un gwiadère. Ils ne mordent pas.

Cador se frotta les bras et les jambes avant de tourner en rond, essayant clairement de trouver l'insecte sur le sol. Jem ne put s'en empêcher. Un éclat de rire secoua ses épaules.

— Le puissant chasseur d'Ergh tue des sangliers, mais craint un minuscule insecte !

— Il n'était pas minuscule ! répliqua-t-il en lui lançant un regard noir.

Ses lèvres tressautèrent alors que son propre rire remontait dans sa gorge.

— Il ne l'était pas, insista-t-il. Avec toutes ses pattes !

Il piétina avec ses pieds nus, encore et encore, et les secoua en marchant sur place.

— Au moins, si j'avais eu mes bottes, marmonna-t-il.

— Il y a certainement plus d'insectes que les vers, à Ergh.

— Oui, des insectes de taille raisonnable. Ils sont petits. Discrets. Et ils n'aiment pas monter sur les gens. Quand nous y retournerons, je…

Leur rire s'éteignit. Cador baissa la tête et s'agenouilla pour bander le pied de Jem. Il acheva sa tâche avec quelques mouvements simples avant de repartir vers l'étang pour s'occuper de Dybri. Jem s'efforça de manger une tranche de pain et un morceau de fromage avant de faire rouler une sevel abîmée entre ses mains.

Ne pas la manger n'avait aucun sens. Pourtant, la culpabilité bouillonna alors qu'il mordait la chair sucrée trop farineuse. Les sevels étaient meilleures quand elles étaient croquantes et fraîches – c'était ainsi qu'il les avait toujours mangées. La culpabilité enfla et il songea à Hedrok, espérant qu'il allait bien.

Protégeant sa tête d'un bras, il s'allongea sur le sol. Cela ne ressemblait en rien à l'herbe luxuriante qui poussait près de son lac, mais il était si fatigué qu'il pourrait sûrement se reposer.

Pourtant, le sommeil le fuyait obstinément. Les mouches lui chatouillaient le visage et la terre était aussi sèche qu'une pierre sous son corps. Il aurait été bien plus à l'aise, recroquevillé sur un lit d'épines dans la forêt, près du cottage, à Ergh. Neuvella était sa maison et tout était censé aller mieux, ici. Pourquoi se sentait-il encore pire ?

Parce que je voyage depuis des semaines, que j'ai à peine dormi ou mangé, et que je suis coincé avec l'homme qui m'a trahi. J'ai soif, j'ai chaud, je souffre, et ça ne sera plus comme ça, quand j'arriverai enfin chez moi au château. J'y serai en sécurité.

Respirant plus facilement, Jem se rendit compte qu'il se grattait la tête. Ses ongles étaient plus longs que d'ordinaire. Il se délecta de ce plaisir douloureux tandis qu'il se grattait le crâne. Ses pensées devinrent plus troublantes alors même qu'il se laissait emporter par le crépuscule avant le sommeil…

Des aiguilles griffèrent ses joues, alors qu'il se penchait sous les branches. Les pins devenaient si denses qu'il arrivait à peine à voir. Les inconnus qui le pourchassaient étaient juste derrière lui. Il ignora l'agonie palpitante dans son pied nu et progressa en boitillant. Plus que jamais, il aurait aimé pouvoir voler avec ses oiseaux bien-aimés.

Il n'avait jamais connu Ergh si étouffant. Cela devait enfin être l'été, bien que le ciel au loin soit toujours de ce gris infini. Jem courut, encore et encore, surgissant de la forêt et se précipitant jusqu'au bord de la falaise où des embruns lui brûlèrent les yeux. Il faisait nuit, à présent, et il réalisa avec horreur qu'il était sur les Falaises de Glaw.

Il ne pouvait s'enfuir nulle part.

Tournant sur lui-même, il fit face à ses poursuivants. Ce n'était pas Bryok, Creeda, Hedra et les autres. Il ne connaissait pas ces gens. Ils n'hésitèrent nullement à l'acculer, alors que ses pieds se retrouvaient désormais au bord même de la colline. Les torches s'allumèrent et il reconnut l'homme qui se tenait impassiblement, non loin.

Cador l'observait, ignorant ses appels au secours. Il regarda l'un de ses poursuivants brandir une épée. Ils emprisonnèrent tous Jem dans leur poigne vicieuse. Ils étaient trop nombreux pour qu'il les combatte alors que l'épée s'abattait sur son poignet.

Mais l'incision ne fut pas franche. Encore et encore, l'homme trancha la chair abîmée et ensanglantée, écrasant finalement l'os et détachant complètement la main de Jem.

Les flammes orange vacillèrent sur les traits durcis du visage de Cador alors qu'il s'approchait. Il lui plaça le sac rêche et horrible sur le visage et serra le nœud autour de la gorge alors que Jem hurlait.

— Jem !

Haletant à cause de sa gorge sèche, le prince vit Cador audessus de lui. Il donna des coups de pied et le repoussa, tout en reculant et en laissant échapper un autre cri rauque. Il cligna des yeux, dans un rayon de soleil aveuglant, pendant qu'il tâtonnait dans la terre, étirant ses doigts puis serrant les poings, avant de répéter indéfiniment ce geste. Il regarda fixement sa main droite, les défenses gravées apparaissant vivement sur sa paume.

— C'était un cauchemar, lui expliqua Cador d'une voix basse et apaisante.

Jem riva son regard à l'endroit où l'Erghien se tenait, non loin de lui, avec les mains levées en signe d'apaisement. La marque de dillywigue était sombre, sur sa peau pâle. Bien qu'une part de lui ait envie de se blottir dans les bras de Cador, il lui ordonna :

— Ne t'approche pas !

— Je ne te ferai pas de mal.

Mes Dieux, comme Jem avait envie de le croire. Ses cheveux trempés de sueur étaient collés sur son crâne qui le picotait. Jem recula contre le tronc de l'arbre. Les éclats lumineux autour d'eux lui indiquèrent qu'il était près de midi. Le grondement sec dans sa voix se transforma en une quinte de toux.

S'accroupissant, Cador lui donna de l'eau en essayant manifestement de garder ses distances.

— Bois. S'il te plaît, ajouta-t-il après un instant.

Jem but une gorgée et grimaça, car le liquide était chaud.

C'était mieux que l'étang boueux, au moins. Il tira sur le col ample de sa robe. Il se rendit compte que l'ourlet était remonté au-dessus de ses genoux, et il le baissa malgré la chaleur. Il se gratta les mollets et se retint ensuite de passer les doigts dans ses cheveux, comme son crâne l'élançait encore après les démangeaisons précédentes.

Cador avait reculé de quelques pas, mais était toujours accroupi. Il observait son époux avec les sourcils froncés et un regard bleu perçant.

— Tu te sens assez bien pour chevaucher ? Il faut qu'on te ramène chez toi.

Évidemment, il ignorait qu'en ramenant Jem chez lui, il serait lui-même emprisonné dans le donjon. Une nouvelle vague d'acide submergea Jem alors que son esprit ressassait impatiemment sa litanie d'inquiétudes. Que mijotait le chef de clan, en ce moment même ?

Jem devait avertir sa mère à propos de Kenver. Mes Dieux, pour ce qu'il en savait, le père de Cador avait peut-être déjà tranché la gorge de la reine et pris le contrôle du château. Rien ne s'était passé comme prévu depuis que Jem était revenu sur le continent.

Il se contenta d'acquiescer et de se relever, une main appuyée sur le tronc rêche de l'arbre alors qu'il tentait de garder l'équilibre. Il boitilla sur quelques pas, mais Cador avait déjà rejoint Dybri en courant. Ce dernier observa Jem d'un œil méfiant.

— Puis-je t'aider à monter ? demanda-t-il.

Jem opina une nouvelle fois du chef et laissa Cador le hisser de guingois sur le dos de la jument. Il coinça la robe raccourcie sous ses cuisses et garda le dos droit alors que l'Erghien montait derrière lui tandis qu'ils repartaient sur le chemin. Celui-ci lui assura qu'il avait fait attention et qu'il partait toujours dans la bonne direction, vers le sud.

Dybri marchait à une allure régulière – c'était mieux que de la faire galoper sous la chaleur. Cador n'essaya pas de passer un bras autour de son époux, cette fois-ci. Il posa plutôt les mains sur ses propres cuisses musclées encadrant celles de Jem.

— De quelle espèce d'oiseau s'agit-il ?

Le Neuvellan cligna des yeux. Il lui fallut un moment pour comprendre que Cador lui parlait du chant vibrant des oiseaux qui résonnait à travers la forêt.

— Quelle importance ?

— Je suis seulement curieux.

Le silence se prolongea, dans l'après-midi humide et dépourvu de vent. Un chœur de cigales se joignit aux oiseaux.

— Ce sont des édhènes. De petites choses adorables. Ils construisent leur nid là où se trouvent les byghanes et semblent bien s'entendre avec eux, curieusement. Je les ai déjà vus se percher sur le dos de byghanes.

— Ah. À quoi ressemblent-ils ?

Il ne comprenait pas pourquoi Cador s'en préoccupait, mais il répondit à ses questions alors qu'ils avançaient d'un pas lourd. Un moment plus tard, il se rendit compte qu'il respirait plus facilement et même qu'il était appuyé contre le torse solide de son époux.

Pourtant, quand ses paupières s'alourdirent et que ses pensées revêtirent l'irréalité des rêves, le souvenir cauchemardesque du sac sur sa tête et de sa main violemment tranchée lui revint. À cela s'ajoutait désormais la vision de Cador qui voyait le tout se dérouler avec un regard froid.

Il se redressa et se pinça le dos de la main. Il devait rester éveillé, pour ne pas risquer de chuter du dos de la jument, et aussi parce qu'il en avait vraiment assez de ces cauchemars. Il se concentra sur des souvenirs joyeux de sa maison et de sa volière tachetée de soleil, comme les moments où il riait avec Santo et lisait des livres alors qu'une légère brise froissait les pages. Des souvenirs doux et rassurants qui lui apportaient la paix.

Une nouvelle vision fit son apparition : Cador sautillant en rond, battant des bras et effrayé par un simple gwiadère. Jem s'autorisa alors à sourire.

Chapitre 9

— NOUS NE pouvons pas simplement la voler !

Accroupi dans les broussailles sèches à la lisière de la forêt, sous la première lueur grise avant l'aube, Jem évaluait la distance jusqu'au puits, situé à l'extérieur d'un cottage qui semblait lui-même en bordure d'un village.

— Nous n'avons pas de pièces et rien d'autre à échanger, mis à part Dybri et notre maigre réserve de nourriture, chuchota Cador. Nous avons besoin des deux. Il est plus sûr de rester hors de portée de vue. Nous avons besoin d'eau. Le puits est juste là.

— Oui, mais si les réserves d'eau s'épuisent, nous devons les dédommager.

— Avec quoi ?

— Euh… Je cueille souvent des fleurs pour les vieilles femmes du village, près du château.

Cador désigna la zone derrière eux.

— Vas-y, alors. Pourvu que celui qui vit là aime les brindilles et les feuilles mortes.

Il n'avait pas tort. Au moins, l'air de cette matinée n'avait pas le goût de fumée. Jem priait pour que cela signifie que les incendies étaient sous contrôle et que tout irait bien. Il changea de position sur ses talons et grimaça. Après deux jours sur le dos de Dybri, à aller aussi vite que possible sans l'épuiser et en restant hors de la route, sur l'insistance de Cador, il était courbaturé.

— Il n'y avait guère qu'un ruisseau boueux pour que Dybri puisse boire, lui rappela Cador. Nous avons besoin d'eau. Avant qu'ils se réveillent. Je n'ai pas envie de me battre.

À cet instant, une femme rondelette avec un enfant sur sa hanche émergea du cottage et avança vers le puits.

— Trop tard, grommela Cador en se cachant dans les broussailles.

C'était peut-être simplement la chance que Jem attendait. Il hésita et observa la femme. Ils étaient bel et bien à Neuvella, désormais. Elle était l'un de ses loyaux sujets. Enfin, il l'espérait. Ça n'avait pas été son plan, mais ne devrait-il pas être audacieux ? Courageux ?

Soudain, il eut l'opportunité parfaite de rentrer chez lui plus rapidement, sans être coincé ni dépendre de Cador. Sans que leurs corps restent appuyés l'un contre l'autre pendant des heures consécutives. Sans être à sa merci, bien qu'il soit vrai que Cador n'avait rien fait de suspect.

— Que fais-tu ? siffla Cador derrière lui.

Pourquoi hésitait-il ? Il ne devait rien à l'Erghien !

Que ferait Morvoren ?

Jem bondit, cracha dans sa paume sale et tenta de dompter ses boucles rebelles. Cador grogna, clairement frustré, mais Jem boitilla aussi vite que possible pour traverser la clairière en ignorant la douleur persistant dans son pied.

— Excusez-moi ! cria-t-il.

Hurlant, la femme se retourna brusquement en lâchant la manivelle qu'elle tournait pour remonter le seau du puits. À ses pieds, le bambin était tombé sur le ventre et s'agitait désormais en braillant. La femme se pencha pour le reprendre dans ses bras.

— N'avancez pas !

Jem s'arrêta obligeamment et tendit les mains d'un air suppliant.

— Je suis désolé de vous avoir surprise. Je suis le prince Jowan. J'ai besoin de votre aide.

Elle le dévisagea. Ses sourcils se haussèrent quasiment jusqu'au bord du fichu qu'elle portait et qui laissait échapper çà et là quelques cheveux blonds.

— Prince Jowan ?

— Oui. Puis-je avoir de l'eau ? Et pourriez-vous aller chercher le gardien du village ? J'ai besoin d'aide pour retourner au château et…

Il hésita une nouvelle fois. Cador serait bientôt parti sur le dos de Dybri, s'il n'avait pas déjà déguerpi. Les Neuvellan pourraient ensuite assurément le poursuivre et le mettre en garde à vue. C'était la voie la plus logique pour Jem. Ils étaient probablement à un jour de cheval, voire moins, du château.

Elle ricana.

— Il n'y a rien pour vous, ici. Dégagez !

— Je vous en prie. Comme je vous l'ai dit, je suis le prince Jowan. Nous avons besoin d'eau et…

— Au voleur !

Son cri aurait pu réveiller les morts. Il attira assurément son mari, qui sortit du cottage en trébuchant, torse nu et en train de revêtir son pantalon.

— Au voleur ! répéta-t-elle.

Une cloche résonna, dans un lourd *gong-gong-gong* de fer.

Le gardien se mettrait en chemin, au moins. Jem savait qu'il devait avoir une allure pitoyable dans sa robe cléricale sale et déchirée, les pieds nus. Il tenta de sourire.

— Il n'y a aucun danger, je le jure. Je suis le prince Jowan. Je ne vous ferai pas de mal.

L'homme tenait désormais une hache et fronçait ses sourcils broussailleux.

— Prince Jowan, hein ? Et moi, je suis la reine en personne.

— Mais c'est vraiment moi !

Il fit un pas en arrière alors que son malaise grandissait. Son choix impétueux s'était peut-être avéré plus imprudent que courageux.

D'autres villageois endormis et manifestement furieux arrivèrent. Avec d'autres haches. Jem recula.

— Je suis désolé. Il est inutile de… Je comprends que je ne ressemble pas à moi-même en ce moment.

Évidemment, comme il n'avait quitté que rarement le confort du château, ils ignoraient totalement à quoi il ressemblait.

Se maudissant lui-même, ainsi que Morvoren et les Dieux, il leva les mains d'un air suppliant.

— Je vous en prie, croyez-moi.

La femme au fichu se renfrogna.

— Quel genre de marque nuptiale est-ce donc ? Vous n'êtes pas un homme d'Église, si vous êtes marié. Bien que je ne croie nullement que vous soyez religieux.

— Je ne le suis pas ! dit-il alors que son cœur bondissait. Vous voyez ma marque ! Il s'agit des défenses de sanglier d'Ergh ! Car j'ai été obligé d'épouser le fils du chef de clan ! Vous en avez certainement entendu parler !

Les visages furieux vacillèrent légèrement et les villageois devinrent clairement dubitatifs. Cador était-il toujours dans les buissons ? Écoutait-il ? Non, il avait incontestablement fui et Jem devrait envoyer les gardes à sa poursuite.

— Ma mère, la reine, est en danger à cause du chef de clan d'Ergh, Kenver. Je dois rentrer au château. Mon traître de mari est dans ces bois et vous devez l'arrêter.

Voilà. Il l'avait fait.

Son pouls tambourinait et sa colère montait. Il s'était promis de faire exactement cela, alors pourquoi souhaitait-il désespérément retirer ce qu'il venait de dire ? Et pourquoi les villageois continuaient-ils de ricaner devant lui et de s'approcher avec leurs haches ? Il tituba en arrière.

— Oh, oui, *prince Jowan*, nous obéirons à vos ordres ! répondit un homme.

— Tout de suite, Monseigneur !

Riant, ils l'encerclèrent. Des mains rêches l'attrapèrent et le soulevèrent. Horrifié, il donna des coups de pied et eut envie de hurler, mais seuls de pathétiques petits cris et pleurs s'échappèrent de sa gorge à vif.

— S'il vous plaît !

— C'est un récit original, je veux bien te l'accorder, mon garçon.

— Le prince ne reviendra pas avant le Festin de la Lune de Sang, après les moissons.

— Non, je suis revenu plus tôt ! expliqua Jem, qui se débattait en vain. Arrêtez !

Il imagina qu'un sac serait jeté sur sa tête, d'un moment à l'autre, et qu'il…

Un grognement rauque, qui aurait pu être celui d'un sanglier furieux en train de les charger, résonna. Jem s'écrasa sur le sol dur, retombant sur le dos, et l'air fut chassé de ses poumons. Des cris résonnèrent et il perçut l'agitation autour de lui. Il cligna des yeux, incrédule, alors que Cador se battait avec les villageois, les lambeaux de sa robe voletant.

Pourquoi n'avait-il pas fui quand il en avait eu l'occasion ? Quand il avait entendu les supplications de Jem pour qu'on l'arrête ? Voilà qu'il était encore présent et qu'il les combattait.

Jem ne devrait-il pas en être ravi ? Ou ne devrait-il pas être effrayé par les grondements de son époux ? Il ne pouvait que regarder et haleter péniblement.

Il y avait bien trop de villageois. Cador leva enfin les mains en signe de reddition, face aux lames de hache. Les paysans le poussèrent près de Jem et ce dernier se redressa afin qu'ils soient agenouillés tous les deux.

— C'est le barbare ! dit-il en désignant Cador. Mon mari ! Regardez nos marques. Nous sommes revenus plus tôt. Je vous l'assure.

Les villageois éclatèrent de rire.

— Oh, il nous l'*assure*, dit une femme. Dans ce cas, laissons-les partir pour qu'ils puissent voler le prochain village d'innocents sur lequel ils tomberont.

— Que le magistrat de la reine s'occupe de ces bandits. Voler, c'est déjà assez grave, mais se faire passer pour le prince Jowan ? Ou des religieux ? Ils sont sans vergogne.

Comment Jem pouvait-il en vouloir à ces gens innocents, s'ils pensaient que des inconnus pieds nus et ébouriffés en robes d'homme d'Église – alors qu'ils n'étaient clairement pas religieux – manigançaient quelque chose ?

— Allez-vous nous mener au château, alors ? demanda-t-il.

Il fut soulagé quand ils répondirent par l'affirmative.

Ceci était clairement censé être une sévère punition, mais au moins il serait bientôt chez lui. Au château, on le reconnaîtrait certainement. Cador était muet comme une tombe, à ses côtés, et il ne lui jeta pas même un coup d'œil.

Quand une femme agacée arriva en pilotant ce qui était apparemment un chariot-prison tiré par plusieurs chevaux, Jem grimaça à l'idée d'entrer là-dedans. Bien qu'il n'ait pas voix au chapitre. Au moins, les habitants du coin avaient récupéré

Dybri et la geôlière l'avait attachée à l'arrière du chariot. Elle leur ordonna ensuite de monter dans ce qui n'était guère plus qu'une caisse.

La mâchoire si crispée qu'elle semblait sur le point de se briser, Cador obéit et se pencha pour franchir la porte à l'arrière du chariot. Ses épaules passaient à peine en largeur. Jem le suivit. Deux minuscules fenêtres étaient fermées par des barreaux, de chaque côté de leur prison, au-dessus de bancs solides. Des fers attendaient leurs poignets et leurs chevilles. L'estomac du Neuvellan se retourna.

Il hésita dans la petite porte.

— Un messager a été envoyé avant nous. Je suis le prince Jowan. La reine nous attend réellement.

La femme ricana et le poussa à l'intérieur. Jem se rattrapa sur les genoux de Cador et les mains puissantes de ce dernier le stabilisèrent. Assis face à face, ils laissèrent la femme les attacher.

Cador écarta ses longues jambes, ses genoux coincés contre le banc de Jem. Les cuisses de ce dernier étaient collées l'une contre l'autre, dans l'espace laissé par les jambes de Cador. Jem se concentra pour respirer de façon aussi régulière que possible, comme il était confiné. Au moins, la courte chaîne entre leurs poignets et leurs chevilles leur permettait de bouger légèrement.

La femme laissa tomber le sac que Tamsyn leur avait donné et qui ne contenait désormais que leurs outres vides et une croûte de pain rassis. Levant le sac vide, elle se tourna vers Jem.

— Non ! S'il vous plaît !

Sa supplication fut presque un sanglot. Il recula contre la paroi solide, ayant déjà du mal à respirer à l'idée d'avoir un tissu rêche étouffant sur la tête.

Cador et la geôlière le dévisagèrent. La femme fronça les

sourcils, mais ne dit rien. Elle se pencha et tira sur les fers de Jem, puis sur ceux de Cador. Elle laissa tomber le sac sur le banc et claqua la porte dans un bruit sourd. Une clé racla la serrure.

Les yeux rivés sur ses poings serrés, Jem sentit que Cador l'observait. *Il est probablement en train de se dire que je suis faible et pitoyable.*

Cependant, la question calme de Cador ne dissimula que de l'inquiétude.

— Tu vas bien ?

— Bien sûr ! Je vais bien, dit-il en faisant cliqueter la chaîne entre ses poignets. Tout compte fait. Au moins, la pauvre Dybri n'a plus à nous porter sur le reste du trajet.

— Hmm.

Le silence se prolongea alors que Jem maintenait son regard fixé sur ses mains jointes. Il avait envie de se gratter le crâne, mais ne pouvait l'atteindre que s'il baissait la tête. Cador trouverait sans doute cela étrange. Jem ne devrait pourtant pas se préoccuper de ce que son époux pensait.

Il souhaitait tout de même garder secrète cette étrange habitude. Sa peau le picota. Une chaleur étouffante régnait dans le chariot. Seul un filet d'air leur parvenait depuis les minuscules fenêtres alors qu'ils étaient secoués sur la route. Cador demeurait toujours silencieux et Jem fut alors obligé de le regarder.

L'Erghien l'observait calmement, d'un air un peu trop inexpressif. Trop impassible. Jem déglutit difficilement. Leur geôlière les avait au moins laissés boire de l'eau dans leurs mains jointes avant de les faire entrer. Sa langue paraissait encore trop gonflée. Le regard de Cador le mit mal à l'aise.

— Quoi ? demanda enfin le Neuvellan quand il ne tint plus.

— Pourquoi as-tu dit que ta mère était en danger avec mon Tas ?

Parce qu'elle l'est.

— Je voulais qu'ils m'aident. Ils sont loyaux envers leur reine.

— Hmm. Et tu les aurais laissés me capturer ? Tu m'aurais laissé seul dans cette boîte, pendant que tu aurais fait la route dans l'un de tes carrosses élégants ?

— Pourquoi ne le devrais-je pas ?

Il aurait aimé que ses mots soient sévères. Accusateurs. Pourtant, ils avaient plutôt ressemblé à une supplication. Il grimaça et riva son regard sur l'épaisse porte du chariot.

— Quand Bryok… commença Cador après un silence.

Jem grimaça, regardant partout ailleurs sauf en direction de Cador alors que le chariot était secoué par une ornière.

— Je vais bien, marmonna-t-il.

— Qu'ont-ils fait ?

Gigotant, Jem aurait aimé être partout ailleurs sauf ici à discuter de *ça*. Enfin, presque n'importe où ailleurs. Il se rendit compte dans un soubresaut qu'il avait levé les mains pour se gratter le crâne quand les fers appuyèrent douloureusement contre ses poignets. Il reposa brusquement ses poignets sur ses cuisses.

— Jem…

— J'ai dit que ça allait !

Il observa fixement le plancher poussiéreux et taché. Il tenta de ne pas réfléchir excessivement à l'origine de ces taches.

— Qu'ont-ils fait ?

Le fait que Cador lui pose délicatement la question, sans exiger de réponse, empirait le tout. Ils devraient patienter des heures avant d'atteindre le château. Si Cador ne voulait pas laisser tomber, alors *très bien*. Tant pis.

— Ils ont mis un sac sur ma tête. J'arrivais à peine à respirer.

Je ne voyais rien. Je… Je ne souhaite pas renouveler cette expérience.

— Qui ? s'enquit Cador au travers de ses dents serrées.

— Je n'en suis pas sûr. La personne qu'Austol a rencontrée après m'avoir convaincu de venir avec lui, plutôt qu'avec Jory. J'aurais dû m'en douter. Mais je ne faisais pas confiance à Jory.

Il serra brusquement les dents. Il jacassait et essayait de ne pas se souvenir du tissu étouffant noué si fermement autour de son cou.

— Je vais découvrir qui t'a fait du mal.

— *Tu* m'as fait du mal.

Alors que le chariot était violemment ébranlé, Jem claqua l'arrière de son crâne contre la paroi. Il tenta une nouvelle fois de lever la main, le fer rongeant ses poignets. Une vague de panique jaillit et il la contint.

— Je sais. Je suis désolé. Je mérite ton mépris.

— Oui. Nous sommes d'accord sur ce point.

Jem avait beau mourir d'envie de rentrer chez lui, il aurait tant de choses à dire à sa mère. Il devrait gérer Cador et le père de celui-ci. Il avait même eu l'imprudence de laisser Cador l'entendre déclarer aux villageois que le chef de clan représentait une menace. Il leur avait demandé d'arrêter Cador en personne. Ce dernier le soupçonnerait-il à présent de planifier leur emprisonnement dans le donjon ? Il n'était pas stupide.

Il était pourtant resté et avait essayé d'aider Jem alors qu'il aurait pu s'enfuir. C'était peut-être la raison pour laquelle il avait juré de trouver ses kidnappeurs. Il jouait la comédie pour tenter de gagner la confiance de Jem. Impossible de le savoir. Jem ne pouvait être certain que d'une chose : bientôt, il serait chez lui et tout s'arrangerait.

Il gigota et une goutte de sueur salée lui picota l'œil.

— On a l'impression d'être dans un four.

— La chaleur te manque depuis que tu as quitté Onan.

Jem lança un regard amer à Cador.

— La chaleur et le soleil, oui. Pas ça !

Il tira sur l'une de ses chaînes et se frotta le poignet. La panique monta et il secoua les pieds, le métal mordant ses chevilles. Sa respiration devient superficielle et rapide, tandis que des images cauchemardesques envahissaient son esprit. Il était coincé.

— Imagine que c'est l'une de tes histoires.

— Quoi ? De quoi parles-tu ?

Il cria, son cœur tambourina, et bien que personne ne le touche, il pouvait jurer sentir des mains impitoyables en train de s'agripper à lui.

Cador se pencha en avant pour parler d'une voix basse.

— Fais semblant d'être le héros de l'un de tes livres. Imagine que c'est toi, le protagoniste, et non Morvoren. Voyons voir… Tu serais un prince vertueux, bien sûr. Quel devrait être ton nom ?

Grimaçant alors que le chariot grinçant était secoué par une autre ornière, Jem dévisagea Cador d'un air suspicieux. De quoi parlait-il ? Quel genre de ruse était-ce ? Il n'essayait pas de le toucher, ses mains pendaient mollement alors qu'il était penché en avant. Au contraire, le corps de Jem était rigide, envahi par la terreur, bien qu'il sache que ça n'avait aucun sens. Le sang tambourinait à ses oreilles alors qu'il haletait péniblement.

— Hmm. Quel est le nom de l'amant triton de Morvoren ?

Haletant, Jem dévisagea son époux.

— Haco ? Non, ce n'était pas ça. Zennor ? Pauly ?

— Clemo.

La voix de Jem semblait venir de loin.

— Bien sûr ! Clemo. Rappelle-moi comment il a rencontré Morvoren ?

Avant que Jem ne se rende compte de ce qu'il faisait, il racontait leur histoire.

— Bien sûr, elle a cru que c'était un méchant.

— Naturellement. Comment l'a-t-il conquise ?

— Par ses exploits de bravoure.

Jem poursuivit, répondant aux questions de Cador sans savoir combien de temps cela dura. S'affalant contre la paroi du chariot, il prit une profonde inspiration. Il était couvert de sueur, mais au moins, il n'avait plus l'impression que son cœur allait jaillir de sa poitrine.

— Devrions-nous t'appeler Clemo, alors ? Clemo, le beau prince, le héros de ton propre récit d'aventures fantastique. Hmm. Ça ne sonne pas bien. Kitto, peut-être ?

Ce nom était aussi bien qu'un autre et il était assez différent du sien. Peut-être aurait-il dû s'opposer à l'adjectif *beau*, mais il n'en fit rien.

— Kitto, répéta-t-il. Le prince de… Où devrais-je régner ?

— Où, en effet ?

Cador sembla songeur et il grimaça quand le chariot fut secoué par une autre ornière.

— La terre glacée de… Rew. Elle est encore plus éloignée qu'Ergh. Aux confins du monde.

— Une terre que même les Dieux craignent de fouler. Pourtant, j'ai été capturé.

— Un innocent. Enchaîné. Avec…

Il leva un sourcil et se désigna d'un doigt.

C'était un jeu insensé – et il n'aurait pas dû jouer à quoi que ce soit avec Cador, d'ailleurs –, mais Jem ne put résister à cette distraction.

— Euh, un bûcheron.

— Un bûcheron maraudeur ?

Les yeux bleus de Cador étincelaient. Il se souvenait clairement des récits des fantasmes de Jem, concernant un intrus arrivant dans sa chambre pour l'attacher et arriver à ses fins.

Jem aurait dû mettre fin immédiatement au jeu, mais Cador ne se moquait pas de lui. Ils avaient partagé tant de moments intimes et voilà que maintenant, ils étaient coincés ensemble, dans ce chariot puant et misérable pour une durée que seuls les Dieux connaissaient. Au moins, cela leur ferait passer le temps.

Pour quelqu'un qui ne lisait pas beaucoup, Cador semblait apprécier d'exercer son imagination. Peut-être était-ce l'influence de Jem ? Cela ne devrait pas le ravir et c'était pourtant le cas.

— Un bûcheron maraudeur, confirma Jem. Odieux et féroce.

— Mais Kitto le surprendra. Il renversera les rôles.

— Oh, oui.

Ils grognèrent tous les deux alors que le chariot heurtait une autre ornière. Il se balançait et rebondissait constamment, désormais. La route avait apparemment un besoin impérieux de réparation. Au moins, son cœur battait à nouveau normalement et sa respiration était calme. Néanmoins, Cador grimaçait, à présent. Son visage rougissait et la sueur trempait son visage. Lorsqu'ils tanguèrent, il grogna dans sa barbe.

— Est-ce que…

Jem s'apprêtait à dire « tu », mais il marqua une pause.

— Est-ce que le bûcheron maraudeur est malade ?

Cador semblait sur le point de le nier, mais il appuya ses doigts contre son poignet.

— C'est comme être en mer.

Jem ne pouvait nier qu'il était ravi que Cador se serve de la méthode qu'il lui avait apprise.

— Le bûcheron ne devrait-il pas être habitué à de tels mouvements à force de monter à cheval ? Il chevauche sûrement à travers la forêt sur son fidèle destrier, tandis qu'il… *maraude*.

— Oui, mais monter à cheval, ce n'est pas comme ça.

Il prit une profonde inspiration alors qu'ils tanguaient violemment.

— C'est son unique faiblesse.

Jem songea à donner un nom au bûcheron, mais curieusement, il semblait approprié qu'il demeure anonyme et mystérieux.

— Il souhaite peut-être simplement la compassion de Kitto.

— Ah, peut-être, répondit Cador en haussant un sourcil. Il est odieux, après tout. Et Kitto a un si grand cœur.

Alors que le chariot tressautait et rebondissait, ils glissaient dans tous les sens et leurs genoux se heurtaient.

— D'où vient le bûcheron ? Il ne vient pas de la côte, je suppose.

Cador grimaça.

— Certainement pas. Il vient du plus profond de la forêt, dans l'obscurité de Rew.

Il garda les doigts sur son poignet et ferma les yeux avant de prendre une profonde inspiration.

— Dommage qu'il ne soit pas un triton. Je ne pense pas qu'ils aient le mal de mer.

— Jamais ?

— Eh bien, il a vomi, une fois. Il avait ingéré du poison et Morvoren était dans tous ses états tant elle était inquiète.

Il lui raconta cette histoire, appréciant lui-même le récit peut-être autant que Cador savourait la distraction.

Finalement, la route finit par s'aplanir et la nausée de Cador sembla se calmer. Ils somnolèrent dans un silence entrecoupé par le grondement du chariot ainsi que le hennissement et le bruit des sabots des chevaux. Bientôt, Jem rentrerait enfin chez lui. Il avait encore tant de préoccupations – c'était le moins qu'il puisse dire –, mais il s'accrochait à ce réconfort et à son unique certitude.

Il ne quitterait plus jamais Neuvella.

Chapitre 10

C ADOR CRUT D'ABORD avoir une poussière dans l'œil. Se tordant le cou, il jeta un coup d'œil par la fenêtre à barreaux derrière lui, ravi que l'air horriblement chaud lui effleure le visage. Il leva une main pour se protéger du soleil, mais ses fers l'entravèrent. Il plissa les yeux.

Non, la structure était réelle. Alors qu'ils arrivaient au sommet de la colline, il ne put s'empêcher de regarder fixement le château qui se profilait dans leur champ de vision. Perché sur les hauteurs de l'autre côté de la vallée, il dominait l'étendue luxuriante de la forêt. Il n'y avait aucun signe d'incendie ou de sécheresse, ici, bien que la chaleur soit insupportable.

Au-delà d'un mur de pierres et d'un portail, le château était perché sur une colline, entouré d'un sentier en spirale. Le palace s'élevait à des hauteurs incroyables, avec des tours rondes en pierres luisantes aux couleurs peu naturelles : bleu, rouge, vert et violet.

Un lac scintillait dans la vallée, le soleil se réfléchissant sur sa surface paisible. Cador aurait presque tout donné pour plonger dans les profondeurs bleu clair. Cette horrible nausée s'était estompée, mais il était certain de mourir dans la sueur avec cette chaleur insupportable.

Néanmoins, la demeure de Jem était merveilleuse.

— Ça doit être ton lac.

— Je ne vois pas.

Jem tira ses chaînes, incapable de se soulever suffisamment du banc pour jeter un coup d'œil au travers des fenêtres à barreaux de son côté. La sueur tachait sa robe abîmée.

— Tu as le château en ligne de mire ?

— Oui. Et il y a un beau lac dans la vallée en dessous.

Les chaînes cliquetèrent alors que Jem sursautait.

— Nous sommes vraiment arrivés ? Tu le vois ?

Son visage se fendit d'un sourire éclatant qui donna à Cador l'envie de sourire en retour.

— C'est mon lac ! Tu vois ma volière près de la côte ? Je suis sûr que nous sommes encore trop loin.

— Il y a tant de couleurs. Même sur le château en lui-même.

Le sourire de Jem s'atténua.

— Oui, c'est très différent d'Ergh. Nous aimons les jolies choses. C'est idiot, je sais.

— Ce n'était pas une insulte.

Jem ne répondit rien. Cador fit alors le deuil de ce sourire fugace. Jem gigota et ses chaînes cliquetèrent. Si seulement l'Erghien pouvait le serrer contre lui et l'apaiser. Cela les réconforterait tous les deux.

Il maudit une nouvelle fois Bryok, la colère et la culpabilité refaisant leur apparition. Voir la terreur désespérée de Jem lors de ses cauchemars – qu'ils le réveillent ou non – était infâme. Cador ne pouvait qu'imaginer l'horreur qu'il avait ressentie en étant kidnappé ainsi. Savoir qui avait posé le sac sur la tête de Jem et l'avait emmené le rongeait.

Aurait-il pu s'agir de Ruan ? Le fidèle mentor et ami de Cador ? Il connaissait chaque personne sur les Falaises de Glaw, cette nuit-là. Même s'ils avaient agi dans l'intérêt des enfants malades, comment avaient-ils pu se montrer aussi cruels envers Jem ? Ruan l'avait qualifié de *non indispensable*, et le sang de

Cador bouillonnait quand il y repensait. Pourtant, il avait lui-même pensé la même chose le jour de leur mariage. Il s'était fichu du fait de le kidnapper et de lui couper la main.

De ce fait, il ne pouvait être surpris d'entendre Jem dire que le Tas était un danger envers la reine et ordonner aux villageois de capturer Cador. Il aurait certainement fait la même chose. Non, il n'avait ressenti aucune surprise, mais cela avait tout de même été blessant. Il craignait ce que Jem allait dire à sa mère.

Cador se dirigeait-il vers un piège ? Dans tous les cas, ils n'avaient pas le choix, pour le moment. Jem avait donné sa parole : Cador et Delen pourraient parler à leur père avant que des vérités déplaisantes soient révélées. Pourtant, il ne pouvait pas franchement lui en vouloir, s'il avait menti.

L'inquiétude pour sa sœur refit son apparition. Il se demanda inutilement où elle en était, avec les autres, de ce voyage. Il se demandait aussi si Hedrok allait bien. Il se détestait de s'être disputé avec sa sœur avant leur séparation. Avec un peu de chance, ils arriveraient dans un jour ou deux. Revoir bientôt Jory et son Tas serait un soulagement, quel que soit l'accueil qui leur était réservé.

Il avait envisagé de fuir, quand il s'était caché dans les buissons et avait observé la mauvaise rencontre de Jem avec les paysans, mais cela avait été impossible. Il avait juré solennellement de protéger Jem et de le rendre heureux à tout prix, et il le ferait, bon sang.

Dès que les villageois avaient osé poser les mains sur son époux, Cador avait ardemment souhaité retrouver sa lance ou son épée. Mais il était tout aussi bien qu'il se soit largement retrouvé en infériorité numérique, d'autant plus que certains brandissaient des haches. Ils ne faisaient que protéger leur foyer et leur peuple.

Une fois qu'ils arrivèrent dans la vallée d'arbres épais et touffus, le trajet passa rapidement alors qu'un chœur de chants d'oiseaux faisait écho autour d'eux. *Les amis de Jem l'accueillent chez lui.* Cador ricana après cette pensée sentimentale.

Il aperçut le lac scintillant au travers des fleurs bruissant et rêva une nouvelle fois de plonger. Les fers appuyèrent contre sa chair. Comme ils étaient parqués dans le chariot brûlant et secoués à chaque ornière de la route, il avait désespérément envie de sortir. Leur geôlière leur avait donné de l'eau à quelques reprises pendant le voyage, mais bien trop peu. Sa langue lui semblait gonflée par la soif.

La route les emmenant à la base du château était escarpée. Il n'était pas étonnant que Jem soit si en forme, s'il avait passé ses journées à descendre jusqu'à son lac et à son sanctuaire avant de remonter. Des voix distantes et des fourmillements d'activité leur parvenaient comme des bourdonnements d'abeille. Lorsque Cador se tordit le cou, le château sembla s'élever jusqu'aux nuages duveteux.

Comment avaient-ils construit un tel bâtiment ? La Place Sacrée avait été particulièrement austère et simple, si ce n'était les peintures murales voûtées au-dessus du grand hall. Cador voyait tout de même comment le lieu saint avait été construit. Mais ça ? Ce palais devait être l'œuvre des Dieux. Cador comprenait pourquoi tant d'habitants d'Onan étaient croyants, si c'était le genre de magie dont ils étaient témoins.

Ils étaient passés dans des villages où il avait remarqué des maisons sur deux ou trois niveaux, mais la plus grande tour du château de Neuvella devait faire une dizaine d'étages. *Comment* ? Qui vivait ici ? Il ne pouvait s'agir uniquement de la famille de Jem et des domestiques. La population entière de Rusk, le village natal et animé de Cador, pouvait y emménager confortablement.

Des drapeaux colorés flottaient au sommet d'un portail de bois et de fer – un portail que le chariot traversa directement sans marquer de pause avant de redescendre une fois de plus. Cador ne voyait plus qu'un mur de pierres.

— Où allons-nous ? demanda Jem en se tordant le cou pour voir. Il faut qu'on monte ! Jusqu'au château !

Leur geôlière ignorait ses cris, naturellement. Le chariot heurta un trou, et l'impact se répercuta jusque dans la colonne vertébrale de Cador. Pour le moment, il se moquait de savoir où ils allaient tant qu'il sortait de ce maudit chariot.

Comme ils pouvaient s'y attendre, leur destination était une prison. Taillé dans la roche, ce donjon pouvait au moins être frais. Le château se dressait haut, très haut au-dessus d'eux. Les gardiens portaient des uniformes en coton de couleur unie et arboraient un air ennuyé alors que Jem plaidait leur cause.

— Je suis le prince Jowan !

La femme qui les avait conduits leva les yeux au ciel et les gardiens ne prirent même pas la peine de répondre. Alors que quelqu'un emmenait Dybri, Cador évalua s'il pouvait les maîtriser. Mis à part pour un étrange bras de fer noyé de bière, après avoir festoyé de sanglier frais, il n'avait jamais combattu.

Il avait faim, il avait soif et il était courbaturé. Et il avait tellement chaud. La fin d'après-midi semblait se profiler, et il y avait bien trop de monde pour qu'il puisse se battre seul.

L'idée que son Tas soit si proche et que Cador ne puisse l'atteindre était une folie, mais attendre semblait le choix le plus pertinent. Au moins, lorsqu'ils verraient enfin ce soi-disant magistrat, celui-ci reconnaîtrait Jem et les libérerait. Cador espérait seulement qu'ils n'attendraient pas trop longtemps, coincés dans ce donjon.

— S'il vous plaît, allez chercher la reine ! Elle vous le dira ! insista Jem.

Les gardiens rirent à gorge déployée après cette requête.

— Oh, oui, on va se pointer et parler directement à la reine, dit l'un d'eux.

— Je le lui mentionnerai quand j'irai boire le thé, ajouta sèchement un autre.

— Bien, allez chercher n'importe quel domestique du château ! bafouilla Jem. Vous ne me reconnaissez pas ?

Ils rirent une nouvelle fois, bien qu'une jeune femme commence à froncer les sourcils.

— Il lui ressemble un peu, sous toute cette crasse, si mes souvenirs sont bons. Il a les mêmes boucles.

— Oh, alors, c'est *forcément* le prince Jowan, dit une vieille femme avant de hocher la tête en direction de Cador. Et qui êtes-vous censé être ? L'horrible bête d'Ergh que notre prince a été obligé d'épouser ?

Il effectua une révérence sarcastique.

— À votre service.

Jem leva sa main marquée au fer rouge.

— Vous voyez ? J'ai les défenses de sanglier et il a un dilly-wigue !

Il donna un coup de coude à Cador pour que celui-ci montre sa paume.

La jeune femme se renfrogna encore davantage.

— Je n'ai jamais vu quiconque avec des défenses comme signe de mariage.

Un homme ricana.

— Alors, tu crois vraiment que c'est le prince Jowan et son barbare erghien ? Tu veux monter et aller dire au chef des gardes de descendre jusqu'ici pour qu'il les voie de ses propres yeux ? Pour rien ?

Elle blêmit.

— Peu importe. Ça ne peut pas être lui, n'est-ce pas ?

— Non. Il est parti sur cette terre en friche, s'il est arrivé jusque-là. Je ne comprends toujours pas à quoi pensait la reine. Le pauvre prince Jowan. Après toutes ces années à faire uniquement ce qui lui chantait, le voilà expédié à *Ergh*.

Les gardiens frissonnèrent à l'unisson, comme si Ergh se trouvait dans les profondeurs noires de la Mer d'Askorn.

— Il ne survivra jamais. Ce garçon est bien trop mou.

— Il n'est pas mou, rétorqua Cador.

— Je doute que nous revoyions un jour le prince, conclut la jeune femme en l'ignorant complètement. Manifestement, les Dieux ne sont pas contents et mon cousin a dit que tout était la faute d'Ergh.

— La seule terre pire qu'Ergh, c'est Ebrenn.

La femme plus âgée se renfrogna.

— Je n'en suis pas sûre. Je ne porte pas le vieux roi Perran dans mon cœur, mais au moins, il est civilisé.

— Le chef de clan s'est bien comporté, ici. On doit bien lui accorder ça.

Elle leva les yeux au ciel.

— J'imagine que ne pas assassiner la famille royale dans son lit, c'est déjà ça. Je ne lui fais pas du tout confiance.

Les autres grommelèrent pour marquer leur approbation.

— Si le prince Jowan revient vraiment, ajouta-t-elle, je suis sûre qu'il aura quelques histoires à raconter.

— Je suis juste là ! hurla Jem. Et j'ai un tas d'histoires.

Rapide comme un serpent frappant sa proie, la vieille femme le poussa violemment sur les fesses avant que Cador ne puisse s'interposer. Elle le fusilla du regard.

— Ça suffit. Ne rendez pas votre séjour encore plus déplaisant qu'il ne doit l'être.

Réévaluant sa décision de ne pas se frayer un chemin par la force, Cador aida Jem à se relever et le protégea derrière lui. Si quelqu'un d'autre osait lever la main sur lui, il le regretterait.

— Je comprends pourquoi vous ne nous croyez pas, déclarat-il au travers de ses dents serrées, mais il *est* le prince Jowan, et je suis Cador d'Ergh, fils de Kenver, le chef de clan. Nos parents nous attendent. N'avez-vous pas entendu dire qu'un cavalier avait apporté la nouvelle de notre retour ?

La femme bâilla largement.

— Quelqu'un a entendu dire qu'il y avait des nouvelles du prince ?

— Il ne reviendra pas avant le Festival de la Lune de Sang, affirma un gardien au milieu d'un chœur de négations. S'il revient un jour. Ces barbares l'ont probablement fait rôtir pour le dîner.

Cador ignora cette insulte, l'inquiétude le rongeant subitement avec des dents tranchantes.

— Les paroles du cavalier ne vous sont peut-être pas parvenues.

Ils rirent et un jeune homme sourit.

— Oh, nous sommes au courant de la plupart des nouvelles. On n'a peut-être pas l'autorisation de parader dans le château, mais les rumeurs, c'est comme la merde : ça dévale la pente.

Cador regarda Jem, qui partageait clairement son inquiétude.

— Il s'appelle Jory, expliqua Jem. Il a des cheveux roux rebelles et monte un cheval gris. Il a dû faire sensation, j'imagine.

La femme le désigna avec une massue menaçante.

— Avancez.

Jem et Cador n'eurent d'autres choix que de progresser dans un tunnel sombre. Le sol en pierres était désagréablement humide et pour la centième fois, il aurait aimé avoir ses bottes. Jem boitait à ses côtés.

Qu'était-il arrivé à Jory s'il n'était réellement pas arrivé ? Il avait peut-être été simplement retardé, pour une raison ou une autre. Ou il s'était perdu. Cador s'intima de ne pas s'inquiéter, mais son estomac vide se retourna.

La nausée n'était pas aidée par la puanteur âcre du vomi qui les accueillit dans le donjon. Ils furent poussés dans une cellule sombre et déserte, légèrement plus grande que le chariot. Au moins, Cador ne voyait aucun bazar sur le sol en pierres humides. Il grimaça en remarquant le seau dans un coin, comme il ne souhaitait pas voir ce qui se trouvait à l'intérieur.

La femme les enferma dans un cliquètement menaçant et un crissement de métal.

— Quand verrons-nous le magistrat ? lui cria Jem.

Elle était à peine visible sous la faible lueur d'une lampe à huile encastrée dans le mur du tunnel. Elle haussa les épaules et disparut.

Ne voulant pas s'asseoir après toute une journée dans la charrette, Cador s'affala contre le mur qui, au moins, était frais si ce n'était visqueux.

— J'imagine que tu n'es jamais passé par le donjon, quand tu apportais des fleurs aux vieilles villageoises.

Jem se frotta le visage.

— Je dois dire que non. J'imagine que je savais bien qu'il se trouvait ici, mais ça ne m'a jamais traversé l'esprit.

— Ce magistrat te reconnaîtra-t-il ?

— Je l'espère, geignit-il. Je suis si près de chez moi. Ma mère, Santo, tout le monde. Ils sont *juste là*. De l'eau fraîche et de la nourriture ! Des lits ! Pourtant, ils sont si loin, hors de notre portée. C'est comme si nous étions encore en pleine traversée de la mer.

— Ne me le rappelle pas. Cette fichue charrette était presque aussi horrible.

Son estomac était encore barbouillé et la sueur dans la cellule n'aidait pas.

— Au moins, il fait plus frais, ici. Comme en été à Ergh. Je déteste l'idée de le manquer. La neige reviendra avant même que nous nous en rendions compte.

Le *nous* lui avait échappé. Il pensait désormais à Jem, avec des flocons dans ses boucles pendant qu'ils allaient se cacher dans le cottage, comme les bourrasques faisaient rage et que le terrain était couvert de blanc. Le feu crépiterait et du pain frais cuirait dans l'âtre. Il réchaufferait Jem avec des baisers, dans leur lit…

Faisant les cent pas sur le sol de pierres, Cador se rappela qu'il ne devrait pas imaginer des scènes aussi adorables. Il devait rester concentré. Leurs véritables identités seraient assurément démasquées bientôt. Puis il verrait son Tas et…

Et il le craignait.

S'il pouvait simplement voir son père, boire de la bière avec lui, parler de la chasse et rire de tout, ce serait parfait. Mais il devait annoncer à son Tas que Bryok était mort. Plus encore, il devait lui dire comment il était mort. Pour quelle raison. Leur père comprendrait certainement que Delen n'avait pas eu le choix, mais… Bryok était tout de même son enfant.

Le premier que son Tas et Papa avaient adopté. Le premier auquel ils avaient appris à marcher, à parler et à être un futur leader. Son père s'attendrait-il à cet échec ? Il allait évidemment faire son deuil, mais serait-il en colère contre Delen et Cador ?

Ce dernier serait désormais leur prochain chef de clan. *À moins que je meure aussi. Delen s'en sortira bien mieux, de toute façon.* Sincèrement. Elle amènerait certainement Hedrok, Creeda et le reste du groupe au château. Elle ne permettrait pas qu'ils soient capturés. Elle était trop maline pour ça. Il aurait dû lui dire comme elle était maline, avant qu'ils se séparent.

— Quoi ?

Il cligna des yeux après la question de Jem.

— Quoi ?

Jem soupira bruyamment, de là où ils se tenaient près de la grille en fer. Apparemment, il n'avait pas envie de s'asseoir non plus.

— Tu n'arrêtes pas de soupirer et tu me rends nerveux à tourner en rond comme ça. C'est agaçant.

— Mille excuses, marmonna Cador.

— C'est juste que… Bon, c'est quoi le problème ? Mise à part l'évidence.

— Qu'est-ce que ça peut te faire ?

Dès que les mots sortirent, il les regretta. Il reprit la parole avant que Jem ne puisse lui lancer une pique.

— Je me demande comment vont Delen et les autres. Nous nous sommes disputés avant de nous séparer. Je me suis comporté comme un salopard. Je suis sûr que ça te choque.

Un minuscule sourire étira la jolie bouche de Jem.

— Je suis ébahi.

— J'imagine qu'aucun de nous n'est parfait. Jory dit toujours… s'interrompit-il alors que l'inquiétude montait. Penses-tu que les gardiens l'auraient réellement appris s'il était arrivé ?

— Je n'en sais rien. C'est logique. Que les rumeurs leur parviennent, je veux dire.

Il se frotta le crâne et grimaça.

— Je suis sûr que Jory s'est simplement perdu ou a été retardé. J'espère qu'il n'est pas dans une situation comme la nôtre.

Ils se turent alors. Cador aurait aimé pouvoir arracher cette fichue robe qui paraissait incrustée de sueur et collée à son corps. Rien ne l'arrêtait, mais il était certain que Jem protesterait. Il gloussa discrètement.

— Quoi ?

— Je me demande seulement comment tu réagirais si je retirais cette robe, dit-il en tirant sur le col ample. Elle est dégueu.

— Je te l'interdis.

— Si j'étais le bûcheron maraudeur, je l'arracherais sans y réfléchir à deux fois. Que ferait le prince Kitto dans ce cas-là ?

— Il t'ignorerait.

Il rit.

— Il ne détournerait pas les yeux en suffoquant, comme toi, lors de notre nuit de noces ?

Son rire s'estompa alors. Cador ferait n'importe quoi pour revenir en arrière. Pour faire les choses différemment.

Jem ne répondit rien. Il croisa fermement les bras et se tourna pour appuyer son autre épaule contre le mur de pierres. Il y eut alors un bruit étrange – rauque, comme un gémissement. Le Neuvellan fit volte-face.

— Qu'est-ce que tu fous ? Si tu… commença-t-il, la mâchoire crispée.

— Ce n'était pas moi.

Cador leva les mains. Tendant prudemment l'oreille, il l'entendit à nouveau.

— Ça doit être un autre prisonnier.

Ils attendirent, figés. Le gémissement suivant fut plus fort et plus aigu, suivi du bruit indubitable de quelqu'un en train de vomir. Jem grimaça et s'éloigna de la grille. La puanteur et l'air à la fois humide et poisseux donnèrent la chair de poule à Cador. Il cessa de parler de Kitto et du bûcheron. Ni l'un ni l'autre ne semblait d'humeur à raconter des histoires.

Quelque temps plus tard – des minutes ou des heures –, Cador ne put retenir un grognement douloureux alors qu'il étirait ses bras au-dessus de sa tête en restant assis. Il arqua le dos et passa une main derrière lui, mais ne parvint pas à atteindre le muscle contracté.

— Qu'y a-t-il ?

Assis près de la grille, les bras autour de ses genoux, Jem le regardait d'un air à la fois inquiet ou suspicieux. Les deux, peut-être. Les lumières dans le tunnel vacillèrent, illuminant ses iris couleur miel.

— Rien.

Cador se tordit le bras, mais ses doigts effleurèrent simplement la contracture.

Jem soupira.

— Je n'ai pas l'impression que ce n'est rien.

— Si tu veux vraiment le savoir, j'ai été blessé. Il y a des années. Je…

Il rougit, ravi d'être dans le noir.

— Quoi ?

— J'ai été piétiné. Ce n'est rien.

— Piétiné ? Par un sanglier ? Mes Dieux, avec ces sabots, ce n'est pas rien. Ou par un cheval ?

Il pouvait mentir, bien sûr. *Oh, oui, c'était un animal bestial ! Impitoyable et puissant ! Ma survie a relevé du miracle.* Pourtant, Cador découvrit qu'il n'avait pas envie de raconter un autre mensonge à Jem, même s'il était aussi insignifiant.

— Par des chèvres, grommela-t-il.

— Pardon ?

— J'ai dit que c'étaient des chèvres. Oui. Des chèvres. Juste une, en fait. Elle était capricieuse et facilement effrayée. J'ai trébuché dans l'enclos et je l'ai surprise.

Ses lèvres fermement pincées, Jem laissa échapper un bruit étouffé qui ressemblait étonnamment à un rire.

— Vas-y, moque-toi de moi. Tout le monde l'a fait, à l'époque. J'étais là, étalé sur le ventre, et elle m'est passée dessus. Elle m'a aussi donné quelques coups de patte, pour faire bonne mesure. La zone est sensible, juste sous mon omoplate. Elle se contracte encore, parfois, surtout quand je reste assis trop longtemps.

Son épaule protesta alors qu'il pliait le bras en arrière.

— Chez moi, je peux l'atteindre avec la poignée du cellier froid, sur le sol de la grange. Je suis sûr que j'ai l'air ridicule, mais j'arrive à détendre la crampe.

Il observa la cellule et grimaça.

— Malheureusement, rien ne peut m'aider, ici.

Jem demeura silencieux quelques instants.

— Le bûcheron maraudeur m'aurait raconté une histoire bien plus dramatique.

— Sans aucun doute. Il aurait raconté au prince Kitto qu'un sanglier furieux s'était vengé, une fois qu'il avait transpercé sa compagne d'une lance. Non, il n'aurait pas eu de lance. Il lui aurait coupé la tête avec une hache.

— La malheureuse laie.

— Tu n'as aucune compassion pour le bûcheron ? C'était lui ou la bête. Il a ensuite fait rôtir les deux sangliers et a nourri des douzaines d'enfants affamés.

— Comme c'est noble.

— Effectivement.

Cador grogna et plia le bras en arrière.

Jem soupira.

— Oh, attends. Je… Le prince Kitto ne dormira jamais, avec tout ce boucan que tu fais.

Dans l'ombre, Cador le vit à peine traverser la cellule. Son cœur loupa un battement alors que les doigts tendus de Jem effleuraient son épaule. Il se décala légèrement afin que le Neuvellan puisse s'agenouiller derrière lui.

Cador se pencha en avant.

— Juste sur la gauche. Sur mon épaule droite, je veux dire. À la droite de ma colonne vertébrale.

Il semblait essoufflé et nerveux. Il ferma brusquement la bouche.

Hésitant, Jem toucha le dos de Cador.

— Ici ?

— À gauche. Là, oui !

Il grogna.

Jem massa le point sensible du bout des doigts. Cette taquinerie était cruelle, car le muscle contracté avait besoin de bien plus de pression.

— C'est mieux ?

Il devrait simplement répondre par l'affirmative, mais ce ne serait pas la vérité, n'est-ce pas ?

— Tu ne peux pas utiliser le talon de ta main ? J'ai besoin de plus, dit-il avant de prendre une inspiration quand Jem appuya. C'est ça.

Dans le silence, la respiration de Cador sembla bien trop bruyante. Mais il était sincèrement soulagé, comme si une démangeaison profonde était enfin apaisée.

— Plus fort.

Ses testicules se contractèrent quand il s'entendit prononcer ce mot. Qu'était-il advenu de lui ? Comment l'autre main de Jem, s'enroulant autour de ses côtes pour prendre appui tandis qu'il se penchait, son pouce appuyant parfaitement sur ce point sensible, pouvait-elle lui faire tourner la tête ? Il avait clairement besoin de plus d'eau.

Le souffle de Jem lui chatouilla la nuque. Ils étaient sales et empestaient tous les deux dans la puanteur de l'urine au milieu du donjon. Pourtant, Cador avait tant envie de tourner la tête et de saisir la bouche de Jem dans un baiser qu'il frissonna.

Il regarda derrière lui et Jem était *juste là*, ses yeux écarquillés dans l'éclat d'une lumière distante. Les lèvres de Jem étaient entrouvertes. Les mains de ce dernier se posèrent sur Cador alors qu'ils se penchaient l'un vers l'autre…

Un cri les fit sursauter tous les deux. L'Erghien se releva péniblement et cacha Jem derrière lui. Ses doigts tâtonnèrent inutilement à la recherche de sa lance ou de son épée alors qu'il clignait des yeux dans l'obscurité. Le cri résonna une nouvelle fois, douloureux et terrible. Il réalisa qu'il venait de l'autre prisonnier.

— Ferme-la ! hurla une gardienne au loin.

Pourtant, cette personne – qui semblait être un homme ? – ne se tut pas.

Des pas en approche firent écho. Cador et Jem échangèrent un coup d'œil alors que la gardienne qui les avait enfermés dans la cellule réapparaissait avec un seau qu'elle laissa tomber devant la grille de fer. De l'eau en débordait et une louche en dépassait. Celle-ci semblait juste assez petite pour traverser l'espace entre les barreaux. Cador résista à l'envie de s'agenouiller et de boire avidement.

L'autre prisonnier geignit.

— Je t'ai dit de la fermer ! aboya-t-elle.

— Qui est-ce ? s'enquit Cador.

Cette voix ne ressemblait pas à celle de Jory, mais… était-ce possible ?

Donnant un coup de coude dans les côtes de Cador et se plaçant devant lui, Jem prit la parole.

— Il a clairement besoin du guérisseur. Tregereth vit au château. Je suis sûr que si vous…

— Je n'obéis pas aux putains d'ordres des gens comme toi.

Jem s'agrippa aux barreaux.

— Quand verrons-nous le magistrat ?

La gardienne haussa nonchalamment les épaules et les doigts de Jem se resserrèrent visiblement.

— Vous ne comprenez pas. Nous avons déjà pris du retard. Le roi Perran pourrait être en train de rassembler ses forces pour déclarer la guerre. J'exige de voir immédiatement le magistrat !

— Oh, dans ce cas, grommela-t-elle. J'ignore à quel jeu vous jouez, mais vous n'avez vraiment pas de chance.

Elle disparut dans le tunnel sombre.

Cador était certain d'une chose : elle ne se trompait pas sur leur malchance.

Chapitre 11

J EM FUYAIT BRYOK au sommet de la falaise, la lame de l'épée brillant sous la lumière éclatante de la lune, malgré les nuages constants sur Ergh. Il avait si soif. Il courait depuis si longtemps.

Creeda était là, avec son fagot de précieuses brindilles d'arbres à sevels. Elle priait les Dieux, tandis que son garçon pleurait. Austol observait, prononçant des mots que Jem ne distinguait pas.

Juste avant que le sac ne se referme sur sa tête, il réalisa que sa main droite avait disparu. Il serra contre lui le moignon ensanglanté et déchiqueté. Il se recroquevilla, tandis que des mains puissantes s'emparaient de…

— Jem ! Réveille-toi.

Il était dans le noir complet, mais il connaissait cette voix. Il connaissait ce contact chaud.

Le soulagement se répandit en lui comme un doux hydromel estival, tandis qu'il s'affaissait contre Cador. Il laissa son époux le hisser jusqu'à l'installer sur ses genoux. Il s'autoriserait ce réconfort, rien qu'une minute. Son épaule et sa hanche le faisaient souffrir, comme il était resté recroquevillé sur le sol en pierres de la cellule. Il haleta tandis que le cauchemar s'éloignait.

Cador lui caressa le dos régulièrement.

— Tu es en sécurité.

La respiration irrégulière de Jem se coupa. Comme il aimerait croire que c'était vrai. Il était difficile de le croire quand il était enfermé dans son propre donjon avec l'homme qui avait initialement conspiré pour qu'il soit estropié. Il se tordit les mains et sentit les os solides de ses doigts. Il se griffa ensuite brièvement le crâne du bout des ongles.

Jem ne pouvait supporter de quitter l'étreinte de Cador, même si cela aurait dû être le contraire. Il s'autorisa à se reposer.

— Autant que possible, vu que tu es enfermé dans un donjon et plongé dans le noir, je veux dire, ajouta Cador, qui essayait clairement de faire de l'humour.

Jem se surprit à sourire.

— La sécurité est relative ces temps-ci.

Sa voix semblait éraillée.

— Ai-je crié ?

— Non, c'était notre voisin. Mais tu as besoin d'eau.

Jem était sur le point de protester, comme il ne voulait pas bouger d'un pouce sur les genoux de Cador, mais ils étaient apparemment assez proches des barreaux de la grille pour que l'Erghien attrape la louche tout en grommelant dans sa barbe.

— Tiens.

Ils tâtonnèrent un instant, leurs doigts se frôlant dans l'obscurité, jusqu'à ce que Jem finisse par saisir la louche. Cador posa une main à l'arrière de son crâne, son pouce effleurant le bout de sa colonne vertébrale tandis que Jem engloutissait l'eau tiède tout en renversant la moitié sur son visage. Elle coula le long de sa gorge, mais il s'en moquait. Cador remplit de nouveau la louche, et Jem but encore.

Il sursauta et renversa davantage d'eau quand l'autre prisonnier s'écria.

— Tout va bien, lui hurla Jem. Je vous sortirai bientôt d'ici. Vous verrez Tregereth, le guérisseur.

Ses mots semblèrent apaiser le prisonnier un moment. Jem

plissa les yeux, mais ne vit que l'obscurité.

— C'est étrange que les gardiens aient laissé l'huile s'épuiser dans la lampe.

— Hmm.

— J'ai dormi combien de temps ? Quelle heure est-il ?

— Pas plus de quelques heures. Je n'en suis pas sûr. Il doit être minuit, maintenant. Mais sous terre, il pourrait être midi sans que nous nous en rendions compte.

Jem frissonna. Curieusement, il n'aimait pas du tout cette idée. Cador lui caressa délicatement le dos une nouvelle fois.

— Maintenant, il ne nous manque plus qu'un triton pour venir à notre secours.

— Oui.

— À moins que le prince Kitto ait une idée brillante.

— Le bûcheron en a certainement une. Il a vaincu un sanglier, après tout. Et des chèvres.

Un frisson parcourut le corps de Cador tandis qu'il riait doucement. Jem respirait normalement à présent, et il était temps de quitter les genoux de l'Erghien pour retrouver un semblant de dignité. Pourtant, il n'avait pas été aussi à l'aise depuis une éternité.

— Comment le bûcheron est-il devenu un maraudeur ?

— Hmm. C'est une sacrée histoire.

Jem le laissa la raconter, blotti sur ses genoux, réconforté par le grondement familier de sa voix. Il se rappela alors deux mots qu'il avait entendus au sommet des Falaises de Glaw – des mots qu'il avait tenté d'oublier du mieux possible.

Mon amour.

Aussi tentant soit-il de croire que ces deux petits mots avaient été prononcés avec sincérité, Jem refusait d'être dupé une fois de plus. Cador avait beau le bercer avec tendresse dans l'obscurité, tissant un récit brouillon dénué de sens dans l'unique but de le réconforter, ça ne changeait rien.

— Puis le bûcheron… Eh bien, il était en colère, bien sûr. Alors il…

Jem s'apprêtait à formuler une suggestion quand un brusque *tap-tap-tap* résonna au loin et devint rapidement plus fort. Plus proche. Jem se releva péniblement et Cador tâtonna dans l'obscurité pour se placer devant lui.

— Reste derrière moi, lui chuchota-t-il.

— Oui, évidemment !

Il cligna des yeux en direction d'une lueur orange et jeta un coup d'œil derrière la carrure de Cador alors qu'une lanterne vacillante, tenue par un gardien manifestement paniqué, se profilait dans leur champ de vision. Les bruits de pas secs résonnèrent et la mère de Jem émergea des ombres.

— Mère !

Les genoux du Neuvellan manquèrent de céder tant il était soulagé alors qu'il contournait Cador.

Ses cheveux noirs retombaient en boucles rebelles dans son dos, et elle n'était vêtue que d'une chemise de nuit – une robe fluide serrée fermement autour de sa taille fine. Elle s'avança d'un pas raide jusqu'à la porte de la cellule, ses chaussons à talons de métal résonnant sur la pierre humide. Bouche bée, les yeux écarquillés, elle fixa la scène et secoua la tête comme si elle ne croyait pas ce qu'elle voyait.

Elle ne portait pas sa couronne dorée. Sa peau brune, si semblable à celle de Jem, luisait au niveau de ses cheveux à cause d'une fine couche de sueur, comme si elle s'était épuisée.

Le jeune garde s'empêtrait déjà avec la clé, tâtonnant maladroitement avant de la laisser tomber dans un bruit métallique.

— Ouvrez immédiatement cette porte ! s'emporta la reine.

La gardienne qu'ils avaient vue précédemment apparut avec une autre lanterne. Elle donna un coup de coude à son collègue pour le pousser et se servit de sa clé pour ouvrir la cellule sous la lueur vacillante. Jem se rua dans les bras de sa mère. Le parfum de lavande emplit ses narines et les larmes lui montèrent aux yeux. *S'il vous plaît, faites que ce soit la réalité et non un rêve.*

— Oh, mon chéri. Mon pauvre garçon, dit-elle en s'accrochant à lui. Tu es blessé ?

Oui ! Il avait envie de le hurler. Il n'avait jamais été aussi blessé de sa vie. Mais il secoua la tête contre l'épaule de sa mère avant de s'obliger à reculer et à se redresser.

— Je suis seulement fatigué et affamé. Nous…

Il regarda Cador, derrière lui et toujours dans la cellule. L'Erghien l'observait avec une expression impassible. Il patientait.

Jem n'arrivait plus à respirer. Voilà sa chance. Il pouvait claquer la grille et tourner la clé. Enfermer Cador dans le donjon et lui ramener son Tas. Les faire payer pour le complot destiné à le blesser et pour leurs mensonges. Pourtant, maintenant que le moment était arrivé, maintenant qu'il se tenait à nouveau devant sa mère…

Elle regarda tour à tour Cador et son fils, l'inquiétude pinçant son visage découvert. Ses yeux et ses lèvres n'étaient pas peints avec leur maquillage habituel. Jem ne se souvenait pas de la dernière fois qu'il l'avait vue aussi vulnérable. L'absence de maquillage la rendait curieusement plus jeune, plutôt que le contraire. Il pensa au fait qu'épouser Cador était le premier devoir princier qu'elle lui avait confié.

Il ne pouvait la décevoir. Il ne pouvait échouer. Et pour aider les enfants d'Ergh, il devait mettre de côté ses propres besoins.

— Nous leur avons dit qui nous étions, mais ils ont refusé de nous croire.

Il tendit la main à Cador, qui sortit de la cellule et la serra fermement avec sa paume moite.

Que fais-tu ? Dis-lui !

Elle le croirait, évidemment. Effectivement, elle jeta un coup d'œil suspicieux à Cador. Toutefois, Jem ne put s'obliger à tout lui raconter. Ça n'avait aucun sens, mais il avait l'impression d'avoir échoué, d'une manière ou d'une autre, bien qu'il n'ait rien fait de mal.

Surtout, il ne pouvait abandonner Cador dans cette obscurité puante.

Il était peut-être réellement faible. C'était précisément la raison pour laquelle le chef de clan ne l'avait vu que comme un pion. Pourtant, Jem saisit la main de Cador comme il l'avait fait dans le tunnel plongé dans le noir, sous la Place Sacrée. Il ne pouvait l'abandonner dans le donjon. Pas maintenant, tout du moins.

Si je ne le fais pas maintenant, quand ?

Les gardes se confondirent en excuses, mais la reine les fit taire d'un geste impatient de la main.

— Assez ! Vous avez eu de la chance que ma servante m'ait réveillée après les rumeurs, sachant comme j'étais inquiète depuis que nous avons appris le retour prématuré de mon fils depuis Ergh.

— Oh ! dit Jem en soupirant de soulagement. Jory est arrivé pour te prévenir ?

Les gardiens du donjon n'étaient pas aussi bien informés qu'ils le croyaient.

— Il va bien ? s'enquit-il.

La reine écarta une mèche des cheveux de Jem de son front.

— Oui, bien qu'il soit épuisé. Il a tout de même insisté pour accompagner le chef de clan au nord.

— Mon Tas n'est pas ici ? s'enquit Cador en soupirant vivement. Mais…

Elle souffla.

— Je crains qu'il soit venu à votre rencontre. Quand nous avons appris votre arrivée, il était mort d'inquiétude. J'ai tenté de le convaincre de rester, mais…

Elle sourit légèrement et déposa un baiser sur la tête de Jem.

— Je comprends le désir d'un parent de voir ses enfants sains et saufs de ses propres yeux. J'ai demandé à mon fils Locryn de l'accompagner à ma place.

Jem se frotta le visage.

— Mes Dieux, rien ne s'est passé comme prévu. Nous aurons tous traversé Onan en pagaille d'ici à ce que nous soyons réunis.

— Je vais immédiatement envoyer des cavaliers récupérer ton frère et le chef de clan, déclara la mère de Jem. Mon chéri, ne panique pas. Je crois qu'un bain et un peu de repos s'imposent, non ?

Elle jeta un coup d'œil aux gardiens.

— Allez faire préparer le bain du prince Jowan, dit-elle avant d'observer son fils en fronçant les sourcils. Aucune chambre nuptiale appropriée n'est prête et nous sommes au milieu de la nuit.

— Nous serons bien installés dans ma chambre, lui assura Jem en souriant après avoir débattu un autre instant. Elle m'a manqué.

Ça, au moins, c'était vrai.

— Bien sûr, mon chéri. Quittons cet endroit, maintenant.

Un grognement fit écho.

— Tu dois envoyer le guérisseur pour qu'il voie cet autre prisonnier, lui intima Jem. Il est assez mal en point.

Sa mère hocha la tête en direction de la gardienne.

— Assurez-vous-en.

Jem se rendit compte qu'il tenait toujours la main de Cador alors qu'ils traversaient le tunnel du donjon. Il n'aurait jamais imaginé que toucher son époux lui paraitrait à nouveau aussi naturel. Il libéra sa main. Il était imprudent de se laisser aller à trop d'aisance.

Lorsqu'ils sortirent, dans l'air frais nocturne, Jem boitait et l'entaille sur son talon palpita une fois de plus. Sa mère plissa les yeux.

— Tu as dit que tu n'étais pas blessé.

— Oh, ce n'est qu'une entaille.

Elle regarda tour à tour son fils et Cador.

— Hmm. Dites au guérisseur de venir voir le prince Jowan également, lança-t-elle à un autre gardien qui semblait accablé.

Un carrosse ouvert les attendait. Jem devait admettre qu'il était ravi de ne pas être obligé de marcher péniblement jusqu'au château. Il s'assit sur la banquette, coincé à côté de la carrure de Cador. Sa mère, installée face à eux, les observait avec une expression bienveillante qui dissimulait un tourbillon de pensées, comme le devinait son fils.

— Qu'as-tu entendu dire sur le roi Perran ? demanda Jem.

Le visage de la reine s'assombrit.

— J'imagine qu'il compte nous attaquer et nous nous préparons en conséquence. Nous en discuterons une fois que tu te seras remis de ton voyage.

Jem ne pouvait qu'éprouver du soulagement à l'idée de remettre cette discussion. Il était exténué, et sa mère devait sans doute en savoir davantage que lui grâce à ses espions.

— Vous n'avez pas eu d'incendies, ici ? demanda Cador.

— Non, loués soient les Dieux. Cette saison a certainement été plus sèche que d'ordinaire, mais nous avons été extrêmement chanceux. L'été est presque terminé et nous espérons que les pluies arriveront d'un jour à l'autre, désormais.

Un autre silence tendu s'abattit, rompu uniquement par le cliquètement des sabots et les craquements du carrosse qui les conduisait sur la pente raide et sinueuse. Jem jeta un coup d'œil au château et la joie lui provoqua un frisson dans tout le corps.

Tant de fois, il avait couru sur cette colline après une journée passée avec ses oisillons au bord du lac. Les étoiles tapissaient le ciel, et il inspira profondément l'air pur et doux.

Chez lui.

Au château, l'ancienne gouvernante, qui avait visiblement été tirée du lit, l'accueillit affectueusement. La reine lui ordonna de conduire Cador jusqu'à la chambre de Jem, retenant ce dernier d'une main ferme sur son bras.

Il avait beau se sentir ridicule, planté dans le grand hall du château vêtu de sa robe de religieux en lambeaux, souillée et déchirée, avec les pieds nus et sales, il se retrouvait enfin seul avec sa mère. De jour, l'entrée était animée et grouillante. S'y trouver à une heure si tardive avait quelque chose d'étrange.

La reine serra les mains de son fils et croisa intensément son regard.

— Mon chéri. Je m'inquiétais tant pour toi. Dis-moi la vérité. Cette bête t'a-t-elle fait du mal ?

Il ouvrit et referma la bouche avant de secouer la tête.

— Je vais bien.

Les narines de sa mère se dilatèrent.

— *Jem.*

Sans prévenir, la rancœur fit irruption au milieu du désir de la rendre fière.

— C'est toi qui m'as obligé à l'épouser ! s'emporta-t-il alors que ses mots résonnaient dans la grande entrée en mosaïque. Où était toute cette inquiétude quand tu m'as envoyé seul, sur Ergh ?

Il attendit qu'elle parle de ses devoirs princiers, mais elle se contenta de l'observer en silence.

— T'a-t-il fait du mal ? demanda-t-elle. T'a-t-il obligé à revenir à Onan ? Dans quel but ? Tu es en sécurité, à présent. Devrais-je appeler les gardiens ? Il y a de la place dans le donjon.

Le tiraillement faisait rage en lui. Le désir de punir Cador et celui de le protéger et le défendre ballotaient désormais Jem d'un côté à l'autre.

— Non. Les choses n'étaient pas telles qu'on nous l'avait fait croire à Ergh, mais je vais bien.

— Je ne suis pas sûre de te croire, dit-elle en lui serrant les mains.

— J'ai eu du mal. Ça a été très difficile. Mais j'ai pris le dessus. Désormais, Cador et moi partageons un but commun en revenant plus tôt. Je ne suis pas en danger avec lui.

Elle acquiesça un instant plus tard.

— Si tu insistes. Je vais te laisser tranquille pour l'instant.

— Oui. Nous devons gérer des problèmes plus importants. Je ne sais même pas par où commencer.

Le visage de la reine s'adoucissant, elle l'attira dans une étreinte chaleureuse et accueillante.

— Ça peut attendre que tu te sois reposé, affirma-t-elle avant de se pencher en arrière et de plisser le nez. Ça peut attendre que tu ne sois plus aussi… sale.

— Je suis étonné que tu acceptes de me serrer dans tes bras malgré mon état répugnant.

Souriant, elle prit son visage entre ses mains.

— Mon chéri, je sauterais dans la porcherie s'il le fallait pour te serrer à nouveau dans mes bras. À vrai dire, tu as un peu la même allure que ce jour où tu as pataugé dans la boue pour secourir ce dillywigue à l'aile brisée. Tu te souviens ?

Il rit et ce fut *merveilleux*.

— Comment pourrais-je oublier ? Père était furieux, comme les gens d'Église nous rendaient visite et que j'étais en retard au banquet.

— Tu avais encore de la terre sous les ongles et des taches sur le menton, même une fois que je t'ai envoyé te laver.

— Tout le monde va bien ? J'ai hâte de les revoir.

Surtout Santo, mais il ne le précisa pas à voix haute.

— Oui, les épouses et les enfants de Pasco et Locryn sont en sécurité dans la maison d'été, sur la côte. Santo et Arthek vont bien, mais ils s'inquiètent pour toi, bien sûr. Pasco aussi, mais je vais les laisser dormir. Je n'avais pas envie de leur donner inutilement de l'espoir. Et tu sais qu'il faudrait une armée pour réveiller ton père, donc il était facile pour moi de me faufiler.

Jem doutait que son frère Pasco s'inquiète excessivement pour lui, mais il ne la contredit pas. La mention de l'armée ramena ses pensées vers le roi Perran, puis Ergh, Hedrok et les terribles souffrances. Les eaux guérisseuses l'avaient-elles aidé ? Delen et les autres étaient-ils encore loin du château ? Oh, et les religieux !?

— La plupart des religieux ont quitté la Place Sacrée avant notre arrivée.

— Ysella est ici, oui. Nous nous coordonnons, dit-elle avant de marquer une pause. Tu es sûr que Cador n'est pas une menace ?

Il hésita.

— J'en suis sûr. Pour le moment, tout du moins.

Elle ne cessa de froncer les sourcils, mais finit par acquiescer.

— Tu es à la maison, maintenant, mon chéri. Tout ira bien. Repose-toi et cesse de t'inquiéter.

Les narines emplies de lavande, Jem étreignit sa mère et pria pour que ce soit vrai.

Chapitre 12

CADOR SE TENAIT inutilement debout tandis que deux hommes entraient avec une cuve d'eau fumante dans la chambre colorée de Jem, perchée en haut du château. Ils grognaient et contractaient leurs bras.

— Laissez-moi vous aider.

Cador tendit les mains vers la cuve, mais ils firent un pas de côté et secouèrent la tête en écarquillant les yeux.

Ils semblaient au moins habitués à cette tâche. Ils se tournèrent à l'unisson et se frayèrent un chemin pour franchir une autre porte. Cador les suivit, frappé par le carrelage bleu et vert qui couvrait le sol de cette plus petite pièce.

Avançant prudemment et découvrant que le carrelage était à la fois lisse et frais sous ses pieds nus, il observa avec étonnement les domestiques qui vidaient la cuve dans une autre encore plus grande. Celle-ci se trouvait au centre de la pièce carrelée, moulée dans une sorte de métal robuste qui semblait plaqué d'or.

Les flammes des lampes à huile vacillaient à côté de grandes fenêtres voûtées. Il n'y avait aucun rideau et n'importe qui dehors pourrait certainement voir par les fenêtres de cette salle de bain. Cador se souvint ensuite qu'ils étaient si élevés par rapport au niveau du sol que les seuls visiteurs seraient les oiseaux de Jem.

— Merci, dit-il alors que les hommes sortaient la cuve vide.

Ils froncèrent les sourcils en s'échangeant un regard, puis effectuèrent une révérence. N'était-il pas censé remercier les domestiques pour leur service ? Il était déjà en train de tout gâcher. Il avait déjà tout gâché.

Dans ce grand château, avec la chaude lumière de la lampe, les tapisseries complexes ainsi que la légère odeur des fleurs sucrées, il avait l'impression d'être un sanglier désorienté et destructeur venant d'arriver dans un village en plein blizzard. Il se sentirait sans doute plus à sa place dans le donjon.

Un instant, il avait cru que Jem l'enfermerait dans la cellule. Un frisson glacé avait ondulé le long de la colonne vertébrale de Cador, mais son époux avait ensuite tendu la main dans sa direction, malgré le regard suspicieux de la reine. Bien qu'il mérite probablement de rester dans le donjon, il ne pouvait nier qu'il était franchement ravi d'en être libéré. Et de se trouver dans la chambre de Jem, rien de moins.

Il n'avait pas songé à l'endroit où ils dormiraient. Il s'était seulement dit qu'il pourrait bientôt s'allonger et dormirait à poings fermés – et qu'il le ferait assurément. Quand la reine avait annoncé qu'aucune chambre nuptiale n'était préparée, il avait été prêt à dire qu'il se moquait de savoir où il dormait. Néanmoins, il se rendit compte du contraire. Il s'en préoccupait beaucoup.

Depuis leur fuite de la Place Sacrée, il s'était simplement focalisé sur leur destination. Sur la protection de Jem. Maintenant qu'ils étaient arrivés, pourquoi son époux voudrait-il de lui dans les parages ?

Il y avait certainement des dizaines de pièces. Des centaines, même. Jem avait clairement exprimé qu'ils ne partageraient plus jamais une chambre avec lui et il avait eu l'occasion de dire à sa mère que Cador devrait dormir dans la chambre la plus éloignée du château.

Même s'il s'était interdit de tirer la moindre conclusion du choix de Jem, il sourit tandis qu'il contemplait les détails de la chambre : de hautes fenêtres drapées de tissu soyeux, un banc rembourré en dessous, agrémenté de coussins dorés à pompons, et des tapis de formes variées sur le sol de pierre polie. Ils étaient doux et tissés de fils d'or, de rouge et de vert.

Une petite table ronde et deux chaises en bois de cerisier, gravées de courbes complexes, étaient placées devant les fenêtres. La cheminée plaquée or et le foyer proche de la porte étaient si propres qu'on avait l'impression qu'il n'avait jamais vu un seul grain de cendre. Une magnifique tapisserie représentant un paysage marin couvrait un autre mur.

Il allait probablement briser tout ce qu'il toucherait. L'ensemble paraissait si délicat. Bien sûr, c'était ce qu'il avait d'abord pensé de Jem et désormais, il connaissait la force et la résilience de ce dernier.

Qu'est-il en train de dire à sa mère ?

Cador ne pouvait s'en inquiéter. Jem aurait pu le laisser pourrir dans le donjon et ne l'avait pas fait. Pour le moment, l'Erghien devrait simplement lui en être reconnaissant. Son regard se posa sur le lit – il n'aurait pas pu l'ignorer, compte tenu de son immense taille. Il avait même son propre toit, d'un élégant tissu violet.

Le cadre était taillé dans le même bois de cerisier que la table, avec un motif tourbillonnant. Les draps roses et les oreillers étaient en soie et paraissaient incroyablement doux. Il résista à l'envie de passer une main sale sur le tissu et chassa de son esprit l'image de Jem entre ces draps qui se procurait du plaisir avec sa bougie…

Il fit volte-face en direction de la porte et s'obligea à reprendre le contrôle. La cheminée se profilait sur la droite. À gauche se trouvait un salon avec des fauteuils rembourrés et des repose-pieds ornés de pompons. Le mur était alourdi par des étagères soutenant des livres, des livres et encore plus de livres.

La culpabilité revint en force alors qu'il se souvenait de la manière désinvolte – presque cruelle – dont il avait jeté les précieux bouquins de Jem dans la boue avant leur départ pour Ergh.

À sa grande surprise, les hommes réapparurent avec une autre cuve d'eau fumante, et bientôt, le bain de métal fut plein. Une fois les domestiques partis, il attendit Jem en s'efforçant de ne pas s'inquiéter de ce dont il discutait avec la reine. Il tenta de ne pas se soucier de son Tas et Jory. Delen, Hedrok, Kensa, Creeda… tant des siens étaient encore dispersés sur le continent.

Une mousse blanche et onctueuse recouvrait l'eau, tandis qu'une huile parfumée, fraîche et sucrée, tourbillonnait à la surface. Un tel luxe, et en pleine nuit ! Il oscillait entre le mépris – c'était précisément *ce* genre d'extravagance qui rendait les continentaux mous et inutiles – et la tentation de s'abandonner à ce petit bout de paradis. Après tout, ne pas en profiter serait du gâchis après les efforts des serviteurs.

Il supposa que ce luxe était banal pour la royauté. Jem avait grandi ici, choyé et gâté. Cador se rappela son air horrifié à l'idée d'uriner en plein air – et il le comprenait à présent. Cela lui semblait remonter à une éternité, et ne correspondait plus du tout au Jem qu'il connaissait aujourd'hui. Son Jem était…

Il ne m'appartient pas.

— Vas-y, lui dit l'intéressé depuis l'embrasure de la porte.

— C'est ton bain. J'irai après toi. Avec tous ces savons luxueux, je serai plus propre que je ne l'ai jamais été.

Jem hésita.

— Faisons… il y a largement la place.

Il montra la baignoire.

— Je n'ai pas envie de déranger les pauvres domestiques à nouveau quand ils devraient dormir. Le guérisseur sera bientôt là pour bander mon pied. Nous devons dormir, alors finissons-en. Il faut qu'on prenne un bain.

Cador ne pouvait le contredire. Il arracha la robe, bonne à être brûlée. Du coin de l'œil, il voyait Jem déterminé à ne surtout pas le regarder se déshabiller, les bras croisés et le regard rivé sur le plafond.

Aussi merveilleuses qu'aient semblé les eaux fraîches de la Place Sacrée, ce bain fumant et savonneux fit grogner Cador de plaisir alors qu'il s'installait dans la cuve. Il se baissa et cambra le dos pour mouiller ses cheveux dans la mousse.

L'extrémité évasée de la baignoire était assez haute pour qu'il puisse y reposer sa tête et le métal était chaud. La douleur précédente dans son dos s'apaisa encore davantage dans la chaleur délicieuse. Il fit rouler ses épaules, satisfait.

— Tu vas me provoquer ? s'enquit sèchement Jem. Parce que je suis fatigué et que j'ai envie de me laver.

Après un instant de confusion, Cador se rendit compte que ses grognements ressemblaient à ceux qu'ils laissaient échapper quand il s'envoyait en l'air. Se souvenant de la façon dont il avait nargué Jem sur la Place Sacrée, il rougit et se sentit coupable.

— Non. Je le jure.

Jem croisa son regard quelques instants et Cador s'attendit à ce qu'il demande pourquoi il devrait croire ses serments, désormais. Néanmoins, le Neuvellan se contenta de hocher nerveusement la tête. Il avait semblé si détendu et soulagé de revoir sa mère. Cador détestait savoir que c'était sa présence qui lui voûtait de nouveau les épaules.

L'Erghien plia les jambes et ses genoux dépassèrent de l'eau savonneuse.

— Il y a largement la place, comme tu l'as dit. Je vais bien me comporter.

Ses doigts fins sur l'ourlet déchiré de la robe d'ecclésiastique, Jem marqua une pause. Cador faillit rire de sa pudeur, compte tenu de ce qu'ils avaient fait. Il avait vu le prince nu des dizaines de fois, désormais, le plus récemment étant dans les bains de la Place Sacrée.

Son esprit s'emplit pourtant d'images de la première fois – il avait vu Jem totalement mis à nu par le désir, léchant sa semence sur le sol du cottage…

Le rire s'éteignit dans sa gorge et il fut obligé de fermer les yeux pour lutter contre la vague de regret mélancolique.

— Vas-y, dit-il d'une voix trop forte avant de se racler la gorge. Je ne regarderai pas.

Il entendit le tissu se froisser. Il sentit l'eau onduler lorsque Jem plongea un pied dans un léger clapotis. Il s'agrippa aux bords de la baignoire quand un infime gémissement de plaisir s'échappa entre les lèvres de Jem qui s'immergea complètement. L'eau savonneuse et chaude remonta au-dessus des tétons de Cador, jusqu'à ses aisselles.

Les orteils du Neuvellan effleurèrent les siens et Cador ouvrit les yeux. Jem était assis à l'autre extrémité de la baignoire, serrant ses genoux contre sa poitrine et regardant Cador comme s'il était un sarf sur le point de le mordre. Une heure ou deux auparavant, il avait été blotti sur les genoux de son mari, en sécurité dans ses bras…

Aussi gigantesque que soit la cuve, ils devaient se placer stratégiquement si Jem ne voulait pas se frotter contre lui.

Cador décala ses pieds et écarta les genoux pour les poser contre les bords de la baignoire, qui s'élargissaient depuis le fond.

La gorge de Jem cliqueta. Il tendit les jambes, hésitant. S'il les posait sur les genoux de Cador, il pouvait les tendre. Il y avait encore assez de place pour que Jem se baisse, penche la tête en arrière et plonge son nez alors qu'il s'immergeait entièrement.

S'essuyant le visage, le Neuvellan se reposa ensuite contre son extrémité de la baignoire, les bulles collant à son menton lisse et ses genoux pliés dépassant. Cador était certain que le bout des orteils de Jem était incroyablement proche de ses testicules. Que si Jem ne bougeait que d'un centimètre, il pourrait caresser sa chair tendre…

Il n'en ferait rien. Cador ne pouvait espérer se rapprocher davantage. Il maîtrisa son désir ainsi que sa verge stupidement impatiente de s'enfoncer dans le corps parfait de Jem. Son membre devrait s'habituer à la déception.

Il se moqua de lui-même, car il agissait comme si sa verge avait un esprit indépendant. Il avait vraiment besoin de dormir. Cependant, son sexe obstiné et rebelle le harcelait, lui rappelant comme il serait facile de soulever Jem sur ses cuisses et de…

Fermant les yeux, Cador reprit le contrôle. Il avait promis à Jem de ne pas le provoquer et même si les bulles dissimulaient son érection, elle n'était pas autorisée. Il inhala profondément le doux parfum de l'eau.

— C'est une fleur ? demanda-t-il.

— Des roses, répondit Jem après quelques instants.

— Hmm.

L'odeur lui était familière, bien que Cador soit certain de n'avoir jamais vu de rose.

Il aurait dû lui sembler étrange de partager un bain, mais alors que l'eau refroidissait, il fut étrangement paisible d'écouter le rythme de la respiration calme de Jem. Il s'intima de rester éveillé et d'apprécier le moment, car un jour il se retrouverait à nouveau seul à Ergh. Seul, dans son cottage, entouré uniquement par les hurlements du vent hivernal. Maintenant que Jem était chez lui, dans un tel confort, comment Cador pouvait-il espérer le conquérir ?

— Ça me semble bizarre de me reposer, déclara-t-il en agitant une main en direction de la pièce colorée. D'être dans un tel endroit pendant que ma famille est dehors. Pendant que Hedrok souffre. Je devrais m'habiller et aller les trouver.

— Ils arriveront sûrement quelques heures après ton départ, alors, et tu les auras loupés sur la route d'une manière ou d'une autre. Nous tournerions tous en rond.

Il grogna. Jem n'avait pas tort. Et il était tellement, tellement fatigué. La dernière fois qu'il s'était senti aussi épuisé, il avait eu une terrible fièvre, un hiver, et avait été coincé par le blizzard une semaine. Il avait frissonné alors même qu'il brûlait et il avait eu à peine assez de force pour boire de l'eau. Remonter le seau du puits avait suffi à l'exténuer à un tel point qu'il avait dormi toute la journée. Pourtant, il n'était pas malade, actuellement, et après une bonne nuit de sommeil, il devrait être prêt à monter à cheval.

— Que porterais-tu, en plus ? Cette vieille robe d'Église immonde.

Il grimaça.

— Ces chiffons doivent être brûlés.

— Je n'ai rien à redire là-dessus. Mais honnêtement, je pense qu'il vaut mieux rester ici, au moins quelques jours, le temps que nous décidions quoi faire.

Nous. Cador se délecta silencieusement de ce mot.

— Bien que je sois désolé que Jory et ton père soient absents.

— Pas moi.

Venait-il de dire cela à voix haute ? Il passa une main humide sur son visage.

— Ce que je veux dire, c'est que…

Il devrait arrêter de parler et partir tant qu'il était encore temps. Si tant est que ce soit le cas.

— Quoi ? demanda doucement Jem.

— Je…

Il ne devrait pas lui confier une pensée aussi honteuse, pourtant les mots se déversèrent sous le regard bienveillant de Jem.

— Si mon Tas et Delen se sont trouvés avant d'atteindre le château, elle devra le prévenir pour Bryok. Ce serait fait et je n'aurais pas besoin de le supporter, dit-il avant de secouer la tête. Je sais, c'est particulièrement lâche.

— Mais c'est compréhensible.

Il ne méritait pas la compréhension de Jem, mais il la saisit avidement.

— Delen est bien plus douée pour dire ce qu'il faut. Elle ferait une bien meilleure cheffe de clan que je ne le serais jamais. Quel genre de leader suis-je ? Je l'ai abandonnée, ainsi que mon peuple, pour te courir après.

Jem cligna des yeux. Il regarda Cador, sous la lumière jaune. Des gouttelettes d'eau s'accrochaient à ses cils épais. Il sembla sur le point de dire quelque chose, mais l'instant passa. Il ferma alors les yeux et s'appuya de nouveau en arrière, contre la baignoire. Cador l'observa, ses propres paupières s'alourdissant.

Lorsqu'il se réveilla, l'eau était fraîche et Jem était parti. Seule une lampe continuait de vaciller et les autres avaient complètement brûlé. Une épaisse serviette était pliée sur un tabouret, avec une chemise de nuit en soie, le type que Jem préférait.

Si celle-ci était bien trop grande pour le Neuvellan, l'extrémité effleurait à peine les genoux de Cador. C'était tout ce qu'il avait, même s'il aurait grandement préféré rester nu. Mais Jem ne la lui aurait pas laissée s'il n'avait pas envie qu'il la porte.

S'avançant furtivement dans la chambre, Cador retint son souffle. Les boucles de son époux semblaient encore humides sur l'oreiller et ses lèvres étaient légèrement entrouvertes. Les draps de satin, d'un rose pâle, étaient soigneusement bordés autour de lui. Le lit, immense sous son baldaquin extravagant, rendait Jem minuscule et vulnérable dans son sommeil.

C'est là qu'est sa place.

Bien qu'il soit propre et porte une chemise de nuit élégante du sud, Cador avait à nouveau l'impression d'être un intrus. Un imposteur qui n'avait pas sa place dans le lit de Jem, même s'il était si grand qu'ils pouvaient aisément dormir sans s'approcher l'un de l'autre. S'il y avait un autre oreiller à côté de celui du prince, ce n'était certainement pas une invitation.

Le tapis était si épais que Cador n'avait pas besoin d'un oreiller. Il s'étendit sur le dos et s'intima de s'endormir. Pourtant, son esprit galopait. Son Tas et Jory étaient-ils loin ? Comment se portait Hedrok ? Pouvait-il être sauvé ? Que penserait son père de… tout ?

Jem murmura dans son sommeil et les draps bruissèrent. Cador ne le voyait pas, mais il imagina Jem rouler sur le côté, les mains posées sous sa tête. S'ils avaient partagé le lit, l'Erghien aurait attiré son époux contre son flanc et senti l'effleurement de son souffle sur son propre torse.

Sois déjà content de ne pas être dans ce putain de donjon.

Le matin arriverait à la fois trop tard et bien trop vite.

Chapitre 13

L E BALDAQUIN VIOLET luisait quasiment à la lumière du soleil. Jem cligna des yeux en direction de la soie fine au-dessus de son lit, comme il l'avait fait lors d'innombrables matinées. D'ordinaire, il se réveillait bien avant que le soleil soit aussi haut dans le ciel et réchauffe sa chambre.

Il avait repoussé les draps d'un coup de pied et était désormais étendu en étoile sur le matelas mou, étirant ses membres endoloris. Il arrivait quasiment à croire qu'il s'était épuisé par un excès de nage et qu'il s'agissait simplement d'une autre journée simple et paresseuse au château.

Quasiment. C'était sans compter son mari qui ronflait légèrement sur le tapis à sa gauche.

C'était tout de même la première fois depuis bien trop longtemps qu'il avait dormi sans sombrer dans les cauchemars de doigts rêches et de sac étouffant sur la tête, alors que sa main était tranchée dans un jet de sang infini. Tandis qu'il s'étirait sur son lit familier et merveilleux, cela pourrait presque ressembler à un rêve macabre.

Presque.

Il avait rêvé de se réveiller à nouveau dans son propre lit à de nombreuses reprises. Toutefois, sa tension réapparut rapidement alors que son esprit s'empressait d'énumérer toutes les préoccupations qui l'attendaient. Avec d'infinis détails. Il ignorait depuis combien de temps il se grattait le cuir chevelu quand il enfonça ses ongles trop profondément et grimaça. Il serra les poings et roula au bord du lit avant de glisser les mains sous ses fesses.

Il jeta un coup d'œil à Cador, sur le tapis violet et crème aux motifs tourbillonnant. Il dormait sur le dos, avec un bras au-dessus de la tête et les jambes écartées. Jem fut surpris que l'Erghien daigne porter la chemise de nuit que l'un des domestiques lui avait récupérée – bien qu'elle ne cache pas grand-chose de son corps.

Surtout pas quand elle était remontée sur l'une de ses hanches. L'ombre de ses poils rêches et son sexe étaient bien visibles à travers la fine soie blanche. Ses lourds testicules dépassaient sous l'ourlet de travers.

Que se passerait-il si Jem s'agenouillait entre ses jambes et penchait la tête pour lécher et sucer cette partie charnue ? Il en eut quasiment l'eau à la bouche lorsqu'il y pensa et son érection matinale se manifesta. Comme il serait merveilleux d'assouvir son désir et de se soulager. De ne pas réfléchir et de ressentir uniquement du plaisir. De s'envoyer en l'air comme des animaux, sans céder la place à la litanie d'inquiétudes qui tourbillonnaient dans son esprit.

Un coup frappé à toute vitesse fut l'unique alerte avant que Santo ne pousse la porte de la chambre et fasse irruption à l'intérieur. Aujourd'hui, iel portait une jupe. La fine couche de tissu délicat virevoltait autour de ses mollets et paraissait vaporeuse sous la lumière éclatante du soleil. Jem se redressa brusquement et réalisa qu'il avait oublié de fermer la porte à clé.

Le sourire essoufflé de Santo se figea, puis disparut alors qu'iel regardait tour à tour Jem sur le lit et Cador désormais assis par terre, sa main droite tâtonnant dans le vide comme s'il cherchait une arme.

Dépité, Santo baissa les yeux.

— Pardonnez-moi. J'étais trop pressé de voir mon petit frère. J'ai oublié mes manières.

Ses longues boucles brunes étaient attachées en une simple queue de cheval et ses bracelets de bronze brillaient sur sa peau brune, cliquetant alors qu'iel joignait les mains.

Cador cligna des yeux en observant la pièce dans une confusion apparente. Il se leva et joua avec le col de sa chemise de nuit pâle avant de croiser les bras. Jem ne se souvenait pas l'avoir déjà vu si confus.

Santo sourit à son frère.

— Mon Arthek a découvert un dillywigue avec une aile brisée, la semaine dernière. Elle récupère en toute sécurité dans la volière. Devrions-nous descendre pour voir comment elle se porte, après ton petit déjeuner ? Ah, le voilà.

Alors que le visage de Jem s'illuminait à l'idée de visiter la volière – une activité délicieusement ordinaire – deux serviteurs entrèrent, portant des plateaux chargés de thé fumant, de jus frais, de viande grillée, de pain chaud et de toutes ses pâtisseries préférées. Ils déposèrent les plateaux sur la petite table du petit déjeuner de Jem près de la fenêtre et effectuèrent une révérence en passant devant lui.

Cador, les bras toujours croisés, se balançait d'un pied sur l'autre.

— Je repasserai te prendre dans une heure, lui dit Santo. Cette fois-ci, j'attendrai la permission d'entrer.

Iel se tourna pour sourire à Cador.

— Je m'excuse à nouveau.

— Ce n'est rien, répondit-il d'une voix bourrue.

— Votre chambre nuptiale sera bientôt prête. J'ai fouillé dans les chambres des invités et donné mes instructions pour la déco.

— Oh ! Merci, lui dit Jem. Déjà ?

— J'avais besoin de m'occuper pendant que tu faisais la grasse matinée. Ce sera un peu le bazar et, bien sûr, vous pouvez tout changer une fois que vous vous installerez. J'ai réquisitionné la chambre d'à côté, comme je sais que tu aimes le soleil. Je suis surpris que tu sois resté au lit aussi longtemps, mais tu étais évidemment épuisé, devina-t-il avant que son visage ne se pince. Oh, Jem. Comme tu m'as manqué.

Ce dernier se leva brusquement du lit, passa devant Cador et tomba dans les bras de Santo. Iel avait un léger parfum de cannelle épicée, celui que son mari adorait.

— Tu n'imagines même pas.

Santo le serra dans ses bras et coinça la tête de Jem contre son épaule. Iel passa une main sur les boucles rebelles de son frère et celui-ci sursauta, à cause de son crâne sensible, avant de s'en sentir coupable. Santo haussa ses sourcils sculptés, mais iel s'obligea à sourire et à garder un ton léger.

— Cador, notre mère prévoit un banquet pour t'accueillir, ce soir. C'est dommage que ton père soit parti vous chercher. Nous n'aurons qu'à organiser un autre festin à son retour !

Jem cligna des yeux, surpris. Ils devaient discuter de tant de sujets essentiels : la maladie, les sevels, les incendies, les religieux, le roi Perran dément – par où commencer ? Ce n'était manifestement pas le moment d'organiser un banquet. Il avait déjà dormi si tard que c'en était ridicule. Certes, il avait apprécié ce repos bien mérité, mais… Eh bien, la moitié de la journée s'était déjà écoulée.

Cador jeta un coup d'œil à Jem, puis hocha la tête en direction de Santo, qui sortit avec les domestiques après avoir embrassé son frère sur la joue.

— La décoration et un banquet, marmonna Cador.

La colonne vertébrale de Jem se raidit, malgré ses propres réserves.

— Il est naturel pour eux de nous accueillir.

— C'est si futile, dit l'Erghien avant de retrousser les fines manches de sa robe de nuit. J'ai besoin de vrais vêtements.

L'instinct immédiat de Jem fut, une fois de plus, de s'offusquer, mais il lutta contre cette impulsion, se rappelant à quel point il s'était senti désorienté à son arrivée sur Ergh.

— Je veillerai à ce qu'ils t'apportent un large choix.

Il s'assit à la table et inhala le parfum salé de la viande crépitante. Soudain, il mourait de faim.

— Viens manger, à moins que l'idée d'un festin ne t'offense à ce point.

Il piqua une saucisse et poussa un grognement de satisfaction devant cette explosion de saveurs grasses et délicieuses.

— Nous devons nous préoccuper de sujets bien plus importants que la nourriture.

L'élan d'agacement de Jem céda la place au rire alors que l'estomac de Cador grognait si fort qu'il pouvait probablement se faire entendre dans tout le château.

— Tu vas sérieusement rester planté là, comme un nigaud obstiné, à me regarder manger ?

Son visage rosissant, Cador croisa à nouveau les bras.

— Je n'ai pas besoin de manger.

— Bien sûr, répondit Jem avec la bouche pleine de pain chaud et beurré. Les féroces chasseurs d'Ergh résistent à la faim. Ça en fera plus pour moi !

Si Cador comptait se comporter de façon aussi ridicule, Jem mangerait chaque bouchée, même si cela le rendait malade. Il se rendit compte que c'était tout aussi insensé.

Faisant comme s'il ne regardait pas son mari du coin de

l'œil, il plongea la saucisse dans du miel, puis gémit en goûtant le mélange de saveurs salées et sucrées. Il lécha une goutte collante au coin de sa bouche. Il n'avait pas mangé une nourriture si riche depuis des semaines et il s'obligea donc à prendre une inspiration avant de siroter un thé chaud et sucré. Cador avait contourné le lit pour rejoindre la salle de bain, mais il s'attardait toujours dans l'embrasure de la porte.

Soupirant, Jem se tourna vers lui, mais toute parole s'étrangla dans sa gorge. Le soleil, qui filtrait par les grandes fenêtres de la salle de bain, derrière Cador, soulignait son corps musclé dans sa fine chemise de nuit et rendait le tissu blanc invisible.

Jem se retourna et mit une pomme de terre rôtie dans sa bouche. Avec les saveurs riches et l'élan de désir, alors qu'il était installé sur un fauteuil rembourré et que le ciel bleu s'étendait derrière les larges fenêtres, son corps vibrait d'un excès de plaisir.

Lorsque Cador revint de la salle de bain et ne le rejoignit toujours pas autour de la table, Jem soupira à nouveau.

— Si tu ne m'aides pas à finir, je crains de tout dévorer.

Cador avait vraiment besoin de manger et Jem commençait à se sentir si rassasié que cela en devenait inconfortable.

Cador tira l'autre fauteuil et s'assit, hésitant, comme s'il pensait briser le bois recourbé et brillant et de faire éclater l'assise rembourrée d'un vert pâle. Et sa carrure était assez incongrue.

Comme il était étrange pour Jem de se réveiller enfin à nouveau dans sa chambre et de s'asseoir autour de cette table familière, avec la vue sur les collines verdoyantes au loin, de l'autre côté de la vallée, alors même que Cador était présent.

Son regard se reposa sur ce qu'il voyait de sa bibliothèque, derrière le baldaquin. Des centaines de livres y étaient disposés. Cependant, il avait cherché la veille au soir et ses préférés, que Cador avait abandonnés sur la route, n'étaient pas réapparus miraculeusement. Jem pouvait les remplacer avec de nouveaux exemplaires, mais il faisait toujours le deuil de ces pages particulièrement usées et lues à de nombreuses reprises.

Tendant la main vers une saucisse, Cador s'interrompit et récupéra une fourchette. Il semblait toujours réticent alors qu'il mangeait une bouchée. Néanmoins, il leva quasiment les yeux au ciel quand il avala. Toute son hésitation obstinée s'estompa et il arracha une bouchée de pain chaud avec les dents, avant de lécher le beurre fondu sur ses doigts. L'excitation inappropriée de Jem pulsa entre ses jambes et il dut se retenir de justesse pour ne pas grimper sur la table et sur les cuisses de son époux.

Il mangea plutôt une pâtisserie fruitée et feuilletée. Cela faisait si longtemps que son corps n'avait pas été soulagé. Il était logique que cette nourriture riche le surcharge. Le trouble. Il devrait trouver du temps seul pour se masturber, afin de ne rien faire d'imprudent.

De plus, ils devaient se confronter à des sujets bien trop importants. Il devrait tout raconter à sa mère. Sur cette pensée, son petit déjeuner menaça de tourner dans son estomac. Il se servit un verre d'eau froide et le but lentement.

— Quoi ? demanda Cador en avalant sa bouchée. Tu te rends vraiment malade ?

Une étrange culpabilité palpita et donna le vertige à Jem. Il ne s'était pas gratté particulièrement fort, ce matin. Maintenant qu'il était chez lui, il allait évidemment mettre fin à cette habitude étrange. Il devait simplement tout raconter à sa mère, qui prendrait ensuite les rênes. Il n'aurait plus besoin de s'inquiéter.

— J'avoue qu'il est étrange de parler de banquet et de décoration. Nous devons raconter à ma mère ce que Treeve a dit. Et bien sûr, évoquer les sevels et la maladie. Je ne devrais pas perdre de temps en me rendant à la volière avec Santo.

— Et que lui diras-tu des manigances de mon père ? De ses mensonges ?

Jem jouait avec sa cuillère, le métal froid parfaitement lisse sous ses doigts.

— J'ai donné ma parole : Delen et toi, vous pourrez parler de Bryok à Kenver avant d'affronter ma mère.

Naturellement, il ne précisa pas qu'il comptait pleinement ignorer cette promesse. Il avait eu la ferme intention de les faire enfermer dans le donjon, mais voilà que Cador était assis à la table de son petit déjeuner.

Il n'était pas trop tard. Il pouvait appeler les gardes et faire emmener Cador. Mais il ne comptait pas le faire et il était temps d'arrêter d'agir comme si c'était une possibilité. L'Erghien lui avait peut-être fait du mal, Jem ne supportait pas de l'imaginer enfermé. Il frissonna en songeant à cette prison sombre et puante. Il n'y arriverait pas.

— Tu vas continuer à faire comme si nous étions… commença Cador en faisant un vague signe de la main entre eux. Mariés ?

— Nous le sommes, n'est-ce pas ?

Il tendit sa main droite pour dévoiler sa marque.

— Nos vœux disaient : « jusqu'à ce que la mort nous sépare », si je me souviens bien, dit-il avant de serrer le poing. Ça compte toujours si la marque a disparu ?

— *Oui.*

Ce mot fut prononcé d'une voix grave. Urgente. Cador se pencha au-dessus de la table.

— Jem…

— Tais-toi. Nous avons déjà tout dit.

Il jeta bien trop de raisins dans sa bouche et tenta de ne pas penser au moignon irrégulier qui restait de son bras dans ses cauchemars.

— Alors, pourquoi faire semblant ? Tu aurais pu dire à ta mère, hier soir, de me donner une autre chambre. N'importe laquelle conviendrait.

Cette question était légitime. Il avala les raisins, bien trop rassasié à présent.

— Je n'ai pas envie d'en parler. Il se passe déjà bien trop de choses. Les questions de Santo vont bien m'occuper. Et…

C'était parfaitement risible, mais il n'arrivait pas à se débarrasser de cette sensation.

— Il s'agissait du premier véritable devoir que ma mère me confiait. Je n'ai pas envie d'admettre que j'ai échoué.

La gorge de Cador cliqueta et Jem eut l'envie soudaine de toucher sa barbe naissante.

— Ce n'est pas toi, qui as échoué.

Récupérant une nouvelle fois la cuillère, Jem la serra dans sa main.

— Tout de même. Il me sera assez facile de revenir ici en douce la nuit pour dormir. Le plus important est de trouver un moyen d'aider Hedrok, Eseld et les autres enfants. Sur ce point, nous sommes unis.

Cador avait manifestement envie d'en dire plus, mais il hocha la tête et vida un verre d'eau.

— Tu ne leur parleras pas du complot pour te kidnapper ou de Bryok ?

Il fut incapable de croiser le regard de Jem et son visage rougit.

— Pas encore. Comme je l'ai dit, nous avons des choses bien plus importantes à gérer. Après tout, le roi Perran pourrait être en train de faire progresser son armée vers le sud au moment même où nous parlons. Je devrais dire à Santo que nous avons trop à faire.

Son estomac plein gargouilla et la bile acide remonta dans sa gorge.

— Non. Va dans ta volière. Tu mérites de te reposer. Je vais dire à ta mère que le roi Perran essaie de rejeter les incendies sur le dos d'Ergh et qu'il s'est rendu à la Place Sacrée.

Il redressa le dos et releva les épaules.

— Je vais tout lui raconter. Depuis le début.

Jem ignorait quoi penser. Il jeta un coup d'œil méfiant à Cador.

— Avant de parler à Kenver ?

— Nous ne pouvons attendre que mon Tas revienne. C'est ma responsabilité. Tu mérites un répit, même s'il ne dure que quelques heures. Je vais immédiatement aller trouver ta mère et me confesser.

Il baissa les yeux vers son corps et grimaça.

— Une fois que je porterai un pantalon.

— Non.

Cador fronça les sourcils.

— Tu ne m'autoriseras pas à porter un pantalon ?

Jem fut obligé de rire, dans un rictus inopiné.

— Non, je veux dire que je n'ai pas envie que tu informes ma mère de quoi que ce soit. *Je* le lui raconterai. Seul.

— Comme tu veux.

— Je vais t'envoyer la couturière et son équipe. Moi aussi, je devrais m'habiller.

Après des journées passées avec la robe de religieux, il fut merveilleux d'ouvrir son placard et de trouver ses anciens vêtements, pendus comme il les avait laissés. Il glissa les doigts sur les chemises de soie, d'un arc-en-ciel de couleurs. Il opta finalement pour un bleu foncé.

Une vieille paire de jambières lui alla comme un gant, au-dessus de ses hauts-de-chausse moulants couleur fauve. Lorsqu'il tourna le dos à son placard, Cador détourna brusquement le regard et s'occupa avec les restes du petit déjeuner.

Avant que Jem ne comprenne ce qu'il se passait, Santo l'attirait dans le couloir avec un sourire et un geste de la main enthousiaste en direction de Cador. Jem se laissa faire, et serra la main de Santo avec gratitude. Il avait craint de ne jamais revoir sa famille, mais il était réellement chez lui, à présent. Ce n'était pas un rêve.

Il ne pouvait cependant pas être aussi insouciant qu'il l'avait été précédemment.

— Je ne peux pas me rendre à la volière. Je suis désolé. Il y a tant de choses en jeu, ajouta-t-il devant l'expression dépitée de Santo.

Ils furent interrompus par des bruits de pas s'approchant de l'escalier. Pasco apparut.

— Le voilà ! tonna-t-il. Notre petit frère est déjà revenu de sa grande aventure. On t'a trop manqué, hein ?

Jem fut obligé de sourire alors qu'il se soumettait à l'étreinte et aux claques dans le dos de son frère.

— Oh, oui. Toi, en particulier, tu m'as terriblement manqué.

Leurs parents le suivirent dans les marches et ils se réunirent tous devant les vitraux qui s'élevaient majestueusement à l'avant du château. Jem étreignit son père, heureux. Il enlaça ensuite une nouvelle fois sa mère en inhalant ce merveilleux parfum de lavande.

— Où est cette brute qui te sert de mari ? demanda Pasco.

Il claqua malicieusement une main sur l'épaule de Jem. Il était plus grand et plus large que lui, comme la plupart des gens.

— Je suis sûr qu'il n'est pas doué pour grand-chose, mais j'espère qu'il l'est pour certaines, lui dit-il en lui adressant un clin d'œil.

Leur mère grimaça.

— Tu es obligé de te montrer vulgaire ?

— Tu viens de le rencontrer ? Évidemment qu'il est obligé, répliqua Santo en levant les yeux au ciel.

— Il n'y aura pas de telles discussions autour du banquet de ce soir, les réprimanda-t-elle en fusillant Pasco du regard.

Ce dernier haussa ses larges épaules. Il portait des hauts-de-chausse classiques, de grandes bottes et une chemise de soie vert émeraude qui soulignait sa peau brune. Toute la famille avait un penchant pour les teintes précieuses, ce qui en faisait la tendance dominante à Neuvella. Jem avait oublié à quel point il était merveilleux de voir tant de couleurs, en comparaison aux tons monotones sur Ergh.

Et il avait beau apprécier cette splendeur, il fronça les sourcils en se tournant vers sa mère.

— Un festin est-il réellement approprié ? Nous devons discuter de sujets particulièrement sérieux.

— Et nous le ferons, mon chéri.

Elle prit son visage en coupe et l'embrassa sur le front avant de baisser la voix.

— Mais nous devons assurer à tout le monde, au château et dans les villages environnants, que tout va bien. Que tu avais simplement le mal du pays et que rien ne cloche. La rumeur se répandra dans Neuvella, comme elle finit toujours par le faire. Le risque de panique est trop important et ça n'aidera en rien.

Une paire de courtisans en longues robes colorées s'approcha alors.

— Prince Jowan, comme c'est merveilleux de vous voir !

Jem s'efforça de sourire et les salua en échangeant des civilités avec eux. Honnêtement, il n'avait jamais réellement songé aux autres personnes vivant dans le château et aux alentours. Il y avait toujours eu une effervescence, d'activités et de personnes, autour de lui – courtisans et conseillers, serviteurs et employés de toute sorte. Il l'avait accepté, sans jamais se questionner.

Les courtisans s'en allèrent ensuite, chuchotant entre eux, et la mère de Jem lui offrit un autre baiser.

— Nous ne devons pas inquiéter qui que ce soit inutilement. Et après ton terrible voyage, tu mérites une journée de repos.

Il l'attira plus loin, dans une alcôve voisine, tout en étant conscient que son père, Pasco et Santo les observaient de près, bien qu'ils leur offrent un peu d'intimité à tous les deux.

— Je dois te dire…

Elle repoussa l'une de ses boucles.

— Oui, mon chéri ?

Voilà le moment qu'il avait attendu. Pourtant, son esprit buta comme la roue d'une charrette dans une ornière.

— C'est, eh bien… dit-il avant de se frotter le visage. J'ignore par où commencer.

— Chhut. Tout va bien. Inutile de t'inquiéter. Tu es à la maison et en sécurité. Je vais m'occuper de tout.

Oh, ces doux mots qu'il avait tant eu envie d'entendre ! Mais non. Il n'était plus un enfant choyé. Il avait beau s'être convaincu qu'une fois qu'il serait à la maison, il pourrait redonner les rênes à sa mère, il en était incapable. Plus que ça, il n'en avait pas envie.

Se raclant la gorge, il commença avec le problème le plus urgent.

— Le roi Perran sème les graines de la discorde parmi son peuple et elles pourraient se répandre dans tout Onan. Il met les incendies sur le dos d'Ergh. Nous l'avons découvert quand nous sommes arrivés à la Place Sacrée et que nous avons trouvé le prince Treeve, qui y était déjà. Il pense que son père a perdu la tête. Le roi Perran est arrivé peu de temps après. Le prince Treeve nous a aidés à fuir, croyant que son père pourrait nous tuer. Cet homme est instable.

Sa mère se pinça les lèvres.

— Nous avons reçu des rapports à ce sujet. Dis-m'en plus.

Jem lui relaya tout ce que Treeve lui avait révélé.

— Il semblait sincère, ajouta-t-il.

Bien que je me sois déjà fait avoir par le passé.

— Quelle absurdité de la part de Perran de penser que j'incendierais la Vallée des Dieux. Ou que je mettrais nos récoltes en danger, dit-elle avant de grogner d'un air dégoûté. Maudit soit cet homme. Il est exaspérant. J'ai proposé mon aide aux victimes déplacées par les incendies, et il n'a même pas daigné répondre.

— C'est exaspérant, en effet. Et en ce qui concerne les récoltes de sevels, nous devons discuter d'un autre problème.

— Votre Majesté, les ecclésiastiques vous attendent, murmura la loyale assistante de la reine, là où elle était subitement apparue, près du coude de cette dernière.

La mère de Jem soupira.

— J'ai promis à Ysella que ton père et moi assisterions à une messe spéciale et à une offrande aux Dieux au temple du village.

Jem ne put ravaler un grognement.

— Ça ressemble à de la torture. Mais je devrais vous accompagner. Nous pourrons ensuite discuter de tout ce que j'ai appris sur Ergh.

— Chéri, inutile de t'infliger ça dans l'immédiat. Nous sommes déjà au milieu de l'après-midi et nous devons nous préparer pour le banquet. Tout le reste devra attendre. Nous aurons largement le temps de discuter demain de ce que tu as appris sur Ergh. En attendant, j'enverrai un autre régiment au nord pour surveiller Perran.

— Mère, oublie les prières et les banquets. Ce n'est qu'une façade, de toute façon.

Elle rit sans une trace d'humour.

— La « façade » constitue la moitié de la mission d'un dirigeant. Même plus de la moitié. Détends-toi, mon chéri. Passe du temps avec Santo et reprends ton souffle. Nous devons garantir à notre peuple qu'il n'y a pas de quoi s'inquiéter.

Jem supposa que tant qu'elle savait que le roi Perran avançait potentiellement, la vérité sur le père de Cador, les sevels et la maladie pouvaient attendre un jour. Hedrok était examiné par le guérisseur à Gwels et demain, au plus tôt, Delen et les autres arriveraient.

Qu'y avait-il de mal à reprendre son souffle, comme sa mère le lui avait dit ? Il devait penser à tant de choses et… Et il n'avait pas *envie* de penser. Il était si fatigué. Il ne souhaitait pas se remémorer le kidnapping, parler des complots pour le démembrer et ressentir à nouveau la trahison de Cador.

Sa mère l'embrassa tendrement.

— Laisse-moi faire, mon adorable petit garçon.

Faisant un pas en avant, Santo leur lança un sourire éclatant.

— Très bien, nous vous reverrons tous bien assez tôt au banquet. Allons à la volière !

Pasco donna une claque dans le dos de son cadet.

— Vas-y. Une petite surprise t'y attend. Tu me remercieras plus tard. Abondamment.

Avant que Jem ne puisse espérer deviner ce dont son frère parlait – bien qu'il s'agisse certainement d'une plaisanterie –, Santo lui prit la main et l'attira à sa suite.

Jem se délecta du soleil sur son visage alors que Santo et lui couraient quasiment sur le chemin sinueux partant du château. Le guérisseur avait appliqué un baume sur l'entaille de son talon et l'avait solidement bandée. Il fut donc capable d'ignorer toute douleur persistante. Il réalisa ensuite tardivement que Cador se perdrait, en quittant la chambre une fois qu'il aurait enfilé quelques vêtements, mais il demanderait certainement de l'aide.

Jem ricana intérieurement. Ou alors, Cador errerait dans les couloirs en faisant comme s'il connaissait le chemin et en refusant obstinément de montrer toute perplexité. Ou bien il resterait terré dans la chambre de Jem, complètement seul, ce qui ne devrait pas le faire sentir coupable. C'était bien mieux que le donjon.

Une fois qu'il eut atteint le pied de la colline avec Santo, ils ne tardèrent pas à disparaître sous les branches arquées et les feuilles baignées de soleil de la forêt luxuriante. Tout ici contrastait largement avec les sombres et imposants conifères d'Ergh : l'endroit était plus aéré, plus vivant, empli du chant des oiseaux mêlé au chœur des cigales et des grenouilles, tandis que les feuilles frissonnaient sous la caresse d'une brise chaude. Il inspira profondément l'air doux et humide avec reconnaissance.

Santo regarda autour de lui et serra les doigts de son frère.

— Très bien. Raconte-moi.

La paix momentanée fut réduite en poussière.

— Il y a tant de choses à dire. Et je ne peux pas tout te raconter. Pas encore.

— Hmm. C'est en rapport avec la raison de ton retour soudain ?

— Oui.

— Très bien. Mais tu *vas* me parler de ton mari. T'a-t-il fait du mal ?

Oui. Beaucoup. Étonnamment, il se sentait protecteur envers Cador. Il n'avait pas envie que Santo ait une mauvaise opinion de lui.

— Ce n'est… pas si simple.

Santo s'arrêta subitement, des branches craquant sous ses bottines.

— Il t'a fait du mal ! Je le savais. Qu'a-t-il fait ?

Son regard parcourut le corps de Jem alors qu'iel l'inspectait avec ses mains, à la recherche de blessures.

— Te maltraite-t-il ? Dis-moi !

— Non, non. Rien de tel, je le jure. Ce n'est pas ce que tu crois.

— Je le découvrirai, si tu me mens, lui lança Santo en plissant les yeux. Je le ferai tuer et je ferai en sorte que ça passe pour un accident. Enfin, Arthek arrangera tout ça.

Jem fut obligé de rire.

— Je n'en doute pas.

Bien qu'il n'ait toujours connu que le stoïque et inébranlable Arthek, calme et mesuré, celui-ci ferait n'importe quoi pour Santo.

— Mais sincèrement… il ne m'a pas frappé et n'a rien fait de tel.

— Et au lit ? demanda-t-iel sévèrement. Est-ce qu'il dort toujours par terre ? Tu as couché avec lui ?

Gigotant tant il était gêné, Jem acquiesça avant de se concentrer sur les pétales bleus des orchidées qui s'ouvraient sous les rayons du soleil.

— Alors ?

— La deuxième option. Vraiment, nous n'avons pas besoin de discuter de ça !

— Est-il trop brusque, avec toi ?

Le visage de Jem s'embrasa alors que les souvenirs tourbillonnaient dans son esprit, ceux des moments où il suppliait d'être pris violemment.

— Non, chuchota-t-il.

— Ah. Il est brusque, juste comme il faut ?

Serrant la main de Santo, Jem avança silencieusement.

— Ça se passe bien entre vous ? Au lit, au moins ?

— Ouais.

— Sincèrement ? insista-t-iel en le fusillant du regard. Raconte-moi la vérité. Tu sais que je ne lâcherai pas le morceau.

Jem ne put s'empêcher de rire affectueusement.

— Ça, je le sais. Sincèrement, nous… nous sommes très bien assortis sur ce plan-là.

Nous l'*étions*, se rappela-t-il rapidement.

Le visage de Santo s'éclaira.

— C'est un bon coup ? Je parie que oui. Sa queue est vraiment grosse ? Proportionnellement, en comparaison avec sa carrure ? Tu t'es souvenu de ce que je t'ai dit sur l'utilisation de ta bouche ? J'ai quelques astuces qu'Arthy *adore*.

Jem grogna.

— Je te supplie d'arrêter de parler. Tout ce que tu as besoin de savoir, c'est que je suis loin d'être le vierge que j'étais en quittant Onan.

Santo tapa joyeusement dans ses mains.

— C'est une bonne nouvelle, au moins. Je suis vraiment ravi que tu sois de retour. Je n'ai vraiment pas réfléchi, avant d'entrer dans ta chambre. C'était si étrange de trouver un homme baraqué, là-dedans. Bien que je sois triste qu'il ne se soit pas trouvé dans ton lit. Surtout si tu as déjà couché avec lui précédemment. Pourquoi…

— Pouvons-nous voir les oiseaux, maintenant ? demanda Jem en accélérant le pas.

Mentait-il à Santo ? Ce qu'il avait dit était vrai, mais cela faisait désormais une éternité qu'il n'avait pas autorisé Cador à le toucher.

Enfin, ce n'était pas totalement vrai, n'est-ce pas ? Il songea à leurs mains jointes dans ce tunnel noir, lorsqu'ils avaient fui la Place Sacrée. À leurs corps, pressés l'un contre l'autre, quand ils avaient chevauché vers le sud. Au moment où il avait été blotti sur les cuisses de Cador dans le donjon après son cauchemar. Serait-il si terrible de céder et de laisser son époux coucher avec lui ? Son corps avait besoin de se soulager…

Non ! Tiens bon.

Il baissa résolument les yeux en direction de la main marquée qu'il aurait perdue. Non, il n'était pas prêt à se radoucir. Il ne le pouvait pas.

— Est-il décevant ? Les hommes le sont souvent.

Jem gloussa ironiquement.

— Il m'a déçu, oui.

Ce mot était bien trop léger, mais il ferait l'affaire.

— Comment ? T'a-t-il été infidèle ?

— Je ne crois pas.

Il se souvint de sa jalousie envers Jory, qui reviendrait d'un jour à l'autre. Il devrait peut-être dire à Cador de reprendre ses ébats avec son ami, puis se trouver un amant de son côté comme il l'avait dit. Il pouvait demander des suggestions à Santo, désormais. Il y avait certainement des hommes convenables au château ou dans les villages alentour.

Pourtant, Jem ne posa pas la question. Il repoussa toutes ces idées en repérant la volière. Il se précipita alors pour aller voir ces dillywigues. L'endroit était exactement comme il l'avait laissé : une large cage rectangulaire, en bois et en métal, nichée dans l'ombre de larges arbres, sur l'herbe au bord du lac – bien que l'eau soit plus basse que dans ses souvenirs et que des roseaux bordent la rive marécageuse.

Les larmes lui montèrent aux yeux quand il entendit le grincement familier de la porte en l'ouvrant. Il tomba à genoux près du dillywigue bandé.

Derwa avait-elle survécu sur Ergh ? Était-elle retournée au cottage et l'avait-elle donc trouvé abandonné ? Certainement pas. Pourtant, une culpabilité irrationnelle le submergea. Une voix pessimiste lui affirma à nouveau qu'elle avait probablement été mangée par un faucon ou qu'elle avait trouvé un autre destin funeste dans cette forêt sombre, mais il la fit taire. Il voulait choisir l'espoir.

Il *choisirait* l'espoir.

Santo changea heureusement de sujet et divertit son frère avec les ragots du château. Il ne mentionna pas le chef de clan d'Ergh et Jem devrait sans doute lui demander pourquoi. Mais tout était si délicieusement normal : il était de retour dans sa volière tandis que son cher Santo parlait sans relâche.

Aujourd'hui et aujourd'hui seulement, il pouvait s'accorder cela. La dillywigue blessée cria et il la nourrit donc. Il décida de l'appeler Doryty, qui était la sœur de Derwa dans les livres.

Arthek s'approcha avec son pas aussi mesuré que d'ordinaire. Grand et mince, il portait une chemise blanche et immaculée avec des manches amples qui se refermaient autour de son poignet. Ses cheveux bruns courts étaient nettement séparés. Sa peau de blé était hâlée par le soleil. Il salua Jem d'un hochement de tête et d'une légère révérence avant de déposer un baiser affectueux sur le sommet de la tête de Santo. Ses yeux se plissèrent ensuite lorsqu'il sourit. Son pantalon moulait ses cuisses fines et ses jambières scintillaient.

Ils laissèrent Doryty se reposer et allèrent s'asseoir sur l'herbe, dans une ombre parsemée de lumière. Jem remercia Arthek d'avoir secouru l'oiseau à sa place et ce dernier lui posa quelques questions sur les soins qu'il fallait lui apporter.

— Cette bête est un sacré bon coup ! lança Santo. Comme on l'avait imaginé.

Iel soupira comme s'iel avait retenu sa respiration de longues minutes.

Jem bafouilla et Arthek hocha simplement la tête.

— J'en suis ravi.

Après avoir retiré ses bottines et disposé ses doigts de pieds en éventail sur l'herbe, Santo agita une main dédaigneuse en direction de Jem.

— Tu sais que je lui dis tout.

Jem soupira. C'était précisément la raison pour laquelle il ne pouvait se confier à Santo concernant le kidnapping, les sevels, les enfants et une possible guerre.

— Et il se trame quelque chose de très sérieux, mais Jem ne peut pas encore nous en parler.

Santo s'allongea sur son flanc, la tête posée sur la cuisse d'Arthek. Ce dernier commença à lui tresser les cheveux.

— Le problème n'est pas que je ne vous fais pas confiance, à tous les deux.

Il leur faisait grandement confiance. Néanmoins, la marche à suivre était de tenir sa langue pour le moment.

— Nous le savons, lui répondit Santo en lui souriant. Mais

tu peux tout nous raconter sur Ergh, n'est-ce pas ?

Oh. Il supposa qu'il le pouvait.

— C'est glacial. Il a *neigé*.

Santo en fut bouche bée.

— Tu as vu de la vraie neige ? Comme au sommet des montagnes d'Ebrenn ?

— Oui. Je l'ai même *touchée*. Mon souffle se condensait, tant l'air était froid.

— Hmm, répondit Arthek en inclinant la tête. Je ne peux pas imaginer.

Assis au bord du lac, alors qu'une brise chaude au parfum de chèvrefeuille l'ébouriffait, Jem arrivait presque à croire que tout ça n'avait été qu'un rêve. Qu'il racontait à Santo et à l'époux de ce dernier l'une des aventures de Morvoren.

— Au moins, c'était agréable près du feu, comme il faisait plus chaud. La vie est plus simple là-bas. Pas de château. Rien qui s'en rapproche.

— Et Cador chasse le sanglier ? demanda Arthek. Avec une lance ?

— Oui.

C'était idiot, mais Jem gonfla fièrement le torse.

— À vrai dire, j'en ai moi-même transpercé un avec une lance.

Santo et Arthek sursautèrent.

— Vraiment ? s'étonnèrent-ils à l'unisson.

— Je suis sûr que j'ai seulement eu de la chance, mais oui. Il aurait encorné Cador, donc je n'avais pas le choix.

S'asseyant brusquement, Santo leva la paume de ses mains. L'une d'elles était marquée d'un pinceau. La marque qu'il avait laissée sur la paume de son époux était une tresse enroulée, représentant ses propres cheveux. Iel applaudit avec joie.

— Tu l'as sauvé ? Raconte-nous tout !

Jem ne leur raconta évidemment pas qu'ils s'étaient ensuite déshabillés dans la boue et qu'ils étaient encore éclaboussés par le sang chaud du sanglier quand Cador l'avait sauvagement besogné. Il bannit ces souvenirs et étouffa le picotement dans son corps traître.

— Je suis ravi de savoir que je *peux* le faire, même si je n'ai pas hâte de reproduire cette expérience. Je n'imagine pas me retrouver dans ces bois au plein cœur de l'hiver. Bien sûr, les habitants sont tous élevés de cette façon. Le ciel est constamment nuageux et gris, là-bas. Le soleil me manquait tant. Bien que je ne me sois pas attendu à une sécheresse.

Santo grimaça.

— Les Dieux adorent jouer avec nous. Tu as entendu dire qu'il y avait des incendies à Ebrenn et même au nord de Neuvella ? On dit qu'il y en a aussi à Gwels.

— J'ai vu la lumière orange à Ebrenn de mes propres yeux, quand nous sommes revenus. Le vent avait un goût de cendre et de fumée.

Santo et Arthek échangèrent un regard inquiet. Jem jura qu'ils étaient en train de lire mutuellement les pensées de l'autre et la jalousie se manifesta alors, ainsi qu'un pincement quand il se rendit compte que Cador lui manquait. Il aurait aimé que son mari soit assis là, avec eux. Il souhaitait… tant de choses.

— Tu crois qu'il pourrait se propager jusqu'ici ? s'enquit Santo.

— Je ne l'espère pas. J'ai remarqué que le niveau d'eau était plus bas dans le lac, mais autrement, tout m'a l'air identique, conclut-il en écartant ses doigts dans l'herbe luxuriante.

— Hmm, répondit Arthek, qui semblait y songer. Nous avons eu moins de pluie, mais c'est bien pire partout ailleurs.

Une rumeur dit que les Dieux nous préfèrent.

Jem se renfrogna.

— Le roi Perran pense que la faute revient à Ergh et que les Dieux sont en colère contre Onan parce que nous les avons accueillis à nouveau parmi nous.

Le couple échangea un autre regard avant que Santo prenne prudemment la parole.

— Que sais-tu du roi Perran ?

— Pas grand-chose mis à part qu'il semble être dément.

Ils s'engageaient sur un terrain glissant. L'envie urgente de retourner auprès de Cador le rongeait. Jem se leva donc.

— Penses-tu que notre chambre nuptiale sera prête ?

— Oh ! Allons le découvrir, répondit Santo en souriant.

Au château, Arthek retourna dans son studio, où il dessinait, peignait et composait probablement des odes à son amour pour Santo. Alors qu'ils gravissaient plusieurs volées de l'escalier de pierre en colimaçon, Santo prit la parole.

— Je sais que tu aimes le soleil de début de matinée, donc j'ai pensé que votre chambre nuptiale devrait se trouver dans la même aile que la chambre de ton enfance. Te l'ai-je déjà dit ?

— Oui, mais j'apprécie tout autant cette prévenance, maintenant.

Santo marqua une pause en haut des escaliers pour attirer Jem dans une étreinte.

— Tu m'as tellement manqué.

— Toi aussi, répondit-il d'une voix étranglée. Tu n'imagines même pas.

L'inquiétude froissa le visage de Santo.

— Oh, Jem. Dis-moi ce qui t'ennuie.

— Je le ferai. Mais aujourd'hui, j'ai besoin de respirer. De recouvrer mes forces.

— Très bien. Tu sais que je te harcèlerai impitoyablement si tu ne le fais pas, conclut-iel en serrant fermement Jem dans ses bras. Peu importe ce dont il s'agit, tout finira bien.

Jem avait tant, *tant* envie de le croire. Il hocha la tête contre l'épaule de Santo, qui finit par le relâcher avec un autre sourire joyeux.

— Bon. Plus de malheur ni de sombre présage. Viens !

Il était curieux de constater à quel point le château lui semblait étranger alors qu'il marchait aux côtés de Santo. Il lui était à la fois totalement familier et pourtant distant. Les tapisseries semblaient trop criardes, et les incrustations de carrelage dans le couloir luisaient d'un tel éclat sous leurs pas que Jem faillit demander si elles étaient neuves.

Le château ne ressemblait en rien aux bâtiments que Jem avait vus sur Ergh. Toute cette futilité submergeait-elle Cador de mépris, ou peut-être… L'aimait-il quelque peu ?

Pourquoi devrais-je me préoccuper de savoir s'il l'aime ou non ?

Il ne le devrait pas. Il ne s'en préoccupait pas ! L'opinion de Cador sur le foyer de Jem n'avait rien de pertinent.

Son foyer.

Il aurait dû l'envahir de joie et de réconfort. Pourtant, il avait l'impression d'être un visiteur, alors que Santo jacassait en montrant la belle peinture représentant le bord de mer qu'Arthek avait récemment terminée.

Ils arrivèrent devant la chambre de Jem et il ressentit l'envie urgente de s'échapper à l'intérieur pour se lover sous les couvertures. Il ne le pouvait pas, bien sûr, surtout que Cador faisait les cent pas devant les fenêtres.

Le soleil luisait sur ses courts cheveux dorés et une chemise en soie rouge s'étirait sur son torse. Ses hauts-de-chausse couleur fauve semblaient peints sur ses jambes musclées, sous des jambières. Il s'était rasé et ressemblait parfaitement à un élégant gentleman neuvellan. Bien qu'il soit particulièrement grand.

Cador grommela.

— J'ai l'air ridicule, je sais.

Il était démesurément beau, mais Jem réalisa trop tard qu'il avait froncé les sourcils.

— Non. Juste différent.

— Ils ont promis de coudre des vêtements plus simples, pour moi, mais ils ont insisté pour que je porte ça au banquet.

— Tu es charmant, lui dit Santo. Tout le monde sera jaloux de notre Jem.

— Allons voir notre nouvelle chambre.

Jem donna un coup de coude à Santo avant qu'iel puisse dire quoi que ce soit d'autre.

Comme promis, la chambre nuptiale était voisine de la sienne. Il s'agissait d'une ancienne chambre d'amis. Santo exécuta une volte-face théâtrale dans l'embrasure de la porte, sa jupe colorée virevoltant autour de ses mollets.

— J'espère qu'elle sera à votre goût. J'ai deviné que tu préférais un matelas plus ferme, comme ton père, ajouta-t-iel pour Cador en désignant le lit incroyablement grand. Le côté droit a été renforcé, tant au niveau du cadre que du matelas lui-même. Bien sûr, tous les ajustements nécessaires peuvent être apportés. Le lit d'un couple est le compromis le plus important. On ne peut pas te laisser dormir par terre.

Iel lui fit un clin d'œil.

— Merci, grommela Cador.

Le regard de Santo glissa vers Jem, qui s'efforça de sourire.

— C'est parfait.

Les grandes fenêtres luisaient sous le soleil, illuminant une longue assise rembourrée agrémentée de coussins, semblable à celui de sa chambre. Partout, il y avait des éclats de couleur, à l'exception d'un fauteuil en cuir sobre et de son repose-pieds placés près de la cheminée aux carreaux bleus, immaculée et sans la moindre trace de cendre. Les feux n'étaient nécessaires que lors de rares averses hivernales, et encore, pas toujours, comme le climat était quasiment identique tout au long de l'année.

Santo passa une main sur le riche cuir brun du fauteuil.

— Je ne savais pas vraiment quelles étaient tes couleurs préférées, Cador. Mais je pensais à quelque chose de sombre.

Jem ne put imaginer que son époux avait un jour songé à un sujet aussi frivole que sa couleur préférée, surtout qu'Ergh ne présentait que des teintes de gris, de noir, de marron, de blanc et de vert foncé.

— Et Jem, il y a un petit quelque chose spécial pour toi, dit Santo en montrant les fenêtres.

Son souffle se coupa alors qu'il contournait le lit pour savoir de quoi il s'agissait.

— Oh !

Jem courut pour aller s'agenouiller sur le tapis violet moelleux. Une petite étagère courait le long du rebord inférieur de la banquette de la fenêtre et… oh ! Oui ! Ses livres cornés préférés qu'il avait cru perdus pour toujours s'y trouvaient.

— Santo ! Comment les as-tu trouvés ? Merci !

— Notre cher frère, Pasco, les a découverts. Je suis sûr qu'il te le rappellera constamment jusqu'à la fin de tes jours.

Jem sortit révérencieusement le premier volume des aventures de Morvoren, glissant les doigts sur les lettres en relief familières sur la couverture. Après tout ce qui s'était passé, des collages de papier ne devraient pas avoir autant de signification, mais c'était tout de même le cas.

Serrant le livre contre son torse, il s'autorisa un moment de joie pure. Ses yeux le brûlaient. Il les ferma en respirant régulièrement. Il ne pleurerait pas.

Il leva les yeux vers l'expression morne et coupable de Cador. Il pouvait lui pardonner pour les livres. Il le pouvait sincèrement. Mais il y avait désormais bien plus et il ne savait pas quoi penser. Ou il ne savait que ressentir… en dehors d'un tiraillement. Déchiré au plus profond de lui, les lambeaux étaient irréguliers et troublants.

Santo observa tour à tour Cador et Jem.

— Quoi ? laissa-t-iel échapper. Que se passe-t-il ?

Les poings serrés, iel plissa les yeux en direction de Cador.

— Qu'as-tu fait ?

Jem eut envie de rassurer Santo. Il eut aussi envie de protéger son époux. Il souhaitait désespérément insister en disant qu'il ne lui avait pas fait de mal. Il en était incapable.

Il reposa plutôt prudemment son livre bien-aimé sur sa nouvelle étagère et saisit la main de Santo.

— Tout va bien. Beaucoup de choses se sont passées et nous devons discuter de tant de sujets. Mais je vais bien.

Ou ce serait le cas, espérait-il.

— Merci d'avoir préparé cette belle chambre pour nous.

Cador se racla la gorge.

— Oui, merci.

Santo opina du chef d'un air méfiant.

— Bien sûr, ce n'est que temporaire. Si vous décidez de rester de façon permanente, vous aurez une véritable suite digne de ce nom, dit-iel avant de plisser les yeux en regardant Cador. À condition que je ne te fasse pas éliminer parce que tu as brisé le cœur de mon frère.

Jem s'efforça de rire.

— Fais-moi confiance. Nous devons nous préoccuper de choses bien plus importantes que mon cœur.

— Hmm.

Santo hocha la tête à contrecœur avant d'embrasser son frère sur la joue.

— Nous nous préoccuperons de ton cœur en temps voulu, si tu insistes. Tout d'abord, festoyons !

Chapitre 14

— BONSOIR.

Cador se retourna brusquement et vit l'aîné de Jem sortir de l'ombre d'une imposante sculpture ornée, dont l'unique utilité était manifestement de combler un renfoncement taillé dans le mur de pierre. Cador ne dit rien et patienta. Il tira sur les poignets boutonnés de sa chemise en soie ridicule. Il s'apprêtait justement à frapper à la porte de la chambre de Jem.

Pasco s'appuya nonchalamment contre le mur.

— Vous êtes présentable, comme ça. Jem pourrait presque croire qu'il a été marié à un noble du continent.

Son sourire fut à la fois aiguisé et fugace.

— Presque, répéta-t-il.

Cador eut envie d'arracher ses vêtements élégants, mais il s'obligea à lancer un sourire insipide à Pasco tout en laissant échapper un léger bruit en guise de réponse.

— Vous avez bien dormi ? J'imagine que les appartements sont à la hauteur de vos exigences.

— Oui.

Moins il en disait à Pasco, mieux ce serait. Il continua de marcher, bien qu'il ignore totalement où il allait.

— Oh, à propos des livres de Jem…

Serrant les dents, Cador se retourna pour lui faire face et s'efforça d'adopter une expression neutre. Ou du moins, ce qui devait y ressembler alors qu'il avait déjà envie de dire à Pasco d'aller se taper une chèvre. Ce qui était vraiment injuste pour ces innocentes bêtes. Il haussa un sourcil et attendit que Pasco crache le morceau.

— C'est vraiment très étrange, dit Pasco en inclinant la tête telle l'incarnation de l'innocence. Quand j'ai trouvé les livres de Jem, abandonnés dans la terre, il s'avère qu'un domestique a mentionné vous avoir vu les jeter du coffre.

Putain. Merde. Chiotte. Il sentit ses joues rougir et tenta d'ignorer sa honte. Il ne devrait certainement pas dire à Pasco à quel point il le regrettait. Laisser Pasco deviner la moindre de ses pensées ou émotions serait une erreur.

Il s'accrocha à la rancœur qu'il éprouvait pour la façon dont cet homme avait traité son frère. Il se souvenait très bien des récits de Jem sur les moqueries et tourments infligés par Pasco. Certes, les frères et sœurs avaient tendance à se taquiner, mais lui avait été cruel pendant des années.

À quoi jouait-il à présent ? Préparait-il une humiliation grandiose pour Cador afin de piquer Jem au vif ? Il refusait de participer à cela. Maudit soit ce petit paon suffisant.

Cador haussa les épaules.

— Nous devions voyager léger. Jem a compris.

Pasco se crispa.

— Conneries. Je connais mon frère, vous…

— Vous voilà !

Les pas de la reine résonnèrent sur la pierre, les talons de ses mules étrangement bruyants. Elle marchait dans leur direction avec quelques personnes dans son sillage.

Elle portait une longue robe d'une étincelante couleur dorée qui tourbillonnait et luisait. Ses bras étaient nus, mais elle portait tant de bijoux ornés de pierres vertes sur ses poignets qu'ils atteignaient presque ses coudes. Ses cheveux étaient relevés, noués au sommet de sa tête et tressés autour de sa couronne dorée.

— Mère. Je complimentais justement Cador sur l'allure distinguée qu'il arbore, en parfait gentilhomme neuvellan.

— J'en suis convaincue. Pourquoi ne rejoindrais-tu pas Jem et nos invités sur la terrasse ?

Jem s'était donc rendu au banquet sans lui ? Très bien. Cador n'avait pas besoin d'escorte.

— Bien sûr, Mère, répondit-il avant de se faufiler comme un serpent.

D'un geste de la main, la reine congédia ceux qui l'avaient suivie – des serviteurs quelconques, supposa Cador.

— Avez-vous vu la galerie des portraits ? demanda-t-elle.

— Euh, non.

Cador réalisa qu'il jouait encore avec ses manchettes lorsque le regard de la reine s'y posa et qu'elle fit une moue désapprobatrice. Il laissa retomber ses bras le long de son corps, avant de lier ses mains derrière son dos et de plonger ses ongles émoussés dans ses articulations.

La reine commença à marcher. Après un instant d'hésitation, Cador supposa qu'il était censé la suivre. Il la rattrapa en deux foulées et manqua de trébucher sur ses propres pieds, les bottes à fine semelle dérapant sur le carrelage alors qu'il essayait de suivre ce rythme d'escargot.

Elle semblait parfaitement satisfaite de flâner alors que Cador avait l'impression de traîner des pieds dans de la boue fondue. S'il devait aller quelque part, il préférait simplement s'y rendre et s'occuper de ce qu'il avait à faire. Cela n'aidait pas que les bottes qu'il avait empruntées lui serrent atrocement les orteils.

— J'espère que Pasco ne se montrait pas grossier, bien que

j'imagine que ce soit le cas.

Ignorant ce qu'il devait dire, Cador haussa les épaules. Sur Ergh, il aurait admis que Pasco était une enflure.

— Comment se porte votre frère Bryok ?

Le souffle de Cador se coupa et il se rendit compte qu'il n'y avait pas pensé depuis des heures. Curieusement, il avait *oublié* que Bryok était mort.

— Pourquoi ? demanda-t-il trop vivement alors que son cœur tambourinait.

Jem lui avait assuré qu'il avait informé la reine des accusations de Treeve concernant la menace du roi Perran, mais qu'ils n'avaient pas eu le temps d'évoquer le Tas, le complot et la trahison de Bryok. La trahison de *Cador*. Leurs mensonges à tous.

Devrait-il lui confier la vérité maintenant qu'elle posait une question sur Bryok ? Il pouvait tout lui dévoiler : la maladie, les sevels, la peur de tout perdre sur le continent comme s'ils ne manigançaient pas pour obtenir le contrôle.

Elle fronça les sourcils en le regardant.

— Je pensais juste à la manière dont les frères et sœurs peuvent se taquiner et se chamailler. Pasco a toujours embêté Jem, mais bien sûr, il aime son frère.

— Bien sûr.

Sa voix était trop éraillée et il toussa pour le dissimuler, tout en tentant de bannir les souvenirs de Bryok chargeant avec son épée brandie, déterminé à trancher la tête de Jem.

Il ne dit rien d'autre, car Jem avait affirmé clairement qu'il souhaitait en informer sa mère lui-même. Cador n'avait certainement pas envie de le faire dans son dos. Il donnerait n'importe quoi pour regagner la confiance de son mari. Il se tut donc, bien qu'il soit particulièrement bizarre de déambuler dans des vêtements élégants en faisant la conversation, comme si rien ne clochait.

Tandis qu'ils montaient un autre escalier en colimaçon, la reine lui parla des femmes qui avaient tissé l'immense tapisserie le long du mur en pierre courbé. Elle leva l'ourlet de sa robe avec une main ornée de bijoux. Sa voix, chantante et posée, détaillait l'invention d'un nouveau type de fil ou quelque chose du genre.

Comment aurait-elle réagi si elle avait reçu la tête de Jem ? Cador se souvenait de sa présence autoritaire dans le donjon. Il ne doutait nullement qu'une force d'acier se dissimulait derrière son sourire patient et gracieux. Le cri meurtrier de Bryok fit alors écho et Cador referma le couvercle sur ces souvenirs.

Il hésita devant une large porte et tendit la main pour toucher la roche profondément rouge. Elle ne ressemblait à aucune autre.

— Chaque brique a été trempée pendant des jours dans du vermillon et séchée des semaines avant la construction, expliqua la reine en répondant à sa question tacite.

— Comme c'est futile.

Il n'imaginait pas une telle perte de temps sur Ergh. Il se rendit compte trop tardivement qu'il s'était montré impoli.

— Oh, mais c'est tout de même remarquable.

Elle sourit, comme s'il n'avait rien dit de mal.

— N'est-ce pas ?

Ils entrèrent dans une pièce ronde, la lumière du soleil filtrant par un plafond en verre bien au-dessus d'eux. Ils ne pouvaient pas être au sommet du château, il devait donc s'agir de l'un des cylindres sur le côté du palais. La mère de Jem fit un geste vers le haut.

— Avec la lumière qui traverse le toit de la tourelle, les peintures sont protégées du soleil direct qui ternirait les toiles.

Effectivement, les œuvres étaient suspendues sous une épaisse corniche. Il n'avait jamais vu des dessins de personne aussi détaillés. Les peintures semblaient si réalistes et colorées qu'il pouvait croire que du sang avait été utilisé pour représenter les ancêtres royaux. Jusqu'à ce qu'il remarque une œuvre représentant ce qui devait être la famille de Jem.

— Est-ce censé être Jem, sur la gauche ? demanda-t-il en le désignant.

— Oui.

Cador ricana.

— C'est ridicule. Il ressemble à un soldat.

— Mon fils est aussi fort que n'importe quel soldat, affirma la reine en serrant les dents.

— Bien sûr ! Mais il n'est certainement pas aussi grand.

Les lèvres de la reine se tordirent dans un sourire chagriné.

— Non, mais mon mari a insisté pour que l'artiste… l'embellisse. Le fait que Jem soit si petit l'a toujours dérangé.

Cador n'avait jamais vraiment pensé au père de Jem, puisque ce dernier ne semblait pas lui accorder d'importance. Il décréta que cet homme était un imbécile.

— Sa taille n'a aucun rapport avec sa force. Il est plus courageux qu'une centaine de soldats.

Cador avait pourtant jugé Jem aussi durement lorsqu'ils s'étaient rencontrés. S'il pouvait revenir en arrière et tout faire différemment…

Il examina le faux Jem sur le portrait, qui était crispé et faisait presque la même taille que le reste de sa fratrie. Aucun sourire n'étirait sa jolie bouche et ses yeux de miel étaient maussades.

— Il n'y a aucune étincelle dans son regard. Et c'est une épée à sa ceinture ? Il devrait y avoir un oiseau sur son épaule et un livre dans sa main.

Le silence se prolongea et il tourna la tête, découvrant que la reine l'observait intensément. Il gigota, gêné, et tira sur le col de la chemise qu'il avait empruntée.

Finalement, il céda.

— Quoi ? demanda-t-il avant de se souvenir qu'il devait la garder du côté d'Ergh. Je veux dire…

Quelle était donc la manière polie des continentaux de demander : *pourquoi me regardez-vous comme ça, bordel ?* Il avait l'impression qu'elle scrutait directement son âme.

Finalement, la reine inclina la tête, ses boucles d'oreilles ornées de bijoux tintant doucement.

— Il semble que vous avez appris à bien connaître mon fils, durant ces mois.

— Eh bien… il est mon mari.

— C'est vrai. Il est temps pour lui d'accomplir son devoir en tant que prince. J'avoue tout de même que je ne comprenais pas à quel point il allait me manquer. Je suis soulagée qu'il soit de retour. Maintenant qu'il a visité Ergh et rencontré son peuple, je ne vois pas pour quelle raison il devrait y retourner.

Son visage se fendit d'un sourire et son ton devint mielleux.

— Je suis certaine que ça vous conviendra à tous les deux, à l'avenir.

Elle l'emmena loin de la galerie alors que le soleil de fin d'après-midi s'abattait et illuminait sa couronne comme si l'or était en feu. Cador n'avait d'autres choix que de la suivre, bien que l'idée d'un avenir sur Ergh sans Jem hante chacun de ses pas lourds.

LA TERRASSE SE trouvait à l'arrière du château, sur un balcon surélevé si large que vous pouviez vous perdre entre les arbres et les vignes fleuries. Pourtant, le regard de Cador se posa immédiatement sur Jem – il était penché vers un grand homme mince dans l'ombre d'un arbre, avec des branches noueuses et des fleurs jaunes. Tandis que Jem riait, Cador estima le nombre de foulées qu'il lui faudrait pour traverser la terrasse bondée et pousser cet individu par-dessus la rambarde.

La reine parlait toujours. Il hocha donc la tête, une fureur jalouse le transperçant. Le père de Jem et d'autres invités les avaient rejoints près d'une fontaine inutile qui projetait son eau précieuse en arc de cercle.

Il savait qu'il était idiot d'être si agacé par l'idée que Jem reste à Neuvella. Ce dernier avait affirmé lui-même qu'il rentrait chez lui pour de bon. Pourquoi voudrait-il un jour retourner à Ergh avec un mari qui l'avait trahi ? Un endroit où toutes les personnes à qui il avait appris à faire confiance avaient conspiré pour l'utiliser comme un pion ?

Désormais, voilà qu'il se trouvait chez lui, avec tout l'hydromel estival qu'il pouvait ingurgiter, pendant que des musiciens jouaient des mélodies ressemblant au chant des oiseaux sur des morceaux de bois couverts de corde. Des plateaux de nourriture sophistiqués en forme d'animaux passaient parmi les invités. Et cet homme, quel qu'il soit, faisait *rire Jem*.

La sueur coulait le long de la colonne vertébrale de Cador, alors que le soleil était plus bas dans le ciel et éclairait directement son visage. Il but de l'hydromel et ravala un rot à la dernière seconde. Le père de Jem parlait de Glaw, de la sécheresse, et du fait qu'ils étaient bénis, dans le quartier royal de Neuvella, loués soient les Dieux.

— Nous devons prier les divinités pour que le reste d'Onan regagne leur faveur.

Cette voix grave, légèrement enrouée et monotone, lui était familière.

Cador fut obligé de baisser les yeux pour trouver l'oratrice – l'ecclésiastique en chef qui l'avait uni à Jem. Depuis combien de temps cette vieille pétasse se tenait-elle là ? Comment s'appelait-elle, déjà ? Ysella. Et pourquoi Jem parlait-il toujours à cet homme ?

— Plus tôt nous pouvons construire un temple digne de ce nom sur Ergh, plus les Dieux nous accorderont de bénédictions, ajouta Ysella.

Malgré la chaleur, un frisson glacial traversa le corps de Cador. La voilà, la prédiction de son Tas se réalisait. Les parents de Jem ainsi que d'autres invités se rassemblèrent autour d'eux pour acquiescer et formuler leur approbation tandis qu'il se mordait la langue afin de ne pas hurler qu'il faudrait d'abord passer sur son cadavre pourri.

La sueur lui picotait les yeux et son visage était sûrement écarlate. Comment les autres pouvaient-ils sembler aussi à l'aise ? Sa chemise collait dans son dos et il restait planté là, à opiner du chef de temps à autre, sans écouter la vieille religieuse jacasser encore et encore à propos des Dieux. Il aurait dû lui prêter attention afin de tout rapporter à son père, mais le sang battait à ses oreilles. Sa peau le picotait, car il était épié par de trop nombreux regards curieux.

Et Jem rit à nouveau !

Marmonnant à moitié une excuse, qui ressemblait plus à un grognement, il passa devant la fontaine et accueillit volontiers la brume fraîche qui effleura sa peau rougie. Les bottes qu'il avait empruntées paraissaient fragiles, comparées aux siennes, et ses hauts-de-chausse étaient trop serrés. Il aurait aimé avoir son pantalon, sa tunique et sa lance à la main. Il maudit le soleil et leva un bras pour s'en protéger.

Il faillit foncer droit sur Jem et l'homme élancé, aveuglé un instant par l'ombre dense d'un arbre après l'éclat du soleil. Le sourire de Jem se figea, puis disparut alors que Cador aboyait sur l'homme.

— Va te faire foutre.

Se plaçant immédiatement entre eux, Jem fusilla son mari du regard.

— C'est quoi ton problème ?

— Moi ? C'est toi qui fais ami-ami avec ce, ce…

Il toisa l'homme, qui l'observait avec une expression sereine. Son esprit s'affaira pour essayer de trouver la meilleure des insultes.

Jem lui enfonça un doigt dans le ventre. Violemment.

— *Cet* homme, c'est Arthek, le mari de Santo.

Oh.

— Oh, dit Cador en serrant et desserrant ses poings, alors que la fureur était étouffée par l'embarras. Oh.

Le sourire de Jem fut bien trop éclatant.

— Et maintenant, tout le monde nous regarde et bavarde pendant que tu te donnes en spectacle. Et que tu me donnes en spectacle, par la même occasion. Donc, maintenant, *tu* vas rire et faire comme si tu n'étais pas un véritable salopard.

Il éclata de rire, malgré son ton glacial et ses épaules en furent secouées.

— Tu vois ? Comme ça.

Arthek gloussa et sourit. Jem lui lança un regard reconnaissant que Cador convoita. Il imagina le visage de la vieille ecclésiastique s'il rotait pendant son sermon. Son rire tonitrua comme s'ils venaient tout juste de partager une plaisanterie hilarante. Cependant, il avait été trop expressif et désormais, tous les yeux étaient clairement rivés sur eux.

Santo apparut et parla tout en souriant.

— Que se passe-t-il ici ?

Iel avait enfilé une jupe différente, qu'iel avait associée à une veste en cuir moulant que Cador aurait adoré porter lui-même sans ce satané soleil.

Arthek attira Santo vers lui pour l'embrasser.

— Un simple malentendu, dit-il en tendant une main à Cador. Ravi de vous rencontrer.

L'Erghien fut obligé de serrer la main de cet homme, sous peine de passer pour un plus gros salopard. Argh, il se comportait comme un gosse. Quelle honte ! Il ne méritait pas la compréhension d'Arthek. Il lui saisit la main, puis fut ravi de boire une autre coupe d'hydromel qu'il prit sur un plateau qui passait.

Jem refusa de croiser son regard et chuchota plutôt à Arthek.

— Je suis désolé. J'ignore ce qui lui a pris.

Cador se hérissa malgré lui et resserra ses doigts autour de sa coupe.

— *Il* faisait seulement…

Il n'y avait aucune bonne manière de conclure cette phrase, il avala donc davantage d'hydromel.

Santo fronça les sourcils.

— Quoi ?

— Il est peut-être un peu jaloux, constata Arthek avec une gentillesse agaçante.

Riant sincèrement, Santo faillit grogner.

— Je t'assure. Tu n'as rien à craindre avec mon Arthy. Il est tout à moi et je suis tout à lui.

Ils échangèrent un regard si affectueux que Cador se sentit écœuré par une jalousie bien différente.

Quelqu'un annonça que le festin allait commencer. Ils rentrèrent donc lentement. Cador fut heureux de ressentir enfin un peu de fraîcheur, au moins. Il avait l'impression qu'ils s'entassaient, alors qu'il suivait le pas de Jem qui regardait droit devant lui.

— Je suis désolé, murmura Cador. Je n'ai aucun droit d'être jaloux.

Jem lui jeta un coup d'œil et fronça les sourcils. Il semblait prêt à lui répondre, mais il se contenta de hocher sèchement la tête.

Comme sur la Place Sacrée, ce banquet se tenait dans un hall orné de vastes peintures murales, bien qu'il y ait encore plus de statues sophistiquées et d'objets partout où Cador posait les yeux. Et la nourriture ! Il avait trouvé que le banquet nuptial était extravagant, mais curieusement, ils avaient réussi à le surpasser avec la quantité de viandes rôties et d'innombrables plats que Cador ne reconnaissait même pas.

Assis avec Jem à sa droite, à l'extrémité de la table royale, il murmura.

— Comment le cuisinier a-t-il préparé tout ça en une journée ?

Bien que les invités parlent et qu'une musique cristalline résonne, l'endroit semblait si calme, comparé à un festin sur Ergh. S'il ne chuchotait pas, il était certain que tout le monde entendrait ses questions stupides.

— J'imagine que c'est grâce à un travail acharné et à un grand nombre d'employés. Enfin, nous mangeons généralement bien.

Il entortilla sa fourchette dans un bol de longs fils qui ressemblaient à des vers.

— Je n'y ai jamais pensé avant de partir.

La simple liberté de manger avec les mains manquait à Cador. Il tenta d'entortiller sa fourchette dans le plat étrange et éclaboussa de sauce rouge vif la manche de soie de Jem. Tendant la main pour le nettoyer, il renversa une coupe d'hydromel qui tomba et répandit le vin rouge foncé sur la table de chêne.

— Putain !

Tout le monde l'entendit, à en juger par les regards fixes et les chuchotements. Ravalant d'autres jurons, il tamponna inutilement le liquide renversé avec ses mains jusqu'à ce que des domestiques apparaissent de nulle part et le nettoient avec des mouvements rapides et efficaces. Cador suça de l'hydromel sur l'un de ses doigts avant de réaliser ce qu'il faisait. Des gloussements résonnèrent dans le grand hall.

À côté de lui, Jem mangeait comme s'il ne s'était rien passé, bien que Cador repère une couleur rouge sur ses joues. L'Erghien était en train de l'humilier. Subitement, il eut envie de repousser sa chaise et de crier que rien ici n'était réel. Au diable la politesse et le pain moelleux cuit dans un moule en forme de poisson. Des enfants mouraient et il restait assis à faire comme si… quoi ?

Comme s'il n'était pas le barbare qu'ils pensaient ? Pourquoi se préoccupait-il de l'opinion de ces continentaux choyés ? Si seulement son Tas, Delen et les autres étaient avec lui. Il avait réussi à rester assis pendant le banquet de son mariage sans avoir l'impression de vouloir se dépecer lui-même.

Mais tout avait été différent, à l'époque. Il s'était totalement foutu de ce que les continentaux pensaient de lui. Jem encore moins que les autres. Il avait accompli son devoir envers Ergh.

Que faisait-il, désormais ?

Il repoussa sa chaise.

La petite main de Jem s'agrippa à son poignet. Les boutons de la chemise de soie de Cador s'enfoncèrent dans la fine couche de chair au-dessus de son os. Le regard rivé devant lui, Jem parla si doucement que son époux fut obligé de se pencher.

— S'il te plaît.

Avec cet unique mot, la colère confuse de Cador s'estompa. Il rapprocha une nouvelle fois sa chaise vers la table et mangea la tête du pain en forme de poisson. Il était léger, friable et délicieux. Il s'intima de l'apprécier.

Jem relâcha son poignet et cette pression manqua immédiatement à Cador. Il était assis avec les jambes écartées sous la table. S'il penchait son genou vers Jem pour lui toucher la cuisse, celui-ci le lui autoriserait-il ?

Maladroitement, il se servit de sa fourchette et de son couteau afin de couper un morceau de poulet rôti. Il agissait comme un garçon avec son premier coup de cœur et non comme un adulte accompagnant son mari. Néanmoins, ce mari aurait aussi bien pu se trouver à l'autre bout d'Onan. Cador n'avait pas le droit de le toucher.

Lorsque la vieille ecclésiastique, Ysella, se leva – ses épaules étaient si voûtées qu'elle aurait pu rester assise – pendant le dessert pour commencer son sermon, Cador fut prêt à courir jusqu'aux écuries pour s'enfuir avec Dybri. Le poids de centaines de regards rivés dans sa direction lui donna la chair de poule. Néanmoins, quand il observa les alentours, il se rendit compte que la plupart des gens prêtaient attention à la femme d'Église.

— J'ai suffisamment entendu cette femme pour une vie entière, marmonna-t-il dans sa barbe.

— Hm, répondit Jem en bougeant à peine la bouche et en continuant d'observer Ysella.

Il gigota et passa une main dans ses cheveux, bien qu'ils semblent déjà parfaitement coiffés.

Des dizaines de religieux se trouvaient à une table, près de la famille royale, et semblaient hypnotisés par Ysella. Malgré son apparence minuscule et ridée, sa voix envahissait le vaste espace.

— Nous remercions les Dieux généreux et omniscients d'avoir béni ce festin. Nous prions pour que les sécheresses, partout ailleurs à Onan, s'achèvent rapidement et pour que Glaw nous offre des pluies automnales. Ici, la reine a manifestement ravi les Dieux en servant son peuple. En servant Onan.

Un murmure approbateur parcourut la foule et la mère de Jem sourit avant d'incliner la tête.

Si les ecclésiastiques rendaient visite au roi Perran dans l'Ouest, Ysella chanterait-elle autant ses louanges ? Y avait-il la moindre vérité dans ses mots ? Cador joua avec une délicate pâtisserie en forme de papillon et cette gourmandise s'effrita en une pile de miettes sur son assiette. Comme lors de leurs mariages, il y avait des tas de fruits, bien que les sevels se fassent plus rares. Les vergers avaient-ils brûlé ?

— Certains diront qu'Ergh est responsable du courroux des Dieux, dit Ysella, dont la voix résonnait.

Naturellement, tous les regards se tournèrent vers Cador. Il s'obligea à rester immobile et à maintenir un regard distant.

— Comment pouvons-nous en vouloir à nos enfants perdus qui souhaitent revenir dans notre Église ? Comment pourrions-nous ne pas tout faire pour les accueillir, en tant que partie intégrante d'Onan ? C'est notre devoir envers les Dieux et nous serons récompensés pour cela.

Des enfants ? La rancœur vibra dans le corps de Cador et ses narines se dilatèrent. Il avait envie de bondir et de hurler qu'ils n'avaient pas besoin de la putain de charité du continent, mais c'était pourtant le cas. Si Ysella décidait de retourner son peuple contre Ergh, ils n'avaient plus aucun espoir. Ils avaient besoin de la compassion des autres. De leur pitié. Et il détestait cela.

Il détestait également que son visage soit sûrement d'un rouge vif et que ses joues s'enflamment sous le coup de l'humiliation ainsi que de la colère inutile. Tous les regards étaient rivés sur lui et il se rendit compte que de nombreuses personnes le toisaient impatiemment, comme s'ils attendaient quelque chose. Comme s'ils attendaient qu'il explose. Comme s'ils attendaient qu'il agisse comme un barbare.

Il resta donc assis et aplanit ses paumes sur ses cuisses tout en comptant ses respirations. Il ignora le reste du sermon d'Ysella et imagina qu'il était chez lui. Il rêva qu'il était en pleine chasse et qu'il montait Massen, alors que le vent frais rougissait ses joues. Retournant au cottage, il trouverait Jem dans la petite volière avec de nouveaux oisillons. Celui-ci lui sauterait dans les bras pour l'embrasser...

Il aurait dû étouffer de tels fantasmes, mais il s'accorda cette distraction jusqu'à ce que le banquet s'achève enfin, par chance, et qu'il puisse s'échapper. Il suivit Jem à l'étage et se rendit compte à la dernière seconde que son époux resterait seul dans son ancienne chambre.

Cador l'avait suivi aveuglément. Il s'arrêta dans l'embrasure de la porte quand Jem tendit le bras et colla une paume contre son torse. Ce contact au travers de la soie fit bêtement galoper le cœur de l'Erghien. Jem sentait-il comme il l'affectait ?

Merde, même si Jem ne percevait pas le tambourinement de son cœur, le renflement de désir dans ses hauts-de-chausse horriblement moulants était immanquable.

Le regard de Jem dériva vers le bas et il écarquilla les yeux. Ses lèvres s'entrouvrirent et sa langue rose fut alors visible. Cador brûlait d'envie de se pencher et de l'embrasser enfin à nouveau. De goûter cette bouche sucrée et de le serrer contre lui, de le protéger du monde qui semblait devenir incontrôlable.

Leurs regards se croisèrent et la bouche de Cador s'assécha face au désir brut qu'il lisait dans les yeux de miel de son époux et au…

Un bruit sourd dans le couloir les fit sursauter tous les deux. Avant que Cador se rende compte de quoi que ce soit, Jem lui avait claqué la porte au nez. Quelqu'un – un serviteur ? – s'approcha et Cador fuit dans la chambre que Santo leur avait préparée.

Il retira ses fines bottes et agita ses orteils endoloris. Bouillonnant à cause de la tension, de la frustration et du désir, il arracha ses vêtements neuvellans et fut soulagé de trouver une pile nettement pliée d'habits plus simples au bout de l'immense lit.

Ils étaient tout de même plus élégants que tout ce qu'il avait jamais porté sur Ergh, mais le tissu était plus pratique et les couleurs plus sombres. Il enfila un pantalon noir si moulant qu'il s'agissait quasiment de sous-vêtements et chercha les bottes convenables qu'il avait demandées.

Apparemment, elles n'étaient pas encore cousues, car il ne trouva rien. Il souhaitait simplement aller marcher pour s'éclaircir les idées, mais il devait enfiler ces ridicules jambières à nouveau.

Merde, comme sa lance, son cheval, son foyer et le confort de ses maudites bottes lui manquaient. Il mourait d'envie de ressentir le confort de l'homme qu'il aimait plus que tout. Jem était si douloureusement proche, bien qu'il lui soit interdit.

Il fit nerveusement les cent pas sur le tapis moelleux. Quand son Tas et Jory reviendraient-ils ? Et qu'en était-il de Delen, Kensa et les autres ? Le pauvre Hedrok souffrant. Mourrait-il avant que Cador puisse le revoir ? Il avait perdu tant de temps alors qu'il aurait pu apporter du réconfort à son neveu.

La mère de Jem avait insisté sur le fait qu'il était nécessaire de prétendre que tout allait bien au festin pour apaiser le peuple. Mais n'était-il pas grand temps de révéler tous les mensonges ? Si elle jetait Cador dans le donjon, car il avait trahi son enfant préféré, qu'il en soit ainsi.

Avant de pouvoir y réfléchir à deux fois, il ouvrit brusquement la porte de la chambre de Jem, vêtu uniquement du pantalon noir. Il était prêt à insister pour qu'ils réveillent la reine et en finissent avec toute cette histoire.

Pourtant, ces mots furent réduits en poussière quand sa gorge s'assécha. Il dévisagea Jem, qui se trouvait sur le lit. Adossé à un amas de coussins et vêtu uniquement de sa fine chemise de nuit blanche dont l'ourlet était retroussé autour de ses hanches, il tenait son sexe délicat. L'un de ses livres était ouvert à ses côtés.

Une bougie l'attendait, posée sur les draps roses.

Chapitre 15

C ADOR ÉTAIT JALOUX d'une *bougie*.

Sous la lumière vacillante d'une petite lampe à huile posée sur la table de nuit, Jem le dévisageait alors qu'il restait dans l'embrasure de la porte, une main posée sur sa gorge. Ils s'observaient mutuellement de chaque côté du tapis somptueux. Cador avait envie de saisir brusquement la bougie et de la briser en deux.

Jem aurait dû souhaiter avoir son membre en lui. Ils auraient dû partager un lit. Ils auraient été au chaud et en sécurité, ensemble, sous une montagne de fourrures dans leur cottage. Il se détestait d'avoir détruit le lien précieux entre eux.

Il avait juré de protéger Jem et de le rendre heureux, et voilà que celui-ci était désormais nettement en manque de plaisir. À côté de la bougie, un flacon en verre émeraude était posé sur la soie rose. Le torse de Jem s'éleva et retomba rapidement alors qu'il déglutissait bruyamment. À cet instant, il sembla si innocent que Cador fut submergé de tendresse.

— Qu'avons-nous là ? demanda-t-il, le cœur au bord des lèvres. Un prince vierge, tout seul.

Jem fronça les sourcils avant que la compréhension ne se lise sur son visage. Sa respiration se coupa et ses doigts se serrèrent autour du col béant de sa chemise de nuit. Cador vit une lutte intérieure se dérouler et se conclure par une nouvelle déglutition bruyante.

Il retint sa respiration. Jem le rejetterait-il ? Les secondes s'égrenèrent et la peur monta. Un chuchotement s'éleva alors.

— Oui. Je suis… Kitto.

Le cœur de Cador tambourina à nouveau et sa verge enfla contre le pantalon noir moulant. Étaient-ils réellement en train de faire ça ? En un clin d'œil, il eut l'impression qu'une pierre à feu avait été enclenchée et que les flammes léchaient sa colonne vertébrale.

Il était peut-être imprudent de jouer la comédie, mais la tentation de s'évader était trop forte. Pourquoi pas ? Pourquoi ne pouvaient-ils pas abandonner leur amertume et leurs responsabilités jusqu'au lendemain matin ?

Pourquoi ne pouvaient-ils pas s'évader ?

Sa voix éraillée griffa sa gorge sèche.

— Et qui suis-je ?

Un imposteur. Un barbare. Un traître. Un mari. Un amant ?

C'était bien la question, n'est-ce pas ? Il voyait que Jem débattait et que l'incertitude froissait son beau visage. Le doute lui revenait manifestement. Cador pensa alors étrangement aux minuscules bourgeons de printemps qui perçaient à peine le sol dégivré d'Ergh. Il désirait Jem plus intensément qu'il ne l'avait jamais imaginé. Si son époux le repoussait, ce bourgeon d'espoir téméraire serait anéanti dans la boue.

Un silence s'étira, frêle et tendu.

— Tu ressembles à un bûcheron en maraude venu me ravir, déclara Jem en écarquillant les yeux à cause de sa propre audace.

À la façon dont il se lécha les lèvres et dont sa respiration devint plus pénible, son désir fut immanquable.

Le jeu était lancé.

Les yeux plongés dans ceux de Jem, Cador ferma la porte derrière lui d'un coup de pied, dans un bruit sourd. Il tâtonna derrière lui à la recherche du loquet et le tourna dans un grincement de fer qui résonna.

— Je suis entré dans le château par effraction pour assouvir mon désir. Et qu'est-ce que je trouve ici ? Un jeune prince. Je t'ai espionné au bord du lac, avec tes oiseaux.

Il se caressa au travers du tissu étiré.

— Je t'ai vu nager nu.

Il traversa le tapis moelleux pour aller se placer au pied du lit. Il baissa les yeux vers Jem, qui restait assis avec le dos droit et les genoux pliés. Sa verge durcissait clairement sous la fine chemise de nuit qui exposait ses cuisses minces. L'ombre de ses testicules était séduisante.

— Je t'ai regardé, répéta Cador. Et maintenant, je vais te baiser, que tu le veuilles ou non.

Jem prit une brusque inspiration. Il baissa les yeux vers la verge protubérante de Cador. Il demeura silencieux quelques secondes et fronça une nouvelle fois les sourcils. L'Erghien hésita. C'était imprudent. Il devrait s'éloigner et mettre fin au jeu. Il y avait trop de tension et de suspicion entre eux. Après les souffrances de Jem…

Il recula. Même si Jem avait rêvé de ce genre de jeu auparavant, cela allait trop loin. Cador ne pouvait espérer que la passion qu'ils avaient partagée à Ergh puisse à nouveau être à portée de main.

— Attendez.

Jem hocha résolument la tête. Son regard parcourut le corps de Cador et se riva sur ses yeux une fois de plus.

— S'il vous plaît, monsieur. Je suis innocent.

Un soulagement plus sucré que tous les gâteaux sophistiqués en forme de papillon submergea Cador. Jem lui faisait encore confiance, au moins sur ce point. Il s'était offert si ouvertement, quand ils étaient sur Ergh, et voilà que Cador allait lui procurer le soulagement dont il avait clairement besoin. Un soulagement qui les faisait tous les deux brûler d'envie. Ce soir, ils pouvaient être Kitto et le bûcheron sans nom.

Il haussa un sourcil et regarda la bougie.

— Innocent ? Je ne crois pas. Les innocents ne se masturbent pas.

Jem se mordit la lèvre.

— Mais je n'ai même jamais embrassé un homme. Je suis trop timide.

Son regard se posa sur le torse nu de Cador, puis sur le renflement dans son pantalon.

— Hmm.

L'Erghien glissa une main sur son torse et griffa ses propres tétons alors que Jem l'observait impatiemment. Si les défenses tatouées lui rappelaient bien trop qui était réellement son partenaire, il ne le montrait pas.

— Tu veux ma queue, jeune prince ?

Le Neuvellan hocha la tête par à-coups.

— Pourtant, j'ai peur. Je vais… Je vais crier à l'aide.

En un éclair, Cador se retrouva au-dessus de lui, une main claquée sur sa bouche.

— Chhut.

Il passa brusquement la chemise de nuit au-dessus de la tête de Jem et le tissu bien trop fin se déchira. Le prince haleta et son souffle humide effleura la paume de Cador.

— Que dois-je faire de toi ? murmura ce dernier.

Jem tenta de répondre et l'Erghien leva la main.

— Tu vas devoir me bâillonner, répondit-il alors que ses yeux luisaient d'enthousiasme.

— J'imagine que je n'ai pas le choix.

Cador entortilla la chemise de nuit en soie et la plaça entre les lèvres de Jem avant d'attacher le bâillon derrière sa tête.

— C'est mieux, répondit Cador en s'asseyant sur ses talons.

Respirant péniblement, Jem se retrouvait nu avec une érection. Il attendait. Ses mains étaient libres. Il aurait pu tendre le bras et retirer le bâillon, mais il se contenta de dévisager Cador.

Il me fait confiance.

L'Erghien n'aurait pas du tout dû le voir comme étant Jem – il aurait dû l'appeler Kitto dans sa tête également, mais son esprit le refusait. Cette confiance était un cadeau précieux et il était ravi que cette connexion entre eux ne se soit pas éteinte.

Il avait terriblement envie de monter sur Jem et de le prendre férocement, impitoyablement, jusqu'à ce qu'ils crient tous les deux leur reddition. Dans son esprit, il entendait comme leur chair claquerait alors qu'ils grogneraient. Jem accepterait chaque centimètre de son membre. Il serait si prêt, impatient et fort malgré sa petite taille.

Pourtant, lors de son expiration suivante, Cador eut envie d'appuyer Jem contre les oreillers et de l'embrasser lentement, passionnément pour le goûter à nouveau, pour la première fois depuis des lustres – du moins, c'était son impression. Il aurait pu l'embrasser toute la nuit, avalant ses petits cris et gémissements et se frottant contre lui. Ils banderaient tous les deux, mais prolongeraient le moment avant le doux soulagement.

Le bûcheron sauvage ne ferait pas une telle chose, malheureusement.

Jem attendait encore et respirait laborieusement, l'extrémité de son membre élancé luisant. Cador avait beau être impatient de se plonger en lui et de jouer son rôle, il avait attendu trop longtemps pour se précipiter. Il refusait de lui faire du mal, bien que le bûcheron ne doive pas s'inquiéter autant pour Kitto.

Il libéra sa verge et ravala un gémissement en se caressant. Il s'apprêtait à retirer son pantalon, mais le bûcheron ne le ferait certainement pas.

— Tourne-toi, lui ordonna-t-il dans un grognement.

Jem lui obéit parfaitement et s'allongea sur le ventre, en s'agrippant à l'un des oreillers immaculés. Ses jambes étaient collées l'une contre l'autre. Il s'écria – bien que son hurlement soit étouffé par le bâillon – alors que Cador attrapait ses chevilles et les écartait largement en prenant soin de ne pas abîmer le bandage sur son pied.

L'Erghien posa une main sur l'une de ses belles fesses, sa propre peau rosée paraissant pâle sur cet adorable marron basané. Il caressa la fente de Jem avec son pouce, puis son anus palpitant.

— Je ne voudrais pas que tu t'enfuies, hein ? murmura Cador. Pas avant de baiser ton trou de vierge. Pas avant que je te remplisse de semence.

Il se pencha afin que ses lèvres se retrouvent au niveau de l'oreille de Jem.

— Je dois t'attacher, n'est-ce pas, Kitto ? Autrement, tu essaieras de t'enfuir avec ton innocence.

La réponse de Jem fut un gémissement et un hochement de tête vigoureux. Quelle confiance généreuse ! Elle affamait Cador, qui était à la fois cupide et peu méritant, mais qui était tout aussi incapable de lui résister. Il s'affairerait afin de la mériter pour le reste de sa vie. Il deviendrait méritant.

— Ne bouge pas. Ou tu le regretteras.

Dans le placard de Jem, rempli de vêtements absurdement fins, doux et éclatants, Cador découvrit suffisamment de ceintures pour faire l'affaire. Il lui était incompréhensible qu'un seul homme puisse avoir besoin de plus d'une ceinture en soie, mais il en était bien content alors qu'il se mettait au travail pour attacher Jem aux poteaux du lit.

Il chevaucha la taille de son amant et se pencha au-dessus de lui. Alors qu'il gigotait, son genou s'appuya sur le bouquin ouvert et il le récupéra.

Jem prit une brusque inspiration et se crispa sous son corps.

— Ne fais pas ça !

La supplication fut claire malgré le bâillon.

Croyait-il sincèrement que Cador arracherait les pages ? La palpitation de désir fut à la fois idiote et indéniable. La reliure du livre était lâche et ses bords usés. Il aurait certainement pu déchirer aisément ce livre.

Il referma prudemment la couverture et posa les aventures de Morvoren sur la petite table ronde. Cador attrapa l'un des bras de Jem afin de l'attacher au lit et ce dernier fredonna, satisfait.

D'aussi près, Cador voyait que le bois de cerisier n'était pas taillé dans des tourbillons aléatoires, mais dans la forme d'aile d'oiseaux. Il glissa un doigt sur le motif et sourit en constatant à quel point il était parfait.

Son cœur enfla alors qu'il reculait et regardait son Jem, les bras tendus aux coins du lit. Ses poignets étaient désormais attachés au lit. Son ventre était contre les oreillers et ses fesses relevées comme il était à quatre pattes.

À moi.

Jem appuya une joue contre le matelas et gémit quand Cador écarta ses fesses, l'exposant complètement. Ce dernier ne put résister à l'envie de plonger son visage dans cette chair tendre, de la lécher et l'embrasser. Jem s'appuya contre lui. Une nouvelle fois, l'envie urgente d'abandonner ses plans et de se plonger en lui le brûla. Il résista.

Il céda tout d'abord à l'envie de glisser les mains sur le dos, les jambes et les fesses du Neuvellan. Il en fit ensuite de même avec son visage. Il inhala ensuite son odeur et frotta sa peau contre celle de Jem. Le fait d'être aussi près lui avait manqué plus qu'il ne l'avait imaginé et un étrange soulagement monta à l'idée qu'il puisse respirer librement son parfum avant d'aller plus loin.

Lubrifier la bougie ne prit que quelques instants. Cador l'appuya ensuite contre l'orifice de Jem.

— Est-ce ce dont tu meurs d'envie ?

Jem se tordit le cou pour le voir et fronça les sourcils. Il geignit quand l'Erghien enfonça la bougie en lui. Les doigts de Jem tâtonnèrent dans le vide, au-dessus des liens autour de ses poignets.

— C'est ton jouet préféré. Bien que cette bougie n'ait manifestement jamais été utilisée. Est-elle plus dure que l'autre ?

Jem acquiesça et gémit alors que Cador tournait ce bout de cire.

— Tu n'as pas le contrôle, cette fois, prince Kitto. Je pourrais te faire n'importe quoi. Mais tu aimes ça, non ?

Jem frissonna. Oh, oui, cela l'excitait. Peut-être que se retrouver ici, dans son ancienne chambre qui lui était familière, lui permettait de s'abandonner en toute sécurité à ses fantasmes. D'abandonner le contrôle et de s'évader rien qu'un moment.

L'excitation de Cador s'éleva en même temps que son désir de donner à Jem ce dont il avait besoin.

— Tu es impuissant. Tu ne peux rien faire pour m'arrêter.

Ce n'était évidemment pas vrai, Cador ne le forcerait jamais.

Pourtant, en plus de mesurer la moitié de sa taille, Jem était bâillonné et attaché. Et s'il avait réellement envie d'arrêter ? Un foulard bleu avait été égaré sur le lit. Cador se pencha pour le placer dans la main droite de Jem, le tissu glissant sur les défenses marquées au fer rouge.

— Accroche-toi à ça. Si tu le laisses tomber, je saurai arrêter ce que je suis en train de faire.

Lorsque Jem hocha la tête, il s'agenouilla à nouveau derrière lui pour jouer au bûcheron.

Il avait laissé la bougie en Jem et s'amusait désormais paresseusement avec.

— Tu veux savoir un secret ? Ce n'est pas la première fois que je viens dans ta chambre. Je me suis caché dans le placard. Tu pensais être seul.

Jem grogna et remua les fesses pour en réclamer plus. Cador ne poussa que très légèrement le morceau de cire solide.

— Oui, je t'ai regardé. Je t'ai vu te baiser comme la catin que tu es vraiment.

Il enfonça davantage la bougie.

Bien qu'il ait déjà pénétré Jem avec son membre auparavant, il y avait quelque chose de différent et d'intense à l'idée de le prendre avec la bougie. Il regarda la cire jaune disparaître dans le corps de Jem et les gémissements haletants de ce dernier résonnèrent comme une mélodie à ses oreilles.

Il pouvait manipuler la bougie plus habilement, l'entortiller et s'en servir comme levier pour étirer son passage et trouver le bon endroit qui le faisait hurler au travers du bâillon.

— Tu veux jouir ainsi ? Comme tu l'as fait tant de fois auparavant ?

Il tendit la main sous les hanches soulevées de Jem et taquina son sexe rigide. Les oreillers étaient humides.

— Tu es déjà proche de la jouissance, n'est-ce pas ? Tu n'es qu'une jolie petite pute.

Jem acquiesça en s'agrippant toujours au morceau de soie bleu.

Cador ne put résister à l'envie de lui caresser le dos pour apaiser ses tremblements.

— Mais tu n'es plus obligé d'être baisé par une bougie. Maintenant, tu peux écarter les jambes pour avoir ma chair. Tu es né pour prendre ma queue.

Gémissant, Jem poussa ses fesses en arrière.

— Tu me supplies comme une catin, murmura Cador en retirant la bougie sans prévenir.

Jem se figea, tira sur ses liens, mais tenait toujours la soie bleue.

Cador s'assit sur ses talons et laissa retomber ses mains.

— Et si je te laissais comme ça ? Vide et suppliant. Impuissant.

Grognant pitoyablement, Jem secoua la tête.

— Tu as besoin de ma queue, n'est-ce pas ? Uniquement de la mienne.

Il s'agrippa aux hanches de Jem suffisamment fort pour lui provoquer une ecchymose.

Gémissant et geignant autour du bâillon, Jem tenait toujours la soie bleue.

L'envie traversa Cador comme s'il était en plein galop sur le dos de Massen et que son gibier était en vue. Ils hurlèrent tous les deux alors qu'il s'enfonçait en Jem jusqu'à la garde dans un mouvement brutal. Il besogna le corps souple du prince en grognant et en le prenant impitoyablement. Il l'avait ouvert avec la bougie lubrifiée, mais Jem était encore merveilleusement crispé.

— C'est ça. Prends ma queue, grogna Cador.

Jem était penché, attaché et si petit sous son corps. L'Erghien s'émerveilla à l'idée que son petit prince puisse réchauffer son sang plus que n'importe quel chasseur féroce de son pays. Emmêlant ses doigts dans les cheveux de Jem, il se pencha en avant et le coinça complètement en s'écrasant contre ses fesses délicieuses.

— Tu ne peux pas t'en lasser, grogna-t-il, bien qu'il ne soit pas sûr de parler de Jem ou de lui-même.

Des deux.

— Tu aimes ma queue, hein ? J'aime ton corps. J'aime te baiser. Je t'a…

Il ravala ses mots alors que ses testicules se contractaient. Il était un bûcheron entré par effraction. Il ne pouvait parler d'amour. Seulement d'ébats. Seulement de son membre emplissant le corps mince de Jem.

— Tu vas prendre mon sperme jusqu'à ce qu'il…

Il grogna alors que leurs chairs claquaient bruyamment dans la chambre silencieuse.

— Jusqu'à ce qu'il déborde. Je vais te remplir et ma semence coulera de ton corps. Tu resteras attaché et impuissant jusqu'à ce qu'un serviteur te trouve. Devrais-je aussi te laisser bandant et insatisfait ?

Jem s'écria malgré le bâillon, pour le supplier clairement de le soulager en s'agrippant toujours à la soie bleue.

La sueur luisait sur la peau de Cador. Il savait que le prince sentait qu'il était toujours habillé, car le pantalon ouvert venait à la rencontre de la peau enfiévrée de ses fesses et ses cuisses. Il se retira presque entièrement avant de s'écraser à nouveau dans le trou béant.

— Je vais peut-être rester là à te regarder te débattre, impuissant. J'attendrai assez longtemps pour te baiser à nouveau.

Ses testicules se crispèrent et il saisit la base de son membre. Il se retira pour respirer et retrouver le contrôle. Jem remua les fesses et Cador glissa un doigt sur son orifice lubrifié.

— Tu es si cupide. Et si je t'emportais au plus profond de la forêt et que je te gardais ?

Il plongea son doigt à l'intérieur pour le caresser.

— Tu ne t'échapperais jamais. Tu m'appartiendrais pour toujours.

Il songea à leur cottage sur Ergh, sans personne aux alentours mis à part Massen, les poules et les chèvres. Jem dormirait sous les fourrures pendant que Cador lui préparerait du pain. Ce rêve était trop cruel et il le délogea donc de son esprit. Il était un chasseur et cet homme était Kitto. Il ne pouvait y avoir que ça. Uniquement des ébats.

Plongeant une nouvelle fois à l'intérieur, il se perdit dans le plaisir. Les gémissements et geignements de Jem étaient si désespérés et l'orgasme de Cador était si proche… Il ne fallut que quelques mouvements sur le membre suintant de Jem pour qu'il jouisse et se contracte en tremblant. Cador l'imita comme dans un coup de tonnerre et l'emplit de sa semence jusqu'à ce que ses testicules soient vides.

Se penchant lourdement, il appuya ses mains contre le matelas afin que le lit accuse son poids pendant qu'il ramollissait au plus profond de Jem. Ils respiraient tous les deux péniblement et leur peau moite était chaude.

Il plongea son nez dans les boucles mouillées de Jem, avec une envie désespérée de l'embrasser et de lui dire comme il était beau. Il souhaitait qu'ils restent liés ainsi pour toujours. Mais il n'en avait pas le droit.

Il se libéra et adora la vue de sa semence laiteuse coulant de l'orifice étiré de Jem. Les genoux largement écartés, le Neuvellan respirait laborieusement autour du bâillon, les yeux fermés et les bras tendus. Ses épaules devaient être endolories, mais il n'avait aucun mal à rester en position.

Cador avait beau souhaiter grimper sur le lit et le serrer dans ses bras toute la nuit, le bûcheron détacha le bâillon humide et se plaça à côté de lui sur des genoux tremblants. Jem ne dit rien, mais il haletait légèrement.

Son pantalon toujours ouvert autour de ses hanches, Cador eut l'impression d'être maladroit alors qu'il détachait le nœud sur le poignet gauche de Jem. Il fut ravi de ne découvrir qu'une légère rougeur de sa chair qui ne devrait pas se transformer en bleu.

Il contourna le pied du lit et remonta sur le flanc droit de Jem, dont le regard transperçait désormais sa peau rougie. Ce nœud était encore plus serré et il n'arrivait pas à le libérer, soudain nerveux alors que ses yeux se rivaient sur la bande de soie bleue à laquelle Jem s'accrochait encore.

Il s'apprêtait à arracher le lien autour du poignet quand celui-ci se détacha enfin. Le Neuvellan roula sur le dos et se lécha les lèvres. Sa bouche était certainement sèche à cause du bâillon. Cador lui servit une coupe d'eau grâce au pichet et leva la tête de Jem afin qu'il puisse boire. Les yeux de ce dernier se fermèrent et ses lèvres humides s'entrouvrirent. Il était si prêt pour un baiser…

Cador mouilla le bâillon abandonné dans le pichet, mais lorsqu'il saisit les genoux de Jem pour les écarter, nettoyer son entrejambe et inspecter ses fesses afin de s'assurer qu'il n'avait pas été trop brusque, Jem ouvrit subitement les yeux et lui repoussa les mains. Il avait toujours été embarrassé par cette partie-là, ce que l'Erghien ne comprenait pas, compte tenu de ce qu'ils venaient de faire ensemble. Il n'y avait aucune honte à ça.

— Laisse-moi m'assurer que…

— Le bûcheron maraudeur s'en va, maintenant ! lança Jem d'une voix rauque.

Cador tendit la main vers la coupe, mais cette fois-ci, Jem la renversa entre ses mains et l'eau alla mouiller les draps. L'intimité entre eux s'était évanouie. Il aurait dû réaliser son examen pendant que Jem était encore attaché au lit.

Il pouvait aisément reprendre le pouvoir sur lui, mais c'était un moment de tendresse. Un temps pour les douces caresses et les baisers, et pour s'assurer que Jem était en sécurité et confortable après sa soumission. Cador l'avait qualifié de catin et désormais, il avait envie de murmurer les mots qui s'amassaient sur sa langue.

Mon petit prince. Mon amour.

Jem releva les draps roses au-dessus de lui et se retourna pour faire face aux fenêtres sombres. Le jeu était terminé et Cador n'avait pas d'autre choix que de battre en retraite. Jem avait voulu sa queue, mais l'Erghien n'était clairement pas le bienvenu dans son lit. Il avait été congédié.

Il n'avait fait qu'un pas pour s'éloigner de la porte quand un cri terrible et distant fendit la nuit.

Chapitre 16

Même au loin, Jem reconnut ce cri comme étant celui de Hedrok. Après le voyage interminable sur la Mer d'Askorn, il reconnaîtrait ce cri maudit jusqu'à la fin de ses jours. Il se releva d'un bond sur son lit quand la porte s'ouvrit brusquement. Son membre épuisé toujours exposé, Cador entra.

— C'est Hedrok !

— Oui. Ils doivent être dans le hall d'entrée. Nous allons nous y rendre immédiatement.

Il s'apprêtait à rejeter les draps, mais marqua une pause.

— Je te retrouverai dans le couloir.

— Maintenant, tu es pudique ?

— Non ! s'emporta-t-il alors qu'il ignorait pourquoi il le contredisait. Mais tu dois te rendre présentable.

Il repoussa les couvertures – il n'était *pas* pudique ! – et se leva, avant de grimacer quand il traversa la pièce jusqu'à son placard.

— Qu'est-ce qui ne va pas ?

— Pourquoi es-tu toujours ici ? demanda Jem en le chassant d'un geste de la main. Je vais bien ! Va-t'en !

En réalité, ses fesses pulsaient à chacun de ses pas et il avait désagréablement conscience de la semence de Cador en lui.

Il se précipita vers la salle de bain pour se nettoyer et enfiler des hauts-de-chausse ainsi qu'une chemise qu'il rentra dans son pantalon avant de mettre ses bottes.

Heureusement, Cador s'était également habillé et avait rangé son sexe. Sa chemise de soie était ample et relâchée au-dessus de son pantalon noir. Il grimaça à cause de ses jambières quand ils coururent dans l'escalier en colimaçon et qu'un autre cri fît écho.

Enfant, Jem avait adoré se donner le vertige en faisant la course avec sa fratrie dans les escaliers du château. À cet instant, il chassa impatiemment son étourdissement alors qu'ils atteignaient le bas des marches, où les attendaient Delen, Creeda, Kensa et quelques autres, devant les imposantes portes de bois du château. Ils étaient couverts de crasse et avaient l'air absolument sauvages.

Hedrok gigotait sur son lit de couvertures à l'arrière de la petite charrette qu'ils avaient fait entrer. Les roues incrustées de terre laissaient des marques sur le carrelage coloré. Ils avaient dû le traîner sur toute la colline.

Delen brandissait son épée, maintenant deux gardes échevelés à distance. Y avait-il eu une bagarre ? Était-ce du sang qui coulait du nez de l'un des gardes et qui éclaboussait le vieux carrelage coloré dans l'entrée du château ?

Tout le monde hurlait en même temps, tandis que Hedrok geignait. Jem eut envie de claquer ses mains sur ses oreilles avant de courir jusqu'à son lit. Ce n'était pas censé se passer ainsi ! Où était sa mère ?

Le tonnerre gronda dehors... Il fallut quelques secondes haletantes à Jem pour se rendre compte que c'était le bruit provoqué par l'arrivée d'autres gardes.

— Non ! Attendez !

Son cri fut néanmoins ignoré et un flot de gardes entra comme les eaux d'une crue. Creeda donna des coups de pied et de poing, puis fit chanceler un garde loin de la charrette. Jem observa la scène, ses pieds enracinés dans le carrelage luxueux alors que Cador sembla bondir pour parcourir toute la distance qui le séparait de Hedrok. Il prit le garçon dans ses bras. Le cliquètement des lames de métal entrant en contact résonna plus fort que les cris et toute cette confusion.

— Arrêtez ! Je vous ai dit d'arrêter !

Personne ne tint compte des cris de Jem. Il grimpa quelques marches afin de se faire plus grand, mais ça ne faisait aucune différence, comme ses ordres étaient noyés dans le vacarme.

Les Erghiens étaient en grande infériorité numérique et il était inévitable qu'ils soient dépassés, alors même qu'ils résistaient férocement. Hedrok dans les bras, Cador le protégea et courut dans la seule direction possible : le côté est de la grande entrée.

Il n'arriverait jamais au couloir qui le mènerait finalement à la grande salle de banquet. Jem était en parfaite position pour repérer les trois gardes, dans leurs beaux uniformes rouges, qui chargeaient Cador.

Ce fut désormais à son tour de partir en courant, sans gaspiller son souffle pour continuer à crier dans cette cacophonie. Il attaqua la garde la plus proche par la droite, se jetant sur cette femme à pleine vitesse et la projetant contre les autres. L'un d'eux agrippa la jambe de Cador qui trébucha, mais se dégagea d'un coup de pied, tandis qu'Hedrok hurlait dans ses bras.

La femme leva le pommeau de son épée pour l'écraser contre le visage de Jem. Il tituba en arrière et glissa sur le carrelage lisse en levant les mains afin de se défendre. La femme se figea et écarquilla les yeux tout en s'exclamant.

— Prince Jowan !

Cador fit volte-face et Jem se releva en écartant les bras, protégeant son époux et Hedrok derrière lui.

— Je vous ordonne d'arrêter de vous battre ! Ce sont nos invités d'honneur.

Les gardes clignèrent des yeux en le regardant, incrédules. Derrière eux, Delen et les autres avaient été supplantés et leurs épées, ainsi que leurs lances, leur avaient été confisquées. Ils luttaient tout de même encore et Jem fut soulagé qu'ils soient en vie. Il le fut encore davantage en entendant la voix de sa mère tonitruer.

— Cessez immédiatement cette escarmouche !

Contrairement à la fois où elle les avait trouvés dans le donjon, elle descendit les escaliers délicatement vêtue. Ses cheveux étaient relevés en une série de nœuds simples qu'elle avait sans doute attachés à la hâte elle-même.

Dans le dos de Jem, Hedrok siffla, sa respiration terriblement laborieuse.

— Mère ! Il nous faut le guérisseur !

Le regard de la reine se riva sur lui et il se décala donc afin qu'elle voie Hedrok. Dans les bras de Cador, les jambes nues et décharnées de l'enfant pendaient. La mère de Jem prit une brusque inspiration, les émotions se succédant sur son visage – l'horreur cédant la place à la détermination. Elle hocha vivement la tête en direction de son cortège avant d'ordonner aux gardes de se mettre au repos.

Un homme rabougri que Jem ne reconnaissait pas, dans une robe marron poussiéreuse, fit un pas en avant dans l'embrasure de la porte.

— Oui, allez chercher Tregereth. J'ai fait tout ce que j'ai pu. C'est bien au-delà du pouvoir de guérison des eaux.

Delen et les autres se relevèrent en titubant. La tête haute malgré sa démarche chancelante, la sœur de Cador hocha la tête en direction de la mère de Jem. Alors qu'elle boitait jusqu'à son fils, la tempe de Creeda était maculée de sang. Elle grimaça, révélant ses dents couvertes de sang d'une manière macabre.

Elle serra le fagot de brindilles d'arbres à sevels, qui pendait autour de son cou sur une fine corde fragile. Frissonnant tant il était révulsé, Jem dut s'empêcher de fuir à son approche.

Elle n'est pas Bryok. Je suis en sécurité. Je ne suis pas là-bas. Je suis chez moi.

Il visualisait tout de même les éclats du feu, lors de cette nuit sur les Falaises de Glaw, tels des souvenirs vivaces qui envahissaient son esprit. Il chancela et fit un pas de côté. Cador lui jeta un coup d'œil en fronçant les sourcils, tout en continuant de porter son neveu.

Avant que sa mère puisse le remarquer, Jem prit une profonde inspiration et contrôla sa faiblesse avant de s'éclaircir les idées. Il s'autorisa à griffer une fois son crâne, comme il désirait ardemment cette brûlure familière qu'il ne comprenait même pas. Il avait ressenti une telle paix, en cédant le contrôle à Cador et en lui faisant une nouvelle fois confiance, au moins sur cet aspect-là. Désormais, il était de retour en plein chaos.

— Ce n'est pas l'accueil auquel nous nous attendions, grogna Delen.

L'un des gardes brailla, outré.

— Si vous vous étiez arrêtés une minute, le temps que nous confirmions votre identité…

— Nous n'avons pas le temps de nous arrêter !

Le hurlement de Delen fit écho sur le carrelage avant d'être noyé par le cri de Hedrok.

— Ça suffit !

La mère de Jem donna des instructions, l'une après l'autre, *hop, hop, hop*.

Jem put enfin prendre une profonde inspiration. Il cessa

d'écouter et se laissa porter par le flot rassurant des conseils de sa mère. Il suivit Cador lorsqu'il emporta son neveu dans l'escalier en colimaçon, avec Creeda et le guérisseur de Gwels. Sa mère l'accompagna, un bras passé autour de ses épaules.

Ils arrivèrent dans une chambre d'ami, où des domestiques essoufflés s'affairaient pour apporter des eaux fumantes, des serviettes et d'autres affaires. Les yeux écarquillés, ils jetaient de brefs regards à Hedrok qui gigotait dans les bras de Cador. Ce dernier haletait et avait le visage rouge.

Il parlait au garçon, le réconfortant certainement pendant que Creeda activait ses doigts autour des brindilles abîmées et priait indubitablement. Jem avait le vertige et il se sentit bien loin d'eux alors qu'il les observait depuis l'embrasure de la porte.

Il battit en retraite avec sa mère et fit quelques pas dans le couloir éclairé par la lune, derrière de grandes fenêtres où il voyait des étoiles. Comme il était merveilleux de revoir ces constellations après les nuits nuageuses d'Ergh.

— *Jem.*

Il eut l'impression que son nom avait été prononcé sous l'eau et il songea donc au triton bien-aimé de Morvoren.

Des ongles s'enfoncèrent dans son bras, au travers de la fine soie de sa chemise, et il cligna des yeux en regardant sa mère.

— Oui.

Il tenta de chasser l'étrange brouillard envahissant son esprit. Avait-il été en train de penser aux étoiles ?

Elle glissa ses mains sur lui.

— Où es-tu blessé ?

Elle tâtonna sur ses flancs et son ventre, et il se rendit compte que la soie avait été éclaboussée de sang, bien qu'il ne s'agisse pas du sien.

— Je ne suis pas blessé.

Il secoua la tête, alors que d'autres sons commençaient à résonner, comme des pas au bout du couloir ainsi que les cris de Hedrok et des voix emplies d'inquiétude. Elles étaient assez lointaines pour qu'il ne puisse distinguer de mots. Sa mère et lui se trouvaient dans une alcôve carrelée qui, à la lumière du jour, brillait dans de glorieuses teintes orange et jaunes.

Les sourcils froncés, elle tendit la main pour inspecter sa tête. D'un air paniqué qui chassa les dernières toiles d'araignée de son esprit, il la repoussa et se racla la gorge.

— Je ne suis pas blessé. Tregereth vient voir Hedrok ?

— J'ai envoyé un domestique qui ira le chercher, mais je suis sûr qu'il a entendu le vacarme, même depuis son perchoir dans la tour ouest.

Les baumes de Tregereth avaient fait des merveilles sur le talon entaillé de Jem, qui ne le lançait plus qu'à peine, même après toute la course qu'il avait endurée. Mais Hedrok avait besoin de bien plus que d'un baume et d'un bandage. L'esprit de Jem dévia vers la sœur d'Austol, Eseld, et la sensation de ses jambes décharnées comme des coquilles sèches, l'horrible timbre de ses cris d'agonie…

— Où est le père de Hedrok ?

Jem battit des paupières en observant sa mère sous la lumière argentée de la lune.

— Son père ?

— Il est le fils de Bryok, n'est-ce pas ? Où est Bryok ?

— Au fond de la Mer d'Askorn. Je ne veux pas dire que je souhaite le maudire au fond de la mer, expliqua-t-il face à ses yeux plissés. Il y est vraiment. Mort. Transpercé de part en part par une lance, il est tombé d'une falaise, directement dans la mer.

Elle cligna des yeux.

— Tu en es certain ?

— Oui. Bryok est mort.

— Qui l'a tué ? s'enquit-elle.

Jem hésita, mais sa mère finirait bien par savoir la vérité. Il avait promis à Delen et Cador qu'ils pourraient d'abord en informer leur père, mais comme le chef de clan n'était pas encore revenu…

C'était une chose de ne pas donner volontairement cette information, mais c'en était une autre de mentir ouvertement à sa mère. Et pourquoi devrait-il accorder de l'importance à la promesse qu'il avait faite sur le bateau, comme il avait eu la parfaite intention de la rompre ?

— Delen l'a tué.

Sa mère se figea totalement.

— Pourquoi ?

— Elle nous protégeait, Cador et moi.

Mes Dieux, il détestait penser à cette soirée. Mais il était clairement temps de tout avouer.

— Bryok, il…

— Il quoi ? insista-t-elle. T'a-t-il fait du mal ?

— Oui, répondit-il simplement.

Il y avait tant de choses à dire, mais ceci était certainement la simple vérité.

Elle détendit sa poigne autour des bras de Jem avant de glisser les paumes sur ses épaules pour l'étreindre.

— Tu es en sécurité, désormais.

Il s'autorisa à se détendre et à inspirer avec gratitude le léger parfum de lavande.

— Je suis désolée, mon chéri. Je n'aurais pas dû te parler sèchement.

Elle recula et baissa tendrement les yeux vers lui.

— Inutile de t'inquiéter, conclut-elle.

— Mais il reste tant de choses à démêler.

Sa mère grimaça quand un nouveau geignement de Hedrok résonna.

— Si j'ai bien appris une chose pendant mes années de reine, c'est qu'il y aura toujours des eaux troubles à traverser.

Tregereth apparut, une boîte carrée finement sculptée contenant potions, onguents et provisions à la main. Il était suivi d'un assistant qui apportait d'autres produits. Rondelet et âgé, Tregereth avait de courts cheveux bruns, une peau légèrement bronzée et une robe unie qui ressemblait à celle des ecclésiastiques, bien que le gris pieux soit remplacé par un rouge écarlate et un orange étincelant.

Jem et sa mère rejoignirent Tregereth sur le seuil de la chambre d'ami. À l'intérieur, Hedrok gigotait sur le lit à baldaquin, sa longue tunique froissée autour de ses hanches alors que Cador et Creeda tentaient de l'apaiser. Le guérisseur marqua une pause avant que ses épaules ne s'affaissent.

Il jeta un coup d'œil à la mère de Jem et se rapprocha d'elle.

— Toutes les sevels d'Onan ne le sauveront pas.

Il hocha la tête en direction de son assistant et entra dans la chambre.

— Très bien, contrôlons cette douleur. Je vais m'occuper de toi.

— Que se passe-t-il ? demanda Santo derrière eux.

Iel tenait la main d'Arthek et ils portaient tous les deux de longs peignoirs de soie noués au-dessus de leur chemise de nuit, ainsi que des chaussons.

— Venez, laissons ce pauvre enfant en paix.

La mère de Jem les guida au bout du couloir.

Jem dut bien admettre qu'il fut soulagé quand ils entrèrent dans une autre aile du château et que les légers cris de Hedrok s'estompèrent complètement. Il aurait tout de même préféré emmener Cador.

Dans la salle de réception favorite de sa mère, spacieuse et envahie de plantes ainsi que de fauteuils colorés, le père de Jem et Pasco était assis en compagnie de Delen, Kensa et les autres chasseurs erghiens, qui ressemblaient vraiment à des barbares sortis tout droit d'une bataille pour venir se percher sur les fauteuils luxueux. Jem se rappela que c'était plus ou moins la vérité, car ils étaient sales et éclaboussés de sang.

Delen se releva d'un bond et renversa le fauteuil derrière elle, qui heurta le tapis dans un bruit sourd. Les autres chasseurs se levèrent également, les poings serrés. Leurs épées et leurs lances leur avaient apparemment été confisquées, ce qui était sûrement pour le mieux. Du moins, pour le moment.

— Comment va-t-il ? s'enquit Delen.

— Il semble vraiment mal en point, répondit la reine. Notre meilleur guérisseur est avec lui, en ce moment.

Delen regarda Jem, qui acquiesça alors.

— Si quelqu'un peut l'aider, c'est bien Tregereth, confirma-t-il.

— Merci.

Delen redressa le fauteuil renversé. Sa tunique était tachée de sueur et de sang séché. Elle gigota d'un pied sur l'autre en silence.

— On m'a dit que mon Tas n'était pas ici ?

— Je vous en prie, asseyons-nous, dit la mère de Jem en montrant les fauteuils disposés en demi-cercle. Et je suis sûr que vous avez soif et faim.

Elle hocha la tête en direction d'un serviteur.

Comme il était étrange de se trouver dans la pièce à vivre de sa mère, à minuit passé, alors que de nombreuses lampes à huile éclairaient l'espace et que les fenêtres étaient noires. Il était même encore plus bizarre de partager un petit canapé avec Santo et Arthek tout en observant les Erghiens manger et boire impatiemment.

Il y avait tant à dire et tant de questions à poser. Pourtant, ils semblaient tous embourbés dans ce jeu étrange de politesse. Bien que Jem imagine que la majorité des invités de sa mère dévorent d'ordinaire les assiettes de petits sandwichs avec moins d'enthousiasme.

— Notre Tas et Jory ne devraient-ils pas revenir bientôt ? demanda Delen en s'essuyant la bouche avec le dos de la main.

— Je m'y attends. Mon fils Locryn est parti les chercher et il les trouvera bientôt, j'en suis sûre. Ils se sont peut-être perdus.

Delen acquiesça.

— Peut-être. Merci pour votre aide.

À sa place, Jem aurait eu un million de questions, mais c'était une discussion politique et Delen semblait jouer le jeu. À vrai dire, quand Ysella arriva avec ses platitudes sur les Dieux, la chasseuse erghienne la salua avec une chaleur surprenante.

Elle n'était peut-être surprenante qu'en comparaison à Cador, qui se retenait à peine de lever les yeux au ciel à la simple mention des Dieux.

Comment va-t-il ? C'est horrible de voir Hedrok souffrir. Est-il...

Jem se sermonna mentalement. Pourquoi s'inquiétait-il à propos de Cador ? Ce dernier savait se gérer tout seul.

Avant qu'Ysella ne puisse débuter une prière, Jem s'adressa à Delen :

— Avez-vous vu des signes d'incendie ?

La nervosité la traversa par vagues.

— Oui. Ils semblent s'aggraver à Gwels, bien que ce soit encore à plusieurs jours de cheval d'ici.

— Prions pour que les Dieux nous accordent leur bénédiction, dit Ysella en se levant.

Elle était si petite qu'elle ne devint pas beaucoup plus grande en se mettant debout.

Jem eut envie de protester et d'affirmer qu'ils devaient encore discuter de trop nombreux sujets, mais sa mère hocha la tête et s'inclina devant Ysella d'une manière qui hérissa les poils sur la nuque de Jem. À côté de lui, Santo et Arthek baissèrent obligeamment la tête. Pasco et leur père les imitèrent.

Jem échangea un regard avec Delen, qui lui offrit un petit sourire ironique et un minuscule haussement d'épaules avant de joindre pieusement les mains sur ses cuisses. Les autres Erghiens l'imitèrent maladroitement.

Cador avait peut-être raison et Delen ferait une meilleure cheffe de clan. Ils devaient s'entendre avec les ecclésiastiques et jouer leur jeu. Jem s'agita, se rappelant combien il s'était ennuyé lors du sommet de paix, assis sur cette chaise de pierre dure.

Il fut au moins ravi d'avoir un coussin rembourré sous ses fesses sensibles. Son visage s'enflamma lorsqu'il pensa au jeu auquel Cador et lui avaient joué… quoi ? Une heure auparavant ? Tout cela ressemblait à un rêve.

La peau sur son ventre collait à cause d'une tache de semence qu'il avait manquée en se rinçant rapidement. Il crispa les fesses et la douleur frémissante fut délicieuse. Quel soulagement il avait ressenti en cédant enfin ! En étant touché par ces mains fortes et familières, en étant transpercé par cette verge. Il s'était autorisé à devenir le prince Kitto, besogné par le bûcheron maraudeur. Mais bien sûr, il savait que c'était bien plus.

Pendant qu'Ysella déblatérait sur Glaw et les autres Dieux, Jem suivit du bout de sa botte le contour d'un cercle émeraude sur le tapis. Il avait docilement joint les mains et désormais, il dessinait la courbe des défenses gravées dans sa paume droite avec son pouce.

Même s'il faisait confiance à Cador avec son corps, son cœur était bien trop fragile. Comme il avait été merveilleux de sentir le contact de son époux une fois de plus, de ne pas avoir besoin de *réfléchir*, de jouir si ardemment que ses testicules le picotaient à ce simple souvenir.

Delen prit la parole et il leva brusquement la tête en réalisant que la prière était terminée.

— Nous sommes reconnaissants envers Neuvella pour son hospitalité et leur affinité, dit-elle en croisant le regard de Jem. Surtout depuis que nous nous sommes tant attachés au prince Jowan.

Sa mère sourit.

— Comment auriez-vous pu ne pas vous attacher à lui ?

— J'admets que nous l'avons sous-estimé, au début, dit Delen.

Elle n'avait aucun moyen de savoir si Jem avait parlé à sa mère du complot concernant le kidnapping, mais elle sembla supposer qu'il avait tenu sa promesse. Ce qu'il avait fait, supposa-t-il.

La reine le regarda et l'amour fut évident dans son regard chaleureux.

— La plupart des gens le font. Je suis convaincue qu'il unira Ergh et Neuvella, ainsi que l'entièreté Onan.

Delen acquiesça.

— Je suis convaincue qu'il y arrivera.

Jem ravala son ricanement. Delen jouait le jeu. Ergh devait

être uni à Neuvella, puis à Gwels. Surtout si le roi Perran voulait la guerre et si les sevels étaient en danger. Si les incendies empiraient avant les pluies, combien d'arbres à sevels seraient affectés ? Combien le roi Perran en avait-il stocké ? Comment...

Cette prise de conscience le heurta comme une bourrasque glaciale alors qu'il se rejouait les mots de Tregereth dans son esprit.

Toutes les sevels d'Onan ne le sauveront pas.

Ils connaissaient la connexion entre ces fruits et la maladie dégénérative. Mais comment ? Depuis quand ?

Jem croisa le regard affectueux de sa mère et un frisson parcourut sa colonne vertébrale. Si Tregereth était au courant, la reine l'était également.

Chapitre 17

L E SOLEIL PERÇAIT à peine au-dessus de la vallée, de lointains
nuages s'amassant tandis que Jem empruntait le sentier
familier vers la volière malgré son esprit en ébullition. Il n'avait
même pas tenté de dormir. Même si c'était le milieu de la nuit et
qu'ils n'étaient pas seuls, il aurait dû exiger la vérité à sa mère.
Comment était-elle déjà au courant pour les sevels ?

Pourtant, il ne l'avait pas fait, car un horrible instinct lui
sifflait qu'il n'aimerait pas la réponse.

Il avait besoin d'un moment pour reprendre son souffle
avant de l'affronter. Le simple fait qu'il s'attende à une confrontation plutôt qu'à une simple discussion faisait bouillir l'acide
dans son estomac. Il détestait ça. Il détestait la politique, les
mensonges, les banquets et les sermons.

Auparavant, il était parfaitement insouciant et descendait
vers la volière au chant du coq. Qu'avait-il eu à craindre, à cette
époque ? Une plaisanterie de la part de ses frères ? Comme la vie
avait été simple !

Si sa mère était au courant pour la maladie et les sevels,
pourquoi n'en avait-elle rien dit quand elle avait appris que
Hedrok était terriblement malade ?

L'estomac de Jem bouillonna. Kenver lui avait peut-être tout
raconté, après tout. C'était possible, non ? Le Tas de Cador était
là depuis des mois. Ils s'étaient peut-être rapprochés. Il lui avait
peut-être confié le problème avec les fruits. Mais dans ce cas,

pourquoi ne l'avait-elle pas mentionné à Jem et Cador ?

Qu'en était-il du complot du kidnapping ? Le chef de clan n'aurait certainement pas soufflé mot du besoin désespéré d'Ergh pour les sevels, à moins qu'il ait changé d'avis et ne souhaite plus utiliser Jem comme moyen de pression.

Jem se gratta le crâne et prit une grande goulée d'air matinal, à la fois chaud et enrichi de rosée. Il respira pour faire passer les souvenirs. Trébuchant sur une racine, il s'arrêta sous un kalx aux branches basses et s'appuya contre le tronc lisse jusqu'à pouvoir se reconcentrer.

Si le père de Cador avait changé d'avis, le complot du kidnapping aurait dû être saboté. Ils auraient envoyé un émissaire sur Ergh pour l'annuler. Peut-être l'avaient-ils fait ? Tout le monde semblait se perdre incorrigiblement, ces temps-ci. Locryn devrait être de retour d'une minute à l'autre avec Jory et le chef de clan.

La mère de Jem pourrait-elle penser qu'elle le protégeait de la douloureuse vérité concernant la manigance autour de son kidnapping ? Cela semblait raisonnable. N'est-ce pas ? Elle le protégerait à tout prix. Si elle connaissait la vérité à propos du besoin désespéré d'Ergh pour les sevels, elle avait une bonne raison de le faire.

Elle le *devait*. Pendant des semaines et des semaines, il s'était réconforté en croyant qu'elle arrangerait tout. Sa certitude chancela et il aurait aimé pouvoir jeter un sort, comme le cousin de Morvoren, un sorcier qui lui rendait visite dans le troisième tome. Il avait cru que rentrer chez lui éclaircirait toute cette histoire. Pourtant, elle était encore plus trouble que jamais.

Il lui fallut un moment, alors qu'il s'approchait de la volière, pour se rendre compte qu'il y avait quelqu'un à l'intérieur. Son cœur n'aurait pas dû bondir de joie quand il reconnut la carrure de Cador, penchée au-dessus de l'oisillon, mais ce fut tout de même le cas. Surtout quand il réalisa que les doigts de son époux étaient couverts de terre et qu'il mâchait des vers pour nourrir Doryty, comme il l'avait fait avec Derwa.

Rien ne devrait lui plaire, dans cette tâche salissante et bordélique. Pourtant, le désir le transperça. Il rougit à cause des souvenirs de ce qu'ils avaient partagé quelques heures auparavant seulement. Il s'était tout de même lavé correctement en retournant dans sa chambre, ses fesses le picotant toujours et l'enthousiasme crispant son estomac.

Pire que tout, une vague de tendresse et d'affection le submergea alors qu'il regardait Cador murmurer à l'oreille du minuscule oiseau. Il continua de se rapprocher et tendit l'oreille pour bien l'entendre.

Quand Cador fut alerté par le bruissement des feuilles sous les bottes de Jem, il se leva d'un bond et ses doigts tâtonnèrent à la recherche d'une lance invisible.

— Pourquoi tu ne dors pas ? demanda-t-il d'une voix trop forte alors qu'il avait clairement été surpris.

Il portait des vêtements neuvellans : des hauts-de-chausse couleur fauve comme peints sur ses cuisses musclées, avec des jambières et une chemise en soie bleue sur son large torse. Il était amusant que Jem le préfère dans son attirail simple d'Erghien.

La colonne vertébrale de ce dernier se raidit alors qu'il cherchait à se ragaillardir en s'agaçant.

— Pourquoi *toi*, tu ne dors pas ? Qui a dit que tu avais le droit de venir ici ? Et tu lisais mon livre ?

D'un doigt accusateur, il montra l'exemplaire usé du premier livre d'aventures de Morvoren. C'était pourtant Jem qui l'avait laissé dans une petite niche créée spécialement pour y conserver un tome ou deux.

Cador se pencha par la porte de la volière et cracha un morceau de ver dans l'herbe. Il se gargarisa avec sa flasque et cracha à quelques reprises avant de boire. Il se pencha pour fermer le livre et le glisser prudemment dans son recoin.

— Je n'arrivais pas à dormir, expliqua-t-il d'une voix plus calme. Santo m'a dit hier quel chemin emprunter pour venir ici.

Naturellement. La défense instinctive de Jem s'évanouit.

— Moi non plus, je n'arrivais pas à dormir. Comment va Hedrok ?

— Il est en train de mourir. Mais votre guérisseur l'a suffisamment drogué pour l'endormir enfin. Creeda est avec lui. Je ne supportais plus ses prières.

Jem frissonna, songeant au fagot de brindilles et au sac au-dessus de sa tête.

— Je suis ravi qu'il se repose, pour l'instant.

— Nous devons parler à ta mère aujourd'hui, à propos des sevels, du plan de mon Tas, de ce que Bryok a fait… de tout. Nous ne pouvons plus attendre le retour de mon père, grommela Cador dans sa barbe. Pourquoi est-il parti à notre recherche ?

— Je suis d'accord, et c'est extrêmement inconvenant. Mais si nous lui courons après, nous tournerons tous en rond dans Neuvella pour je ne sais combien de temps. Le roi Perran est peut-être aussi en chemin. Au moins, les incendies semblent loin d'ici.

Cador leva les yeux vers un amas de nuages au loin.

— La pluie va peut-être même arriver.

Jem suivit son regard.

— Elle serait la bienvenue, j'en suis sûr. Espérons que la pluie soulage le nord.

Doryty couina et ils lui sourirent. Jem s'accroupit pour

l'examiner alors que Cador demandait :

— Tous les dillywigues sont-ils aussi délicats ? Même quand Derwa était minuscule, elle était plus robuste.

— Oui, mais ne te laisse pas embobiner, répondit Jem en caressant d'un doigt le dos de l'animal. S'ils survivent aux premiers jours, ils développent suffisamment de rapidité et d'intelligence pour se montrer plus malins que les prédateurs qui les sous-estiment.

— J'ai effectivement appris que la force et le pouvoir peuvent se trouver dans des petits formats.

Lorsque Jem leva la tête, il trouva Cador juste à ses côtés. La chaleur monta entre eux et son corps se souvint une fois encore de leurs récents ébats. Son anus se contracta impatiemment, de son propre chef. Comme l'Erghien était penché au-dessus de lui, il serait particulièrement simple d'arracher son haut-de-chausse et de le sucer avant que l'un et l'autre ne puissent y réfléchir.

Avec une infinie légèreté, Cador effleura les cheveux de Jem du bout des doigts. Le crâne de ce dernier le picotait encore, à cause de ses griffures antérieures, et il s'éloigna donc avant de tomber sur les fesses. Cador serra les poings et ses épaules s'affaissèrent.

— Je vais te laisser tranquille, marmonna-t-il.

Jem eut envie de lui demander de rester, pour d'innombrables raisons. Il devrait au moins lui confier la vérité à propos de sa mère. Mais quelle était cette vérité ? Il n'en avait aucune idée. L'accusait-il ? Certainement pas. Il avait une totale confiance en elle. Le chef de clan avait dû l'informer du lien entre la maladie et les sevels.

Tandis que Jem ruminait, Cador sembla hésiter avant de s'éloigner lentement et de disparaître dans la forêt. Ses épaules s'étaient-elles réellement affaissées ou n'était-ce qu'une illusion ? Le Neuvellan devrait-il sincèrement souhaiter que Cador soit triste ou déçu ?

Son esprit s'affaira inutilement. Il ne savait plus quoi croire. Mes Dieux, il *n'avait pas envie de réfléchir*. Il devrait retrouver le confort de sa chambre et dormir, ou se perdre dans ses précieux livres, rien que quelques heures.

Mais il en était incapable alors que Hedrok mourait et que l'avenir d'Ergh était en jeu. Comment sa mère et Tregereth étaient-ils au courant pour les sevels ? Et où était le chef de clan ? Et le roi Perran attaquerait-il ? Et quant à Treeve ? Et les incendies faisaient-ils toujours rage ?

Et, et, et.

Plongeant ses doigts dans son crâne, il eut envie de hurler. Jem tituba plutôt en sortant de la volière, sans souhaiter bonne nuit à Doryty. Il s'en rendit compte quelques minutes plus tard et faillit revenir, la culpabilité le tiraillant alors même qu'il savait qu'elle n'était qu'un oisillon. Elle avait été nourrie, se portait bien et ne comprenait pas sa langue.

Comme cela faisait plusieurs mois qu'il n'avait plus aucune chance, il rencontra évidemment Cador dans une clairière sur le chemin de retour vers le château. L'endroit était ombragé par un amas de nuages et le feuillage épais qui s'arquait au-dessus de leurs têtes. Cador avait dû l'entendre arriver et il semblait l'attendre.

— Tu es mon plus grand plaisir.

Jem jeta un coup d'œil derrière lui avant d'observer Cador, bouche bée.

— Quoi ?

C'était comme s'il était arrivé au milieu d'une conversation. Il ricana alors même que son cœur enflait face à l'expression sincère sur le visage barbu de l'Erghien.

— Je suis sûr que tu as eu de nombreux amants plus habiles, dit Jem.

— Je ne parle pas seulement du fait de coucher avec toi. Ce n'est qu'une partie d'un tout.

Il hésita, son cœur traître tambourinant. Et il attendit.

— Préparer du pain avec toi. Écouter les histoires de tes livres préférés. Te regarder t'occuper de tes oisillons. Rire avec toi.

Jem avait l'impression qu'ils n'avaient pas ri ensemble depuis une éternité.

— À quel propos ?

— Je n'en sais rien, dit Cador en levant les mains avant de les laisser retomber. De rien. De tout. Je meurs d'envie de voir ton sourire.

Son regard tomba sur le corps de Jem.

— Je meurs d'envie de te goûter. D'embrasser chaque partie de ton corps et de te procurer du plaisir.

Son entrejambe se crispant, Jem chercha un moyen de défense.

— Tu as dit que ce n'était pas simplement le fait de coucher avec moi.

— J'ai dit que ça en faisait partie. Évidemment que j'ai envie de coucher avec toi. Je sais que tu me veux aussi. En mourir d'envie, ce n'est pas un péché. Admets-le, au moins.

Jem ne le pouvait pas. Il ne le ferait pas. Il secoua la tête.

La mâchoire de Cador se crispa alors qu'il soupirait. Il leva les mains.

— Très bien.

— Nous devons nous reposer. Il y a tant de choses à…

Jem s'interrompit, car il ne savait pas exactement comment le formuler.

Cador acquiesça et se tourna en direction du chemin qui disparaissait dans le feuillage vert. Après quelques pas, il s'arrêta, toujours dos à Jem.

— Si j'étais un maraudeur dans ces bois… Si j'étais un méchant qui te croisait et devait absolument te posséder… Tu n'aurais aucun pouvoir là-dessus.

Jem en eut le souffle coupé alors que le désir, le *soulagement* et des tremblements le saisissaient. Car s'ils jouaient à nouveau, s'ils n'étaient pas eux-mêmes… Son souffle fut un léger gémissement.

Se retournant lentement, Cador entrouvrit les lèvres, son regard glacial s'assombrissant sous le coup du désir.

— À genoux, gamin.

Jem s'agenouilla avec gratitude, tout en sachant qu'il ne le devrait évidemment pas. Mais il n'arrivait pas à dormir, il pouvait à peine manger – avec tout ce qu'il se passait, il était si tendu et inquiet qu'il se briserait s'il ne se soulageait pas.

Les narines de Cador se dilatèrent alors qu'il se rapprochait. Il se caressa au travers de son haut-de-chausse et sa verge se durcit sous les yeux de Jem.

— Tu en as envie ? demanda-t-il d'une voix devenue rauque avant de se racler la gorge. Pauvre petit prince innocent perdu dans la forêt. Tu as découvert bien plus que ce à quoi tu t'attendais, hmm ?

Jem acquiesça. Ses doigts tressaillirent le long de son corps. Il avait envie de tirer sur le sexe de Cador pour l'avaler tout entier. Sa propre longueur enfla, coincée par le doux tissu. Le désir palpitait en lui et mieux encore… l'anticipation.

Cador laissa retomber ses mains le long de son corps.

— Sors ma queue, lui ordonna-t-il.

Impatiemment, Jem le libéra et adora la vue de l'épais gland rougi dans ses mains. Il aurait dû attendre d'autres ordres, mais il le prit dans sa bouche, gémissant et avalant une goutte de liquide amer. Il se délecta du fait que Cador banda si rapidement pour lui.

Non, il s'agissait d'un bûcheron maraudeur qui l'avait capturé. C'était un jeu. Il était en sécurité.

— Tu es une belle petite catin, lui murmura Cador. Tu ne sais pas du tout ce qui t'attend.

Un frisson parcourut Jem. Il suça plus ardemment et passionnément, ses lèvres s'étirant autour de la verge durcie dans sa bouche. Il avait beau essayer, il était incapable de voir Cador comme un anonyme et il s'abandonna donc à lui.

— Tu es si impatient pour moi.

Sans prévenir, Cador s'agrippa aux cheveux de Jem et donna des coups de reins.

S'étouffant, le Neuvellan toussa et bafouilla, alors même qu'il avalait et essayait de respirer. Il gémit à nouveau tout en se caressant, tandis que Cador lui prenait la bouche. Son crâne le brûlait, mais l'élancement douloureux quand l'Erghien lui tira les cheveux ne fit qu'amplifier le plaisir.

— Hmm. Tu n'es pas innocent. Tu aimes ça, n'est-ce pas ?

Les larmes lui montant aux yeux, Jem acquiesça alors que de la salive débordait au coin de ses lèvres. Cador se retira et caressa les lèvres enflées de Jem avec son gland mouillé.

— Devrais-je jouir au fond de ta gorge ? Ou devrais-je arracher tes hauts-de-chausse pour besogner ton cul ? Pour te prendre jusqu'à ce que tu sois empli par mon sperme…

Grognant, Jem se mit à quatre pattes sur les feuilles mortes et la terre. Il tira sur ses boutons et supplia son partenaire.

— *S'il te plaît.*

Cador se retrouva sur lui en un instant, appuyant les dents

contre son cou alors que son gloussement résonnait à l'oreille du prince.

— Comme tu me l'as demandé si poliment…

Il baissa le pantalon de Jem jusqu'à ses genoux.

— Écarte tes jambes pour moi.

Il s'exécuta, autant que possible alors que le tissu l'entravait. Il haleta alors que Cador écartait vivement ses fesses et crachait sur son orifice.

— Aucune importance, murmura Jem. Fais-le.

L'acte était plus facile avec de l'huile, mais Jem s'appliqua, tant il avait désespérément envie d'être empli et de trouver la paix. Il était sans vergogne et laissait Cador le prendre en plein air. Il songea à la dernière fois qu'ils l'avaient fait en extérieur, quand il avait tué le sanglier et s'était senti si puissant, si aimé.

Un sanglot remonta dans sa gorge et il le ravala impitoyablement. Ça ne pouvait pas être une question d'amour. Il ne pouvait pas se le permettre. Ce n'était qu'une question de plaisir, de soulagement. Un jeu. Ce n'était pas eux. C'était ce dont il avait besoin. Être pris. Consumé.

Il plongea les doigts dans les feuilles douces et la terre, tandis que de petits geignements et gémissements s'échappaient entre ses lèvres lors de leurs ébats. Les grandes mains de Cador étaient merveilleusement râpeuses sur lui. L'une empoignait ses cheveux tandis que l'autre enserrait tant sa hanche qu'il aurait une ecchymose.

— C'est si bon, marmonna Cador. Je veux te baiser à l'infini.

Le cœur de Jem se serra avant de s'envoler. *Oui, à l'infini.* Il ne devrait pas le désirer, mais céder était trop tentant pour qu'il résiste.

— Oui, oui.

Sa verge était comme une barre de fer. Il avait besoin de

jouir, mais s'il bougeait une main pour se toucher, il finirait la tête la première dans la terre.

— J'ai besoin… le supplia-t-il.

Cador le gratifia d'un puissant coup de reins.

— Je sais ce dont tu as besoin. Je vais te le donner. Moi et personne d'autre. Tu m'appartiens.

Jem ne pouvait espérer parler, désormais. Il ne s'exprimait qu'en cris et en gémissements, son corps crispé couvert de sueur. Alors que l'Erghien reculait, il eut envie de sangloter une fois de plus et le supplier de rester à l'intérieur. Mais Cador s'exécuta, s'assit sur ses talons et souleva Jem sur ses cuisses.

Dans un bruit puissant, Cador déchira les hauts-de-chausse et les sous-vêtements de Jem. Ils grognèrent de concert alors que le Neuvellan s'asseyait entièrement, dos contre le torse de Cador. Leurs chemises de soie étaient humides et poisseuses. Jem écarta largement les cuisses, ses genoux ne touchant plus le sol, et le tissu de son haut-de-chausse pendant.

Il était incroyablement rempli. Il ne put que haleter pour reprendre son souffle. Il avait l'impression que Cador était si profondément entré en lui qu'il allait le briser en deux. Mais non, Jem était entier et c'était parfait, alors que la douleur et le plaisir profonds se mêlaient. Appuyant la tête contre l'épaule de Cador, il gémit.

L'Erghien glissa les mains sous la chemise de son partenaire afin de lui pincer les tétons et de lui envoyer des ondes de choc directement jusqu'à ses testicules.

— Dis-moi ce dont tu as besoin.

Son chuchotement effleura l'oreille de Jem et lui provoqua des frissons.

Et ces mots n'étaient pas un jeu, un ordre ou une exigence arrogante. C'était une supplication. Alors que Cador l'emplissait complètement, les mains ouvertes sur son torse sans plus le taquiner, mais en le tenant simplement, tout devint bien trop réel.

Jem frissonna et ses yeux le brûlèrent. Il avait tant besoin de Cador. De pouvoir lui faire confiance à nouveau. De lui pardonner. Il s'accrocha aux hanches de ce dernier. Il allait se briser. Il n'était pas prêt. S'il demandait à Cador d'arrêter maintenant, il savait que celui-ci le ferait.

Mais Jem ne pouvait pas le lui demander. Il serait vide. Il se briserait certainement en un million de morceaux. Il ne pourrait revenir en arrière. La seule possibilité était d'avancer. Il déglutit, sa gorge sèche. Là où la verge de Cador était plongée en lui, il n'avait plus mal. Il se crispa autour de cette barre d'acier.

— J'ai besoin de toi. Uniquement de toi.

Avec des coups de reins à la fois brefs et vifs, Cador le prit et caressa son sexe suintant. Le feu qui brûlait en ce dernier se mua en brasier ardent. Ses cris firent écho au travers des arbres quand il jouit. Cador grogna et leurs peaux claquèrent là où l'entrejambe de ce dernier venait à la rencontre des fesses du Neuvellan.

Alors que Cador atteignait l'orgasme, il blottit son visage dans le cou de Jem avec ses lèvres douces, son souffle chaud et sa barbe parfaitement rêche. Jem n'aurait qu'à tourner la tête pour trouver la bouche de son mari et l'embrasser une fois de plus. Cela faisait si longtemps et c'était un plaisir si simple. Pouvait-il le pardonner et le lui permettre ?

L'avait-il déjà fait ?

Alors qu'il se penchait en avant pour chercher ce doux baiser, leurs lèvres étant à un souffle, Cador se figea. Jem cligna des yeux, confus, et suivit son regard horrifié. Cador avait les yeux rivés vers sa propre main, où les ailes de dillywigues marquées au fer rouge sur sa paume étaient tachées de sang.

— Comment ? s'enquit Cador en regardant fixement sa main, puis Jem. Je t'ai fait du mal !

L'horreur froissa son visage. Non plus que ça, c'était une haine de lui-même.

— Comment ? répéta-t-il.

Jem ne s'en était pas rendu compte. Il toucha son crâne et regarda ses doigts, légèrement tachés de rouge. Son cœur tambourinant, la panique prit le dessus. Il secoua violemment la tête.

— Ce n'est rien ! Tu ne m'as pas fait mal !

Cador saisit la main de Jem et observa le sang incriminant. Il fronça les sourcils.

— Je ne pensais pas t'avoir autant tiré les cheveux, affirma-t-il alors qu'il semblait particulièrement meurtri par la culpabilité. Je suis désolé. Mes Dieux. Je t'ai fait du mal.

Il tendit la main vers la tête de Jem.

Ce dernier bondit des cuisses de Cador et de sa verge ramollissant, avant de décamper comme un crabe.

— Ne t'en veux pas !

Baissant la tête, Cador serra les poings.

— Pardonne-moi. Je ne le voulais pas. Je le jure.

— Tu n'as rien fait. C'est… Je vais bien ! Ne…

Il se tut. Quel était ce bruit ? Des branches craquèrent, des feuilles bruissèrent… des pas.

— Mes hauts-de-chausse !

Il tâtonna, priant pour que le tissu tienne et le couvre d'une façon ou d'une autre, mais c'était inutile.

Quelqu'un arrivait. Il était à moitié nu, ses fesses et sa verge complètement exposées. Les lambeaux de son pantalon pendaient au niveau de chaque jambe et son sous-vêtement léger était au sol.

Debout, Cador remonta ses hauts-de-chausse et tourna sur lui-même, observant la clairière comme si un nouveau pantalon, ou tout du moins, quelque chose qui couvrirait le prince, allait apparaître comme par magie. Ils firent ensuite volte-face en direction de l'intrus. Cador poussa Jem derrière lui.

Pasco apparut et Jem maudit les Dieux, pour l'éternité, et au-delà.

Chapitre 18

L E FRÈRE IMBÉCILE de Jem se tenait là, encadré par d'épaisses feuilles pendantes. Les yeux écarquillés, il les dévisageait.

— Laissez-nous ! aboya Cador avec toute l'autorité dont il pouvait faire preuve alors que Jem était exposé et que sa propre verge pendait.

Pasco ouvrit la bouche et la referma. Il fronça les sourcils en se penchant pour jeter un coup d'œil derrière l'Erghien. Ce dernier garda Jem en sécurité dans son dos. Il fallut quelques secondes à Pasco pour comprendre que son frère était plus ou moins nu sous la taille, sans compter ses bottes.

— Qu'est-ce que vous…

Pasco plissa les yeux en observant la main de Cador et les gouttes de sang sur sa peau pâle. Il se redressa et gonfla le torse, même si ses muscles étaient insignifiants en comparaison à ceux du barbare.

— Qu'avez-vous fait à mon frère ?

— Ça ne vous regarde pas, répondit Cador en grinçant des dents. Laissez-nous !

Il savait que Jem était sûrement humilié d'avoir été surpris ainsi, vulnérable.

Toutefois, Jem soupira et lui donna un coup de coude avant de regarder son frère.

— Je vais bien ! Sincèrement. Nous étions… eh bien, tu peux le deviner. Nous nous sommes un peu laissés, hm, emportés.

Pasco haussa ses sourcils bruns.

— C'est le moins qu'on puisse dire. Cette bête t'a-t-elle fait du mal ? Jem, je ne le laisserai pas te faire du mal. Dis-moi la vérité ! exigea-t-il en fusillant l'Erghien du regard. Il peut grogner autant qu'il le veut, il est en infériorité numérique, ici.

— Pas en ce moment, lui répondit Cador en lui lançant un regard noir. Laisse-nous, maintenant.

Jem laissa échapper un léger bruit de détresse.

— Sincèrement, je ne suis pas blessé. J'étais… Je le voulais. Je l'ai supplié pour ça, d'accord ? Et maintenant, j'ai besoin d'un nouveau pantalon, car je ne peux pas retourner au château dans cette tenue !

Quelques instants plus tard, Pasco rit, incertain.

— Sérieusement ? Je ne pensais pas que tu en étais capable, petit frère.

Son beau visage narquois se fendit d'un sourire.

— Je suis impressionné.

— Oh, ferme-la, marmonna Jem.

Le sourire de Pasco s'évanouit.

— Cependant, nous avons un problème, car Mère te cherche.

Jem grogna.

— Dis-moi qu'elle n'est pas, à quelques pas de là.

— Non, heureusement pour toi. Je voulais te trouver en premier. Il faut qu'on parle, insista-t-il alors que son regard dérivait vers Cador. Tous ensemble.

À quoi jouait Pasco ? Cador ne lui faisait nullement confiance – bien qu'il ait un respect réticent envers ce salopard, car celui-ci s'inquiétait pour la santé de son frère.

— D'accord, mais Jem a besoin d'un pantalon, dit Cador pour formuler ses propres inquiétudes à son égard.

Pasco eut alors un sourire narquois.

— Je suis d'accord. J'ai beau adorer te mettre dans l'embarras, petit frère, je vais aller te chercher des vêtements propres. Reste hors de portée de vue jusqu'à mon retour.

— Merci, marmonna Jem, alors que ses doigts se crispaient autour des côtes de Cador. Mais il te faudra une éternité pour remonter jusqu'au château.

— J'ai pris un carrosse tant que je le pouvais. Santo et toi, vous êtes les seuls à descendre ici à pied, dit-il avant d'agiter ses doigts dans leur direction. Maintenant, oust, au cas où quelqu'un arriverait. Nous avons suffisamment de scandales sur les bras.

Pasco disparut et Jem appuya sa tête contre le dos de Cador.

— J'imagine que ça aurait pu être pire.

Cador grogna et commença à déboutonner la chemise qu'il avait empruntée. Ses doigts étaient maladroits et quand Jem réalisa ce qu'il faisait, il le contourna pour l'aider. Il repoussa les mains de l'Erghien et détacha aisément les boutons.

Une légère trace de sang était visible au niveau de ses cheveux. La bile remonta à nouveau dans la gorge de Cador et celui-ci résista avec grande peine à l'envie de saisir la tête de Jem pour examiner ces blessures, quelles qu'elles soient.

Plus il y songeait, plus Cador était certain que son époux avait raison. Oui, leurs ébats avaient été intenses et brutaux, mais il n'avait pas infligé de blessures profondes dans le crâne de Jem. Il regarda une nouvelle fois ses ongles, rien que pour s'en assurer.

Qui avait fait du mal à Jem ?

Le souffle de Cador se fit court alors qu'il imaginait toutes les manières dont il pouvait choquer et vaincre le salopard en question. Le faire payer. Le faire souffrir. Personne ne versait une goutte du sang de Jem et s'en sortait indemne. Quoi qu'il se soit passé, il le découvrirait.

Il retira sa chemise et Jem l'enroula autour de sa taille fine avant de s'enfoncer davantage dans la forêt. Cador se pencha sous des branches basses. Le feuillage était dense et se refermait autour de lui. Les oiseaux chantaient et la brise n'atteignait pas leur cachette.

Il se souvint qu'il avait poursuivi le Neuvellan dans la forêt de pin, sur Ergh. Celui-ci fuyait alors désespérément Delen et Cador, tant il était terrifié par ce qu'il avait entendu. L'Erghien se rappela sa propre agonie, quand il avait vu, impuissant, Jem sauter des Falaises de Glaw tandis que Bryok, son propre frère, tentait de le transpercer de son épée.

Ils étaient désormais à un monde de là. Les testicules de Cador étaient encore sensibles après avoir été soulagés si pleinement. D'où venait ce sang ? Il avait envie de prendre Jem dans ses bras et de l'amadouer pour obtenir la vérité sur ces étranges blessures, mais Jem restait raide. Il avait les bras croisés et le regard rivé sur ses bottes.

— Tu vas bien ? demanda doucement Cador.

Un nerf tressauta dans la joue de Jem tandis qu'il crispait sa mâchoire.

— Le bûcheron maraudeur ne…

— Je suis ton mari. Cessons ces jeux. Qui t'a fait du mal ?

— Personne, marmonna Jem, qui baissait toujours les yeux.

— Pourquoi ne veux-tu pas me le dire ? Qui protèges-tu ?

Il secoua la tête et ses boucles voletèrent.

— Personne, je te l'ai dit. Tu vas m'accuser d'infidélité ? Quand aurais-je eu le temps de trouver un amant au château ?

Cador respira pour contenir sa frustration.

— Je ne t'accuse de rien. Mais je sais que tu mens et je veux comprendre pourquoi.

Le regard perçant de Jem le transperça.

— Oh, tu le sais, hein ? Comment ? Tu m'as menti pendant des mois et je n'étais pas plus avancé.

— Parce que tu es quelqu'un de bien qui accorde sa confiance. Et tu n'es pas un menteur convaincant. J'aurais aimé ne pas réussir à te duper. Tout ce que je peux faire, c'est promettre que je ne recommencerai plus. Tu es ma plus grande joie. Si tu m'y autorises, je passerai le reste de ma vie à te prouver ma dévotion.

La gorge de Jem cliqueta alors qu'il déglutissait bruyamment. Ses yeux de miel s'illuminèrent d'espoir alors même qu'il essayait de le combattre.

Cador tomba à genoux, les feuilles bruissant sous son corps. Des branches griffèrent son dos et ses épaules nus. Il garda les bras le long de son corps, même s'il mourait d'envie de serrer Jem contre lui.

— Crois-moi, s'il te plaît, dit-il en levant les yeux vers son époux, comme il l'avait fait au sommet de la colline. Mon amour… mon petit prince.

— C'est moi, lui lança Jem alors que ses lèvres tremblaient et que les larmes lui montaient aux yeux.

— Quoi ?

Jem montra sa tête.

— C'est moi qui ai fait ça.

Cador dut attendre quelques battements de cœur, semblables aux tambourinements des sabots de Massen, pour comprendre. Il se leva brusquement et ignora la griffure des branches. Il lutta pour ne pas trembler alors qu'il écartait délicatement les épais cheveux de Jem. Ce dernier baissa la tête et capitula manifestement.

Certaines égratignures étaient presque guéries. D'autres étaient couvertes de croûtes et de sang séché, et les dernières étaient fraîches. C'était *douloureux* à voir. Cador aurait aimé pouvoir guérir ces blessures avec une caresse, des baisers, des promesses. Il ne put que chuchoter.

— Pourquoi ?

La tête toujours baissée, Jem demeura silencieux si longtemps qu'il sembla incapable de répondre. Puis il le fit.

— Je n'en suis pas sûr. C'est bizarre, je sais. Mais je n'arrête pas de penser au sac qui m'étouffe, à la falaise et à Bryok, qui me coupe la tête. La douleur… m'éclaircissait les idées, d'une manière ou d'une autre. C'est devenu une étrange habitude quand les souvenirs m'assaillaient et que j'arrivais à peine à réfléchir. Quand les cauchemars ne s'arrêtaient pas.

Cador eut envie de hurler sa fureur aux Dieux capricieux. Il maudit le nom de Bryok dans son cœur. Il maudit son Tas et Delen, et surtout lui-même, car il avait pris part aux terribles décisions qui avaient conduit Jem à Ergh.

Il souhaitait traquer la souffrance de son mari et la réduire en miettes de ses propres mains. Mais il ne pouvait que caresser la tête de Jem avec le plus doux des contacts et l'envelopper dans ses bras. Les larmes du prince mouillèrent son torse nu.

— Je suis désolé, dit Cador d'une voix rocailleuse. Si je pouvais revenir en arrière et tout changer, je le ferais. Je ne m'arrêterais pas avant de pouvoir te mettre en sécurité. Je le jure. Et je jure que je ne laisserai plus personne te faire de mal. *Je ne te ferai plus de mal.*

Jem sanglota contre lui, perdant presque ses mots.

— Je te crois.

Cador mourait d'envie d'entendre ces paroles plus clairement. Était-il pardonné ? Du moins partiellement ? Avait-il l'espoir de reconquérir Jem ? Était-ce vrai ? Jem devait bien entendre le tambourinement du cœur de Cador sous son oreille.

Pour l'instant, le Neuvellan était blotti dans ses bras et lui permettait de le réconforter. Cela devait suffire.

Pourtant, quand de longues minutes se furent écoulées et que les larmes de Jem ralentirent, Cador découvrit qu'il en voulait plus. Un baiser n'était pas trop demandé, n'est-ce pas ? Rien qu'un petit bécot – la sensation de ces lèvres parfaites contre les siennes. Il était entré si profondément dans le corps de Jem et le sperme était sûrement encore mouillé dans son orifice. Mais l'idée d'un simple baiser semblait bien plus conséquente.

— Mon petit prince, murmura Cador.

Il recula juste assez pour relever le menton de Jem avec ses doigts. Le Neuvellan s'affala contre lui, comme s'il était désarticulé. Son visage strié de larmes était vulnérable, tel un livre ouvert. Cador caressa les lèvres pulpeuses de son époux avec son pouce.

Baissant la tête, il rapprocha lentement leur bouche et seul un souffle les séparait…

La charge des pas à travers les arbres et les buissons fut bien trop bruyante pour qu'il ne s'agisse que de Pasco. Alors que les gardes se profilaient et se précipitaient, l'épée au poing, Cador n'eut que le temps de se dire qu'il n'aurait jamais dû faire confiance à ce salaud. Il se lança ensuite dans la bataille, armé de ses seuls poings.

Chapitre 19

DANS UN RUGISSEMENT, Cador ordonna à Jem de courir et fonça en direction des gardes royaux qui arrivaient. Le cœur au bord des lèvres, le Neuvellan tituba en arrière et trébucha sur l'une des jambes de son pantalon déchiré qu'il ne pouvait retirer sans enlever ses bottes. Comment ni l'un ni l'autre n'avait pu remarquer l'approche des gardes ?

Parce qu'ils avaient été aveugles à tout, sauf à l'autre, à la promesse de leurs lèvres se joignant et aux baisers que Jem désirait comme de l'eau pour sa gorge asséchée. Cador s'en prenait désormais à trois gardes, mais c'était inutile. D'autres apparurent derrière les branches feuillues, piétinant les bourgeons délicats qui poussaient dans les ombres des sous-bois.

Que se passait-il ? Jem avait été aveuglé de bien des manières. Voilà que maintenant, Pasco se retournait contre eux ? La raison pour laquelle il faisait de Cador un prisonnier était un mystère. S'était-il réellement inquiété à l'idée que Jem soit blessé par son mari ? Le prince hurla aux soldats de relâcher son mari, qui se débattait, crachait et grognait.

— Va-t'en ! lui hurla l'Erghien.

Toutefois, même si Jem pensait pouvoir courir plus vite que les gardes, il ne partirait pas.

— Lâchez-le ! ordonna-t-il d'une voix rauque.

Ils l'ignorèrent et son sang bouillonna.

Après s'être hissé sur la branche basse d'un if, il lança un nouveau cri.

— Je vous ai dit de le *lâcher* !

Son ordre attira l'attention de la demi-douzaine de soldats. Ils entouraient Cador sur le sol feuillu, alors que ses mains étaient reliées par une corde derrière son dos. Deux hommes lui tenaient les pieds pendant qu'il se débattait et un bâillon de cuir avait été placé dans sa bouche. Ils levèrent les yeux vers Jem, qui était en équilibre sur l'épaisse branche.

Lorsqu'il réalisa tardivement que la chemise qu'il portait comme une jupe bâillait au niveau de sa hanche, il la referma. Les yeux rivés dans sa direction lui faisaient le même effet que des fourmis grouillant sur sa peau. Il était censé être leur prince et quel spectacle il offrait ! Il s'attendait à ce qu'ils éclatent de rire, mais ils étaient apparemment bien entraînés.

— Prince Jowan, nous avons reçu des ordres.

La femme responsable de la troupe exécuta une rapide révérence, son grand chapeau sous le bras, alors que des feuilles et des brindilles collaient à son uniforme rouge après la rixe. Une pluie légère, qui ressemblait plus à une rosée, chargeait l'air ambiant.

— Je me fiche de ce que mon frère vous a dit ! Je vais bien et cet homme est mon mari. Relâchez-le !

Elle échangea un coup d'œil avec un autre garde.

— Votre frère, Votre Majesté ?

— Le prince Pasco. J'ignore ce qu'il a dit, mais je vous ordonne de relâcher mon mari.

— Nous suivons les ordres de votre mère, la reine, Prince Jowan. Nous n'avons pas vu votre frère.

La peur enfonça ses griffes en Jem.

— Ma mère ? Mais pourquoi ?

— Je n'en sais rien, Monseigneur. Nous ne remettons pas en

question les ordres de la reine. Elle nous a ordonné de ramener votre mari au château.

— En tant que prisonnier ? C'est absurde ! Je ne le permettrai pas !

D'un geste de la tête, la femme ordonna apparemment à ses subalternes d'emmener Cador qui hurla autour de son bâillon alors qu'ils l'entraînaient hors de portée de vue de Jem. Pasco apparut alors avec un pantalon noir pour son frère à la main. Le reste des gardes s'en alla.

Jem retira ses bottes et se rhabilla impatiemment.

— Pourquoi Mère a-t-elle fait arrêter Cador ? Mais que s'est-il passé, putain ?

— Je n'ai jamais entendu un tel langage de ta part, mon frère. Je n'en ai aucune idée.

— Tu es en train de dire que tu n'avais aucun rapport avec tout ça ? Ce n'est pas parce que Cador m'a fait du mal ?

Pasco plissa les yeux.

— Tu as insisté sur le fait qu'il ne t'avait pas blessé. Est-ce qu'il t'a fait du mal ? Dis-moi la vérité.

— Non ! Je voulais dire que tu *pensais* qu'il m'en avait fait. Mais ce n'est pas le cas.

— Jem, il n'est plus ici. C'est un barbare et tu n'aurais jamais dû être offert à lui. J'ai fait de mon mieux pour dissuader Mère, mais elle avait pris sa décision.

Jem examina l'expression sérieuse et pincée de son frère. Pasco semblait sincère.

— La situation délicate dans laquelle je me trouvais semblait t'amuser à l'époque. Plus maintenant ?

Pasco leva les mains.

— J'ai essayé de prendre la situation à la légère, oui. Le marché avait été conclu – il était inutile de t'inquiéter encore davantage. Je t'ai dit le jour de ton mariage que selon moi, le prince Treeve d'Ebrenn et toi feriez un bien meilleur couple. Mère n'a rien voulu entendre.

Jem s'en souvenait vaguement.

— Oh. Oui. Elle déteste l'Ouest.

— Ce vieux salopard sur le trône ne vivra pas éternellement. C'était irréfléchi, dit Pasco avant de soupirer et de hausser les épaules. Mais Mère en sait bien plus que nous deux sur l'exercice du pouvoir.

— Au moins, Treeve essaie d'empêcher son père de nous attaquer.

Pasco se redressa.

— Quoi ? Comment le sais-tu ?

— Je l'ai rencontré sur la Place Sacrée.

— Treeve ? demanda-t-il en élevant la voix. Quoi ?

— Comme je viens de le dire, quand j'étais sur la Place Sacrée. Il nous a aidés, Cador et moi, à échapper à son père.

Pasco sembla sincèrement déconcerté, l'espace d'un instant. Jem marcha en direction du chemin qui retournait vers le château, mais Pasco tendit la main vers son bras.

— Attends. Dis-moi la vérité. Cette bête entêtée t'a-t-elle fait du mal ?

— Oui, répondit sincèrement Jem avant de s'expliquer rapidement. Mais pas comme tu le penses. Il n'a jamais levé la main sur moi. C'est arrivé une éternité avant que nous devenions vraiment…

Il fit un geste vague de la main et grimaça, car il discutait de ce sujet avec *Pasco*.

— Et c'était bien. Très bien.

Pasco fronça les sourcils.

— Je l'admets, il te regarde comme s'il… Eh bien, de la

même façon que tu regardais auparavant tes précieux livres. Mais j'ai vu du sang. Du sport en chambre vigoureux – enfin, dans les bois –, c'est une chose, mais…

— C'est une égratignure que j'avais déjà. Je te l'assure, ce n'était pas Cador.

— Très bien. Alors comment t'a-t-il fait du mal ?

— Je t'expliquerai tout, mais je dois d'abord aller le voir.

Jem s'élança en courant.

— Attends ! grommela Pasco.

Jem connaissait bien plus intimement tous les recoins de la vallée. Il abandonna donc son frère, ne souhaitant pas attendre et n'ayant pas besoin de rester sur le sentier pour retrouver son chemin jusqu'au donjon placé sous le château.

Il était à bout de souffle lorsqu'il s'arrêta net devant le jeune garde qu'il reconnut. Le sol sous ses pieds était désormais ramolli par la pluie incessante. Le garde se leva d'un bond, alors qu'il était précédemment accroupi près de l'entrée du donjon afin de se protéger de la pluie. Il ne protesta que légèrement quand Jem le contourna pour s'enfoncer dans le tunnel sombre et humide. Attrapant une lampe rouillée sur un crochet au mur, Jem se précipita en direction des cellules. Des voix s'élevèrent derrière lui.

Néanmoins, Cador n'était pas là. La lanterne projetait de longues ombres sur les malheureux murs de pierre et les barreaux de fer, tandis qu'il avançait rapidement devant les rangées de cellules. Quand il s'approcha du fond, un terrible cri fit écho. Ce bruit lui était familier, car il l'avait déjà entendu lorsqu'il avait été emprisonné avec Cador.

— Prince Jowan, s'il vous plaît !

Le jeune garde était sur ses talons et d'autres arrivaient également.

— Vous n'êtes pas censé vous trouver ici.

Jem fit volte-face.

— Pourquoi pas ? demanda-t-il alors qu'une horrible pensée le saisissait. Qui est ce prisonnier ?

Oh mes Dieux, il aurait dû le découvrir. Et si…

Pourtant, quand il dirigea la lanterne en direction des barreaux de la dernière cellule, il ne reconnut pas l'homme recroquevillé dans un coin. Ce n'était pas Kenver. Un instant, il avait été convaincu d'être sur le point de tomber sur un élément essentiel du puzzle. La déception l'assaillit et l'ivresse de sa course effrénée depuis la forêt s'évanouit. Il devait encore trouver Cador. Le prisonnier geignit et leva une main tremblante pour se protéger de cette intrusion lumineuse.

— Qui est-il ? s'enquit Jem.

— Je ne connais pas son nom, répondit le garde. Il vient d'un village, près de la côte. Il ne cesse de boire trop de bière et de frapper sa femme. Le magistrat a décrété qu'il devait rester ici tant qu'il n'avait pas repris ses esprits.

— Oh. Le guérisseur est-il venu le voir ?

— Oui, mais il a dit qu'il n'y avait rien à faire tant qu'il ne s'adaptait pas à l'absence de bière.

— Vous n'avez pas vu mon mari, aujourd'hui ?

Le jeune homme cligna des yeux.

— L'Erghien ? Non, Prince Jowan.

Il paraissait sincèrement confus.

Hochant sèchement la tête, Jem courut et manqua de tomber sur ses fesses douloureuses quand ses bottes glissèrent sur le sol en pierre humide du tunnel. Sa lanterne vacilla follement. Il la pointa en direction d'un autre garde confus, à l'entrée, et ignora les cris de leur responsable quand il dévia vers l'écurie.

Il n'avait pas le temps de remonter l'allée sinueuse jusqu'au château, et un carrosse prendrait trop de temps. Jem se précipita en direction de la grange et ignora les grondements surpris des palefreniers. Dybri, la jument qu'ils avaient chevauchée depuis la Place Sacrée, était présente. Le cœur de Jem tambourina. Il avait eu des difficultés à la monter, précédemment, mais il y arriverait, cette fois-ci.

Le pouvait-il ?

Oui ! Il le ferait. Il avait travaillé dur sur Ergh, pour apprendre. La trahison d'Austol lui revint en tête et il la refoula en observant Dybri. Elle était si grande. Tomber de son dos serait douloureux et…

Il marqua une pause pour tenter de bannir la peur et l'hésitation. Il savait monter à cheval ! Il l'avait déjà fait précédemment. Pourquoi était-il si apeuré, désormais ? Il courut sur quelques mètres, nourri par le désespoir.

— Te voilà ! Chéri, que fais-tu ?

En entendant la voix familière de sa mère, Jem perdit son rythme. Il tira sur la crinière de la pauvre Dybri et s'écrasa sur les fesses, sur le sol jonché de foin. La jument hennit et d'autres voix s'élevèrent. La douleur irradia dans la colonne vertébrale de Jem alors que l'embarras le submergeait.

— Jem ! s'exclama sa mère en tendant déjà une main vers lui.

Il battit rapidement en retraite pour être hors de sa portée, puis il sauta et ignora la douleur dans ses fesses.

— Où est Cador ? Pourquoi tes gardes l'ont-ils enlevé ?

— Chéri, calme-toi. Je t'expliquerai tout quand…

— *Maintenant.* Tu vas tout m'expliquer maintenant !

Écarquillant les yeux, elle le dévisagea. Les palefreniers se turent.

— Laissez-nous, leur intima-t-elle vivement.

Tandis qu'ils sortaient précipitamment sous la pluie, Dybri piétina et s'ébroua. Jem lui caressa le cou et lui murmura à l'oreille.

— Tout va bien. Je suis désolé, ma fille.

Il se tourna ensuite vers sa mère.

— Dis-moi où est Cador, exigea-t-il d'une voix sévère.

— Il est en parfaite sécurité, je te l'assure.

Mes Dieux, comme Jem mourait d'envie d'être rassuré. Elle était sa mère, après tout. Elle avait toujours pris soin de lui. Enfin, jusqu'à ce qu'elle ne le fasse plus. Mais il avait été temps pour Jem de remplir son devoir en épousant Cador.

Tout était si embrouillé, désormais, mais il pouvait encore lui faire confiance. N'est-ce pas ? Il devait y avoir une explication, si elle était au courant pour les sevels et avait fait arrêter Cador.

Néanmoins, la terreur tourbillonna dans l'estomac de Jem alors que sa vie lui paraissait dangereusement hors de contrôle. Il était chez lui et c'était ici qu'il devait se sentir en sécurité. Sa mère aurait dû être quelqu'un de sûr. Une part de lui avait envie de se jeter dans les bras de la reine pour être réconforté, mais il se rendit compte avec un soupçon de chagrin que cette époque-là n'existait plus, quoi qu'il soit réellement en train de se passer.

Jem se racla la gorge.

— Dis-moi.

La bouche de sa mère se crispa dans un sourire qui ressemblait surtout à une grimace.

— Il y a eu un… incident. J'ai pensé qu'il était prudent de mettre Cador en garde à vue afin d'éviter toute déconvenue. Je suis sûre que tout cela s'avérera inutile, mais je refuse de prendre des risques avec ta sécurité.

— Cador ne me ferait pas de mal.

Oui, il l'avait fait, mais Jem devenait de plus en plus convaincu par chacun de ses mots.

— Je lui fais parfaitement confiance. Il est mon époux. Mon partenaire. Nous prenons soin l'un de l'autre. Nous avons rencontré des difficultés, mais il ne me fera plus de mal, maintenant.

Elle le regarda silencieusement de longues secondes.

— J'espère sincèrement que c'est le cas, mon cher.

— Où est-il ? Que s'est-il passé ?

— Viens. Allons en discuter en privé. As-tu mangé ton petit déjeuner ? Nous pouvons…

— Arrête ! Je ne suis pas un enfant ! Arrête de me couver.

Il admettait qu'il avait eu hâte de rentrer chez lui et de se nicher sous l'aile protectrice de sa mère.

Ce n'était plus le cas.

Elle le dévisagea, les yeux écarquillés.

— Jem. Tu es toujours mon bébé, peu importe ton âge.

— Dis-moi la vérité !

Il écarta brusquement les mains et renversa un balai posé contre le box de Dybri. Il propulsa également un seau qui roula dans un fracas en direction du box suivant. Jurant, il alla le chercher sans réfléchir, puis le récupéra par terre. Un autre cheval s'ébroua, s'attendant probablement à recevoir sa nourriture.

Alors que Jem se retournait vers sa mère, il ouvrit la bouche pour exiger une nouvelle fois des réponses. Mais il s'interrompit alors. Il se retourna vers l'autre cheval, qui était un immense étalon. Hésitant, il avança dans sa direction. Il fit un autre pas quand l'animal ne bougea nullement. Il tendit la main, lui gratta les naseaux et observa de plus près les taches blanches sur sa tête grise.

— Lusow ?

Le cheval hennit et frotta ses naseaux contre la main de Jem.

— Pourquoi le cheval de Jory est-il ici ?

Jem fit volte-face en direction de sa mère, qui l'observait d'un œil méfiant. Lusow avait peut-être été épuisé par le trajet vers le sud. C'était plausible. Jory aurait pu prendre une autre monture en partant avec le chef de clan à la recherche de Cador et Jem… quand ? Mes Dieux, quel jour était-ce ? Depuis combien de temps étaient-ils au château ? Sur le continent ? Tout s'était embrouillé en un immense fatras.

— Quand Kenver est-il parti avec Locryn pour nous rechercher ? Pourquoi Jory n'a-t-il pas emmené son cheval ? Il adore Lusow. Pourquoi ne sont-ils pas encore de retour ? Si tu as envoyé un cavalier à leurs trousses, nous aurions déjà dû recevoir un message, non ?

Là. Le subtil changement sur le visage de sa mère aurait échappé à tout le monde, avant que son expression ne se neutralise pour reprendre cet air familier, calme et réconfortant.

Mais Jem n'était pas tout le monde.

— Où sont-ils ?

Mes Dieux. Le pauvre Jory avait toujours été gentil avec Jem.

— Qu'as-tu fait ? s'enquit-il en élevant la voix.

La mâchoire de la reine se crispa.

— Jem. Calme-toi. Ça ne te ressemble pas.

— Où sont-ils ? Où est Cador ?

Et s'il avait été blessé ? Et si… Son cœur tambourina et une sueur moite commença à recouvrir son corps.

— Dis-moi la vérité !

— Je le ferai, mais tu dois te calmer. Cador est en parfaite sécurité. Ils sont tous en sécurité.

Pour la première fois de sa vie, Jem n'était pas certain de

croire sa mère et il détestait tant cette idée qu'elle en devenait insupportable. Sa voix se durcit, mais trembla tout de même.

— Où ?

— Dans le château.

— Le chef de clan et Jory ? Cador ?

— Oui. Et sa sœur et les autres. Ils n'ont pas été blessés, mais ils devaient être… contenus.

La peur et la tension qui empoignaient le cœur de Jem se détendirent très légèrement.

— Cador est indemne ?

— Bien sûr.

— Tu dis ça comme s'il était déraisonnable de craindre le contraire. Pourquoi nous as-tu dit que son père et Jory étaient partis nous chercher ?

Elle jeta un coup d'œil autour d'elle.

— Ce n'est pas le lieu pour cette discussion.

Jem planta ses bottes dans le sol poussiéreux et ignora la puanteur du crottin frais. Lusow et Dybri reniflèrent et gigotèrent.

— Je suis l'émissaire de Neuvella sur Ergh. Mon époux est le prochain dans l'ordre de succession pour devenir chef. Tu lui as donné ma main pour le bien d'Onan. Tu as dit qu'il était temps de grandir et de remplir mon devoir, et tu avais raison. Dis. Moi.

— J'ai reçu un message de la Place Sacrée annonçant ton arrivée, dit-elle en croisant les bras et en faisant tinter ses bracelets. Il disait que tu avais essayé de fuir ton mari, mais qu'il t'avait rattrapé et emmené à dos de cheval vers une destination inconnue.

— Parce que le roi Perran et ses soldats se sont pointés !

— Oui, mais pourquoi fuyais-tu Cador, au début ? Personne

ne le savait.

— Je ne le fuyais pas ! Enfin, si, mais…

Il voyait désormais pourquoi ces bribes d'informations prêtaient à confusion. Il avait effectivement *fui* les Erghiens et Cador, et celui-ci l'avait pourchassé. Haut et fort.

— Je ne comptais prendre aucun risque, Jem. Si Cador te retenait prisonnier, j'aurais eu un moyen de pression. J'ai reçu un message troublant peu de temps après l'arrivée de ce Jory. Je l'ai donc placé en sécurité avec le chef de clan avant d'avoir davantage d'informations.

— Tu les as *placés* en sécurité ? Où ? Je suis allé dans le donjon.

Elle plissa le nez.

— Je n'allais évidemment pas les enfermer *là-bas*. La tour nord dispose d'un ensemble de chambres adéquates. Elles sont parfaitement confortables.

Jem eut envie de hurler.

— Mais Cador et moi, nous sommes là depuis des jours !

Oui, plusieurs jours s'étaient certainement écoulés depuis.

— Pourquoi nous as-tu menti ?

— Je devais découvrir les intentions de Cador, répondit-elle avec un petit sourire. Il a l'air de véritablement t'aimer. J'en suis ravie. Surprise, mais ravie.

— Pourquoi, surprise ? Tu crois que personne ne peut m'aimer ?

Elle souffla et se pinça les lèvres.

— Ne sois pas ridicule. Je ne m'attendais simplement pas à ce qu'un barbare d'Ergh apprécie ta valeur.

— Et pourtant, tu m'as tout de même obligé à l'épouser.

— Oui. C'était ton devoir et tu es d'ailleurs d'accord à ce sujet, désormais. Nous devons tous remplir notre devoir envers notre peuple. Aussi regrettable que cela puisse être, parfois.

— Pourtant, voilà que tu as emprisonné Cador avec son père, maintenant ? Je ne comprends rien à tout ça ! Et je t'ai entendu, avec Tregereth… Comment étiez-vous au courant pour les sevels et cette horrible maladie ? Comment va Hedrok ? Tu l'as emprisonné aussi ?

Les narines de la reine se dilatèrent.

— Bien sûr que non. Mais la mère est devenue folle.

— Creeda ?

La peur s'ancra en Jem.

— Oui. Le garçon est en train de mourir. Il souffre terriblement, comme tu le sais. Tregereth a suggéré que nous facilitions son trépas, mais Creeda a refusé ne serait-ce que d'y songer. Elle hurlait et vociférait à propos des Dieux, puis elle est descendue en toute hâte dans les cuisines à la recherche de sevels. Elle a agressé une jeune domestique.

Jem songea à la falaise, à la lumière de la torche éclairant le visage amer de Creeda.

— Elle est folle de chagrin depuis longtemps, expliqua-t-il alors même que ces mots éraflaient sa gorge sèche.

— Delen est intervenue et ça s'est transformé en véritable échauffourée. Les Erghiens sont imprévisibles et je dois protéger mon peuple, dit-elle avant d'élever la voix. La situation est devenue hors de contrôle.

Effectivement, c'était la première fois, dans ses souvenirs, que Jem voyait sa mère débordée. *Elle est censée tout arranger.* L'espoir puéril auquel il s'était agrippé depuis qu'il avait quitté Ergh glissa enfin entre ses doigts, remplacé par une pointe de chagrin.

Il ne retrouverait jamais la vie simple qu'il avait un jour connue.

Son destin de prince avait peut-être toujours été de se retrouver empêtré dans la politique et les mensonges. Les mots de sa mère firent écho dans son esprit : *Il a l'air de véritablement t'aimer.* Le penserait-elle toujours si elle savait qu'il avait épousé Jem dans l'optique de le voir ensuite mutilé et kidnappé ?

Et Cador l'aimait-il sincèrement ? À qui Jem pouvait-il faire confiance ?

Sa mère soupira longuement.

— Je suis certaine que la situation se calmera bientôt, mais pour l'instant…

— Tu as emprisonné mon mari et son peuple ? Pas seulement le sien. Ils sont mon peuple également !

— Ebrenn étant sur le point d'attaquer, nous devons être parfaitement sûrs de qui sont nos alliés.

Jem pouvait-il faire confiance aux Erghiens qui avaient manigancé son meurtre ? Non. Pas encore. Pouvait-il faire confiance à Cador ?

Oui.

La réponse à sa seconde question résonna en lui comme une cloche de fer. Oui. *Oui, oui, oui.* Il faisait confiance à Cador. Si cela faisait de lui un idiot, qu'il en soit ainsi.

Sa mère serra les dents alors que la haine tordait son visage.

— Perran gâche tout, comme d'habitude. C'est exactement la raison pour laquelle nous devons moins dépendre d'Ebrenn. Avec Ergh en tant que territoire Neuvellan, si les montagnes du nord contiennent de l'huile comme nous le pensons, Ebrenn ne pourra plus brandir cette menace au-dessus de nos têtes. Nous pouvons créer nos parfums sans payer les prix insensés qu'ils nous imposent.

L'esprit de Jem s'affaira, mais se vida au même moment.

— Attends. Quoi ? Tu veux… prendre le contrôle d'Ergh ?

Elle agita dédaigneusement la main.

— Non, non, chéri. Ergh aura toujours son chef de clan. Neuvella les guidera simplement dans cette nouvelle ère de cohésion. Elle les aidera. Cette horrible maladie doit être guérie.

Guider ? Aider ?

— Comment es-tu au courant pour cette maladie ?

Dybri piétina et s'ébroua, n'appréciant clairement pas l'élévation de sa voix. Sa mère jeta un coup d'œil à la grange déserte et soupira. Jem entendit vaguement le bourdonnement de la pluie dehors et se souvint de la sécheresse, espérant que les pluies estivales avaient éteint les incendies ailleurs. Il avait l'impression que le picotement de la fumée et le ciel orange dataient d'une autre vie.

— Les religieux souhaitent depuis bien longtemps enfoncer leurs griffes sur le territoire d'Ergh, murmura sa mère d'une voix à peine audible. Ils leur rendaient visite, de temps à autre. S'il y a bien une qualité qu'ils possèdent en abondance, c'est la patience. Lentement, ils ont réussi à convaincre les Erghiens enclins à se tourner vers la religion. Cette sécheresse et la mort des sevels, ainsi que la maladie qui s'en est suivie, a joué directement en leur faveur.

Jem n'avait jamais entendu sa mère parler si franchement des ecclésiastiques et de la croyance envers les Dieux.

— Depuis combien de temps sont-ils au courant pour la maladie ?

Elle haussa les épaules.

— Qui peut bien le savoir ? Des années, j'en suis sûre.

— Des *années* ? hurla-t-il.

— Chhhut ! lui intima la reine alors que son regard s'enflammait. Jem, c'est une affaire dangereuse. Parle à voix basse.

Il acquiesça.

— Comme je l'ai dit, les religieux sont patients, ajouta-t-elle.

— Mais des enfants innocents souffrent.

Il frissonna en songeant à Eseld, Hedrok et tant d'autres.

— Quel meilleur moyen de gagner des disciples sur Ergh ? Les gens veulent désespérément croire que les Dieux peuvent tout arranger.

— Mais tu le savais aussi ?

Elle soupira.

— Ysella est venue me voir, il y a deux ans, peu de temps après qu'Ergh a participé au sommet de la paix, pour la première fois depuis une éternité. Ses espions loyaux sur Ergh l'avaient bien informée. Il semble y avoir un lien entre la sécheresse affectant les sevels et la maladie. Ainsi, Ergh a besoin de nos fruits à tout prix.

— Les nôtres ? Les sevels ne poussent qu'à Ebrenn.

— Oui, mais Ebrenn fait partie du continent et le contrôle des cultures de sevels doit demeurer ici. J'ai beau haïr Perran, nous avons toujours réussi à conclure des marchés sans faire couler le sang. Ergh est peut-être largement en infériorité numérique, mais nous ne sous-estimons jamais les barbares. Ni les parents désespérés en plein deuil. Les sevels valent plus que nous n'aurions pu le deviner et le continent doit contrôler les récoltes.

— Alors même que des enfants agonisent et meurent ?

Le visage de sa mère se pinça.

— C'est sincèrement terrible. C'est regrettable, mais si c'est un territoire neuvellan, nous devrons bientôt leur offrir assistance.

Regrettable. Assistance. Territoire neuvellan ?

La gorge de Jem s'assécha tant qu'il imaginait avoir avalé de la poussière ou des cendres.

— Pendant deux ans, nous aurions au moins pu transporter toutes nos sevels vers Ergh.

— Pour qu'il n'en reste plus pour nos propres enfants ? Nous devons trouver un équilibre. Nous enverrons les esprits les plus brillants pour aider Ergh à faire pousser des sevels à nouveau.

Jem hocha obligeamment la tête.

— En retour, vous minerez les montagnes éloignées d'Ergh, dans l'espoir de trouver une nouvelle source d'huile à cause de laquelle vous dépendez actuellement d'Ebrenn.

— Exactement. Et si Ergh peut faire pousser des sevels, c'est encore mieux. Nous dépendrons encore moins de l'ouest.

— Et que pense Gwels de tout ça ?

— Ils penseront ce que je leur dis de penser, Jem. Ce sont nos alliés les plus proches. Ils sont comme notre famille.

Notre famille. Un mot qui n'avait jamais semblé si complexe auparavant.

— Qu'obtiennent les religieux ?

— Ils construiront des temples et des écoles dans tout Ergh. Nous ne partageons peut-être pas toutes leurs croyances, mais les Dieux apportent du réconfort et du sens à beaucoup.

Il pensa aux autels rudimentaires dédiés aux dieux à Rusk. Creeda et son fagot de brindilles, son enfant mourant dans d'atroces souffrances. Ils avaient tous été les pions d'un jeu qui les dépassait. Le mariage de Jem, même s'il…

Une idée si hideuse le frappa avec la force du coup de pied d'un étalon furieux. Frissonnant, Jem se sentit devenir blême.

— Chéri ?

Sa mère tendit la main vers lui. Il tituba en arrière et tomba dans le box dans un bruit sourd. Subitement, l'option la moins effrayante fut de monter Dybri ou l'un des autres chevaux et de galoper loin, bien loin.

Il fut tout de même obligé de le demander.

— Tu le savais ?

Elle secoua la tête.

— Qu'est-ce que je savais ?

Les mots furent comme du verre pilé sur sa langue.

— Ysella et toi, vous étiez au courant du plan du chef de clan ?

Elles semblaient effectivement avoir des longueurs d'avance sur les Erghiens à chaque étape.

— Allais-tu le laisser mettre son plan à exécution ?

Le regard de sa mère s'intensifia, tout comme sa voix.

— Quel plan ?

— Me kidnapper. Me, me…

Il serra les poings, le contour de la marque gravée sur sa main droite lui paraissant fraîche et brûlante.

— Me couper la main et te l'envoyer. Faire porter le chapeau au roi Perran. Pour que tu rejoignes Ergh dans une guerre contre lui.

Lors d'un instant infini, sa mère se contenta de le dévisager, tandis qu'un gouffre de désespoir s'ouvrait largement en lui. Puis la fureur surgit, les yeux marron de la reine lancèrent des éclairs et son visage rougit alors qu'elle serrait également les poings. Le soulagement submergea Jem. Elle n'avait pas été au courant.

— Kenver a planifié ça ? demanda-t-elle au travers de ses dents serrées. Il paiera pour ça. Oh, comme il paiera.

— Non ! S'il te plaît. Ça suffit. Nous devons nous unir. Ysella et les ecclésiastiques ont raison sur ce point, au moins. Je peux pardonner à Cador et aux autres pour ce qu'ils ont fait.

L'unité, c'est ce qu'il nous faut pour avancer.

Accorder son pardon aurait peut-être dû se révéler plus complexe. Il aurait peut-être dû en débattre avec lui-même de façon plus exhaustive. Toutefois, alors qu'un chagrin de plomb et les regrets dans son cœur se libéraient, il comprit qu'il portait un lourd poids depuis tout ce temps.

Il n'avait plus envie de le porter une seconde de plus. Il avait envie de courir retrouver Cador et d'enfin – enfin – l'embrasser à nouveau. Cette envie rendait sa respiration difficile.

— Jem ?

Sa mère l'observait en fronçant les sourcils d'un air confus et en faisant glisser impatiemment ses mules en soie dans le foin.

— Oui, répondit-il en se reconcentrant à contrecœur. Je leur pardonne. Et après ce qu'il s'est passé avec Bryok…

— Raconte-moi tout.

Ce fut un ordre et Jem s'exécuta donc, relatant cette histoire à la fois triste et horrible. Du plan du chef de clan jusqu'au changement d'avis de Cador en passant par la trahison de Bryok, qui aurait littéralement fait perdre la tête à Jem. Il ne pardonnait pas à Bryok et ce n'était pas grave. Il n'y était pas obligé. Bryok était au fond de la Mer d'Askorn et il ne le terroriserait plus.

Sa mère le serra dans une étreinte féroce. Se détendre contre elle en inhalant son parfum de lavande fut un luxe merveilleux. Rien qu'une minute, il put profiter de ce réconfort. Mais rien qu'une minute, car le tumulte et les cris résonnèrent plus fort que la pluie battante.

— Soldats de l'Ouest en approche !

Chapitre 20

SI C'ÉTAIT AINSI que tout devait se terminer, Cador aurait voulu embrasser Jem une dernière fois.

Il donna des coups de pied et se débattit, mais il était attaché et ses bras étaient douloureusement tirés dans son dos. Être ainsi traîné comme un sanglier abattu était humiliant et il mordilla donc le bâillon de cuir pour marmonner les jurons les plus crus auxquels il pensait.

Il peinait à voir où on le traînait et il s'attendait à descendre une nouvelle fois en direction du donjon. Il ignorait ce qu'il se passait, mais il supposait que c'était l'œuvre de Pasco. Cet homme pensait peut-être sincèrement protéger son frère, mais Cador souhaitait tout de même arracher la colonne vertébrale de cet idiot.

Cador constata alors qu'ils ne descendaient pas, mais que les gardes semblaient l'emmener au château. Non pas par le grand escalier de l'entrée, mais par un passage étroit et tortueux illuminé uniquement par l'éclat vacillant de lampes. Cador monta les marches, des mains rêches autour de ses bras, et il réussit à peine à garder ses fines bottes inutiles sous son poids.

Et si Jem était en danger ? Les gardes ne l'avaient pas emmené, mais qui pouvait bien savoir ce qui se passait ? Il grogna malgré le cuir lisse et mouillé dans sa bouche, prêt à le mâcher – puis à trancher la gorge de quiconque essayait de le tenir éloigné de Jem. Il n'avait pas besoin de sa lance, de son épée ou même de ses mains. Il les tuerait tous. Il…

Une porte s'ouvrit et il entra en titubant dans une pièce, la tête la première. Il fut incapable de retrouver son équilibre avant de tomber sur le menton. Des voix furieuses s'élevèrent. Il se prépara, s'attendant à des coups de pied et de poing ou pire, mais son Tas l'aida alors à se relever. Son Tas était là, tout comme Delen et Jory… C'était quoi ce délire ?

La pièce trembla dans un bruit sourd puissant et Cador cligna des yeux sous la lumière de la lampe. Les fenêtres étaient étroites et hautes dans cette pièce. Il lui fallut quelques instants pour se rendre compte que, derrière, le ciel était également anormalement sombre et gris. Il lui fit penser à Ergh, dans un pincement d'envie si puissant qu'il manqua de pleurer quand son père l'étreignit.

— Mon fils, mon fils, marmonna son Tas.

Cador se pencha contre lui, heureux. Il s'apprêtait à décevoir son père outre mesure et il s'autorisa donc à profiter de ce moment de paix.

Les mains de Cador furent libérées et il les secoua avec reconnaissance. Delen appuyait un bout de tissu contre son menton, lui parlant alors même qu'il n'arrivait pas à se concentrer sur elle. Jory l'étreignit ensuite. Un gémissement si terrible retentit qu'il eut envie de se couvrir les oreilles.

Creeda pleurait, recroquevillée sur le sol de pierres. Delen s'approcha d'elle et la prit dans ses bras. La chambre – car il s'agissait d'une chambre avec un lit décoré dans le coin – était bondée d'Erghiens. Comment son Tas et Jory pouvaient-ils être ici ? Venaient-ils de rentrer ? Avaient-ils été retenus prisonniers ? Où était Jem ?

Il y avait apparemment une chambre adjacente, celle-ci possédant également un lit décoré bien qu'il ne soit pas aussi élégant que celui de Jem. Cador se laissa guider dans la pièce avec son Tas et Delen, tandis que Jory tentait d'apaiser Creeda, dont les lamentations redoublaient d'intensité.

Le chef de clan ferma la porte et se pencha contre le battant avec une lassitude que Cador n'avait jamais vue en lui précédemment. Ses cheveux clairs étaient ébouriffés et sa peau pâle était noircie sous ses yeux. Il donnait l'impression de porter ces mêmes vêtements de cuir depuis des jours.

Les cris de Creeda furent étouffés. Delen commença tout de même à faire les cent pas en jetant des coups d'œil inquiets en direction de la porte, comme si elle pouvait voir au travers.

— Nous devons sortir d'ici. Elle doit avoir le droit de retourner auprès de Hedrok.

— *Le droit*, cracha leur Tas. Nous devons prendre ce qui nous appartient ! Cette salope de reine ne me retiendra pas une journée de plus.

— Te retenir ?

L'esprit de Cador s'affaira alors qu'il essayait de comprendre la situation.

— Tu étais ici ? Prisonnier ?

La peur le saisit alors. Il l'avait cru, sans poser de question, quand la mère de Jem lui avait dit que son père et Jory étaient partis à sa rencontre.

— Depuis combien de temps ?

— Une putain de semaine. Cette garce m'a enfermé et a jeté Jory dans la chambre quand il est arrivé. J'imagine que son espion a réussi à chevaucher plus vite que lui. Il connaissait probablement un raccourci.

Le chef fit les cent pas comme un sanglier le faisait lorsqu'il était capturé. Cador ne serait nullement surpris s'il grognait de la même façon.

— Elle a dit qu'il s'agissait « simplement d'une précaution ». Elle nous fait apporter leur nourriture prétentieuse et fait semblant d'être accueillante. Elle a de la chance que Bryok ne soit pas là. Où est-il ? Pourquoi le prince et toi, vous êtes revenus ?

Le moment était arrivé et il leur tombait dessus sans prévenir. Cador et Delen échangèrent un regard. La sueur luisait sur le visage de cette dernière. Son bras était blessé et du sang suintait au travers d'un bandage de fortune. Elle vibrait de la même énergie farouche que lors d'une chasse. Si seulement ils avaient été chez eux, des lances à la main, portés par leurs chevaux à travers la forêt hivernale…

— Mais que se passe-t-il ? s'enquit leur père non pas dans un cri, mais dans un chuchotement qui transperça Cador d'un frisson glacé.

— Bryok est mort, dit-il alors même que sa voix résonnait étrangement à ses oreilles. Je suis désolé. C'est ma faute.

— Conneries ! s'emporta Delen.

— Mort ? répéta leur père en se balançant, déséquilibré, comme s'il allait basculer malgré ses bottes robustes.

Cador acquiesça.

— Je suis désolé, répéta-t-il.

Alors que Delen ouvrait la bouche, il leva la main. Il prit une autre inspiration pour rassembler son courage.

— Mais ce n'était pas ma faute. Ni celle de Delen. C'était celle de Bryok et de personne d'autre. Il nous a tous trahis. Il aurait coupé la tête de Jem plutôt que sa main. Il te trouvait faible, Tas. Il insistait sur le fait qu'assassiner Jem était nécessaire, mais il voulait plus que les sevels. Il souhaitait conquérir le continent pour sa propre cupidité.

Cador songea à Jem, au bord de la falaise, terrifié, trahi et complètement seul. Courageux et beau. Il aimait tant son mari qu'il ne pouvait quasiment pas le supporter. Quasiment.

— Bryok a raison. J'étais trop faible. Trop enclin à me montrer clément alors que cette miséricorde sonnera la fin d'Ergh, répliqua son père. Je couperais la tête du prince sur-le-champ et je la donnerais à manger à sa mère, si c'était ce qu'il fallait.

— Non ! rétorqua Cador tandis que son cœur s'emballait. Jem est innocent. Il ne veut rien de plus que nous aider. Aider Ergh.

Le regard sombre et concentré de son père fit reculer Cador. Il se sentit soudain à vif et exposé, principalement avec son torse nu.

— Comment l'appelles-tu ? demanda son père bien trop calmement. *Jem* ? Ne me dis pas que le prince Jowan s'est joué de toi ?

— Tas, s'il te plaît, intervint Delen. Jem est quelqu'un de bien. De brave et d'honorable. Il est peut-être minuscule, mais il mérite l'amour de Cador.

— Son *amour* ? hurla leur père d'une voix rauque. Très bien, il s'est joué de toi. J'aurais dû écouter Bryok. Tu es trop faible pour faire le nécessaire. De l'*amour* ? Pour ce petit garçon pitoyable ?

— Mon mari n'a rien de pathétique ! répliqua Cador en serrant les poings alors qu'une rage enflammée surgissait. Et je ne changerais rien. Je l'épouserais à nouveau demain. Et le jour d'après. Et le suivant. Je passerai le reste de ma vie à le chérir plus que tout le reste.

— Même ton devoir envers ton peuple ? lui demanda son Tas.

— Oui.

La réponse était simple. Il n'avait pas besoin d'évaluer ses options.

— Tu choisis le prince Jowan plutôt que ton frère ?

— Oui !

Une fois encore, Cador n'hésita nullement.

— Oui. Je choisirais Jem à nouveau, un millier de fois. Comme tu l'aurais fait si papa avait été menacé de cette façon.

Son Tas s'exclama.

— Tu oses comparer ton père à ce pathétique habitant du continent ? Tu oses le faire passer avant ton propre frère ?

— Jem détient mon cœur. Bryok se trouve au fond de la Mer d'Askorn et c'est là qu'est sa place.

Son Tas écarquilla les yeux.

— Tu l'as tué, n'est-ce pas ? Tu as tué Bryok pour protéger ce…

— Oui !

Cador obligea alors Delen à demeurer silencieuse.

— Bryok était un menteur ! ajouta-t-il. Il était indigne. Il t'a trahi, il nous a tous trahis. Quand as-tu commencé à détester Jem à ce point ? N'avais-tu pas pitié de lui ?

— C'était avant que sa mère ne m'enferme ! braila leur père.

De la salive voletait depuis ses lèvres et ses dents étaient dévoilées.

— Je me fiche de ces gens, renchérit-il. Seules les souffrances d'Ergh me préoccupent !

— Mais ce n'est pas ainsi que nous avancerons, intervint calmement Delen. Et *j*'ai tué Bryok. Il aurait assassiné Cador et Jem. Je n'ai aucun regret. Creeda n'a aucun regret. Pas pour ça. Elle n'en a que pour ses enfants.

Delen jeta un coup d'œil en direction de la porte fermée.

— Je dois aller la rejoindre. Nous demanderons ensuite audience avec la reine et nous discuterons de la façon d'avancer. Nous sommes largement en infériorité numérique. L'avenir d'Ergh est en jeu. La colère ne triomphera pas, Père, et tu le sais.

Il s'affala contre le mur couvert d'une tapisserie.

— Laissez-moi, marmonna-t-il.

Une part de Cador avait impatiemment envie d'échapper à son Tas et à la colère de ce dernier. Pire encore, à sa déception. Cador avait été honnête quand il avait affirmé qu'il choisirait Jem. Il ne reviendrait jamais sur ses paroles. Mais il n'avait jamais déçu ainsi son père. Il se sentait si *petit*.

Devrait-il supplier son père de le comprendre ? De le libérer de son rôle de prochain chef de clan – bien qu'il espère ne pas en arriver là avant des années. Chaque chose en son temps. Tant de choses se produisaient et Cador ignorait par où commencer. Oh, comme il aimerait être chez lui, avec Jem, dans la paix de la forêt, loin de la politique et de la trahison.

Delen et lui restèrent dans la pièce. Ils attendirent que leur père ferme les yeux et s'appuie contre la tapisserie représentant le château dans lequel ils se trouvaient. Le silence pesait, entrecoupé par ses respirations laborieuses.

— Bryok est vraiment mort ?

— Oui, répondit Delen en levant les mains. Je dirais bien que je suis désolée, mais je ne le suis pas.

Leur père sursauta et ouvrit les yeux.

— Tu n'es pas faible comme ton frère. Tu devrais être la prochaine cheffe de clan, ma fille.

— Je suis d'accord ! s'exclama Cador.

Si son père pensait que cette idée le blesserait, sa lance avait largement manqué sa cible.

— Je n'ai certainement pas envie de diriger Ergh. Je me fiche d'être le prochain dans l'ordre de succession. Je ne veux pas de ce titre. Je n'en ai jamais voulu et je ne le voudrai jamais. Je souhaite retourner dans mon cottage. Chasser des sangliers, besogner mon mari et bâtir une famille avec lui, dans la joie et la paix. Delen sera la dirigeante dont nous avons besoin. La dirigeante que nous méritons.

Son Tas semblait sincèrement choqué, désormais. Il était même blessé alors que la colère et la confusion froissaient son visage pâle et ses traits tirés. Cador eut immédiatement envie de s'excuser, de regagner les faveurs de son père, d'être son enfant loyal et obéissant, comme toujours. Mais il ne le pouvait pas. Il ne le ferait pas.

— Pardonne-moi, dit Cador en s'adressant à sa sœur. Je me suis comporté comme un salaud quand nous nous sommes séparés.

— C'est vrai, lui répondit-elle en souriant avant de l'étreindre et de chuchoter. Nous devons rester unis. Notre père n'est pas lui-même. Il comprendra, avec le temps.

Cador était d'accord sur le fait que leur père n'était pas lui-même, mais il se faisait sûrement des illusions. S'il avait manigancé le kidnapping de Jem et la mutilation de sa main, cette part de lui était toujours tapie en lui. Peu importait, désormais. Hedrok était en train de mourir. Jem était en danger et il était temps de discuter avec la reine afin de lui raconter la putain de vérité, pour changer.

PEU DE TEMPS après, la porte de la chambre extérieure fut brusquement ouverte. Cador aurait voulu éclater de joie lorsque Jem entra, mais celui-ci se contenta d'un simple hochement de tête, son visage figé dans une expression froide et déconcertante. Cador faillit se précipiter vers lui pour l'embrasser malgré tout.

Dégoulinant sur le sol de pierres, comme s'il avait piqué une tête, Jem s'approcha d'un pas raide. Les gardes le surveillaient, méfiants, depuis l'embrasure de la porte. Il exécuta une révérence devant le chef de clan.

— Je m'excuse pour votre détention, dit-il avant de regarder Jory. Et la tienne. Celle de tout le monde.

Le père de Cador ricana.

— Comme c'est généreux.

Cador eut instinctivement envie de défendre Jem, mais il avait passé sa vie à obéir à son Tas. À chercher son approbation. Il avait clairement perdu cette envie, désormais, mais il hésitait tout de même. Il regarda Delen, qui était assise dans le coin avec la tête de Creeda sur ses cuisses. Delen observa son père de près. Creeda avait enfin pleuré jusqu'à l'épuisement, s'évanouissant plus qu'elle ne s'était endormie.

Bien qu'il ressemble à un minuscule sanglier noyé lorsqu'il écarta ses boucles mouillées de son visage, Jem se tenait bien droit. Comme insoumis.

— Quand j'ai quitté Ergh, vous voir enfermés dans le donjon, vous et vos enfants, était mon plus grand souhait.

Ce n'était nullement une surprise. Pourtant, Cador fut brusquement écœuré d'entendre Jem le dire. Delen les observait en silence, caressant les cheveux emmêlés de Creeda. Leur père fusilla le Neuvellan du regard.

— J'ai imaginé que je rentrerais chez moi et que je raconterais à ma mère ce que vous aviez fait. Comme vous aviez prévu de me mutiler, au minimum, et de me voir souffrir pour la manipuler. Elle vous aurait ensuite jeté tous les trois dans le donjon et j'aurais été en sécurité. Elle aurait pris la situation en main et aurait tout arrangé. Elle aurait chassé tous les malheurs pour que je retourne à mon petit monde protégé, de livres et de privilèges. J'aurais trouvé un moyen de guérir les enfants malades sans déclencher de guerre. D'une manière ou d'une autre. Peu importait, tant que tout allait bien dans le meilleur des mondes, à nouveau.

Il croisa le regard de Cador et celui-ci arriva à peine à respirer.

— Mais je ne peux revenir en arrière, poursuivit Jem. Aucun de nous ne le peut. Notre monde a changé et nous devons nous unir pour construire un nouvel avenir.

— Pourquoi devrait-on croire un seul mot de ton discours ? Où est la reine ? Pourquoi ne s'excuse-t-elle pas ?

— Pourquoi toi, *tu* ne t'excuses pas ? rétorqua Delen. Jem ne méritait rien de tout ça.

— Et nos enfants le méritaient ? s'emporta le chef de clan. Hedrok le méritait ?

Creeda se réveilla alors et Delen la caressa tout en répondant à son père.

— Bien sûr que non. Mais Jem a raison. Nous devons travailler de concert pour l'ensemble de nos enfants. La reine et toi, vous avez tous les deux merdé en essayant de protéger vos peuples. Qui sait ce que l'Ouest fera, mais…

— Les soldats de Perran sont à moins d'une heure d'ici.

Jem grimaça alors que le tonnerre gronda si fort que les fenêtres cliquetèrent.

— Et il semble que Glaw a finalement décidé de rattraper le temps perdu avec les pluies de cette fin d'été. Ma mère se prépare pour l'arrivée de l'Ouest. Avec un peu de chance, ce ne sera pas un siège. L'armée qui approche est petite, nous verrons donc.

— Laissez-nous combattre ! hurla Tas. Comme vous l'avez dit, nous devons être alliés.

— Nous espérons éviter tout combat, mais oui, vous êtes

tous libres. Je vais raccompagner Creeda auprès de son fils.

Celle-ci bondit et Delen la suivit, sans perdre de temps pour franchir la porte. Jem hésita et cligna des yeux en observant le sol. Cador suivit son regard en direction du fagot de brindilles que Creeda avait dû laisser tomber.

Un instant, il crut que Jem allait vomir. Puis celui-ci prit une profonde inspiration, traversa la pièce et récupéra le talisman. Il hocha calmement la tête en direction de son mari une nouvelle fois et partit.

Le chef de clan était en train de parler, mais Cador courut après son époux, bientôt étourdi par l'étroit escalier en colimaçon. Les cris de Hedrok faisaient écho depuis le niveau inférieur et Jem resta hors de portée alors que Cador tentait difficilement de rester debout avec ses bottes ridicules et son menton qui le lançait.

Le chaos régnait apparemment dans l'infirmerie, même si elle était calme, en réalité, sans compter l'agitation des bras de Hedrok. Le guérisseur se tenait auprès de lui, les mains jointes. Creeda était agenouillée auprès du lit et Delen restait non loin.

Jem tendit le fagot à Creeda d'une main tremblante. Elle arracha son regard à son fils, le pauvre Hedrok qui gigotait, bien que son corps torturé puisse à peine bouger, désormais, à l'exception de ses bras. Creeda récupéra brusquement les brindilles dans la main de Jem, mais elle se contenta de les regarder et ne se lança pas dans l'une de ses prières.

Cador s'agenouilla de l'autre côté du lit, face à elle, et prit l'une des mains de son neveu. Elle était chaude et moite, tremblante et faible. Que pouvait-il dire pour leur apporter un peu de réconfort ? Que pouvait-on dire ou faire ? Les tendons dans le cou de Hedrok allaient certainement éclater au travers de sa peau fine comme du papier et ses cris stridents hanteraient les cauchemars de Cador.

— Ne pouvez-vous rien faire ? demanda-t-il au guérisseur.

Comment Jem l'avait-il appelé ? Tregereth ?

Ce dernier fit un pas en avant.

— La seule chose que nous pouvons faire, c'est faciliter son voyage vers les Dieux.

Jem sembla se préparer. Il s'éloigna de Creeda pour se rapprocher du pied du lit. Delen semblait elle aussi se préparer au combat. Mais Creeda se contenta de regarder tour à tour le fagot de brindilles et son garçon. Elle le posa sur la tête de son fils et se tourna non pas vers le guérisseur, mais vers Jem.

— Qu'en penses-tu ?

Jem jeta un coup d'œil derrière lui, clairement surpris qu'elle lui pose la question. Il avança et s'agenouilla à ses côtés.

— Je crois que Tregereth a raison et que tu devrais lui permettre de mettre fin aux souffrances de Hedrok.

Il regarda Cador et haussa les sourcils d'un air interrogateur.

— Oui, répondit-il d'une voix rauque avant de se racler la gorge. Tu as fait tout ce que tu pouvais. Bryok…

Il aurait aimé savoir quoi dire à son propos.

Creeda grinça des dents.

— Bryok devrait être ici avec son fils, mais sa force n'a jamais eu d'importance à cet égard, s'agaça-t-elle avant d'appuyer le talisman contre ses lèvres sèches. Prierez-vous avec moi ?

Elle regarda Tregereth et hocha sèchement la tête une unique fois.

Tandis que le guérisseur accomplissait son travail, Hedrok sembla percevoir qu'il serait soulagé et ses cris s'apaisèrent en gémissements pitoyables. Cador lui tint la main tandis qu'il s'étranglait avec la potion de Tregereth. Creeda murmurait ses prières, sa paume maintenant la tête de son fils alors qu'il quittait cette vie pour ce que Cador espérait sincèrement être un lieu de paix.

Tout se passa si rapidement que c'en fut choquant. La main de Hedrok devint froide et poisseuse dans la poigne de Cador en quelques secondes seulement. Il était si petit. Cador l'imagina se réduire en poussière, à présent que la douleur s'était envolée avec sa vie. Hedrok était une coquille vide et son oncle avait l'impression d'en être devenu une également.

Creeda priait encore et encore. Ils furent tous témoins de ses supplications, tête baissée, jusqu'à ce qu'elle finisse par se taire. Delen hocha légèrement la tête en direction de son frère. Jem et lui sortirent avec le guérisseur qui s'en alla ensuite de son côté sans un mot.

Cador et Jem étaient enfin complètement seuls dans le couloir. La pluie battait les fenêtres sous un ciel noir. Était-il vrai que seules quelques heures s'étaient écoulées depuis que Cador l'avait violemment besogné avant de se déverser en lui ? Il était toujours torse nu, tandis que Jem tremblait et frissonnait.

Avant que Cador ne trouve quoi dire ou faire, qu'il prenne Jem dans ses bras ou qu'il fasse autre chose que de rester planté là inutilement, ce salopard de Pasco descendit dans le hall. Cador grogna dans un soudain éclat de rage. Il avait envie de frapper, de donner des coups de lance, de hurler, car Hedrok était mort et ce n'était pas juste.

Jem lui saisit le bras.

— Non. Ce n'est pas Pasco qui t'a fait emmener dans la tour.

— Je m'en moque.

Mais il ne se battit pas, ravi de sentir le contact de la petite main de Jem.

Pasco leva les mains.

— Nous devons affronter de plus grands ennemis.

— L'armée de Perran ? demanda vivement Jem.

— Je suppose que la pluie a ralenti leur approche, au moins.

Pasco jeta un coup d'œil par les fenêtres et fronça les sourcils.

— Ces pluies sont plus abondantes que d'ordinaire. J'imagine que c'est mieux que les incendies, mais Glaw en fait trop, conclut-il avant de se renfrogner davantage en observant Jem et Cador. Il vaudrait mieux que vous vous changiez, tous les deux. Comment va le garçon ?

— Il est mort, répondit impassiblement Cador.

La bouche de Pasco se pinça.

— Je suis sincèrement désolé. Nous devons guérir cette terrible maladie.

Cador ne pouvait qu'être d'accord. Il acquiesça donc, son énergie tourmentée et sanguinaire s'estompant.

— Vous nous aiderez à combattre le roi Perran pour les sevels, si nécessaire ?

— Si nécessaire, confirma aisément Pasco. Vous devez vous rendre présentables, tous les deux.

Cador ricana.

— Je peux transpercer le roi Perran avec mon épée tout en étant nu, si je le dois.

Dommage qu'il l'ait abandonnée sur la Place Sacrée.

— Aussi... *impressionnant* que cela puisse être de voir ça, espérons que la diplomatie sera tout d'abord tentée.

Pasco tourna les talons et les quitta.

Jem relâcha le bras de Cador et avança en direction du grand escalier. L'Erghien le suivit. Que pouvait-il faire d'autre ? Il souhaitait rester à ses côtés. Pourtant, devant la porte de la chambre de Jem, à l'étage, son époux se retourna pour le bloquer.

— Il faut que tu te changes. Tes vêtements sont là, dit-il en montrant d'un signe de tête la chambre nuptiale.

— Oui, mais…

— S'il te plaît. Nous devons rejoindre ma mère et nous assurer que les négociations qui ont lieu sont dans le meilleur intérêt d'Ergh. Tout le reste peut attendre.

— Nous ignorons s'il y aura des négociations.

— Oui, mais espérons-le. Peu importe ce qui se passe, nous devons représenter Ergh avec honneur.

Il avait raison et Cador l'aimait d'autant plus, car il tenait aux intérêts d'Ergh. Il hocha donc la tête et battit en retraite dans l'autre chambre plutôt que de porter Jem jusqu'à son lit et de le débarrasser de ses vêtements mouillés afin de le réchauffer avec ses baisers. Cela devrait attendre. Jem avait encore la possibilité de le rejeter, Cador pouvait donc vivre dans l'espoir un peu plus longtemps.

Il survola les vêtements pendus dans l'armoire, ravi de constater que la couturière avait déjà fini les vêtements de pur style Erghien, qui comprenaient des pantalons de cuir et des vestes. Il hésita. Si un combat s'engageait effectivement avec les soldats de l'Ouest, ces vêtements seraient bien plus pratiques. Mais serait-il plus… politique de porter des tenues neuvellanes élégantes ?

Son Tas le détesterait. Mais cela ravirait-il Jem et la reine ? Le plus important était de trouver un accord avec le roi Perran. À contrecœur, il récupéra un chemisier en soie vert et des hauts-de-chausse propres. Il luttait encore avec les boutons fins et lisses quand Jem frappa.

— Entre ! cria-t-il, agacé que son époux ait frappé à la porte.

Ils étaient toujours mariés. C'était leur chambre nuptiale, non ?

— Tu es prêt ?

Jem demeura dans l'embrasure de la porte. Ses boucles étaient toujours humides, mais il ressemblait parfaitement à un prince du continent, avec un chemisier violet et propre, des hauts-de-chausse beiges et des bottes.

— Si je pouvais simplement… Pourquoi vous, les continentaux, vous insistez pour porter des tenues aussi ridicules ?

Il était à deux doigts d'arracher ces fichus boutons.

— Attends, laisse-moi faire.

Jem le rejoignit près de la garde-robe et ferma rapidement la rangée de boutons. Jem jeta un coup d'œil à la penderie.

— Attends, pourquoi n'as-tu pas enfilé le pantalon de cuir ?

— J'ignorais si… Je pensais que tu m'aimerais plus avec ça, dit-il alors qu'il n'avait pas eu l'intention de parler d'une voix aussi désespérée. Non, je… Je ne…

Il grogna, dégoûté, car il ne savait quoi dire et quoi faire.

Jem l'observa silencieusement avant de tendre la main en direction de la penderie pour sortir un nouveau vêtement raide en cuir.

— Les tenues neuvellanes ne te vont pas, affirma-t-il avant de froncer les sourcils. Ton menton recommence à saigner.

Jem disparut dans la salle de bain.

Il n'avait pas tort quand il disait que ces vêtements fins et élégants ne lui allaient pas. Ils le mettaient mal à l'aise. Il devrait évidemment porter du cuir. Il n'aurait pas dû être blessé d'entendre Jem le lui dire.

Arrête d'être pathétique.

Qu'il soit un chasseur erghien puissant ou un bûcheron en maraude ou quiconque il devait être pour que Jem le pardonne, il ne reconquerrait pas son mari en boudant comme un enfant et en se sentant vexé.

Cador remonta le pantalon de cuir noir et laça la veste sur

son torse nu. Il y avait même des bottes, qui avaient clairement été ajustées à partir d'une grande paire neuvellane, mais elles feraient l'affaire.

Il s'assit sur un tabouret pour remonter les bottes et leva ensuite la tête. Il vit alors que Jem l'observait. Silencieusement, celui-ci s'approcha de Cador et tapota son menton entaillé avec un gant mouillé. Bien que son mari soit encore assis sur le tabouret, Jem n'eut pas besoin de se pencher bien loin pour panser son menton. Il s'inclina entre les jambes de Cador. Retenant sa respiration, ce dernier eut envie de passer les bras autour du ventre de Jem et de ne plus jamais le relâcher.

Néanmoins, il garda les mains le long de son corps alors que le prince tamponnait une pommade piquante sur son menton.

— Ça devra faire l'affaire. Nous devrions aller retrouver ma mère.

Il se tut et posa une main sur le bras nu de Cador.

— Je suis désolé pour Hedrok. J'aurais aimé que nous puissions en faire plus.

— Au moins, il ne souffre plus.

Sans prévenir, les larmes picotèrent les yeux de Cador. Il dut inspirer profondément avant de reprendre la parole.

— Nous devons aider les autres innocents avant qu'il soit trop tard.

Il se releva avant de commencer à pleurer.

La peur que Jem ne lui offre aucun réconfort s'il s'autorisait à ressentir du chagrin et à laisser couler ses larmes était bien pire que de se montrer pathétique et faible. Ce serait aussi bien plus douloureux.

Chapitre 21

QUELQU'UN FRAPPA À la porte avant que Jem puisse trouver les mots pour réconforter Cador. Ce dernier avança jusqu'à la porte et l'ouvrit brusquement, révélant une domestique tremblante qui s'écria.

— Votre père vous cherche !

Elle exécuta une révérence rapide comme l'éclair avant de disparaître.

Kenver apparut alors devant la porte et entra précipitamment, Jory sur ses talons. Ce dernier lança un sourire à Jem pour s'excuser, même si la mère de celui-ci venait tout juste de le garder enfermé pendant des jours. Kenver s'adressa à Cador et ignora le Neuvellan.

— Où est Hedrok ? Maintenant que j'ai la liberté d'errer dans le château – pour le moment –, j'aimerais le voir.

Jem ravala un grognement. Le père de Cador avait la même silhouette qu'un ours des montagnes d'Ebrenn que Jem avait vu en cage, quand il était enfant, lors d'une foire estivale. Il avait revêtu la cape en fourrure qu'il avait portée sur la Place Sacrée des mois auparavant.

Comme dans une autre vie.

— Il est parti, lui annonça Cador sans ménagement. Je suis navré. Mais il était submergé par la douleur, à la fin, c'était donc la meilleure solution.

Kenver acquiesça et sembla se tasser sur quelques centimètres.

— J'aimerais tout de même le voir. Et sa mère, aussi.

Il se retourna et s'en alla sans jeter un coup d'œil à Jem. Il s'attendait clairement à ce que Cador le suive.

Celui-ci hésita.

— Jem…

— Vas-y. Je dois m'excuser auprès de Jory.

Cador s'en alla en fronçant les sourcils. Jem devrait lui dire tant d'autres choses, mais il ignorait par où commencer. Au moins, il savait quoi dire avec Jory, qui ouvrait la bouche et tendait les mains, sans doute pour protester.

— Je suis désolé. Tu as toujours essayé d'être mon ami, depuis mon départ pour Ergh, et je t'ai rejeté. J'étais jaloux.

Coinçant ses cheveux roux rebelles derrière son oreille, Jory sourit délicatement.

— Inutile de t'excuser, mais j'accepte.

— Aussi simplement ?

Jory sembla sincèrement perplexe.

— Bien sûr. Je ne veux que votre bonheur, à Cador et toi. Je veux que *tout le monde* soit heureux et en bonne santé, ajouta-t-il avant de rougir. C'est un souhait puéril.

— Non. C'est un souhait simple, mais nous le partageons. J'ignore comment l'atteindre, cependant. J'ai l'impression que ce sera terriblement compliqué.

— Effectivement. Qu'en est-il de Cador et toi ?

Jem lui sourit tristement.

— C'est une autre complication. Au fait, j'ai vu Lusow dans l'écurie. Il ne m'a pas l'air blessé.

— Ah. Merci mes Dieux. Puis-je le voir ?

— Bien sûr. Laisse-moi appeler un serviteur qui t'accompagnera.

Quand Jem se retrouva à nouveau seul, il battit en retraite dans sa chambre d'enfance alors que le souhait de Jory faisait écho. Ils partageaient sûrement tous ce souhait, même le roi Perran, non ? Pour que tout le monde soit heureux et en bonne santé. Pour que les enfants ne soient plus frappés par une maladie mortelle qui devrait être évitable.

Y avait-il un moyen de rappeler à sa mère, à Perran et au chef de clan qu'ils devraient s'unifier, non pas à cause des Dieux ou du sermon des ecclésiastiques, mais simplement parce que c'était la chose à faire ?

Blotti sur son ancien lit, Jem observa les murs familiers en clignant des yeux. La tapisserie était délavée, comme il avait refusé de fermer les rideaux de sa chambre, bien que la gouvernante n'ait cessé de le réprimander. Pourquoi se priver de la lumière du soleil au profit de laine et de coton, aussi délicate que soit la broderie ? Néanmoins, à présent, seule une clarté trouble filtrait du ciel assombri par la pluie.

Bien que le paysage marin se soit effectivement effacé au fil des ans, Jem adorait toujours autant l'étendue de sable doré entre la mer azur et le ciel sans nuage. Une sirène s'ébattait dans les profondeurs, l'éclaboussure écumeuse de sa queue finement brodée en argent. Il avait toujours aimé faire comme s'il s'agissait de la sœur de l'amant triton de Morvoren.

Jem l'avait prénommée Wenna et il lui imaginait des aventures, aussi grandioses que celles de Morvoren. La peau de Wenna était marron comme la sienne, ses écailles et ses nageoires brillaient d'une teinte dorée et rubis, tandis que de longues boucles flottaient sur ses épaules nues.

Cette chambre avait été la sienne toute sa vie. Son sanctuaire en plus de la volière. S'il demeurait à Neuvella et que Cador retournait à Ergh, à quoi ressemblerait sa vie ? De nouvelles années de solitude silencieuse, ici, avec ses livres et son imagination ? Certaines alternatives étaient assurément pires.

Pourtant, il avait eu beau souhaiter rentrer chez lui, la tristesse le submergeait désormais à l'idée de rester ici. Plus qu'une tristesse, c'était une douleur creuse. Était-il possible qu'*Ergh* lui manque ? Imaginer Cador retourner au cottage dans les bois, sans lui, fit monter une boule dans sa gorge qui l'étouffa.

D'après leur accord initial, ils seraient tous les deux libres de prendre des amants. Jem détestait cette idée plus qu'il ne pouvait l'exprimer. Une chaude jalousie, une colère et un déni luttaient contre ce triste vide. Il avait affirmé à sa mère qu'il avait une confiance totale en Cador.

Même s'il croyait Cador incapable de lui faire du mal ou de conspirer à nouveau contre lui, pouvait-il réellement lui offrir son cœur et son âme ? L'aimer sans condition ? Bâtir une vie à ses côtés ?

Jem toisa lugubrement Wenna et lui envia son sourire insouciant. Ce qui était ridicule, étant donné qu'elle était faite de textile tissé. Morvoren et elle n'existeraient jamais. Jem était chez lui – dans sa chambre, dans son lit. Pourtant, il avait l'impression d'être un fantôme hantant sa propre vie.

Son esprit ne cessait de retourner vers le cottage, dans la forêt, si loin sur Ergh. Il s'imagina se blottir sous les fourrures alors que l'odeur du pain frais tout juste cuit emplissait ses narines et que Cador piétinait avec ses bottes couvertes de boue.

Et mes Dieux, si un simple souhait pouvait lui être accordé, il y retournerait en un instant.

Jem bondit de son lit. Il devait voir Cador. Il ne comptait plus ressasser sa douleur. Il ne s'entêterait plus. Il faisait confiance à son mari. Il l'aimait plus qu'il ne l'avait cru possible.

Cet amour n'était pas aussi simple qu'il l'était pour Morvoren et son triton. Il était bordélique, imparfait et *réel*. C'était l'amour de Jem et de Cador. Il valait la peine d'être sauvé. De se battre.

Jem se précipita en direction de l'infirmerie et son cœur accéléra quand il entendit le grondement du tonnerre qui semblait incroyablement proche, désormais. L'armée ne devait pas être loin non plus. L'Ouest allait-il réellement attaquer ? Pendant toute la vie de Jem, sa mère et Perran s'étaient aboyés dessus et avaient échangé des piques, mais l'idée d'une véritable bataille lui était parfaitement étrangère. Surtout ici, à l'endroit où il n'avait connu que la paix.

L'infirmerie était désormais déserte. Il courut dans tous les sens, résistant à peine à l'envie de hurler frénétiquement le nom de Cador. Il avait besoin de le voir *maintenant*. Ils devaient discuter. Ils devaient se toucher. Mes Dieux, ils devaient *s'embrasser*. Rien d'autre ne semblait aussi important, bien qu'il sache que ce n'était pas le cas, car compte tenu des soldats en approche, des enfants et du désastre diplomatique entre Kenver et sa mère, la rancœur était sans doute sur le point de déborder.

Mais où était Cador ?

Sur le palier, au sommet de la grande entrée, Jem s'arrêta brusquement. Son attention fut attirée par la vue de la grande baie vitrée donnant sur la vallée. Un instant, il ne put que cligner des yeux et plisser les paupières tant il était incapable de comprendre ce qu'il voyait au loin.

Une rivière coulait du côté nord de la vallée. Mais il n'y avait aucune rivière, à cet endroit. Il n'y en avait jamais eu. Il aurait dû s'agir de la route menant au village le plus proche. Pourtant, ce n'était qu'un torrent déchaîné d'eau marron et précipitée.

— Jem ! l'appela Santo en s'approchant, essoufflé, tandis que sa tresse voletait derrière lui. Je lui ai dit de ne pas y aller, mais il a insisté !

— Qui ? Quoi ?

Jem arracha son regard à cette étrange rivière pour le poser sur le visage rougi de Santo.

— Cador. Quand il a entendu que la vallée était inondée, il a dit qu'il allait chercher l'oisillon.

— Doryty !

Comment Jem avait-il pu ne pas penser à elle ?

— Oui. Et il a dit que ton livre était là-bas. J'ai insisté sur le fait que c'était trop dangereux, mais il s'est tout de même enfui. Arthy a essayé de le pourchasser, mais Mère l'en a empêché. Elle veut que nous venions tous…

Jem se mit à courir. Il ignora les cris de Santo, esquiva toute main qui se tendait dans sa direction et se faufila par une porte latérale en direction de l'écurie. La force de la pluie le surprit et fouetta brutalement son visage.

Il n'avait pas le temps d'y aller à pied. Il avait beau tenir à l'oisillon et à son livre adoré, il ne pouvait permettre à Cador de mettre sa vie en danger.

Il ne le *permettrait* pas.

Jem devait le rattraper rapidement. Il avait l'impression de se regarder d'un œil extérieur alors qu'il titubait jusqu'à l'écurie. Jory s'adressa à Jem, qui courut et bondit sur le dos de Lusow sans interrompre sa foulée ou même hésiter une seule seconde. Lusow était aussi grand que Massen et le cœur de Jem tambourina à l'idée qu'il doive contrôler cette bête.

Jory l'observa, bouche bée.

— Comment as-tu… ? demanda-t-il avant de secouer la tête. Que fais-tu ?

— Il faut que je rejoigne Cador !

— Où est-il ? Je vais y aller. Tu as à peine appris à chevaucher.

— Je peux le faire !

Jem se sentait loin, très loin du sol. Le tonnerre gronda, ce qui les fit tous sursauter. Lusow fit un pas de côté et s'ébroua. Jem resserra fermement les cuisses autour du cheval. Jory ne saurait pas où aller et lui *pouvait le faire*. Il le *ferait*.

— Cador a besoin de moi.

Jory acquiesça, lui donnant les rênes et claquant la croupe de Lusow. Le prince ne fut miraculeusement pas désarçonné immédiatement quand ils se précipitèrent sous les trombes d'eau.

Serrant les rênes en cuir et l'épaisse crinière de Lusow, Jem s'allongea quasiment sur le ventre et se servit de ses talons pour éperonner sa monture et descendre le sentier sinueux. Son cœur tambourinait avec le grondement des sabots, mais s'il tombait, il remonterait immédiatement sur le dos de l'étalon.

Des gardes inquiets lui hurlaient de s'arrêter et des forces armées se rassemblaient afin d'affronter le roi Perran et ses soldats. Peu importait. Le château se tenait au sommet d'une colline entièrement entourée de la vallée boisée. Bientôt, celle-ci deviendrait d'immenses douves.

Jem voyait à peine devant lui. La pluie lui faisait l'effet de piqûre d'aiguilles sur son visage, mais il connaissait tant ce chemin qu'il pouvait le parcourir aveuglément. Néanmoins, il n'était plus chez lui dans ce château. Ni même dans sa volière, nichée dans les herbes luxuriantes au parfum de chèvrefeuille et sous la caresse du soleil, qui reviendrait certainement bientôt.

Désormais, Jem mourait d'envie de retourner dans un cottage d'une seule pièce, au sein d'une dense forêt de pins sous le ciel gris, avec un homme qui sentait la mousse recouvrant les pierres.

Rien – ni une inondation ni même une armée – ne viendrait s'interposer entre son mari et lui.

Chapitre 22

Heureusement que Cador savait nager.

Pour l'instant, il arrivait encore à patauger dans la marée tourbillonnante qui montait rapidement malgré l'eau froide autour de ses cuisses. Des torrents se déversaient dans la vallée.

Il pleuvait et neigeait souvent, sur Ergh, mais s'il croyait aux Dieux, il serait certain que Glaw était furieux. Le continent avait tout d'abord été en feu et désormais, il menaçait de sombrer sous une nouvelle mer.

Doryty couinait, là où elle était blottie à l'intérieur de sa veste. Son bec tapotait la gorge de Cador. Il lui murmurait des encouragements, comme il le ferait avec Massen ou ses chèvres chez lui. Il l'avait enroulée dans des lambeaux de tissu de son nid, pour l'empêcher de se noyer ou d'être écrasée. Il échouerait peut-être, mais au moins, il essayait.

Le livre de Jem était mouillé, mais les pages à l'intérieur étaient encore sèches quand Cador l'avait coincé dans la ceinture de son pantalon de cuir. Le bouquin était appuyé contre son ventre, sous sa veste, tandis que Cador écartait largement les bras pour garder l'équilibre tout en luttant contre le courant du torrent.

Des racines et des débris flottants menaçaient de le faire trébucher alors qu'il s'affairait le long du chemin qu'il espérait être le sentier remontant au château. La pluie était si drue et le ciel si noir qu'il ne voyait rien au-delà du toit des maisons. Il était cependant certain que c'était la bonne voie.

N'est-ce pas ?

Doryty s'écria lorsqu'il trébucha avant de saisir une branche basse.

— Tout va bien, ma petite. Je te protégerai.

Il aurait dû se préparer pour la bataille, mais il avait imaginé qu'il ne faudrait pas longtemps pour récupérer Doryty et le livre chéri de Jem. Il avait été impuissant et n'avait pas pu réparer ses erreurs lorsqu'il avait abandonné les livres de son époux sur le bord de la route, mais il allait désormais rendre Morvoren à Jem, bon sang.

À moins que Doryty, Morvoren et lui ne soient emportés et noyés, une possibilité qui devenait plus plausible chaque minute.

— Conneries ! hurla-t-il. Tu es un puissant chasseur d'Ergh.

… Qui se parlait à lui-même.

Il persévéra dans la forêt glauque alors que l'eau montait incroyablement vite. Le rugissement de la pluie noyait sa respiration laborieuse alors qu'il envisageait de grimper sur un arbre pour attendre la fin du pire de la tempête.

Un corps en uniforme fut alors balayé par le courant. Il ne reconnut pas cette tenue, il devait donc s'agir d'un soldat de l'Ouest.

Redoublant d'efforts, Cador fit de larges pas et ses bottes s'enfoncèrent dans la boue. Il était toujours dans la partie la plus basse de la vallée et manifestement, les torrents provenaient de tous les côtés. Il devait atteindre un terrain plus élevé.

Pourquoi l'eau était-elle si froide ? Le continent avait été en feu, et après la chaleur suffocante, cette pluie le faisait frissonner jusque dans sa moelle.

Il entendait des cris distants couvrant le tambourinement de la pluie. Un éclair illumina le ciel, touchant certainement le château qui se tenait si haut. Jem était-il effrayé ? Cador devait le rejoindre. La subtilité serait de ne pas se noyer en chemin.

Le courant de cette eau de crue l'attirait alors qu'il luttait pour monter. Il se disait que même son fidèle Massen n'irait pas bien loin contre cette force grandissante. Il crut entendre des chevaux, mais il ne s'agissait peut-être que d'une illusion. Cador haletait, les branches noyées le griffant en passant.

Tandis que l'eau remontait au niveau de ses hanches, une peur sincère s'enracina. Quelqu'un criait. Cador observa, stupéfait, un homme pris par le flot s'écraser contre le tronc d'un arbre et disparaître. Des cris et des hurlements résonnaient de tous les côtés, désormais, et il devait vraiment se sortir de là au risque d'être le prochain.

Un cheval apparut si subitement, derrière le rideau de pluie et de feuilles, que Cador cria de surprise, protégeant Doryty de sa main alors qu'elle tremblait contre sa peau. Curieusement, il s'agissait de Jem, qui tendait la main vers lui pendant que sa monture hennissait et luttait contre le courant.

Un sanglot étouffa Cador quand il vit son beau petit prince courageux sur le dos de l'étalon. Il ferait certainement tomber Jem s'il lui prenait la main et tentait de se balancer sur le dos du cheval, mais il aimait tant son époux parce qu'il avait au moins essayé.

Sans un mot, il sortit Doryty de sa veste et la tendit à Jem avant de passer le bras autour de la tête de sa monture pour attraper sa crinière et grimper. L'animal – Cador était presque convaincu qu'il s'agissait de Lusow – résista vaillamment et accusa son poids en s'ébrouant une unique fois. Cador s'installa derrière Jem et bloqua un bras derrière sa taille, soulagé de sentir son corps aussi près.

Il embrassa les boucles mouillées de Jem et pria pour que celui-ci ne proteste pas. Le Neuvellan s'agrippa au bras de Cador, mais ne le repoussa pas. Il le serra plutôt et le cœur de l'Erghien s'envola donc.

— Jem…

— Je sais. Nous devons retourner en sécurité !

Cador aurait voulu exiger – supplier – une réponse sur ce que Jem savait exactement, mais cela devrait attendre.

Doryty désormais coincée dans sa chemise, Jem prit les rênes et guida Lusow au milieu de ce qui ressemblait à un labyrinthe d'arbres. L'étalon luttait contre le flot, mais il eut la force de les porter tous les deux vers le château, alors que le terrain s'inclinait vers le haut.

Lorsqu'ils franchirent la lisière de la forêt, ils virent le désastre provoqué parmi l'armée du roi Perran sur une colline distante à l'autre extrémité de la vallée.

— Mes Dieux ! s'exclama Jem. Ils devaient être sur la route que nous avons empruntée.

Manifestement, l'inondation avait emporté les soldats et les chevaux dans la colline et les avait projetés contre les arbres. Les hommes et les animaux étaient éparpillés dans la vallée. De nombreux chevaux sans cavalier galopaient sans but. De multiples corps se trouvaient probablement sous l'eau, désormais, car la pluie et l'inondation se poursuivaient.

Se protégeant de la pluie, Cador leva les yeux vers le château. Il distinguait les serviteurs de la reine dans leur uniforme rouge vif, bien qu'ils aient la taille d'insectes. Le château semblait bien protégé, surtout que les soldats de Perran avaient été anéantis par l'inondation.

— Le village du coin est au-dessus de la vallée ? demanda Cador.

— Oui, merci mes Dieux. Ou merci à quiconque a décidé de construire le village sur une zone surélevée. Enfin, je suis sûr que l'inondation a tout de même ravagé leurs maisons. Je n'ai jamais rien vu de tel. J'ai lu d'anciens contes sur le lac de cette vallée, qui se serait grandement surélevé, mais je pensais qu'il s'agissait tout bonnement d'un conte.

— Retournons au château avant que l'inondation devienne encore plus réelle.

Il se pencha vers Jem, qui jeta un coup d'œil à Doryty.

— Est-ce qu'elle va bien ?

— Je crois.

Le Neuvellan ouvrit le col de sa chemise afin de caresser sa tête tremblante du bout des doigts, tandis que Cador tentait de bloquer la pluie.

— Merci de l'avoir sauvée. Et mon livre, aussi. Je suppose que c'est ce que je sens collé contre mon dos, en ce moment.

Cador fut obligé de rire. Ce sentiment inattendu était le bienvenu. Ce n'était rien. Jem les avait sauvés. L'avance d'Ebrenn était vraisemblablement un échec. Et bien que le pauvre Hedrok soit mort, Cador avait le droit de rire. Il avait le droit de plaisanter.

— C'est si bon de t'avoir contre moi que tu vas peut-être sentir autre chose également.

Il roula des hanches.

— Tu es incorrigible !

Jem s'esclaffa également, son sourire éclatant au milieu de la grisaille. Ce sourire ! Comme il avait manqué à Cador.

— Tu es…

Son cœur tambourinant, Cador se pencha en avant malgré la pluie qui canardait son crâne. Il leva l'autre bras pour tenter de protéger Jem du mieux possible.

— Oui ?

Il retint sa respiration. La pluie restait sur les épais cils du Neuvellan qui cligna des yeux en observant son mari.

— Lâches !

Ils pivotèrent brusquement en direction de la voix distante. À contrecœur, Cador éperonna Lusow.

— L'eau monte toujours.

— Oui.

Jem regarda devant lui alors que Doryty était bercée contre son torse.

— On dirait que quelqu'un a besoin d'aide.

Tandis qu'ils trouvaient la pente menant à une zone surélevée autour de la base du château, la voix devint plus forte. Elle ressemblait à celle d'un homme, qui fulminait et délirait. Ses mots se perdaient dans le ronronnement de la pluie. Lusow ayant échappé au torrent, il luttait tout de même sur le chemin boueux. Ils descendirent alors du dos de l'étalon. Ils marchaient quasiment à quatre pattes, parfois, mais Lusow s'en sortait bien mieux sans eux sur son dos.

Sur une crête, près du château qui se dressait haut dans un ciel anormalement sombre, ils se retrouvèrent alors face à l'homme qui continuait de crier. Il était effectivement vieux et couvert de boue. Des égratignures et des blessures saignaient sur son visage pâle ainsi que sur ses mains. Sa cape sale, au-dessus de ses délicats vêtements du continent, avait dû coûter une fortune.

Et c'était sûrement le cas, car le roi Perran d'Ebrenn insistait pour ne porter que le meilleur.

Il n'avait plus sa couronne. Compte tenu de l'ampleur qu'il avait prise dans l'esprit de Cador – le pouvoir qu'il exerçait sur l'avenir d'Ergh –, il était étrange de voir Perran si diminué.

Quelques-uns de ses soldats avaient été perdus dans l'inondation, mais où était le reste ? Sur qui ce roi pathétique criait-il ?

La pluie cessa enfin, bien que le torrent soit toujours aussi impitoyable. Perran aperçut Cador et Jem, tandis que Lusow s'ébrouait impitoyablement. Cador relâcha les rênes et laissa le cheval continuer sur le sentier. Il était intelligent et trouverait certainement l'écurie ou un autre abri, seul.

— Roi Perran ? l'appela Jem d'une voix hésitante.

— Lâches ! hurla le vieil homme. Je vous ai dit d'attaquer !

Ses bottes étaient si profondes dans la boue qu'il aurait pu s'agir de sables mouvants. Il ne semblait pas reconnaître Jem et Cador.

— Roi Perran, il n'y aura aucune bataille, aujourd'hui.

Jem lança un regard hésitant à son mari avant de se racler la gorge et de parler avec davantage de confiance.

— Venez avec nous au château et nous pourrons discuter de nos différences paisiblement. S'il vous plaît.

Perran gronda quasiment.

— *Toi.*

Cador mourait d'envie de récupérer sa lance ou son épée, mais il craquerait le cou de Perran de ses mains nues si ce salopard menaçait Jem.

— Je vous ai dit d'attaquer ! hurla Perran à personne en particulier.

— Père !

Treeve apparut de l'autre côté de la crête, trempé et couvert de boue également. Cador ne lui voyait aucune arme. Le prince d'Ebrenn traînait son pied gauche en avançant dans leur direction.

— Les Dieux ont clairement exprimé ce qu'ils pensaient de

votre bellicisme. J'ai réuni le reste de notre peuple dans un endroit sûr, de l'autre côté de la vallée. Ils refusent de vous suivre vers une mort certaine. C'est de la folie. Allons avec le prince Jowan et rencontrons la reine. Nous devons…

— Si cette garce pense que je lui donnerai un centimètre du territoire de la Vallée des Dieux, je…

— Oubliez la vallée ! lui hurla Treeve. Vous gâcherez tout, au bénéfice de votre fierté entêtée et ridicule !

Perran dévisagea son fils, manifestement choqué.

— Tu oses t'adresser à moi…

— Oui, Père. J'ose.

Il fit un geste du bras en direction de la vallée inondée.

— Vous avez déjà coûté de trop nombreuses vies pour le bien de votre vendetta envers la reine. Vous avez attisé les soupçons et les préjugés de notre peuple pour déclencher une guerre non seulement avec Neuvella, mais aussi avec Ergh. Cependant, je serai bientôt roi. Et je n'irai pas en guerre.

Cador fut soulagé de l'entendre, mais aussi petit et triste que soit Perran, il gouvernait toujours et ne semblait pas pressé de mourir. Cador et Jem échangèrent un coup d'œil inquiet. L'Erghien restait aux côtés de son époux, au cas où Perran déciderait que faire du mal à Jem serait un bon moyen de blesser sa mère.

— Tu crois pouvoir te débarrasser de moi aussi facilement ? demanda Perran en ricanant. Ta sœur aurait dû vivre, plutôt que toi. Espèce de mauviette pathétique ! Pourquoi n'as-tu pas été maudit à sa place ?

Treeve contracta sa mâchoire.

— Ma sœur est morte de cette maladie qui ravage Ergh, car elle refusait de manger autre chose que du pain et du miel. Ce n'était pas une malédiction, espèce de fou ! Et ce n'était pas la faute de maman.

Seul le bourdonnement de la pluie rompait le silence stupéfait. La même maladie était déjà connue auparavant ? Mais on la considérait comme une malédiction ? Chaque fois que Cador pensait saisir la vérité du continent, un autre secret était révélé. Jem resserra un bras autour de la taille de Cador.

Perran observa son fils, bouche bée.

— Une maladie ?

— Oui. Elle est extrêmement rare sur le continent, car nous mangeons tous en majorité des sevels et des céréales. Mais ma sœur ne mangeait pas grand-chose. Maintenant, je me rends compte que ce n'était pas une malédiction.

— Mensonges ! siffla Perran en montrant Treeve d'un doigt noueux et tremblant. Traître. Menteur !

Il bondit si rapidement sur son fils qu'il put l'attraper au niveau de la gorge. Cador alla tenter de le déloger tout en apercevant du mouvement sur le côté.

Du sang gargouilla ensuite depuis la bouche de Perran, peignant le coin de ses lèvres d'une couleur écarlate alors qu'il se rigidifiait au bout d'une épée. Le frère de Jem, Pasco, libéra la lame. Un instant, Perran sembla planer avant de s'écrouler dans la boue.

Treeve regarda fixement le corps de son père à ses pieds. Prenant une inspiration tremblante, il hocha la tête sans un mot en direction de Pasco.

— J'attendais ça depuis longtemps, dit le frère de Jem en haussant les épaules.

Cador ne put qu'être d'accord. Pasco observa son cadet.

— Tu vas bien ? Je suis désolé que tu aies été obligé de voir ça.

Jem se décala et Cador le lâcha, à contrecœur. Pasco tenait

toujours l'épée et Cador demeurait alerte.

— J'ai vu pire, déclara Jem d'une voix à la fois calme et forte.

— Ah bon ? demanda Pasco, qui semblait évaluer son état. J'ai l'impression que le temps que tu as passé sur Ergh t'a changé, petit frère. Si tu y retournes…

— *Quand*. Quand j'y retournerai.

Ses bottes s'enfonçant dans la boue, Jem leva les yeux vers son frère d'un air de défi. Le cœur de Cador s'emplit tant que cela en devenait quasiment insupportable.

— Ergh sera mon foyer. Son peuple est mon peuple.

Pasco fronça les sourcils.

— Mais il n'est pas trop tard. Tu peux toujours épouser Treeve comme nous l'avons prévu.

Dans un autre silence, ce mot fit écho dans l'esprit de Cador. *Prévu. Prévu ? Prévu !* Une rage bouillonnante surgit à cette idée.

— De quel plan parlez-vous ? demanda-t-il au travers de ses dents serrées.

Jem lui avait-il menti, après tout ? Existait-il un autre niveau de traîtrise ?

Ignorant Pasco, Jem regarda calmement son époux.

— J'ignore de quoi il parle.

L'Erghien ressentit un soulagement rapide et agréable. Il acquiesça. Il croyait Jem. Il avait confiance en son mari.

Pasco agita une main en direction de Treeve.

— Nous pensions que vous formeriez un beau couple. Que cela renforcerait le lien entre nos familles.

— Vous nous avez dit que c'était l'idée de votre père, souligna calmement Jem en se tournant vers Treeve.

— C'était le cas, répondit-il en haussant les épaules. Mais Pasco et moi en avions également discuté.

— Tu crois que Mère voudrait que j'épouse le fils de Perran ? demanda Jem à Pasco.

— Si cela servait Neuvella. Et Mère ne sera pas reine pour toujours, Jem, répliqua Pasco qui s'agrippait à l'épée ensanglantée alors que le corps de Perran était allongé dans la boue entre eux. Treeve et moi, nous sommes des esprits novateurs.

Cador espérait que la reine dormait avec un œil ouvert.

— J'ignorais que vous vous connaissiez personnellement, remarqua Jem.

Pasco haussa les épaules. Il plissa les yeux en direction de Cador.

— Si vous vous mettiez à l'écart, je suis sûr que nous pourrions convaincre les ecclésiastiques d'annuler le mariage. Bien sûr, nous ferons en sorte que cela vaille la peine pour vous.

Cet imbécile arrogant avait un sacré culot de parler des noces de Jem et de Cador comme s'il ne s'agissait que d'une simple transaction. Un désagrément ! Cador relâcha son poignet gauche avec effort et écarta largement les doigts, dévoilant la marque en forme de dillywigue.

— Jem est mon mari jusqu'à ma mort.

La boue émettant un bruit de succion sous ses bottes, Jem retourna aux côtés de Cador et serra fermement leurs paumes marquées.

— Cador est mon époux. Ergh est mon foyer.

Pasco inclina la tête et essuya la pluie dans ses yeux.

— Ah. Tu le penses vraiment.

Il haussa les épaules nonchalamment avant de s'adresser à Treeve.

— J'imagine que nous allons devoir ajuster le plan.

— J'imagine que oui, confirma prudemment Treeve avant que son regard ne glisse vers le cadavre de son père. Je devrais être désolé, mais…

Ils regardèrent fixement le corps dans un silence rompu uniquement par le battement de la pluie.

— Raconte-nous maintenant tout ce que tu sais à propos des sevels et de la maladie.

Un éclair illumina le ciel alors que la tempête semblait une fois encore redoubler de force. Cador gigota, gêné.

— Peut-être pas *tout* à cet instant même.

— Non, confirma Treeve en observant les nuages noirs d'un œil méfiant. Je peux vous dire que j'ai beaucoup appris lors de l'année qui s'est écoulée, à propos de nos méthodes de culture des sevels.

— Ah bon ? demanda Pasco, dont le regard glissait vers Treeve comme celui d'un serpent. Comme c'est fascinant.

— Je crois que le sol peu profond d'Ergh peut être renforcé en cultivant une autre plante simple qui nourrira les racines des arbres à sevels.

Cador fronça les sourcils.

— Mais ils ont poussé sur Ergh sur d'innombrables générations.

— Oui, ils ont affaibli le sol au fil du temps. Petit à petit, les racines se sont flétries. Sur le continent, nous possédons beaucoup d'autres cultures. Ce que contiennent les sevels doit aussi être présent dans cette nourriture. Sur Ergh, le régime alimentaire est plus limité. L'équilibre est beaucoup plus précaire. Je crois qu'Ebrenn peut aider.

— Tout comme Neuvella, insista Pasco. Après tout, nous avons déjà formé un lien particulièrement fort entre nos peuples.

Il montra alors Cador et Jem.

Ce dernier releva le menton dans un geste déterminé.

— En effet. Bien qu'avec l'aide généreuse d'Ebrenn, Ergh n'aura nullement besoin d'abîmer ses montagnes immaculées afin de trouver de l'huile à échanger avec Neuvella. Je suis certain qu'Ebrenn sera ravi de continuer à fournir à Neuvella ce dont nous avons besoin. Comme vous êtes un tel visionnaire, Prince… Ou plutôt, *Roi* Treeve.

Ce dernier le gratifia d'un sourire étincelant.

— Bien sûr, Prince Jowan. Je ne voudrais pas que le mode de vie erghien soit altéré par l'interférence du continent.

Pasco éclata de rire.

— Jamais de la vie ! répliqua-t-il en secouant la tête. Très bien, je suis sûr que des négociations auront lieu entre nos familles. Et avec les religieux, qui ne détiennent du pouvoir que si nous leur en donnons.

Treeve grimaça et observa le ciel alors que la pluie redoublait d'intensité.

— Cette météo sera vue comme un présage. Un jugement.

— Oui, nous devrons donc décider exactement ce qu'est ce jugement et de quelle façon il peut nous être bénéfique, répondit Pasco. Je suis convaincu que notre mère sera d'accord sur ce point.

Il baissa alors les yeux vers le corps de Perran.

— Bon, que faisons-nous de ça, maintenant ?

Une émotion, qui aurait pu être du chagrin, se lut brièvement sur le visage de Treeve.

— Voulez-vous bien m'aider à le porter jusqu'au château ?

Cador relâcha la main de Jem.

— Évidemment.

Il ne savait toujours pas quoi penser de Treeve, mais cet homme ne devrait pas avoir à supporter le corps de son père. Il tenta de ne pas penser à Bryok, transpercé à l'extrémité de la lance de Delen avant de tituber dans l'obscurité, mais il ne put l'éviter.

— Et pour sa blessure ? Il est évident qu'il ne s'est pas noyé.

— Il a été tué par l'un de ses propres soldats après les avoir obstinément guidés vers une inondation meurtrière, répondit aisément Pasco. Il a été maudit par les Dieux pour son bellicisme et son orgueil démesuré.

Il tenait toujours l'épée, la lame lavée par la pluie reprenant une innocente teinte argentée.

Conservant de la distance avec la lame de Pasco, Cador grogna pour marquer son approbation. Comme il haïssait ces jeux politiques. Sans parler du meurtre.

L'idée qu'il deviendrait un jour chef de clan et devrait négocier avec Treeve, Pasco et les putains de religieux lui donna envie de prendre Jem sous son bras et de s'enfuir loin, très loin. Il se pencha pour soulever Perran par-dessus son épaule.

— Doryty !

Cador tourna les talons et vit Jem, les mains tendues. Le petit oiseau était apparemment prêt pour la liberté et battait vaillamment des ailes. Mais la pluie tombait encore abondamment et Doryty se débattit en descendant vers la boue. Jem la suivit et plongea pour la rattraper. Il glissa alors sur cette folle pente, la tête la première, comme s'il s'agissait de glace.

Du coin de l'œil, Cador crut voir Doryty reprendre des forces et s'envoler alors que le Neuvellan tombait. Il attrapa donc Jem par une cheville et s'agrippa au cuir doux de sa botte. Ils glissèrent tous les deux jusqu'à ce que Cador s'arrête brusquement, tenant le pied de son époux de toutes ses forces.

Derrière lui, Treeve grognait en lui tirant sur la botte. Pasco l'aida à les attirer à nouveau sur la terre ferme. Ou du moins, sur un sol légèrement plus solide. Cador souleva Jem pour le mettre en toute sécurité sur ses cuisses.

— S'est-elle envolée ? demanda Jem.

— Oui.

Cador n'en était pas parfaitement convaincu, mais comme il ne la voyait nullement dans la boue, il préférait croire qu'elle s'était envolée plutôt que noyée.

— Tout ça est très touchant, mais retournons au château, hein ? demanda Pasco, qui était accroupi aux côtés du corps de Perran et tirait le bras du cadavre.

Jem acquiesça et Cador le relâcha à contrecœur. Perran passé par-dessus son épaule, il avança d'un pas lourd avec les autres jusqu'au donjon. Les gardes de la reine vinrent bientôt les aider. Pasco leur ordonna d'emmener le corps de Perran et Cador fut ravi de se débarrasser de cet horrible poids.

Dans l'immense entrée, la boue dégoulinait sur le carrelage coloré. La reine étreignit fermement Jem, se moquant apparemment que son élégante robe soit salie. Elle le serra contre elle, encore et encore, avant de laisser une petite chance au père de Jem d'en faire de même. Le chef de clan apparut aux côtés de Delen et avança en direction de Cador, tout en observant Treeve d'un air suspicieux.

Cador se prépara, s'attendant à moitié à ce que son Tas lui hurle une nouvelle fois dessus. Mais rendre visite à Hedrok sur son lit de mort l'avait peut-être apaisé d'une manière ou d'une autre. Son père se contenta de lui serrer le bras et de hocher la tête dans un signe que Cador ne savait interpréter.

Treeve leva ses mains vides. Ses hauts-de-chausse et sa chemise blanche collaient à son corps. Le vêtement vaporeux devenait translucide sur sa peau tannée.

— Votre Majesté, je ne veux nullement combattre.

— Les Dieux exposent leur colère !

Ils pivotèrent tous, après la proclamation d'Ysella, alors que la vieille femme descendait l'escalier avec une rapidité surprenante compte tenu de son corps rabougri. Cador aurait pu jurer qu'ils avaient tous grogné à l'unisson dans leur barbe. Treeve répondit avant même que la mère de Jem puisse prendre la parole.

— Oui, je crois que les Dieux sont clairs. Tout d'abord le feu, maintenant l'inondation. Nous devons nous unir en ces temps troublés. Unifier Onan, dit Treeve avant de soupirer lourdement et de joindre ses mains devant lui. Mon père est mort.

La tension s'abattit sur toutes les personnes présentes.

— Ce salopard est mort ? aboya le chef de clan.

Treeve répondit d'un ton calme et posé, ce que Cador devait bien lui reconnaître.

— Oui. Je crains qu'il ait perdu l'esprit. Savoir qu'il est désormais en paix me réconforte.

Un autre silence s'étira avant que Jem murmure.

— En effet. Cela nous réconforte tous. Je crains qu'il ait souffert trop longtemps.

Personne ne demanda précisément la cause de sa mort. Ils murmurèrent une vague approbation et firent comme si Perran n'avait pas été une menace pour tout le monde.

— Vive le roi de l'Ouest ! proclama Ysella.

Treeve exécuta une révérence devant elle.

— Je demande humblement votre bénédiction, lui dit-il avant de s'adresser à la reine. Les soldats d'Ebrenn ne souhaitent nullement se battre. J'ai laissé les troupes restantes de mon père – *les miennes* – à l'autre extrémité de la vallée et je leur ai strictement ordonné de respecter une trêve. Je suis certain qu'ils pourront aider, une fois que cette pluie cessera, et nous pourrons évaluer les dégâts sur la zone. Je demande également votre aide pour guérir nos soldats et chevaux blessés.

La reine acquiesça et donna brièvement des ordres à ses domestiques.

— Merci. Et nous devons discuter des sevels, poursuivit Treeve. Nous n'avons pas de temps à perdre.

Une tension tacite atteignit de nouveaux sommets quand le tonnerre gronda, le ronronnement de la pluie incessant. La reine semblait être sur le point de répondre, mais elle se tourna ensuite vers le chef de clan.

— Je suis désolée, lui dit-elle. Je me suis mal comportée envers Ergh et vous-même. J'espère qu'avec le temps, vous pourrez me pardonner et que nous pourrons réellement unir nos peuples.

Son regard glissa vers Jem et s'adoucit.

— Et nos familles, conclut-elle.

Se tenant avec le dos bien droit, le Tas ne répondit rien. Cador espérait que son père ferait le bon choix, cette fois. Ils ne remporteraient pas une guerre contre le continent. Plus que ça, ils *perdraient*. Ils perdraient tant. La reine et les ecclésiastiques avaient eu un pas d'avance sur eux, pendant tout ce temps. Son père devait donc ravaler sa fierté.

Cador et Delen échangèrent un nouveau regard inquiet. Le chef de clan devait prendre la décision que la jeune femme prendrait sûrement si elle gouvernait. Ils venaient tout juste de voir Hedrok mourir. Plus jamais. *Plus jamais.*

Finalement, le Tas hocha la tête. Il regarda Cador et Jem à ses côtés.

— Nous avons tous commis des erreurs.

— Asseyons-nous brièvement ensemble le temps que la pluie cesse, dit la reine en désignant l'un des longs couloirs dans l'entrée. Je vous suis, ainsi que le roi Treeve. Nos enfants devraient peut-être aussi se joindre à nous.

Pasco marchait déjà aux côtés de Treeve. Le corps entier de Cador était courbaturé et l'idée de subir encore plus de politique ainsi que de devoir surveiller son langage était épuisante. Jem s'affala contre lui. Cador se rendit compte que son père le regardait et il redressa donc le dos. Il remplirait son devoir.

— Je crois que Cador et le prince Jowan ont besoin de se reposer, dit le chef de clan. Delen peut m'accompagner.

Jem soupira bruyamment, trahissant un soulagement semblable à celui de Cador.

— Merci, dit-il.

Le groupe s'éloigna tel un seul homme avant que la reine ne s'arrête subitement et se tourne vers Ysella à ses côtés.

— Chère ecclésiastique, voulez-vous bien rejoindre la mère de ce pauvre enfant ? Les Dieux ont mis fin à ses souffrances, mais Creeda a grandement besoin de vous. Je sais que vous serez d'un réconfort incommensurable, pour elle.

La vieille femme cligna des yeux, surprise d'être exclue de cette réunion. Mais comment pouvait-elle refuser ? Grinçant des dents, elle opina du chef. La reine prit alors sa main noueuse.

— Les Dieux nous bénissent réellement avec une émissaire aussi sage et généreuse.

La reine se retourna et montra le chemin avec son époux, le Tas, Delen, Treeve et Pasco dans son sillage. Cador devait bien admirer ses aptitudes politiques – mais plus que jamais, il refusait de faire partie de ce monde. Jem l'attira en direction des marches avant qu'Ysella ne puisse jeter son dévolu sur eux. Ils coururent quasiment dans l'escalier majestueux, laissant la vieille religieuse sans aucun public.

Derrière les immenses fenêtres, le long du couloir à l'étage, le ciel semblait enfin s'éclaircir. La pluie n'était plus qu'une bruine, désormais. Tant de choses resteraient à faire, dans la semaine à venir, pour réparer les dégâts provoqués par l'inondation. Mais pour le moment, la menace était passée.

Bien que Jem ne tente nullement de l'arrêter ou de lui fermer la porte au nez, Cador demeura sur le seuil de la chambre. Celui-ci l'avait sauvé de l'inondation. Ils s'étaient touchés. Ils avaient échangé des sourires – de véritables sourires. Jem avait déclaré qu'Ergh était son foyer. Mais pardonnait-il réellement à Cador ?

Tant de choses s'étaient produites en si peu de temps. Quand la peur et l'excitation retomberaient après cet événement, quelle serait la place de Cador ?

Jem faillit disparaître dans la salle de bain avant de se tourner vers son époux pour l'observer en clignant des yeux. Il écarta les boucles mouillées de ses yeux.

— Que fais-tu ?

— Qui suis-je ? demanda brusquement Cador.

Jem fronça les sourcils en traversant rapidement la pièce.

— Tu es blessé ?

Cador secoua la tête.

— Suis-je un bûcheron en maraude venu ravir Kitto, le prince vierge ?

Un frisson traversa Jem alors que son souffle se coupait. Lors d'un instant infini, ils se dévisagèrent.

Puis Jem s'envola, les bras autour du cou de Cador, tandis qu'il l'embrassait férocement. L'Erghien gémit contre la bouche de son époux, qu'il souleva alors que la joie et le soulagement les plus doux qu'il avait jamais connus bannissaient ses ultimes doutes.

Chapitre 23

J EM BRISA UNIQUEMENT le baiser quand il fut obligé de respirer laborieusement. Cador ferma la porte d'un coup de pied et ils trébuchèrent sur le tapis à côté du lit. Jem inhala profondément le parfum de mousse de Cador, l'euphorie et le désir prospérant.

— Tu es mon époux et je ne suis plus vierge, marmonna Jem entre les baisers.

Il écarta les jambes pour que Cador se frotte contre lui et accueillit son poids écrasant. Il n'y avait plus de jeu, plus de déni.

Néanmoins, il sentait le livre toujours coincé dans la veste de Cador et il appuya donc contre ses épaules pour l'éloigner.

— Attends, attends.

Assis sur ses talons, Cador haleta et se caressa au travers de son pantalon de cuir trempé.

— Tu vas me punir maintenant en me faisant attendre ?

Il sourit, bien qu'il soit tendu, comme s'il craignait véritablement que Jem le rejette et tourne la situation en dérision.

— Non, répondit Jem en s'asseyant et en l'embrassant. Je te pardonne. Plus de punition.

Il passa les mains sous la veste de Cador et en extirpa prudemment le livre trempé.

— Merde, je l'ai abîmé ? Je suis désolé.

— Tu l'as sauvé ! Merci.

Jem posa le livre avec précaution sur la table avant de récupérer le flacon d'huile.

— Après ce que j'ai fait par le passé… jeter tes livres… j'étais obligé.

Cador rougit et laissa ses bras pendre le long de son corps.

Jem rampa jusqu'à se placer sur ses cuisses.

— Je te pardonne. J'ai l'impression qu'une éternité s'est écoulée depuis.

— C'est le cas. J'ai du mal à me souvenir d'une époque où je ne tenais pas à toi. Où je ne t'aimais pas au point que cela devienne douloureux.

Ils se perdirent une fois encore dans leurs baisers, la ferveur se manifestant par de lents et longs coups de langue ainsi que par une exploration, tandis que leurs respirations se coupaient et qu'ils se débarrassaient de leurs vêtements abîmés.

Quand Jem s'abaissa, saisissant la verge de Cador dans ses fesses lubrifiées et sensibles, ils grognèrent et s'embrassèrent de façon obscène. Ils étaient sales, trempés et couverts de boue. Les cuisses de Jem étaient largement étirées au-dessus de celles de Cador et cette fois-ci, il était face à lui. Seules quelques heures s'étaient-elles écoulées depuis qu'ils s'étaient envoyés en l'air comme des bêtes dans la forêt ? Au moins, à cet instant, la garde-robe de Jem emplie de hauts-de-chausse était à portée de main. Il rit.

Cador écarta les doigts au-dessus des côtes de Jem et un sourire interrogateur se lut sur ses lèvres rendues glissantes par les baisers.

— Quoi ?

— Je n'en sais rien.

Il ne pouvait s'arrêter de rire. Être de retour à Neuvella ressemblait à un rêve étrange. Désormais, tant de choses s'étaient produites et il ignorait ce qu'il pensait de tout cela.

— Je suis peut-être devenu fou. Tu voudras quand même de moi ?

Cador lui lança un sourire délicieusement carnassier avant de l'embrasser avec de grands coups de langue. Il donna un coup de reins dans le corps douloureux de Jem.

— Je te prendrai de toutes les manières imaginables.

— Hmm, je visualise tant de scénarios.

Cador saisit le visage de son époux entre ses mains et le scruta de ses yeux bleus.

— Tu me pardonnes sincèrement ?

— De tout mon cœur. Si je me cache et que je ne t'accorde jamais de seconde chance, quel bien cela me fera ?

Il se contracta autour du sexe de Cador, profondément installé en lui.

— Quel bien cela me fera de nous refuser un avenir alors que je t'aime encore ?

— Ton visage est fait pour sourire et je m'assurerai que tu souries pour le reste de nos vies.

Jem ne put que l'embrasser. Leurs mouvements furent subitement frénétiques, tandis que leurs lèvres et leurs mains devenaient insatiables.

— Prends-moi. Ardemment. Comme j'en ai besoin. Donne-moi ton sperme et… argh !

Il rit une fois encore alors que Cador le retournait sur le tapis.

Bien qu'il couvre Jem avec son grand corps, tout en le gratifiant de longs coups de reins, Cador se montrait prudent.

— Dis-moi si c'est trop.

— Ce n'est jamais trop, gémit Jem, bien que son anus souffre effectivement. Plus.

— Mon petit prince insatiable.

Cador déposa des baisers sur le visage de son époux, puis se balança en lui avec des mouvements lents et sensuels.

Jem était coincé comme il aimait l'être. Il s'autorisa à se relâcher et à prendre chaque centimètre de la verge de Cador avec des cris et des grommellements joyeux. Ses genoux étaient relevés et largement écartés. Jem se délectait de la façon dont l'Erghien maîtrisait à la fois son corps et son âme.

Il n'était pas lui-même un prince de fiction et Cador n'était pas un bûcheron. Il était son mari, et même s'ils n'avaient pas eu leur mot à dire sur leur union, ils se choisissaient, désormais.

— Je ne changerais rien, haleta Jem en saisissant la main marquée de Cador et en serrant fermement leurs paumes l'une contre l'autre. Je suis ravi que tu m'appartiennes.

Cador serra sa main tout en inclinant les hanches pour caresser l'endroit parfait en Jem.

— À moi, pour toujours.

Jem ne put que s'écrier tandis qu'un feu extatique explosait au plus profond de lui. Bien que le plaisir ait été indéniable, quand ils avaient joué la comédie, c'était encore plus agréable maintenant.

Quand Cador l'eut empli, il fit une fellation à Jem pour lui faire atteindre l'orgasme. Des gouttes blanches s'échappèrent entre ses lèvres et s'agrippèrent à sa nouvelle barbe. Il se blottit ensuite entre les jambes écartées de Jem et celui-ci ne se recroquevilla pas pour échapper à la douce inspection de son orifice étiré.

Il tressaillit seulement quand il posa la tête sur le large torse de Cador, les poils chatouillant sa joue, et que celui-ci traça le contour d'une nouvelle égratignure sur son crâne. Ils étaient toujours sur le tapis et le lit semblait incroyablement haut et éloigné.

— Je vais essayer d'arrêter, chuchota Jem.

Il était certain que cette compulsion disparaîtrait avec le temps.

La tension traversa le corps de Cador sous le sien.

— Je n'ai pas été à la hauteur, avec toi. Mais je jure que je ne permettrai plus qu'on te fasse du mal.

Jem fut obligé de rire.

— Tu peux essayer, au moins.

— Je le ferai !

Cador s'assit brusquement, entraînant Jem avec lui. Son beau visage était si sincère.

— Je te donne ma parole.

Blotti sur ses cuisses de barbare, Jem lui fit également un serment.

— Je t'aime. Pour toujours.

Ils auraient pu s'embrasser des heures, et ce fut peut-être d'ailleurs le cas, avant que quelqu'un frappe avec insistance à la porte, dans un rythme rapide et familier.

— Quoi ? grogna Cador.

— C'est Santo. J'arrive ! cria Jem.

Il se leva ensuite en grondant, ses muscles protestant, et récupéra un peignoir en soie. Il jeta une couverture à Cador, qui s'était rallongé sur le tapis. Jem ouvrit la porte et Santo trébucha presque à l'intérieur.

— Oh, Jem ! dit-iel en l'étreignant. Mère et Père ont insisté sur le fait que tu étais indemne, mais je devais le voir de mes propres yeux.

— Je vais bien, oui, répondit Jem en le serrant affectueusement dans ses bras. Arthek et toi, vous allez bien, aussi ?

— Oui, nous étions occupés à aider…

Iel posa le regard sur Cador, allongé sur le tapis.

L'incrédulité froissa son visage.

— Oh ! Tu fais la sieste. Je ne voulais pas… s'interrompit-iel avant de froncer les sourcils en regardant Jem. J'espérais que vous vous étiez réconciliés ?

— Nous sommes réconciliés, le rassura Jem.

— Nous étions en train de baiser, intervint Cador. Nous n'avons pas pu atteindre le lit.

Ses mains étaient liées derrière sa tête, tandis que la couverture couvrait son ventre au petit bonheur la chance. Ses cuisses poilues dépassaient.

— Oh ! répondit Santo en souriant. Je suis vraiment ravi de l'entendre.

Jouant avec sa tresse, iel hocha la tête d'un air approbateur en direction de Cador.

— Tu t'es montré digne de mon petit frère.

— Merci, répondit solennellement Cador – ce qui fit sourire Jem.

— Et n'oublie pas que mon mari te fera tuer, si tu merdes à nouveau, ajouta joyeusement Santo. Il y a tant de choses à faire, maintenant. Je dirais bien que vous devez prendre un bain, tous les deux, mais nous avons besoin de toutes les mains disponibles au village après l'inondation. Nous devons aider notre peuple.

Cador se leva, se moquant apparemment que la couverture tombe à ses pieds.

— Je suis prêt.

— Ça, tu l'es. Tu as quand même le temps d'enfiler un pantalon. Malheureusement, lui assura Santo en faisant mine de soupirer avant d'adresser un clin d'œil à Jem.

Son sourire s'estompa.

— Vous croyez que nous pouvons faire confiance au prince Treeve ? Enfin, j'imagine que c'est le roi Treeve, maintenant. Du moins, ça le sera officiellement après la cérémonie sur la Place Sacrée. Qui sait quand elle se déroulera. D'abord les incendies, maintenant les inondations ! J'espère qu'Ergh s'en sort mieux, concéda-t-iel avant de grimacer. En dehors de cette terrible maladie. Je suis vraiment désolé pour ton neveu, Cador. Mes Dieux, tout est devenu si compliqué.

— Oui, répondit Jem. Mais nous trouverons une solution. Nous le devrons.

Le visage de Santo s'illumina une fois encore.

— En effet. Que ferait Morvoren ?

— Elle continuerait sur cette voie, répondit Cador. Tout en se tapant son triton à chaque occasion.

Santo lui adressa un clin d'œil.

— Comme toujours, suivons l'exemple de Morvoren.

LA PLACE SACRÉE avait encore besoin de coussins pour les chaises.

Jem gigota fébrilement sur l'assise en pierre dure. Ysella se trouvait sur l'estrade surélevée, au centre de la cour, et blabla-tait, encore et encore. Jem aurait cru qu'elle avait déjà dit tout ce qu'il était possible de dire, lors du couronnement de Treeve, la veille, mais apparemment, le Festin de la Lune de Sang s'accompagnait de ses propres serments.

Face à lui, Santo lui fit un clin d'œil. Iel portait des hauts-de-chausse moulants et un chemisier en soie fluide avec des manches bouffantes. Ses cheveux étaient tressés en de fines nattes qui étaient sûrement l'œuvre d'Arthek. À côté de lui, son mari était paisiblement assis, son petit doigt autour de celui de Santo.

Le reste de la famille de Jem était assis au premier rang, du côté de Neuvella, et ses parents semblaient écouter Ysella attentivement. Pasco, Locryn et leurs épouses étaient également présents. Par chance, les enfants échappaient à cet ennui.

Comme il était étrange d'être de retour sur la Place Sacrée, mais d'être assis dans la section d'Ergh. À côté de Jem, Cador en tenue de cuir intégrale ne semblait nullement dérangé par les chaises si ridiculement dures. Néanmoins, il était indubitablement las et avait trop chaud. Jem portait un pantalon de cuir, comme un clin d'œil à Ergh, ainsi qu'une délicate chemise en soie violette du style neuvellan.

Ses cousins de Gwels resplendissaient dans leurs vêtements aux couleurs vives. Treeve et les Ebrenniens arboraient un style plus austère, comme ils faisaient encore officiellement le deuil du roi Perran.

À vrai dire, Jem ne les avait jamais vus si joyeux, et il ne pouvait pas leur en vouloir. La couronne de Perran, qui avait été perdue dans l'inondation, n'avait pas été retrouvée et Treeve en portait une nouvelle, ornée de tant d'émeraudes qu'elle n'était plus assortie à sa tenue de deuil.

Cador se pencha et chuchota.

— Quand commence le véritable festin ?

Jem ne répondit rien, mais réprima un gloussement.

— Le plus tôt sera le mieux, siffla Delen de l'autre côté.

Kenver les ignora, bien qu'il ait retiré sa couronne composée de défenses incurvées une heure plus tôt, quand il avait semblé clair qu'Ysella était loin d'en avoir fini. Jem supposa que c'était juste. C'était son domaine, après tout, et elle était sûrement furieuse d'être exclue de la majorité des réunions entre les quatre royaumes d'Onan. Ici, elle possédait encore le pouvoir.

Bien sûr, la plupart des habitants vénéraient les Dieux. Elle détenait donc une influence significative, même si les chefs politiques auraient aimé réduire cette emprise. La mère de Jem et les autres la traitaient encore avec le plus grand respect, ce qui était sage. Au moins, la plupart des négociations politiques, dans les mois suivant l'inondation, avaient été épargnées à Jem et Cador.

Demain, ils mettraient les voiles en direction d'Ergh. Jem n'aurait jamais cru mourir d'envie de réitérer ce voyage ! Mais il avait hâte de retrouver la paix du cottage dans les bois. *Leur* cottage. Du coin de l'œil, il observa Cador et aurait aimé qu'ils soient seuls.

— Tu ne te lasses pas de moi, hmm ? murmura Cador.

Les joues de Jem se réchauffèrent, mais il garda la tête haute et la secoua légèrement.

— Patience, lui dit son époux en souriant.

Delen grommela dans sa barbe.

— Vous allez me dégoûter et le festin est la seule chose qui vaille la peine.

Elle sourit néanmoins quand Jem la regarda. Delen les avait totalement soutenus. Jem lui accordait donc à nouveau une confiance hésitante.

Quelques heures après que le banquet eut enfin commencé, Delen jouait avec sa cuillère.

— Je me demande si je manque à Creeda, dit-elle avant de ricaner. Je suis sûre qu'elle est trop occupée avec ses enfants. En plus, je ne rentrerai pas à Ergh avant l'année prochaine. Elle se souviendra à peine de moi à ce moment-là.

Il s'agissait évidemment d'une exagération stupide, mais Jem ne pouvait pas lui en vouloir.

— Je suis certain que ce n'est pas vrai. Et je suis sûr aussi que dans les moments calmes, tu lui manques beaucoup.

Jory avala une bouchée de pommes de terre rôties.

— Sans aucun doute ! lui affirma-t-il avant de devenir anormalement sérieux. Tu étais à ses côtés, pendant les souffrances de Hedrok. Plus que cet égoïste… désolé.

Il planta une autre pomme de terre avec sa fourchette et se racla la gorge.

— Elle n'oubliera pas ta loyauté.

Jem et Cador approuvèrent avec enthousiasme et elle leur lança à tous un triste sourire. À l'autre bout de la salle de banquet, Kenver était assis à une table aux côtés de la mère de Jem, de Treeve et de la reine de Gwels.

— Vous croyez que notre Tas me fait vraiment confiance, pour que je devienne la représentante d'Ergh sur le continent ou a-t-il si désespérément envie de rentrer à la maison qu'il laisserait n'importe qui ici ? demanda-t-elle en les observant.

— Il sait que tu feras un bien meilleur boulot que moi, répondit Cador. Arrête de douter de toi. Prends un petit poisson luxueux. Et un peu plus d'hydromel. Boire davantage d'hydromel t'aidera.

Riant, Delen leva sa coupe.

Jem comprenait ses doutes. Alors que le festin se poursuivait, ses propres appréhensions refirent surface. Aussi excité soit-il de retourner à Ergh, c'était si loin de sa famille. Au moins, cette fois-ci, il emporterait des coffres remplis de livres, sur l'insistance de Cador. Jem devrait s'habituer à la distance et ce serait sûrement le cas, cette fois-ci, au fil du temps.

Plus tard, il observait les étoiles dans le ciel sans nuage. La fumée des incendies n'était plus qu'un souvenir, désormais. Il se tenait dans le champ, derrière l'aile des chambres austères réservées à Ergh, et repensait à sa course aveugle aux côtés de Cador dans les tunnels. Son mari l'avait accompagné dans les moments les plus sombres.

Il ricana. Les moments les plus *sombres*. Comme c'était à la fois mélodramatique et littéral.

— Raconte-moi ce qui te fait rire.

Sursautant, Jem pivota et cligna des yeux en observant Kenver. Il lui lança un sourire gêné.

— Euh… Ce n'est rien.

Leur relation avait été polie et tendue, ces derniers mois, mais alors que Jem observait la nuit noire, il se rendit compte que c'était la première fois qu'ils parlaient seul à seul. Cador n'était pas loin, dans leur chambre, et il dormait à poings fermés après avoir profité du festin. Néanmoins, il reviendrait si Jem l'appelait en criant.

Non pas que Jem ait besoin d'être sauvé. Il pouvait parler seul à seul avec son beau-père. Bien que cet homme ait froidement manigancé son kidnapping, il n'avait plus rien à craindre, désormais. Il n'imaginait pas qu'ils deviennent un jour proches ou s'attachent l'un à l'autre, mais ils pouvaient se montrer courtois.

— Je…

Kenver jura dans sa barbe.

— Je te dois une excuse.

Jem laissa subitement tomber sa main et se rendit compte qu'il l'avait levée pour se gratter le crâne et se griffer avec ses ongles. Il prit une profonde inspiration afin de calmer son cœur tambourinant.

— C'est vrai. Oui.

— Je suis désolé. Je ne te voyais que comme un pion.

— Merci ?

Jem se maudit silencieusement tant il était nerveux et hésitant. Il joignit les mains dans son dos et se redressa.

— Je veux dire… c'est vrai. Et vous devriez être désolé.

Kenver acquiesça et gigota, gêné. Son regard était rivé sur ses bottes. Il n'avait clairement pas l'habitude de s'excuser.

— Tu rends mon fils plus heureux que je ne l'ai jamais vu, ajouta-t-il d'une voix bourrue.

— Je suis ravi que vous le reconnaissiez. Il me rend extrêmement heureux aussi. Le plus heureux.

— Bien. Je veux que mes enfants et mes petits-enfants soient heureux, si j'ai mon mot à dire.

Il sourit subitement en démontrant une douceur dont Jem n'avait jamais été témoin.

— Mon mari t'aurait beaucoup aimé.

— Cador dit qu'il était un excellent chasseur.

Jem ignorait ce qu'il aurait eu en commun avec cet homme.

— Oh, oui.

Kenver contempla le champ baigné du clair de lune, l'herbe ressemblant à des moissons dorées.

— Mais il était bien plus. Il était un père merveilleux. Notre Cador a toujours été un si bon garçon.

Il demeura silencieux un long moment avant de revenir brusquement à lui. Il toisa intensément Jem.

— Il est devenu un homme qui rendrait ses parents fiers. Vous allez bien ensemble. Nous retournons à Ergh avec les plus grands esprits du monde agricole et les meilleurs guérisseurs, grâce à ta mère. Grâce à toi.

— Tas ? l'appela Cador en s'approchant rapidement alors qu'il ne portait qu'un pantalon déboutonné et que ses pieds étaient nus. Jem, je me suis réveillé seul.

— Je vais bien.

Le Neuvellan tendit immédiatement la main vers celle de Cador, leurs paumes marquées se rencontrant comme si c'était une seconde nature pour eux.

— J'avais besoin d'air. Pas de quoi t'inquiéter.

Toujours tendu, Cador observa tour à tour son père et son mari.

— Si tu en es sûr.

— Oui, confirma Jem avant de lui serrer les doigts.

— J'ai bu trop d'hydromel, dit le chef de clan en reculant. Ça me rend follement sentimental. Nous avons tous besoin de sommeil, autrement, nous aurons la gueule de bois demain.

Il disparut au coin du bâtiment.

Cador le regarda partir, mal à l'aise.

— Que t'a-t-il dit ?

— Il s'est excusé. Inutile de t'inquiéter.

Il baissa les yeux vers les pieds nus de Cador dans l'herbe, sachant que celui-ci avait presque dû courir depuis leur chambre tant il s'inquiétait pour Jem.

— Viens, mon amour. Retournons nous coucher.

Cador acquiesça avant de grogner.

— J'ai bu trop d'hydromel. Pourquoi est-ce si bon ?

Riant, Jem le mena à l'intérieur et lui fit boire tout un pichet d'eau. Puis un autre. Et encore un par précaution.

À LA LUMIÈRE de l'aube, devant l'écurie, Cador était étonnamment joyeux.

— Tu aimerais avoir ton propre cheval ? demanda-t-il.

Vêtu de cuir pour le voyage, Jem hésita.

— Non, mais…

Il recula, prit une profonde inspiration et sauta dans les airs avant d'atterrir sur le dos de Dybri. Ses doigts étaient fermement serrés autour de sa crinière alors qu'il se hissait totalement avec ses muscles, luttant quand il aurait pu s'écraser par terre.

Enfin, s'il tombait, Cador était là pour le rattraper.

Souriant, son époux monta aisément derrière lui et coinça confortablement Jem entre ses cuisses et s'appuya contre son corps. Kenver, Jory et les autres étaient déjà partis vers le nord, les dizaines de charrettes remplies de sevels – et une autre contenant les livres entassés de Jem – avançant dans un concert de grincements.

— Prêt ? demanda Cador en serrant un bras autour de Jem.

— En avant, vers les confins d'Onan ! s'écria Jem en imitant Morvoren.

Ils s'esclaffèrent et chevauchèrent vers leur avenir, ignorant les coups d'œil curieux tant ils étaient perdus dans leur propre monde.

Épilogue

Cinq ans plus tard

FRISSONNANT SOUS LA morsure glacée de cette soi-disant brise printanière, Jem laissa Nessa fouiller les bourgeons timides des buissons bordant le sentier qui menait au cottage. Il était ravi d'avoir sa cape rouge doublée de fourrure, bien que le fermoir au niveau de son cou soit usé et qu'il faille le remplacer.

Dans ses songes les plus fous, Jem n'aurait pu deviner à quel point Ergh était glacial au cœur de l'hiver. Pourtant, Cador lui assurait que c'était ordinaire. Heureusement, après l'étrange été ponctué d'incendies et d'inondations, la météo du continent avait repris son rythme normal. Les Dieux étaient apparemment apaisés.

Tandis que Nessa fouillait, Jem saisit l'opportunité pour tendre l'oreille, à la recherche d'oisillons en détresse, bien qu'il ait déjà largement assez de pain sur la planche cette dernière semaine avec trois askels adultes aux ailes brisées. Ils avaient été piégés dans les filets protégeant la surface des racines d'arbres à sevels alors que les pousses avaient du mal à s'enfoncer dans la terre solide d'Ergh.

Le cultivateur en chef d'Ebrenn reviendrait à Ergh avec Jem et Cador, après le sommet de cette année, pour vérifier les progrès des vergers. Jem espérait qu'ils trouveraient de nou-velles stratégies, afin de protéger à la fois les askels et les arbres précieux qui devaient enfin produire des fruits après ces années

"

de culture soigneuse.

— Allez, on y va.

Jem fit claquer sa langue et encouragea Nessa, comme sa patience commençait à s'effriter. Son mari l'attendait.

Et même si Cador lui était désormais si familiers que Jem imagine tous les coins et recoins de son corps musclé ainsi que de son beau visage – jusqu'aux légers creux qui étaient apparus autour de ses yeux –, son estomac papillonna quand il vit sa silhouette derrière les verrières grillagées de la volière.

Élargir la clairière autour de la maison avait été épuisant, bien que des dizaines de voisins aient prêté main-forte. La volière était unique en ce sens que ses barres de fer avaient été fusionnées avec du verre soufflé épais pour repousser le froid mordant. Le grillage évitait que les oiseaux tentent de s'envoler par les verrières opaques.

À vrai dire, même quand le soleil leur rendait rarement visite lors des longs hivers mordants, le bâtiment rectangulaire pouvait s'avérer étonnamment chaud. Enfin, *chaud* était sans doute exagéré, mais se protéger du vent leur permettait de gagner la moitié de la bataille.

Les Erghiens avaient d'abord trouvé curieux le désir de Jem de guérir les oiseaux, mais ils l'avaient accepté avec le temps. Ils lui apportaient désormais tous les volatiles blessés et lui demandaient souvent des histoires en retour. Bien que cela ne fasse pas partie des devoirs officiels de Jem à l'écurie, il animait une heure d'histoires, plusieurs fois par semaine, pour des spectateurs de tout âge.

Il laissa Nessa paître avec Massen et salua les chèvres ainsi que les poules dans leur enclos agrandi en passant devant elles. La porte de la volière était entrouverte et il jeta un coup d'œil à l'intérieur, surpris de voir un trio d'oisillons tremblant dans un nid. Cador était agenouillé auprès d'eux, son grand corps baissé, ses doigts crasseux et sa bouche remplie de vers.

Mes Dieux, comme Jem l'aimait.

— Qui avons-nous ici ? demanda-t-il.

Cador sursauta, s'étouffant et toussant. Il cracha ensuite follement dans le nid.

— Merde !

Il s'essuya la bouche avec le dos de la main.

— J'ai failli les avaler !

Il toussa à nouveau.

Jem fut obligé de rire.

— Mes excuses, je n'essayais pas de me faufiler discrètement.

— C'est ce que tu dis.

Cador fit mine de le fusiller du regard, puis sourit facétieusement et se leva. De la terre tachait le coin de sa belle bouche, cachée sous sa barbe taillée. Il se dressa devant Jem.

— Rapproche-toi pour m'embrasser.

— Pas avant que tu te rinces la bouche ! dit Jem en gloussant et en reculant pour sortir de la volière alors que son époux le poursuivait.

La poursuite fut enthousiaste et dura plus longtemps qu'elle ne l'aurait dû, étant donné que Cador aurait pu prendre Jem dans ses bras en une seconde.

Il laissa plutôt son époux s'échapper autour du cottage, qui possédait désormais trois pièces. Jem fit glisser ses doigts sur l'épaisse baie vitrée devant le lit massif qui dominait leur chambre. Il marqua alors une pause et tenta de deviner si Cador surgirait par la gauche ou la droite.

Bien que les fenêtres ne soient pas particulièrement pratiques sur Ergh, Jem aimait se réveiller quand une lumière, aussi infime soit-elle, illuminait les étagères alignées sur les murs de leur chambre.

Bien sûr, la collection complète des aventures de Morvoren y tenait une place d'honneur, avec leurs pages usées et adorées. Jem avait apporté de nombreuses copies à prêter. Le tome original, taché et biscornu que Cador avait sauvé de l'inondation, se trouvait à une place spéciale, comme il était trop fragile pour être lu.

Le soleil brillant de Neuvella manquait à Jem, mais il était chez lui, désormais. Il partit à droite, se collant au mur extérieur de l'autre pièce qu'ils avaient bâtie et qui deviendrait une chambre d'enfant en automne.

Des papillons battirent des ailes dans son estomac quand Jem imagina l'enfant que Cador et lui adopteraient. Travailler à l'écurie avec Jory, Austol et les chevaux manquerait à Jem, mais il finirait par y retourner. Pour l'instant…

— Je t'ai eu !

Cador enroula les bras autour de Jem, par derrière, et le souleva au-dessus du sol boueux afin de déposer des baisers sur sa joue et son cou pendant que Jem se débattait et donnait des coups de pied. Il riait bien trop pour se battre réellement. Cador blottit son nez dans les boucles de Jem, qui effleuraient ses épaules.

Il couperait ses cheveux à nouveau, avant le voyage jusqu'au continent, mais chaque hiver, il laissait pousser ses boucles. Il avait cessé depuis longtemps cette étrange habitude d'égratigner son crâne, comme les visions de cette nuit sur les collines de Glaw se faisaient rares.

Tandis que leur rire se muait en sourires durables, ils déambulèrent vers le puits et hissèrent un seau dans lequel Cador but avidement.

— J'imagine que lorsque le bébé sera là, nous devrons arrêter nos bêtises, dit Jem.

Fronçant les sourcils, Cador essuya sa bouche désormais propre.

— Pourquoi ? Les enfants adorent les bêtises.

— J'imagine que c'est vrai, dit-il en y songeant. Jory peut encore être assez bête, même si Goron et lui ont eu une fille, maintenant. Austol et Hedra n'ont pas d'enfants, mais ils ne font aucune bêtise.

Cador grogna. Manifestement, il ne pardonnerait jamais entièrement à Austol et Hedra le rôle qu'ils avaient joué dans le kidnapping de Jem, bien que ce dernier ait fini par le faire.

— Comment va Eseld ? demanda tout de même Cador.

— Ça ne change pas, je dirais. Elle se déplace assez bien avec ses béquilles. Oh, elle a aussi demandé si elle pouvait emprunter encore une fois les aventures de Morvoren en haute mer. Ça ne te dérange pas ?

Cador secoua la tête.

— Tu peux me le réciter par cœur, si j'ai urgemment envie d'entendre ce récit. Je crois qu'il est maintenant temps de me saluer avec un baiser digne de ce nom, tu ne penses pas ?

Il se pencha en avant.

Jem posa un doigt sur les lèvres humides de Cador.

— Oui, mais tu ne m'as pas répété ce que Delen t'avait dit. A-t-elle décidé si elle venait avec nous à Neuvella avant le sommet ?

Soupirant, Cador s'affala pour s'asseoir sur le rebord en pierre du puits.

— Tu es obligé de me le rappeler ?

Il gloussa.

— Je sais que tu redoutes le voyage, mais ça ne sera pas si

terrible de visiter la côte sud avec ma famille.

— Il fait trop chaud, là-bas, grommela Cador. Peut-être que s'il n'y avait que Santo et Arthek…

Jem se percha sur la pierre dure.

— Je sais. Mais ma mère et mon père me manquent. Même Pasco et Locryn. Bien qu'après deux semaines avec eux, j'aie l'impression qu'aucun d'eux ne peut me manquer, sauf Santo, avant une année entière. Et avec le bébé, ils nous rendront visite, la prochaine fois.

Un sourire étira les lèvres de Cador.

— Comme il est étrange de penser que dans un an, nous serons déjà parents depuis des mois, dit-il avant de grogner. Et nous jouerons les hôtes pour ta famille.

— Heureusement que Delen est la cheffe de clan et qu'elle devra s'occuper de la majeure partie du boulot.

— Hmm. Ce sera si étrange. Mon Tas a réussi à éviter ces visites pendant si longtemps, dit Cador en souriant tristement. Mais il a été un bon professeur pour ma sœur.

La maladie qui avait emporté Kenver avait été brève, par chance. Bien que Jem ne se soit jamais rapproché de lui, il avait été soulagé que cet homme ne meure pas dans d'atroces souffrances.

Personne n'avait contredit sa volonté que Delen lui succède, encore moins Cador et la principale intéressée. Creeda était finalement devenue l'épouse de la cheffe de clan. Sa désillusion avec les religieux et les Dieux n'avait fait que s'accentuer et Delen refusait désormais tout bonnement les visites des ecclésiastiques, sans même parler de la construction de temples.

Passant une main marquée sur la cuisse de Cador, Jem embrassa sa joue rendue rêche par sa barbe.

— Si ça peut te consoler, tu sais que Pasco trouvera un

moyen pour que Treeve se joigne à nous sur la côte, si Delen vient.

Cador ricana.

— Comment ça peut me consoler ?

— Imagine à quel point ça agacera mes parents.

— C'est vrai, concéda-t-il en riant. Ça m'apporte un certain réconfort.

Bien que tout soit paisible sur le continent, depuis la mort du roi Perran, la mère de Jem était encore contrariée que Treeve se soit mis en quatre pour envoyer des sevels et ses meilleurs experts agricoles à Ergh afin qu'ils s'affairent à restaurer la culture de ces fruits.

Si la plupart des gens s'émerveillaient devant la générosité de Treeve et l'esprit d'unité au nom d'Onan et des Dieux, son aide signifiait évidemment qu'Ergh n'avait nullement besoin de creuser des mines à la recherche d'huile dans ses montagnes du nord, afin de marchander avec Neuvella.

Jem soupçonnait que sa mère n'avait pas abandonné l'idée de conclure un marché avec Delen qui mettrait fin à la dépendance économique de Neuvella pour l'huile d'Ebrenn, mais maintenant que les sevels poussaient et que la maladie cessait sa progression chez les enfants atteints, ses intentions pour Ergh étaient heureusement sabordées.

Cador soupira.

— Oui, Delen nous accompagnera à Neuvella. Au moins, elle peut s'occuper de la politique et, avec un peu de chance, nous aurons la paix. Mais bien sûr, je sais que tu as hâte de voir ta mère.

Jem dessina un motif irréfléchi sur la cuisse de Cador dans son pantalon de cuir.

— Oui. Même si c'est bien plus compliqué que ça ne l'a été,

je l'aimerais toujours et elle me manquera toujours. Elle est ma mère. Il est difficile de tourner le dos à notre famille, même quand elle nous a sérieusement déçus.

Cador laissa échapper un léger grognement approbateur, songeant probablement à Bryok. Jem se blottit dans son cou.

— Au moins, nous avons la paix, actuellement, et ma famille est de l'autre côté de la Mer d'Askorn, chuchota-t-il.

Cador grogna.

— C'est une bénédiction, mais aussi une malédiction. Je déteste penser aux semaines qu'il faudra pour y arriver.

— Il vaudrait mieux que je t'embrasse comme il faut pour te distraire.

— Hmm. Il vaudrait mieux. Mais tu ne feras que m'embrasser ? Je crois que j'ai besoin de m'envoyer en l'air pour m'éclaircir vraiment les idées.

Jem hurla alors que Cador le prenait dans ses bras sans prévenir et l'embrassait férocement, enflammant son désir en un clin d'œil. Baissant la main sous ses genoux, où Cador le tenait en l'air, Jem appuya sur les poignets de Cador comme il le faisait fidèlement en mer, lors de chaque voyage.

Son mari le porta jusque chez eux. Sous les doigts de Jem, le cœur de Cador battait au même rythme puissant que le sien, battement pour battement.

FIN

À propos de l'auteur

Keira cherche le parfait mélange de personnages, d'intrigue et de fougue dans ses romances MM. Elle écrit de tout, des pirates flamboyants aux escapades bouillantes et émouvantes. Ses sujets préférés sont les ennemis qui deviennent amants, la différence d'âge, la proximité forcée, et les vierges passionnés. Bien qu'elle aime une angoisse délicieuse en cours de route, Keira garantit les fins heureuses !

Lisez plus de romances MM torrides et émouvantes de Keira Andrews :

KeiraAndrews.com